老子衍 莊子通 莊子解

〔清〕王夫之 著

中華書局

就是因惠施而作。

外篇，他認爲非莊子之書，也非出於一人之手，乃莊子的門徒後學，各以己意引申發揮，但以學識不高，所以往往「固執粗說」，甚而「淺薄虛囂」，「其間若駢拇、馬蹄、胠篋、天道、繕性、至樂諸篇，尤爲悁劣」；惟有天地篇可與應帝王相發明，秋水篇可以補充逍遥遊和齊物論，達生篇可以助人深入了解養生主和大宗師，山木篇可以引證人間世，田子方篇可以作齊物論的參考，知北遊篇可以闡明大宗師，值得重視。

雜篇，除了寓言篇和天下篇而外，他特别指明庚桑楚篇的價值，以爲莊子的基本思想在這篇裏盡爲揭出：齊物論所謂「休之以天均」、「照之以天」、「參萬歲而一成純」，大宗師所謂「知天之所爲」，應帝王所謂「未始出吾宗」，都和這篇所講的「衛生之經」，意義一貫。其他各篇，他認爲大都每段自爲一義，「言雖不純，而微至之語，較能發内篇未發之旨」；只有讓王、說劒、漁父、盜跖四篇，定爲贋作，屏不解說。

至於各篇中的單詞句義，他也往往有新的解釋。對這一點，其子王敔在增註中偶爾特予指出。如齊物論「物無非彼，物無非是」段末的「故曰莫若以明」句下，王敔加按語說：「兩『莫若以明』與後『此之謂以明』，讀莊者多混看，解中分别觀之。」又如庚桑楚篇「南榮趎請入就舍」段末，王敔亦加按語：「此段評解，與舊注迥異，玩解自明。」

船山評解莊子，志在去除前人以儒佛兩家之說對莊子的附會，清理出一副莊子的本來面目，同時在解文的字裏行間還往往隱爲指出其缺點所在。船山對莊子有深刻研究，他除著有莊子通、莊子解外，在其他著作中，也還有許多散見的對莊子的評論。船山對莊子的評解，對於我們研究莊子和批判它的唯心主義、虛無主義是有參考價值的。

這部莊子解的整理，仍然用金陵刻本作底本。篋中偶然藏有湘西草堂原刻本一部，正好可以作爲校勘之助。這個本子的内外雜三篇第一葉上，都有「湞江後學甯瑛、羅瑄參較」字樣。三篇第一葉並分別記有「同里後學王天泰訂梓」、「私淑門人王灝訂梓」、「私淑門人羅良鈺授梓」字樣。金陵刻本前面的董思凝序中說：「其子敔，與其鄉後進甯子紹緒、羅子仲宣，梓其莊子解以公之同好。」序中所說的甯羅二人，當是甯瑛和羅瑄。董思凝在一七〇九年（序文作於是年）所見的本子當是湘西草堂本。據羅正鈞的船山師友記，羅瑄字仲宣，是船山好友羅從義之子，受業於船山；甯紹緒（羅正鈞沒有提到紹緒是甯瑛之字）是船山老友甯朝柱的族人。又本書增註所引各家之說中，逍遥遊篇有蒙之鴻的一條。據船山師友記，蒙之鴻乃船山親密朋友蒙正發之子，自幼即從船山受業，羅正鈞並說，之鴻有關於莊子的專著，可惜失傳。從這些跡象推測，至少王敔、甯瑛、羅瑄和蒙之鴻四人，是當年在湘西草堂親聆船山講解莊子的弟子。

王敔對本書的增註，在他增註各書中，成績最優，用力也最勤。引用古今各家之說很多，對明代名著，亦偶有採録，但絕不見當時最爲風行的南華副墨及其作者陸長庚的名字。引用最多的是方以智，有十幾條。我們知道，方以智是船山的老友，而陸長庚則是以佛理解莊的。於此，可見王敔在他父親的教育下，在學術見解方面也是壁壘森嚴的。我還懷疑，這個增註，或者是根據當時聽講的筆記而整理擴充起來的。

從這個湘西草堂本，還解決了另外一個問題。王敔的增註中，雜有不少條題爲「評曰」的評註，没有主名，不知評者是誰。這個原刻本於内篇、雜篇第一葉書名下有「評本合載」四字，外篇第一葉書名下有「手評並載」四字。藉此可知評者當是船山。這部莊子解附載了船山平日批在讀本書眉上的簡短評語，所以說「合載」。

整理本書時，註和解的文字，參校了湘西草堂本，正文還偶爾參校了其他通行本莊子。凡是依據湘西草堂本改正的，在校記中說明來源；湘西草堂本也同樣錯誤的，說明理由。正文方面，小的文字異同，當是所據版本不同，一律仍舊；重要脱誤，有礙文意者，依據别本補正，並加注說明。

老子衍、莊子通和莊子解原來是分别單行的。前者由我局於一九六二年出版，後者於一九六四年出版，後來都重印過。爲便於參看使用，現將其合爲一册印行。王孝魚先生原來寫的「點校說明」，我們將之省併後置於卷首，供讀者參考。錯謬和不妥之處，敬請批評指正。

中華書局編輯部　二〇〇九年三月

目録

莊子解

内篇

雜　篇

老子衍

自序

昔之註老子者，代有殊宗，家傳異說：逮王輔嗣、何平叔合之於乾坤易簡，鳩摩羅什、梁武帝濫之於事理因果，則支補牽會，其誣久矣；迄陸希聲、蘇子由、董思靖及近代焦竑、李贄之流，益引禪宗，互爲綴合，取彼所謂教外別傳者以相糅雜，是猶閩人見霜而疑雪，雒人聞食蟹而剥蟚蜞也。

老子之言曰：「載營魄抱一無離」，「大道汎兮其可左右」，「沖氣以爲和」，是既老之自釋矣。莊子曰：「爲善無近名，爲惡無近刑，緣督以爲經。」是又莊之爲老釋矣。舍其顯釋，而强儒以合道，則誣儒；强道以合釋，則誣道；彼將驅世教以殉其背塵合識之旨，而爲蠱來茲，豈有既與！

夫之察其誖者久之，乃廢諸家，以衍其意；蓋入其壘，襲其輜，暴其恃，而見其瑕矣，見其瑕而後道可使復也。

夫其所謂瑕者何也？天下之言道者，激俗而故反之，則不公；偶見而樂持之，則不經；鑿慧而數揚之，則不祥。三者之失，老子兼之矣。故於聖道所謂文之以禮樂以建中和之極者，未足以與其深也。

雖然，世移道喪，覆敗接武，守文而流僞竊，昧幾而爲禍先，治天下者生事擾民以自敝，取天下者力竭智盡而敝其民，使測老子之幾，以俟其自復，則有瘥也。文、景踵起而迄昇平，張子房、孫仲和校者案：仲和疑當作公和，晉孫登字。異尚而遠危殆，用是物也。較之釋氏之荒遠苛酷，究於離披纏棘，輕物理於一擲，而僅取歡於光怪者，豈不賢乎？司馬遷曰：「老聃無爲自化，清淨自正。」近之矣。若「猶龍」之歎，云出仲尼之徒者，吾何取焉！

歲在旃蒙協洽壯月(己)〔乙〕未，南嶽王夫之序。

閱十八年壬子，重定於觀生居。明年，友人唐端笏須竹携歸其家，會不戒於火，遂無副本。更五年戊午，男敔出所藏舊本施乙注者，不忍棄之，復録此編。壬子稿有後序，參魏伯陽、張平叔之説，亡之矣。上巳日湘西草堂記。

老子衍

衡陽王夫之譔　男敔纂注

道，可道，非常道；常道無道。**名，可名，非常名。**常名無名。**無名，天地之始；**衆名所出，不可以一名名。**有名，萬物之母。**名因物立，名還生物。**故常無欲，以觀其妙；常有欲，以觀其徼。**邊際也。**此兩者，同出而異名，**異觀同常，則有欲無欲，非分心以應，居中執常，自致妙徼之觀。**同謂之玄，玄之又玄，衆妙之門。**（一章）

「可」者不「常」，「常」者無「可」。然據「常」，則「常」一「可」也，是故不廢「常」，而無所「可」。不廢「常」，則人機通；無所「可」，則天和一。夫既有「始」矣，既有「母」矣，而我聊與「觀」之；「觀」之者，乘于其不得已也。觀於其「異」，則有無數遷；觀於其「同」，則有者後起，而無者亦非大始也。然則往以應者見異矣，居以俟者見同矣。故食萬物而不尸其仁，入機僞而不逢其鋭；知天下之情，不强人以奉己；棄一己之餘，不執故以迷新。是以莫能名其功，而字之曰「衆妙」。蓋其得意以居，開户而歷百爲之生死者，亦甚適矣夫！

天下皆知美之爲美，斯惡已；皆知善之爲善，斯不善已。故有無相生，難易相成，長短相形，高下相傾，聲音相和，前後相隨。天下之所可知。**是以，聖人處無爲之事，行不言之教；**非不令天下知，因其不可知者而已。**萬物作焉而不辭，生而不有，爲而不恃，功成而不居。夫唯不居，是以不去。**（二章）

天下之變萬，而要歸於兩端。兩端生於一致，故方有「美」而方有「惡」，方有「善」而方有「不善」。

據一以概乎彼之不一，則白黑競而毀譽雜。聖人之「抱一」也，方其一與一爲二，而我徐處於中；故彼一與此一爲壘，乃知其本無壘也，遂坐而收之。壘立者「居」，而坐收者「不去」，是之謂善爭。

不尚賢，使民不爭；不貴難得之貨，使民不爲盜；不見可欲，使心不亂。是以聖人之治：虛其心，以無用用無。**實其腹，**以有用用有。**弱其志，**善人萬物。**彊其骨，**植之以俟。**常使民無知無欲，使夫知者不敢爲也。爲無爲，則無不治。**然而物已治矣。（三章）

「爭」未必起於「賢」，「盜」未必因於「難得之貨」，「心」未必「亂」於「見」可欲。萬物塊處而夢妄作，我之神與形，無以自平，則木與木相鑽而熱生，水與水相激而漚生；而又爲以治之，則其生不息。故陽火進，而既進之位，虛以召陰；陰符退，而所退之物，游以犯陽。夫不有其反焉者乎？「虛」者歸「心」，「實」者歸「腹」，「弱」者歸「志」，「彊」者歸「骨」，四數各有歸而得其樂土，則我不往而治矣。夫使之歸者，「誰氏」之子？而執其命者何時也？此可以知爭哉？而不知者不與於此。故聖人內以之治身，外以之治世。

道，沖而用之，「沖」，古本作「盅」，器中虛處。**或不盈；**不期不盈，故或之。**淵兮似萬物之宗。挫其銳，解其紛；和其光，同其塵；**陽用銳而體光，陰用紛而體塵。**湛兮似或存。吾不知其誰氏之子，象帝之先。**（四章）

用者無不盈也，其惟「沖而用之或不盈」乎！用之爲數，出乎「紛」、「塵」，入乎「銳」、「光」；出乎「銳」、「光」，入乎「紛」、「塵」。唯沖也，可銳、可光，可紛、可塵，受四數之歸，而四數不留。故盛氣來爭，而寒心退處：雖有亢子，不能背其宗；雖有泰帝，不能軼其先。豈嘗歆彼之俎豆，而競彼之步趨哉？似而象之，因物之不能違，以爲之名也。

天地不仁，以萬物爲芻狗。聖人不仁，以百姓爲芻狗。天地之間，其猶橐籥乎！虛而不屈，屈然後仁。**動而愈出。**出已必窮。**多言數窮，**仁則必言。**不如守中。**（五章）

風生於空，橐待於鼓，相須以成，而器原非用。故同聲不必其應，而同氣不必其求。是以天不能生，地不能成，天地無以自擅，而況於萬物乎？況於聖人乎？設之於彼者，「虛而不屈」而已矣。道縫其中，則魚可使鳥，而鳥可使魚，仁者不足以似之也。仁者，天之氣，地之滋，有窮之業也。

谷神不死，呂吉甫曰：有形與無形合而不死。**是謂玄牝。**呂吉甫曰：體合於心，心合於氣，氣合於神，神合於無，合則不死，不死則不生，不生者能生生，是之謂玄牝。**玄牝之門，是謂天地根。綿綿若存，用之不勤。**（六章）

世之死「谷神」者無限也，登山而欲弋之，臨淵而欲釣之，入國而欲治之，行野而欲辟之。而「谷神」者不容死也，可弋，可釣，可治，可辟，而不先物以爲功。疇昔之天地，死於今日；今日之天地，生於疇昔；源源而授之，生故無已，而謂之根。執根而根死，因根而根存。「綿綿」若綴乎！「不勤」若廢乎！因根以利用者，啓「玄牝之門」乎！

天長，地久。天地所以能長且久者，以其不自生，不自生物。**故能長生。**物與俱長。**是以聖人：後其身而身先，外其身而身存。非以其無私邪？故能成其私。**（七章）

夫胎壯則母羸，實登則莖穫，其不疑天地之羸且穫者鮮也。乃天地不得不食萬物矣，而未嘗爲之食。胎各有元，荄各有蓄，遊其虛中，而究取資於自有。聖人不以身犯難，是後之也；不以身入中，是外之也。食萬物而不恩，食於萬物而萬物不怨。故無所施功，而功灌於苴鹵；無所期德，而德行於曾玄；而乃以配天地之長久。

上善若水。水：善利萬物而不爭，處衆人之所惡，人情好高而惡下。**故幾於道。居善地，心善淵，與善仁，言善信，政善治，事善能，動善時。**不著其善，故善。**夫唯不爭，故無尤。**（八章）

五行之體，水爲最微。善居道者，爲其微，不爲其著；處衆之後，而常得衆之先。何也？衆人方惡之，而不知其早至也。逆計其不爭而徐收之，無損而物何爭？而我何尤？使衆人能知其所惡者之爲善，亦將羣爭之矣。然而情之所必不然也，故聖人擅利。

持而盈之，持之使盈。**不如其已；揣而鋭之，**揣之使鋭。**不可長保。金玉滿堂，莫之能守；**固當以不守守之。**富貴而驕，自遺其咎。功成，名遂，身退，天之道。**（九章）

善盈者唯谷乎！善鋭者唯水乎！居器以待，而無所持也。順勢以遷，而未嘗揣也。故方盈、方虛，方鋭、方錞。其不然也，以天爲成遂，而生未息；以天爲退，而氣未縮；何信乎？故鴟夷子皮之遯，得其迹也；郭子儀之晦，得其機也；許繇、支父之逝也，得其神也。迹者，以進爲進，以退爲退。機者，方進其退，方退其進。其唯神乎！無所成而成，無所遂而遂也。雖然，其有退之迹也，神之未忘乎道，道之未降處乎機也。

載營魄營魄者魂也。載者，魄載之。**抱一，**三五一。**能無離乎？專氣致柔，能嬰兒乎？滌除玄覽，能無疵乎？愛民治國，能無爲乎？天門開闔，**生之所自出，爲天門。**能爲雌乎？**化至，乃受之。**明白四達，能無知**

乎？生之，畜之；生而不有，爲而不恃，長而不宰；是謂玄德。（十章）

載，則與所載者二，而離矣。專之，致之，則不嬰兒矣。有所滌，有所除，早有疵矣。愛而治之，斯有爲矣。闔伏開啓，將失雌之半矣。明白在中，而達在四隅，則有知矣。此不常之道，倚以爲名，而兩俱無猜，妙德之至也。

三十輻共一轂，當其無，轂中空處。**有車之用。埏埴以爲器，當其無，**盂中空處。**有器之用。鑿户牖以爲室，當其無，**户竇空處。**有室之用。故有之以爲利，無之以爲用。**吴幼清曰：有氣以存身，無物以生氣。（十一章）

造有者，求其有也。孰知夫求其有者，所以保其無也？經營以有，而但爲其無，豈樂無哉？無者，用之藏也。物立乎我前，固非我之所得執矣。象數立於道前，而道不居之以自礙矣。陰凝陽融以爲人，而沖氣俱其間；不倚於火，不倚於符者遇之。仁義剛柔以爲教，而大樸俱其間；不倚於性，不倚於情者遇之。勝負得失以爲變，而事會俱其間；不倚於治，不倚於亂者遇之。故避其堅，攻其瑕，去其名，就其實，俟之俄頃，而萬機合於一。

五色令人目盲，五音令人耳聾，五味令人口爽，馳騁田獵令人心發狂，難得之貨令人行妨。是以聖人：爲腹，不爲目，故去彼取此。（十二章）

目以機爲機，腹以無機爲機。機與機爲應，無機者，機之所取容也。處乎目與腹之中者，心也。方且退心而就腹，而後可以觀物。是故濁不可使有心，清不可使有迹。不以禮制欲，不以知辨志，待物自敝、而天乃脱然。

寵辱若驚，貴大患若身。何謂「寵辱若驚」？寵爲下，辱至則驚，去則洒然矣。寵至則驚，去之又驚，故較之尤劣。得之若驚，失之若驚，是謂寵辱若驚。何謂「貴大患若身」？吾所以有大患者，爲吾有身。及吾無身，吾有何患？故貴以身爲天下者，可以寄天下；愛以身爲天下者，可以託天下。（十三章）

衆人納天下於身，至人外其身於天下。夫不見納天下者，有必至之憂患乎？寵至若驚，辱來若驚，則是納天下者，納驚以自滑也。大患在天下，納而貴之與身等。夫身且爲患，而貴患以爲重纍之身，是納患以自梏也。唯無身者：以耳任耳，不爲天下任聽；以目任目，不爲天下任視；吾之耳目靜，而天下之視聽不熒；驚患去已，而消於天下，是以爲百姓履藉而不傾。

視之不見，名曰希；聽之不聞，名曰夷；搏之不得，名曰微。固自有色聲形之常名，故曰三者。此三者，不可致詰，繇後則有，詰之則無。故混而爲一。李約曰：一尚不立，何況於三？其上不皦，未有色聲形以前，不可分晰。其下不昧，逮有色聲形以後，反而溯之，了然不昧。繩繩兮不可名，有無相禪相續，何有初終？名有則失無，名無則失有。復歸於無物。是謂無狀之狀，無物之象，是謂惚恍。迎之，不見其首；隨之，不見其後；執古之道，以御今之有。古亦始也，今亦有也。李約曰：虚其心，道將自至，然後執之以御羣有。能知古始，是謂道紀。（十四章）

物有閒，人不知其閒；故合之，背之，而物皆爲患。道無閒，人强分其閒；故執之，別之，而道僅爲名。以無閒乘有閒，終日遊，而患與名去。患與名去，斯「無物」矣。夫有物者，或輕，或重；或光，或塵；或作，或止；是謂無紀。一名爲陰，一名爲陽，而沖氣死。一名爲仁，一名爲義，而太和死。

道也者，生於未陰未陽，而死於仁義者與！故離朱不能察黑白之交，師曠不能審宮商之會，慶忌不能攫空塵之隙，神禹不能晰天地之分。非至常者，何足以與於斯！

古之善爲士者，微妙玄通，深不可識。夫唯不可識，故强爲之容：豫兮若冬涉川，猶兮若畏四鄰，儼若客，呂吉甫曰：不爲主也。**渙若冰將釋；敦兮其若樸，曠兮其若谷，渾兮其若濁。孰能濁以澄？靜之徐清。孰能安以久？動之徐生。保此道者不欲盈。夫唯不盈，故能敝，不新，成。**邵若愚曰：能敝，能不新，能成。（十五章）

擇妙者衆，繇微而妙者尠。求通者多，以玄爲通者希。夫章甫不可以適越，而我無入越之心，則妙不在冠不冠之中，而敢以冠嘗試其身乎？而敢以不冠嘗試其首乎？又惡知夫不敢嘗試者之越不爲我適也？坐以消之，則冰可煥，濁可清，以雨行而不假蓋，以饑往而不裹粻。其徐俟之也，豈果有黄河之不可澄，馬角之不可生哉？天下已如斯矣，而競名者以折鋭爲功。久矣，其棄故喜新而不能成也！

致虛極，開元疏云：致者令必自來，如春秋致師之致，是已。**守靜篤；萬物並作，吾以觀其復。夫物芸芸，各歸其根；歸根曰靜，**非我靜之。**靜曰復命；復命曰常，**不可復渝變。**知常曰明。不知常，妄作，凶；知常，容；**萬變可函。**容乃公，**不私據善。**公乃王。**受物之往。**王乃天，天乃道，道乃久，歿身不殆。**（十六章）

最下擊實，其次邀虛。最下取動，其次執靜。兩實之中，虛故自然；衆動之極，靜原自復；不邀不執，乃極乃篤。何以明其然也？萬物並作，而芸芸者，勢盡而反其所自來也。是故鄧林之葉，可無籌而數；千里之雨，可無器而量。猶舍是而有作，其不謂之妄乎？故無所有事，而天下爲我用，其道不用作而用觀。觀，目也。觀而不作，目亦腹矣。

太上，不知有之；其次，親之，譽之；其次，畏之；其次，侮之。信不足，有不信，猶兮其貴言。於己不自信，乃不信天下之固然。且不知懲而尚言，是以召侮。**功成，事遂，百姓皆謂我自然。**（十七章）

據道於此，疑彼之亦道；據道於彼，疑此之非道。既從而異之，又從而同之，則道亂於二，而苦於一。且亂，且苦，其疑不去。既自以爲疑矣，故王者見不親而憂，霸者遇不畏而怖。其疑不釋，遂救之以要言；故始乎詛盟，而終乎甲冑。夫使人忘我於自然者，豈其心有不自然哉？信天下之不能越是也，任其遷流，而不出於所自來，不爽於所自復，虛贅於天下之上，以待物之自成。是以天下之情，不可因，不可革；太上之治，無所通，無所塞。如老人之師，如盡人之力，而人乃廢然而稱之曰自然。

大道廢，有仁義；智慧出，有大僞；六親不和，有孝慈；國家昏亂，有忠臣。王介甫曰：道隱於無形，名生於不足。李息齋曰：道散則降而生非，僞勝則反而貴道；方其散，則見其似而忘其全，及其衰，則蕩然無餘而貴其似，此其所以每降而愈下也。（十八章）

栝棬成於匠，而木死於山；罌盎成於陶，而土死於邱。其器是也，而所以歆天地之和者去之也。夫土木且有以歆，而況於人乎？而況於道乎？故利在物而害在己，謂之不全；善在己而敗在物，謂之不公。

絶聖棄智，民利百倍；絶仁棄義，民復孝慈；絶巧棄利，盜賊無有。此三者以爲文，不足，呂吉甫曰：文而非質，不足而非全。**故令有所屬；見素抱樸，少私寡欲。**（十九章）

「綿綿若存」，其有所屬乎！故魚遊而水乘之，鳥飛而空憑之。含天下之文者，莫大乎素；資天下之不足者，莫大乎樸。以爲有，而固未親乎用；以爲無，而人與天之相親者在此也。綴乎和以致生，是以能長生。離乎和以專用，是以無大用。

絶學，無憂。唯之與阿，相去幾何？善之與惡，相去何若？人之所畏，不可不畏，荒兮其未央哉！衆人熙熙，如享太牢，如登春臺；我獨怕葩亞切，無爲也。**兮其未兆，如嬰兒之未孩，乘乘兮無所歸。衆人皆有餘，而我獨若遺。我愚人之心也哉！沌沌兮！俗人昭昭，我獨若昏；俗人察察，我獨悶悶。忽兮若晦，寂兮似無所止；衆人皆有以，我獨頑似鄙；我獨異於人，而貴食母。**蘇子繇曰：譬如嬰兒，無所雜食，食於母而已。（二十章）

善惡相傾，繇學而起，故效仁者失智，效智者失仁。既爭歧之，又强合之，方且以爲免於憂，而孰知一彼一此者之相去不遠也？則揖讓亦唯，而征伐亦阿也。情各封之，取快一區；故飫於大牢，不饗他味；厭於春遊，不願他觀。口目之用一，而所善者萬；心一，而口目之用萬；安能役役以奔其趣舍哉？其唯食於母乎！食於母者，不得已而有食，而未嘗有所不得已也。故荒未央者可盡，而頑鄙可居。雖然，其所食者虛也，因也。天下畏不仁，而我不敢暴；天下畏不智，而我不敢迷。以雪遯者，唯恐以跡；以棘行者，唯恐以罥。蟺蜿輕微，而後學可絶；學可絶，而後生不損；而物不傷。

孔德之容，唯道是從。道之爲物，惟恍惟惚。惚兮，恍兮，其中有象；恍兮，惚兮，其中有物；窈兮，冥兮，其中有精；其精甚真，其中有信。自古及今，其名不去，以閱衆甫。王輔嗣曰：閱自門而出者，一一而數之，言道如門，萬物皆自此往也。**吾何以知衆甫之然哉？以此。**（二十一章）

兩者相耦而有「中」。「恍惚」無耦，無耦無「中」。而惡知介乎耦，則非左即右，而不得爲「中」也？「中」者，入乎耦而含耦者也。雖有堅金，可鍛而液；雖有積土，可漂而夷；然則金土不能保其性矣。既有溫泉，亦有寒火；然則水火不能守其真矣。不銑而堅於金，不厚而敦於土，不暄而炎於火，不潤而寒於水者，誰耶？閱其變而不遷，知其然而不往；故真莫尚於無實，信莫大於不復，名莫永於彼此不易，而容莫美於萬一不殊。私天之機，棄道之似，夫乃可字之曰「孔德」。

曲則全，枉則直；窪則盈，敝則新；少則得，多則惑。雖立對待，固尚往來。**是以聖人抱一，爲天下式。不自見，故明；不自是，故彰；不自伐，故有功；不自矜，故長。夫唯不爭，故天下莫能與之爭。古之所謂曲則全者，豈虛言哉？誠全而歸之。**（二十二章）

事物之數，有來有往。迎其來，不如要其往；追其往，不如俟其來。而以心日察察於往來者，則非先時，而即後時。先既失後，後又失先，勞勞而愈不得；故小智日見其餘，大智日見其不足。大道在中，如捕亡子而喪家珍，瞀然介焉以馳，終日而不遇，則多之爲惑久矣。一曰沖，沖曰常。守常，用沖，養曲爲全，明於往來之大數也。

希言，自然。飄風不終朝，驟雨不終日。孰爲此者？天地。天地尚不能久，而況於人乎？故從事於道者，道者同於道，德者同於德，失者同於失。同於道者，道亦樂得之；同於德者，德亦樂得之；同於失者，失亦樂得之。信不足，有不信。唯真知道，則一切皆信爲自然。（二十三章）

天地違其和，則能天，能地，而不能久。人違其和，則能得，能失，而不能同。悒於陽，鬱於陰；悒於陰，鬱於陽。言過則跲，樂極則悲；一心數變，寢寐自驚。不知廣大一同，多所不信，坐失常道，何望自然哉？凡道皆道，凡德皆德，凡失皆失。道德樂游於同，久亦奚渝？喜怒不至，何風雨之愆乎？

跂者不立，跨者不行；自見者不明，自是者不彰；自伐者無功，自矜者不長；其在道也，曰餘食贅行。行、形通。**物或惡之，故有道者不處。**（二十四章）

心彌急者機彌失，是彌堅者非彌甚。前機已往，追而綴之，如食已飫而更設。後機未至，强而屬之，如形已具而更駢。道數無窮，執偏執餘以盡之，宜其憎乎物，而傷乎己也。

有物混成，先天地生；寂兮，寥兮，獨立而不改，周行而不殆，鍾士季曰：廓然無耦曰獨立，古今常一曰不改，無所不在曰周行，所在皆通曰不殆。**可以爲天下母。**可以爲者，天下推之而不歉也，非有心于天下。**吾不知其名，**不可名，故不知。**字之曰道，强爲之名，曰大。大曰逝，逝曰遠，遠曰反。故曰：道大，天大，地大，王亦大。域中有四大，而王居其一焉。人法地，地法天，天法道，道法自然。**（二十五章）

形象有閒，道無閒。道不擇有，亦不擇無，與之俱往。往而不息於往，故爲逝，爲遠，與之俱往矣。往而不悖其來，與之俱來，則逝遠之即反也。道既已如斯矣，法道者亦乘乘然而與之往來。而與之往來者，守常而天下自復，蓋不憂其數而不給矣。「載營魄，抱一而不離」，用此物也。近取之身，爲艮背而不爲機目；遠取之天地，爲大制而不爲剸割；故可以爲天下王。

重爲輕根，靜爲躁君。韓非曰：制在己曰重，不離位曰靜。呂吉甫曰：迫而後動，感而後應，不得已而後起，則重矣；無爲焉，則靜矣。**是以聖人：終日行，不離輜重；雖有榮觀，燕處超然。奈何萬乘之主而以身輕天下！輕則失根，躁則失君。**（二十六章）

有根則有莖，有君則有臣。雖然，無寧守其本乎！一息之頃，衆動相乘，而不能不有所止。道不滯於所止，而因所止以觀，則道之游於虛，而常無閒者見矣。惟不須臾忍，而輕以往，則應在一而違在萬，恩在一隅而怨在三隅，倒授天下以柄，而反制其身。故夏亡於牧宮之造，周衰於征漢之舟。以仁援天下而天下溺，以義濟天下而天下陷，天下之大，盪之俄頃，而況吾身之內僅有之和乎？

善行，無轍迹；善言，無瑕讁；善行不躔實，善言不執美。**善計，不用籌策；**籌策得小忘大。**善閉，無關楗而不可開；**呂吉甫曰：我則不關，孰能開之？**善結，無繩約而不可解。**無繫無離，如母之於子。**是以聖人：常善救人，故無棄人；常善救物，故無棄物；是謂襲明。故善人，不善人之師；不善人，善人之資。不貴其師，不愛其資，雖知，大迷，是爲要妙。**（二十七章）

我之有明，非明也，又況投明於物，絜其長短以爲耀乎？故鳥窒於實，蚓困於空，魚窮於陸，固其獲，而未知不得者之可爲得也。我欲勝之，勿往絜之。萬物飾其形以相求，或逃其美以相激，咸潛測其根柢，掩而有之，則物投我而我不投物。衆實來給，一虛無閒，故善惡之意消，而言行閉結之所攝者，要妙不可窺矣。

知其雄，守其雌，呂吉甫曰：和而不倡。**爲天下谿；爲天下谿，常德不離，復歸于嬰兒。知其白，守其黑，爲天下式；爲天下式，常德不忒，復歸于無極。**無不極而無極。**知其榮，守其辱，爲天下谷；爲天下谷，常德乃足，復歸於樸。**呂吉甫曰：守之以爲母，知之以爲子。**樸散則爲器，聖人用之則爲官長，**用其未散。**故大制不割。**（二十八章）

或雄或雌，或白或黑，或榮或辱，各有對待，不能相通，則我道蓋幾於窮，而我之有知有守亦不一矣。知者歸清，守者歸濁，兩術剖分，各歸其肖，游環中者可知已。然致意於知矣，而收功於守，則何也？賓清而主濁，以物極之必反，反者之可長主也。故嬰兒可壯，壯不可稺；無極可有，有不可無；樸可琢，琢不可樸。然聖人非於可不可斤斤以辨之。環中以游，如霖雨之灌蟻封，如原燎之灼積莽，無首無尾，至實至虛，制定而清濁各歸其墟，赫然大制而已矣。雖然，不得已而求其用，則雌也、黑也、辱也，執其權以老天下之器也。

將欲取天下而爲之，吾見其不得已。天下，神器，天下雖器也，神常流盪之。**不可爲也。爲者敗之，執者失之。故物：或行，或隨；或呴，或吹；或彊，或羸；或載，或隳。**皆神使之然。**是以聖人：去甚，去奢，去泰。**（二十九章）

天下在我，吾何取？我在天下，吾何爲？天下如我，吾何欲？我如天下，吾何執？以我測天下，天下神。以天下遇我，天下不神。不神者使其神，而天下亂。神者使其不神，而我安。故窮天下以八數，而去我之三死，則炎火焚林而可待其寒，巨浸滔天而可視其暵。水火失其威，金石喪其守，況有情之必窮，而有氣之必縮者哉？

以道佐人主者，不以兵彊天下。其事好還：師之所處，荆棘生焉；大兵之後，必有凶年。善者果而已，不敢以取彊。果而勿矜，果而勿伐，果而勿驕，果而不得已，果而勿彊。雖在必用兵之時，禍發必尅，猶當以五者居心。**物壯則老，是謂不道，不道早已。**（三十章）

最下用兵以殺，其上用兵以生。夫以生生者且贅，而況殺生乎？人未嘗不生，而我何功？又況夫功之門爲害之府也？人未嘗不生，不能聽其生；物未嘗不殺，不能待其殺。須臾之不忍，而自命爲果，不已誣乎？故善禁暴者，俟其消，不摧其息；善治情者，塞其息，不强其消；善貴生者，持其消息之閒，不犯其消息之衝；雖有患，不至於早已。

夫佳兵者不祥之器，物或惡之，故有道者不處。君子居則貴左，用兵則貴右。兵者不祥之器，非君子之器；不得已而用之，恬澹爲上。勝而不美，而美之者，是樂殺人。夫樂殺人者，不可以得志於天下矣。吉事尚左，凶事尚右；偏將軍處左，上將軍處右；言居上勢，則以凶禮處之；殺人衆多，以悲哀泣之；戰勝，以喪禮處之。（三十一章）

與其悲之於後，何如忘之於先；與其以凶禮居功，何如以吉道處無功之地。不能先機，不能擇吉，不能因閒以有餘，所謂「彼惡知禮意」者也。

道，常，無名。王輔嗣曰：道無形不繫，常不可名。**樸雖小，天下不敢臣。侯王若能守，萬物將自賓。天地相合以降甘露，人莫之令而自均。始制有名，名亦既有，夫亦將知止，知止所以不殆。譬道之在天下，猶川谷之於江海。**川谷能成江海，江海不能反川谷。道散而爲天下，天下不能反而爲道。（三十二章）

因於大始者無名，止於已然者有名。然既有名而能止之，則前名成而後名猶不立，過此以往，仍可爲大始。天地，質也；甘露，沖也；升於地而地不居功，降自天而天不終有，是既止以後之自然，且莫令而自均，後天之沖，合於先天，況夫未始有夫有止者乎？

知人者智，自知者明；勝人者有力，自勝者彊；知足者富，彊行者有志；不失其所者久，死而不亡者壽。富者不必有志，有志者不能乎富。久者有極，壽者無終。（三十三章）

以氣輔氣，以精輔精，自謂「不失其所」，而終歸於敝，豈但單豹之喪外，張毅之喪内哉？蓋智揣力持以奔其志，有「所」而不能因自然之「所」於無所失也。夫見其精氣之非有餘，可謂之死；而其中之婉如處女縈如流雲者，微妙玄通者未嘗亡也。非真用其微明，以屈伸於沖和之至，若抱而不離者，何足以與於斯哉？故有虞氏之法久，而泰氏之道壽；中士之算長，而有道者之生無極。言此者，以紀重玄之績也。

大道汎兮，其可左右；萬物恃之以生而不辭，功成不名有。愛養萬物而不爲主，常無欲，可名於小；萬物歸焉而不知主，可名於大。是以聖人：終不爲大，可名而不爲曰終不爲。**故能成其大。**（三十四章）

誰能以生恩天地乎？則誰能以死怨天地？天地者，與物爲往來而聊以自壽也。天地且然，而況於道？荒荒乎其未有畔也，脈脈乎其有以通也；故東西無方，功名無繫，賓主無適，己生貴而物生不逆。誠然，則不見可欲，非以窒欲也；迭與爲主，非以辭主也。彼亟欲成其大者，惡足以知之！

執大象，天下往，往而不害，呂吉甫曰：雖相忘於道術，而未嘗相離。**安平泰。樂與餌，過客止。道之出口，淡乎其無味，視之不足見，聽之不足聞，用之不可既。**（三十五章）

蛇之制在項，人之制在限。繫其項，則廢其螫；「艮其限」，則「列其夤」矣。其象甚微，制之甚大。故清虛者物之湊，而重濁者物之司也。不棄其司，不奔其湊；於空得實，於實得空；扼其重濁，以致其清虛。嘗試諗之：樂作餌熟，則雖有遄行之客，而游情以止，非以其歸於情耶？所謂「常有欲以觀其徼」也。然項之與限，非有情者也。無情者不可强納有情以爲之主，則沖淡晦寂而用無方，斯亦無欲之至矣。始乎重濁，反乎清虛；得乎清虛，順乎重濁；有欲無欲，而常者未有變焉；斯執大象者之所獨得與！

將欲歙之，必固張之；將欲弱之，必固彊之；將欲廢之，必固興之；將欲奪之，必固與之；固者，表裏堅定，終始不異。**是謂微明。**王元澤曰：鬼神之幽將不能窺，而況於人？**柔勝剛，弱勝彊。魚不可脱於深淵，邦之利器不可以示人。**李息齋曰：此聖人制心奪情之道。（三十六章）

函道可以自適，抱道可以自存，其如魚之自遂於淵乎！有倚有名，唯恐不示人，則道滯而天下測其窮。無門無毒，物望我於此而已。不以此應之，則天下其無如我何矣。無如我何，而天下奚往？是故天下死於道，而道常生天下，用此器也。

道，常，無爲，而無不爲。侯王若能守，萬物將自化。化而欲作，吾將鎮之以無名之樸。無名之樸，亦將不欲；不欲以靜，天下將自正。化者歸徼，正者歸妙。（三十七章）

藏樸者，終古而有器之用；見樸者，用極於器而止矣。故無名與有名爲侶，而非能無也。畏其用而與有名爲侶，故並去其欲。嬰城以守國者，不邀折衝之功；閉閤以守身者，不爲感帨之拒；知物之本正，而不敢正之以化也。其爲道也，測之於重玄而反淺，闚之於妙門而反深。以爲無用，而有用居然矣；以爲有用，而無用居然矣。終日散而未始不盈，微息通而蠉然似有。兩壘立而善守其間，兩端馳而善俟其反，則樸又何足言，而玄又何足以盡之哉？

上德不德，是以有德；下德不失德，是以無德。上德無爲而無以爲，下德爲之而有以爲；爲之於無曰無以爲，爲之於有曰有以爲。**上仁爲之而無以爲，上義爲之而有以爲；上禮爲之而莫之應，則攘臂而仍之。故失道而後德，失德而後仁，失仁而後義，失義而後禮。夫禮者，忠信之薄，而亂之首也。前識者，**明非在內，取前境而生，謂之前識。**道之華，而愚之始也。是以大丈夫：處其厚，不處其薄；**銳而捷得名者爲薄，退而養衆始者爲厚。**居其實，不居其華；故去彼取此。**（三十八章）

虎豹之行，進而前，則不能顧其卻。新木之植，盛其華，則不能固其根。然不能無所前矣，無已，其以樸者前乎！前者犯難，卻者觀變。以犯難者，敦重而不驚；以觀變者，因勢而徐辨。故不以識之銳抵天下之巇。何也？以失之樂取夫美名而暱之，以背衆美之涵也，是德、仁、義、禮之可名而不常者也。故出而逾華，反而逾薄。唯先戒其前者，爲能不德而德，無爲以爲。嚴君平云：「至至而一不存。」豈不存哉？誠無以存之。

昔之得一者：天得一以清，地得一以寧，神得一以靈，谷得一以盈，谷虛而受萬，故曰盈。萬物得一以生，王侯得一以爲天下貞。其致之一也：天無以清，將恐裂；地無以寧，將恐發；神無以靈，將恐歇；谷無以盈，將恐竭；萬物無以生，將恐滅；侯王無以貞，而貴高將恐蹶。故貴以賤爲本，高以下爲基。是以王侯自謂孤寡不穀，此其以賤爲本邪！非乎？故致數輿，無輿；不欲琭琭如玉，落落如石。李息齋曰：輪蓋輻軫，會而爲車，物物有名，而車不可名。仁義禮智，合而爲道，仁義可名，而道不可名。苟有可執，使其迹外見，貴者如玉，賤者如石，可以指名，而人始得貴賤之矣。（三十九章）

愚者仍乎「一」，而不能「以」；智者日「以」之，而不能「一」。「以」者失「一」也，不「一」者無「以」也。「一」含萬，入萬而不與萬爲對。「以」無事，有事而不與事爲麗。而況可邀，而況可執乎？是以酒熟而酤者至，舍葺而行者休。我不「得一」，而姑守其濁，以爲之筐橐，而後「一」可「致」而不拒。夫貴賤高下之與「一」均，豈有當哉？乃貴高者功名之府，而賤下者未有成也。功立而不相兼，名定而不相通，則萬且不盡，而況於「一」？故天地之理虧，而王侯之道喪。以大「輿」載天下者，知所取舍久矣。

反者，道之動；方往方來之謂反。氣機物化，皆有往來，原於道之流盪，推移吐納，妙於不靜。弱者，道之用。堅彊則有倚而失用，非道也。道之用，以弱動而已。天下之物，生於有；有，生於無。道息於無，非反乎？迭上者，非動乎？趙志堅曰：物雖未形，已有是氣。天地萬物從一氣而生，一氣從道而生。（四十章）

流而或盈，滿而或止，則死而爲器。人知器之適用，而不知其死於器也。若夫道，含萬物而入萬物，方往方來，方來方往，蜿蟺希微，固不窮已。乃當其排之而來則有，當其引之而去，則託於無以生有，而可名爲無。故於其「反」觀之，乃可得而覿也。其子爲光，其孫爲水，固欲體其用也實難。夫迎來以彊，息往以弱，致「用」於「動」，不得健有所據，以窒生機之往來；故用常在「弱」，而道乃可得而「用」也。「動」者之生，天之事。「用」者之生，人之事。天法道，人法天，而何有於彊？然而知道體之本動者鮮矣。唯知「動」則知「反」，知「反」則知「弱」。

上士聞道，勤而行之；中士聞道，若存若亡；下士聞道，大笑之。不笑，不足以爲道。故建言有之：明道若昧，進道若退，夷道若纇；在牛爲牛，在馬爲馬，纇也。我道大似不肖，何纇之有？然唯非馬非牛，而亦可馬可牛，何不纇之有？**上德若谷，大白若辱；廣德若不足，建德若偷；質真若渝，大方無隅；**呂吉甫曰：渝於不測，反於大通。**大器晚成，大音希聲，大象無形，道隱無名。**常名不可名。**夫唯道，善貸且成。**（四十一章）

有善貸者於此，則人將告貸焉，而彼非執物以賜之也。夫道，亦若是而已矣。然我未見物之告貸於道也。何也？物與道爲體，而物即道也。物有來有往，有生有反，日飲於道，而究歸於未嘗或潤；日燭於道，而要反於未之有明。無潤無明，物之小成；不燿不流，道用自極。故欲勤，而莫致其力；欲行，而不見其功。蓋「昧」、「退」、「辱」、「偷」之名，非虛加之也。然而受之不辭者，且得不謂之上士乎？

道生一，沖氣爲和。**一生二，**既爲和矣，遂以有陰陽。沖氣與陰陽爲二。**二生三，**陰陽復二而爲三。**三生萬物。萬物負**

陰而抱陽，沖氣以爲和。人之所惡，惟孤寡不穀，而王公以爲稱。故物：或損之而益，或益之而損。人之所教，我亦教之；至道不在言，感觸可爾。**彊梁者不得其死，吾將以爲教父。**（四十二章）

當其爲道也，函「三」以爲「一」，則生之盛者不可窺，而其極至少。當其爲生也，始之以「沖氣」，而終之以「陰陽」。陰陽立矣，生之事繁，而生之理亦竭矣。又況就陰陽之情才，順其清以貪於得天，順其濁以堅於得地，旦吸夕餐，饇酌充悶以炫多，而非是則惡之以爲少，方且陰死於濁，陽死於清，而詎得所謂「和」者而髣髴之乎？又況超於「和」以生「和」者乎？有鑒於此，而後知無已而保其少，「損」少致「和」，損「和」得「一」。夫得「一」者無「一」，致「和」者無致。散其黨，游其宮，陰陽在我，而不叛其宗，則「益」之最盛，何以加哉！

天下之至柔，馳騁天下之至堅。無有入於無閒。吾是以知無爲之有益。不言之教，無爲之益，天下希及之。（四十三章）

適燕者北馳，適粵者南騁；而無適之駕，則常得其夷而無所阻，轢踐百爲而無所牾。以觿解者，不能解不糾之結；以斧析者，不能析無理之薪。苟知實之有虛，因而襲之，則訢距萬變，而我志無不得。夫炫其「堅」而修備，測其「閒」而抵隙者，多矣，道之所以終隱於「可道」也。

名與身孰親？身與貨孰多？得與亡孰病？是故甚愛必大費，多藏必厚亡。知足不辱，知止不殆，薛君采曰：樂今有之已多，無求奚辱？懼後益之有損，知幾奚殆？**可以長久。**（四十四章）

所謂至人者，豈果其距物以孤處哉？而坐視其變，——知我之終無如物何，而物亦終無如我何也。

故「辱」有自來，而「辱」或無自來；「殆」有自召，而「殆」或不召而至。然而以「身」捷得其眚而受其「名」，則不如無居之爲愈也。故謂之善愛「名」而善居「貨」，善襲「得」而善遺「亡」。「得」之於「身」，聽然以消陰陽之沴；得之於天下，泮然以斃虎兕之威。

大成若缺，其用不敝；大盈若沖，其用不窮。大直若屈，大巧若拙，大辯若訥。躁勝寒，靜勝熱，勝音升。葉夢得曰：知其所勝，孰往而不可爲？**清靜爲天下正。**爲天下正，則天下自正。若欲正天下，益其寒熱矣。（四十五章）

陰陽交而人事煩，人事煩而功名著。故喜於有爲者，其物之盈而往附之。已盈而往附焉，必損於己，遂思以勝之；我見其寒而趨火，熱而飲冰，徒自困也。彼豈樂有此患哉？始亦以附彼者之易於求盈，而不知其至此也。而早嗇於己，不驚於物，則陰陽方長，而不附之以爲功名。始於不依，終於不競，天下正矣，而我若未有功。故貌見不足，而實享其有餘。誠享矣，而又奚恤於貌之不足？

天下有道，卻走馬以糞；天下無道，戎馬生於郊。罪莫大於可欲，禍莫大於不知足，咎莫大於欲得。故知足之足，常足矣。（四十六章）

禍發於方寸，福隱於無名。一機之動如蟻穿，而萬殺之爭如河決。故有道者，不爲福先，而天下無禍。豈强窒之哉？明於陰陽之亢害，而樂遊於大同之圃，安能以己之已知，犯物之必害者乎？

不出户，知天下；章安曰：出户則離此而有知。**不窺牖，見天道。**章安曰：窺牖則即彼而有見。**其出彌遠，其知彌少。是以聖人：不行而知，不見而名，不爲而成。**（四十七章）

道，盈於向背之間。有所向，斯有所背矣。無所向，無所背，可名之中。乃使人貿貿然終日求中而不得，爲天下笑。無已，姑試而反之。反非中也，而漸見其際。有欻乎，如光之投隙；有約乎，如絲之就絡。物授我知而我不勤，乃知昔之逐亡子而追奔馬者，勞而愚矣。非然，則天下豈有「不行而知，不見而名，不爲而成」者哉？

爲學日益，爲道日損。損之又損，以至于無爲，無爲而無不爲矣。故取天下，常以無事；及其有事，不足以取天下。天下不可取，蹏天下之與我謂之取爾。（四十八章）

損於有者，益於無。去其所取，全其未有取。未有取，則未有失。故賓百爲，而天下來賓。猶且詹詹然以前識之得爲墨守，則日見益而所失者積矣。故月取明於日，明日生而眞月日死。安能舍此無盡藏，以取恩於天下之耳目哉？夫天下無窮，取者恩而失者怨，取者得而失者喪，此上禮之不免於攘臂，而致數輿之無輿也。

聖人無常心，以百姓之心爲心：善者吾善之，不善者吾亦善之，德善矣；信者吾信之，不信者吾亦信之，德信矣。聖人在天下，歙歙爲天下渾其心，百姓皆注其耳目，聖人皆孩之。（四十九章）

即有聖人，豈能使天下之皆孩邪？一生二而有陰陽，有陰陽而有性情，有性情而有是非。夫性情之凝滯以干陰陽之肖者而執之，將遂以爲常乎？常於此者，不常於彼矣。唯執大常以無所常，故恣陽亢陰凝之極，而百姓可坐待其及。我爲焦土，百姓爲灌潦；我爲和風，百姓爲笙竽。有漬而不受，有聲而不留，則善之來投，若稚子學語於翁嫗之側，而況夫不善之注耳目者乎？嗚呼！天下之有目而注者多矣，與之爲目者，則亦注也。聖人不爲目，而天下自此孩矣。

出生，入死。生之徒，十有三；死之徒，十有三；人之生，動之死地者，亦十有三。蘇子繇曰：生死之道九，而不生不死之道一。**夫何故？以其生生之厚。蓋聞：善攝生者，陸行不遇兕虎，入軍不避甲兵。則兕無所投其角，虎無所措其爪，兵無所容其刃。夫何故？以其無死地。**（五十章）

有死地，無生地。無地爲生，有地爲死。試效言之矣。人之生也，神舍空而即用，形拔實以營虛，非其出乎？迨氣與空爲宅，形與壤爲質，則死者非其人乎？雖然，既有生矣，遂以其出者爲可繼也，引緒旁生，據地而遊，則死固死於靜，生亦死於動。死於動者，能不靜，而不能靜於動也。靜於動，則動於靜；動靜兩用而兩不用。靜於動，則動可名爲靜；可名爲靜，靜亦樂得而歸之；所謂「守靜篤」者此也。動於靜，則靜可名爲動；可名爲動，靜與周旋而不死；所謂「反者道之動」者此也。故有地者三，無地以爲地者三，鶩於地不地而究以得地者三。此自九而外，一之妙所難言與！然而攝生者其用在動，之死者其用亦動。何以效之？攝生者以得地爲憂，動而離之。之死者以不得地爲憂，動而即之。彼雖日往還於出入之間，而又惡知動哉？則甚矣，地之可畏也！兕虎之攫，必按地以爲威；甲兵之殺，必爭地以制勝。遇無地者，則皆廢然而喪其殺機。殺不在彼，死去於我，御風者所以泠然善，雲將所以暢言遊也。

道生之，德畜之；道之用曰德。**物形之，勢成之。**皆道之自然。**是以萬物，莫不尊道而貴德。道之尊，德之貴，夫莫之爵而常自然。故道：生之，畜之；長之，育之；亭之，毒之；養之，覆之；**陸希聲曰：稟其精謂之生，含其炁謂之畜，遂其形謂之長，字其材謂之育，權其成謂之亭，量其用謂之毒，保其和謂之養，獲其生謂之覆。**生而不有，爲而不恃，長而不宰，是謂玄德。**（五十一章）

道既已生矣，而我何生？道既已畜，且覆之矣，而我何爲？而我何長？鄰之人炊其囷粟以自飽，施施然曰我食之，夫誰信哉？乃彼未嘗食於我，而未嘗不食於此也。我唯灼而知之，順而襲之，天下不相知而德我，我姑不得已而德之。物者形矣，勢者成矣。雖灼知之，不名言之；雖順襲之，不易置之；雖德我者不相知，終古而信之；亦可因萬物之不相知也，而謂之玄德矣。

天下有始，以爲天下母。既得其母，以知其子；既知其子，復守其母，没身不殆。塞其兑，閉其門，終身不勤；開其兑，濟其事，終身不救。見小曰明，守柔曰彊；用其光，復歸其明，無遺身殃，是謂襲常。（五十二章）

言「始」者有三：君子之言始，言其主持也；釋氏之言始，言其涵合也；此之言「始」，言其生動也。夫生動者氣，而非徒氣也。但以氣，則方其生動於彼，而此已枵然矣。盈於彼，不虚於此；先天地生，而即後天地死；其息極微，用之無迹。小且無所執，而況於大？弱且不必「用」，而況於「彊」？將孰從而致吾「見」與「守」乎？故方其「守」而「知」，「知」之在「守」；方其「知」而「守」，「守」之在「知」。生息無窮，機漾於渺。欲執之而已逝矣，欲審之而已遷矣，欻忽蕭散，何所爲「常」？於其不「常」，而陰尸其「常」，豈復在「子」「母」之涯涘邪？不然，以己之知與力，有涯之用，追隨「子」「母」之變，未見其免於殃也。

使我介然有知，行於大道，唯施是畏。大道甚夷，而民好徑，朝甚除，田甚蕪，倉甚虛，服文采，帶利劍，厭飲食，資貨有餘，是謂盜竽，非道哉！ 疾周末文勝。（五十三章）

天下不勝「知」也。「知」而「施」之，則物之情狀死於己之耳目，而耳目亦將死於情狀矣。然則將去知乎？而知亦無容去也。有知者，有使我知者。知者自謂久知，而使我知者用其「介然」而已。知「介然」之靡常，則已無畱好。已無畱好，而天下不羨其畱，雖施不足畏，而況於知？俄頃之光，而終身之據，已尚之物，亦從而尚之，莽、操之奉堯舜爲竽，黃巾、赤眉之奉湯武爲竽，與陰陽之沴奉凝滯之沖氣以爲竽而盜其生，等也。道之不可以「介然」行也，如斯夫！

善建者不拔，吕吉甫曰：建之以常無有。**善抱者不脫，**吕吉甫曰：抱神以靜。**子孫祭祀不輟。修之於身，**以善建善抱者修之。**其德乃真；修之於家，其德乃餘；修之於鄉，其德乃長；修之於邦，其德乃豐；修之於天下，其德乃普。故以身觀身，以家觀家，以鄉觀鄉，以邦觀邦，以天下觀天下。吾何以知天下之然哉？以此。**（五十四章）

以己與天下國家立，則分而爲朋矣。彼朋「建」，則此朋「拔」；彼朋「抱」，則此朋「脫」。然而有道者，豈能强齊而並施之哉？事各有形，情各有狀，因而觀之，可以無爭矣。而流動於情狀之中，因其無可因，以使之自因者，所謂「知之以此」也。方且無「身」，而身何「觀」？方且無鄉、邦、天下，而我又何「觀」？方且無之，故方且有之。析於所自然，而摶於所不得已，則匪特「朋亡」，而已物相見之真，液化賑函，固結以壽於無窮，是謂「死而不亡」。

含德之厚，比於赤子：毒蟲不螫，猛獸不據，攫鳥不搏。骨弱筋柔而握固，未知牝牡之合而峻作，精之至也。終日號而不嗄，和之至也。繇斯以觀，則人無日不精，無所不和。以此立教，猶有執墮地一聲爲本來面目者。知和曰常，知常曰明。益生曰祥，求益其生，是爲災祥。心使氣曰彊。氣自精和，使之剛躁。物壯則老，謂之不道，不道早已。（五十五章）

以一己受天下之無涯，不給矣。憂其不給，將奔心馳氣，內爭而外渝。然且立德以爲德，吐爲外景，而不知中之未有明也。含而比於赤子者，德不立德；德不立德，而取舍無迹；無迹則「和」。不立德以爲德，則陰陽歸一，陰陽歸一則「精」。如是者，大富不貲，大勁不折，而猶有「使氣」「益生」之患乎？故閉之户牖，無有六合；守之酣寢，無有風雷；至人無涯之化，赤子無情之效也。

知者不言，言者不知。非特不使人窺其喜怒，亦且使道無間於合離。塞其兑，閉其門；挫其鋭，解其紛；和其光，同其塵；是謂玄同。不可得而親，不可得而疏；即之則大似不肖，違之又不出於此。不可得而利，不可得而害；雨不能濡空使有生，日不能暵空使有熱。不可得而貴，不可得而賤；貴賤者名也，繇貴有賤。無名則無貴而無賤。故爲天下貴。嚴君平曰：五味在口，五音在耳，如甘非甘，如苦非苦，如商非商，如羽非羽，而易牙、師曠能別之。音味尚爾，況妙道乎？至人之游處，顯則與萬物共其本，晦則與虛無混其根，語默隨時而不殊，巵言日出而應變，是以謂之玄同也。（五十六章）

夫將同其所同，則亦異其所異。同者我貴之，而或賤之；異者我賤之，而或貴之。何也？以我之貴，知或之賤；以我之賤，知或之貴也。唯不犯物者，物亦不犯我。非不犯也，物固莫能犯之也。

因而靡之，坐而老之，使明如列炬，暗如穽土，鋭如干將，紛如亂絲，一聽其是非之無極，終不爭同己以爲貴，乃冒天下之上，以視天下短長之命。玄乎！玄乎！而何言之足建乎？

以正治國，以奇用兵，以無事取天下。吾何以知天下之然哉？天下多忌諱，而民彌貧；民多利器，國家滋昏；人多技巧，奇物滋起；法令滋章，盜賊多有。故聖人云：我無爲而民自化，我好靜而民自正，我無事而民自富，我無欲而民自樸。（五十七章）

天下有所不治，及其治之，非「正」不爲功。以「正」正其不正，惡知正者之固將不正邪？故「正」必至於「奇」，而治國必至於「用兵」。夫無事者，正所正而我不治，則雖有欲爲奇者，以無猜而自阻，我乃得坐而取之。彼多動多事者則不然，曰「治者物之當然，而用兵者我之不得已也」。方與天下共居其安平之富，而曰不得已，是誰詒之戚哉？故無名無器，無器無利，無利無巧，無巧則法無所試。故欲弭兵者先去治。

其政悶悶，其民淳淳；其政察察，其民缺缺。禍兮福所倚，福兮禍所伏。孰知其極？其無正邪！嘗試周旋迴翔於理數之交，而知其無正邪，彼察察然迓福而避禍者，則以爲有正。正復爲奇，善復爲祅。人之迷也，其日固久矣。是以聖人：方而不割，廉而不劌，直而不肆，光而不耀。（五十八章）

果其無「正」耶，則聖人何不並「方」「廉」「直」「光」而去之？去者必矯，今之矯，後之所矯也。弓之張也弣外，則其弛也弣內。然則天下遂無一或可者與？聖人知其無正，則亦知其無奇，而常循其沖。「人之所畏，不敢不畏」，則善人不能操名以相責。「天下注目，我皆孩之」，則不善人不能立壘以來爭。**是故遠**「割」「劌」「肆」「耀」之傷，而作「方」「廉」「直」「光」之保，則氣數失其善袄，而奇正忘於名實。不然，避禍而求福於容，容亦迷而速其袄爾。

治人，事天，莫如嗇。夫唯嗇，是謂早服；早服謂之重積德。韓非曰：思慮靜，故德不去；孔竅虛，則和氣日入。**重積德，則無不克；無不克，則莫知其極；莫知其極，可以有國；有國之母，可以長久。是謂深根，固柢，長生，久視之道。**（五十九章）

「人」之情無盡，取而「治」之，則不及情者多矣。「天」之數無極，往而「事」之，則無可極者遠矣。以其歙歙，從其浩浩，此冀彼之恩，而彼冀望此以爲怨。怨不可以有國，而歙歙窮年，亦「根」敗「柢」枯，而其「生」不延。迨其不延，悔而思「服」，豈不晚與！守之圜中，鮮所「治」，鮮所「事」。情萬而情情者一，數萬而數數者並一不存。或疑其吝而不德，而不德之德，天人無所邀望於始，則亦無所怨恫於終。而批卻導窾，數給不窮者，寧有訖乎？故牡之觸有窮，而牝之受無所止。「重積德」者，天下歙其受而歸我，席虛以游天下，此「有國」之與「長久」，兩難并者，而并之於此。并之於此，則豈有不并於此者哉？

治大國，若烹小鮮。以道莅天下，其鬼不神。非其鬼不神，其神不傷人。非其神不傷人，聖人亦不傷之。夫兩不相傷，故德交歸焉。（六十章）

動天下之形，猶餘其氣；動天下之氣，動無餘矣。「烹小鮮」而撓之，未嘗傷小鮮也，而氣已傷矣。傷其氣，氣遂逆起而報之。夫天下有「鬼神」，操治亂於無形；吾身有「鬼神」，操生死於無形。殺機一動，龍蛇起陸，而生德戕焉。靜則無，動則有，神則「傷人」，可畏哉！「載營魄抱一而不離」，與相保於水之未波。豈有以治天下哉？「莅」之而已。

大國者下流，天下之交，天下之牝。牝常以靜勝牡，以靜爲下。靜以居下，厚德載物。**故大國以下小國，則取小國；小國以下大國，則取大國。故或下以取，或下而取。大國不過欲兼畜人，小國不過欲入事人。夫兩者各得其所欲，故大者宜爲下。**（六十一章）

道莫妙於受。受而動，是名受而實不受也。欲受而動，是實受而名不受也。天下相報以實，而相爭以名，陰陽之於人固然，況人事乎？語其極，則欲「兼畜人」，非能畜人；欲「入事人」，非能事人。何也？實元動也，況欲之而又不能靜乎？愈大則愈可受。人能爲陰陽之歸，其處下尤甚。靜其欲，靜其動，江海之所以爲百谷王也。

道者，萬物之奧，善人之寶，不善人之所保。美言可以市，尊行可以加人。不善人保之，善所以貴。然可市而不市，可加而不加，斯乃爲奧。**人之不善，何棄之有？故立天子，置三公，雖有拱璧以先駟馬，不如坐進此道。古之所以貴此道者何，不曰求以得、有罪以免邪？故爲天下貴。**（六十二章）

繇此驗之，則有道者不必無求，而亦未嘗諱罪耶？無求則亢，諱罪則易汚，有道者不處。天下皆在道之中，善不善者其化迹，而道其槖籥。是故無所擇，而聊以之深其息。知有所擇也，是天子三公之爲貴，而拱璧駟馬之爲文矣，豈道也哉？時有所求，終不懷寶以自封；或欲免罪，終不失保以孤立。和是非而休之以天鈞，天下皆同乎道，而孰能賤之？

爲無爲，事無事，味無味。大小，多少，吕吉甫曰：歸於無物，故可以大，可以小，可以多，可以少。**報怨以德。圖難于其易，爲大于其細。天下難事，必作於易；天下大事，必作於細。是以聖人，終不爲大，故能成其大。夫輕諾必寡信，多易必多難，是以聖人猶難之，故終無難。**（六十三章）

憤興長養者，人之所見「大」也。恩怨讎酢者，人之所見「難」也。秋脱之葉，春之所榮；重雲之屯，雨之所消；非果爲「大」而爲「難」，審矣。道其猶水乎！微出於險，昌流非盈。盈，循末而見其盈，不知其始之有以持之也。如是，則聖人勞矣乎！而能不勞者，託於無也。無「大」則若「細」，無「易」則若「難」，保其無而無往不得。所難者，保無而已矣。

其安易持，其未兆易謀，其脆易判，其微易散。道自有此四幾。**爲之於未有，治之于未亂。合抱之木，生於豪末；九成之臺，起於累土；千里之行，始於足下。**既合抱而仍有豪末，既九成而仍資累土，雖千里而不過足下。**爲者敗之，執者失之。**蘇子繇曰：與禍爭勝，與福生贅，是以禍不救而福不成。**是以聖人：無爲，故無敗；無執，故無失。民之從事，常於幾成而敗之。慎終如始，則無敗事。是以聖人：欲不欲，不貴難得之貨；學不學，復衆人之所過；**劉仲平曰：欲衆人之所不欲，不欲衆人之所欲；學衆人之所不學，不學衆人之所學；復其過矣。**以恃萬物之自然，而不敢爲。**（六十四章）

夫有道者，不爲吉先，不爲福贅。「未有」、「未亂」，而逆治，其事近迎。「幾成」而「慎」有餘，其事近隨。迎隨之非道，久矣，非以其數數於往來而中敝邪？孰知夫往者之方來，而來者之方往也？又孰知夫往者之未嘗往，而來者之未嘗來也？戒其隨，始若迎之；戒其迎，始若隨之。又孰知夫迎隨之可避，而避迎隨之亦可戒也？或敝或避，因物者也。兼而戒之，從事其易者，因道者也。因物者不常，因道者致一。一無所倚，迎幾「早服」，此以「恃萬物之自然而不爲」。

古之善爲道者，非以明民，將以愚之。民之難治，以其智多。故以智治國，國之賊；不以智治國，國之福。知此兩者，亦楷式。能知楷式，是謂玄德。玄德深矣，遠矣，與物反矣，反乃至於大順。吕吉甫曰：與物反本，無所于逆。（六十五章）

順之則與天下相生，「反」之則與吾相守。生者，生智，生不智；生福，生禍；生德，生賊；莫必其生，而順亦不長也。守者，吾守吾，天下守天下，而不相詔也。夫道之使有是天下也，天下不吾，而吾不天下，久矣「楷式」如斯，而未有易也。倣其「楷」，多其罋缶而土裂於邱；學其「式」，多其觚豆而木落於山。天下其爲我之罋缶與其觚豆乎？彼且不甘而怨賊起矣。物欲出生，我止其芽，則天下全其膏潤。心欲出生，我止其幾，則魂魄全其常明。非故「愚之」也，「以明」者非其明也。

江海所以能爲百谷王者，以其善下之，故能爲百谷王。是以聖人：欲上人，以其言下之；欲先人，以其身後之；是以處上而人不重，人不重，重仍在己也。凡上輕下重。處上而不以重授人，唯聖人爲然。處前而人不能害，是以天下樂推而不厭；以其不爭，故天下莫能與之爭。（六十六章）

未易下，尤未易「善下」，故天下之爲江海者鮮矣。將欲抑之，而激之必亢；將欲浚之，而祇以不平。而不但此也。獨立而爲物所歸，則積之必厚；積厚而無所輸，則欲抑之，浚之，而不能。故唯江海者，「善下」者也。江則有海，海則有尾閭。聖人有善，則過而不留。受天下之歸而自不餍，天下亦孰得而厭之？故返息於踵，返踵於天，照之以自然，而推移其宿氣，乃入於「寥天一」。

天下皆謂我道大，似不肖。夫唯大，故似不肖；若肖，久矣其細也夫！我有三寶，寶而持之：一曰慈，二曰儉，三曰不敢爲天下先。夫慈，故能勇；儉，故能廣；不敢爲天下先，故能成器長。今舍其慈，且勇；舍其儉，且廣；舍其後，且先；死矣。夫慈，以戰則勝，以守則固；天將救之，以慈衛之。（六十七章）

曰蠶「肖」蠋，不能謂蠋之即蠶也。曰蠶「肖」蠶，不能謂此蠶之即彼蠶也。求名不得，而舉其「肖」，然且不可，況欲執我以求「肖」乎？終日「慈」，而非以「肖」仁；終日「儉」，而非以「肖」禮；終日「後」，而非以「肖」智。善無近名，名固不可得而近矣。無已，遠其刑而居於無迹，猶賢於「肖」迹以失真乎！不然，「天將救之，以慈衛之」。苻堅不忍於慕容，而不救其死，非以其求「肖」也哉？

善爲士者不武，善戰者不怒，善勝敵者不爭，善用人者爲之下。是謂不爭之德，是謂用人之力，是謂配天，古之極。（六十八章）

避殺者不可爲，猶之樂殺者不可長也。或以有所樂，或以有所避，皆謂生殺之在己而操縱之，是謂竊天。不致其樂，避於何庸？故「以正治國」者，將以弭兵而兵愈起；「善爲士」者，可以用兵而兵不傷。知天之化迹，有露雷而無喜怒；知古之「楷式」，有消長而無殺生。有道者之善用人，豈立我以用人哉？人已然而因用之也。

用兵有言：吾不敢爲主而爲客，不敢進寸而退尺。是謂行無行，户剛切。**攘無臂，仍無敵，執無兵。禍**

莫大於輕敵，輕敵幾喪吾寶；故抗兵相加，哀者勝矣。道之於天下，莫不然者，而戰其一。（六十九章）

居道之宮，非「主」非「客」；乘道之機，亦「進」亦「退」。而「主」不知「客」，「客」能知「主」，緜其相知，因以測非「主」非「客」之用；「進」無「退」地，「退」有「進」地，因其餘地，遂以襲亦「進」亦「退」之妙。「主客」之間有宮焉，「進退」之外有用焉。「無行」，「無臂」，「無敵」，「無兵」者，如斯也。遠死地而致「微明」，不「勝」其何俟焉？欲猝得此機而不能，將如之何？無亦姑反其勢而用其情乎！以「哀」行其「不得已」，所以斂吾怒而不喪吾「三寶」也。

吾言甚易知，甚易行；天下莫能知，莫能行。言有宗，事有君；夫唯無知，物之自然，非我言之，非我事之，我亦緜焉而不知。**是以不我知也。知我者希，則我貴矣。是以聖人，披褐懷玉。**（七十章）

大喧生於大寂，大生肇於無生。乘其喧而和之，不勝和也。逐其化而育之，不勝育也。脣吹竽，則指不能拊瑟；仰承蟬，則俯不能掇蠹。故天下之言，爲脣爲指；天下之事，爲承爲掇。逐逐其難而終不遇，乃栲然以自侈其知之多，豈有能知我者哉？我之自居於「希」也，天下能勿「希」乎？故大谷無纖音，而大化無乳字。謝其喧而不敏於化，蓋披褐以樂居其「易」，而懷玉以潛襲其「希」也。

知，不知，上；不知，知，病。夫唯病病，是以不病。聖人之不病也，以其病病，是以不病。（七十一章）

府天下以勞我，唯其知我；官我以割天下，唯其知天下。夫豈特天下之不勝知？而知者，亦將倚畔際而失遷流。故聖人，於牛忘耜，於馬忘駕，於原忘田，於材忘器，閟閟於己而不見其府，閟閟於天下而無以爲官。若夫制萬族之宇，而效百骸之位，已有前我而市其餘知者，方斁之以爲勞，而苦其多遺，沉浮新知，以遁故器，而曾莫之病乎？

民不畏威，則大威至矣。李息齋曰：民不畏威，非天下兼忘我者不能。**無狹其所居，無厭其所生。夫唯不厭，是以不厭。是以聖人：自知，不自見；自愛，不自貴；故去彼取此。**（七十二章）

侈於有者窮於無，填其虛者增其實，將舉手流目而無往非「狹」也，亦舉手流目而無往非「厭」也。有「居」者，有居「居」者。有「生」者，有生「生」者。居「居」者浹於「居」之裏，澒洞盤旋，廣於天地。生「生」者保其「生」之和，婉嫕蕭散，樂於春臺。而自棄其樂，自塞其廣，悲哉！屏營終夕，不自聊而求助於「威」也！是故去「見」則不廣而廣，去「貴」則樂不以樂。日游於澹遠，以釋無窮，恢乎有餘，充乎有適。忘天下而不爲累，天下亦將忘之。蓋居「居」而生「生」者，天下之固有也，而我奚「見」而奚「貴」乎？

勇於敢則殺，勇於不敢則活。此兩者，或利，或害。天之所惡，孰知其故？是以聖人猶難之。天之道：不爭而善勝，不言而善應，不召而自來，繟然而善謀。天網恢恢，疏而不失。（七十三章）

執「不敢」以「勇」，「敢」矣；「不敢」其所「不敢」，「勇」矣。「勇」「敢」之施，「殺」「活」之報，天乘其權，而我受其變，「難」矣。聖人畏其「難」，而承其「活」，不辭其「殺」，故「活」在己而「殺」任天下。何也？以己受「活」，則必有受「殺」者，氣數之固然，而不足詰也。夫唯己「活」而非以功，天下「殺」而無能罪，斯以處功罪之外，而善救人物，我無「殺」「活」而天下亦「活」。彼氣數者，日敝敝以「殺」「活」爲勞，其於我也，吹劍首之吷而已矣。是以聖人，破「天網」而行「天道」。

民常不畏死，奈何以死懼之？若使人常畏死，而爲奇者，吾得執而殺之，孰敢？常有司殺者殺，張文潛曰：萬物泯泯，必歸於滅盡而後止。**而代司殺者殺，是代大匠斲。夫代大匠斲者，希有不傷其手者矣。**（七十四章）

木當其「斲」，豈有避其堅脆者哉？故盜跖、鮑焦相笑而無已時也。揀其所笑，以爲或是或非，執秕糠以强人之所固不信，遂將乘人之死以驗己之得，而要之爲利，則於殺有喜心。於殺有喜心者，於天下未有損，而徒自剥其和也。聖人知理勢之且然，故哀天而目擊夫化。化日遷而不得不聽，聽化而哀之也抑深矣。豈求以近仁名邪？近仁名者，是有司生者而代之生也。代之生，代之殺，皆愚也。聖人終不爲愚，故似不肖。

民之飢，以其上食税之多也，是以飢。民之難治，以其上之有爲也，是以難治。民之輕死，以其生生之厚也，是以輕死。夫唯無以生爲者，是賢於貴生。（七十五章）

夫食税者上，而飢者民；有爲者上，而難治者民。彼此不相知而相因，誠有之矣。統吾之生而欲生之，無異養矣。孰知其不相知而相因也，肝膽之即爲胡越乎？故同其異，則胡越肝膽也；異其同，則肝膽胡、越也。於彼有此，於此有彼，彼此相成，而生死不相戾，豈能皆厚，而莫知有輕哉？脈脈使其知，則筋骨血肉之皆虛，而沖虛無有之皆實。故曰：「沖而用之或不盈。」誠不盈矣，知得入之而不窒，奚其生之厚而死之輕也？

人之生也柔弱，其死也堅彊；草木之生也柔脆，其死也枯槁。故堅彊者，死之徒；柔弱者，生之徒。是以兵彊則不勝，木彊則共。董思靖曰：人共伐之。**彊大處下，柔弱處上。**（七十六章）

彊弱者，迹也。夫豈木之欲生，而故爲柔脆哉？天液不至而糟粕存，於是而堅枯之形成矣。故堅彊者，有之積也；柔弱者，無之化也。無之化，而尚足以生，況其未有化者乎？不得已而用其化以爲柔弱，以其去無之未遠也。夫無其彊者，則柔者不凝，天下之所以厚樹其質也。而孰知凝之即爲死之徒乎？質雖因其已有而不可無，而用天地之沖相升降，則豈唯處上者之柔弱也，即其處（上）（下）者而與枯槁遠矣。

天之道，其猶張弓乎！高者抑之，下者舉之；有餘者損之，不足者補之。天之道，損有餘而補不足。人之道則不然，損不足而奉有餘。孰能以有餘奉天下？不損。**唯有道者。是以聖人：爲而不恃，成功而不居；其不欲見賢邪！**（七十七章）

唯弓有「高」「下」，而後人得施其「抑」「舉」；唯人有「有餘」「不足」，而後天得施其「損」「補」。夫自損者固未嘗無損，而受天損者，其禍烈矣。聖人之能不禍於天者，無禍地也。夫豈但勞天下以自奉者，爲奉有餘哉？人未嘗不肖而欲賢之，人未嘗亂而欲治之，美譽來歸而膻聞贈物，非樂天下之敗以自成乎？故一人安位，天下失據；一日行志，百夫傷心；殺機發於詬誓，而戎馬生於勳名。然則庸人之自奉儉，而賢者之自奉奢，可不畏哉！

天下莫柔弱於水，而攻堅彊者莫之能先，以其無以易之也。故柔之勝剛，弱之勝彊，天下莫不知，莫能

行。**是以聖人云：受國之垢，是謂社稷主；受國之不祥，是謂天下王。正言若反。**（七十八章）

無「攻」之力，有「攻」之心，則心鼓其力。無「攻」之心，有「攻」之力，則力盪其心。心力交足以「攻」，則各乘其權，身以内各挾其戈矛以屢變；而欲以「攻」天下，能不瓦解者，未之有矣。雖然，莫心爲甚。夫水者，豈欲以敵堅彊而爲攻者哉？受天下之「垢」也，終古而無「易」心，而力從之。何也？水之無力，均其無心；水之無心，均其無力也。故「弱其志」者無「易」志，「虚其心」者無「易」心，行乎其所不得已，而不知堅彊之與否，則險夷無易慮，無（地）〔他〕，寓心於汗漫而内不自搆也。寓心於汗漫，無所畏矣。内不自搆，和之至矣。和於中，無畏於外，天下其孰能禦之！

和大怨，必有餘怨，安可以爲善？是以聖人，執左契而不責於人。左契，受債者之所責司之，聽人之來取而已。**故有德司契，**左契。**無德司徹。**徹，通也，均也，欲通物而均之。**天道無親，常與善人。**李息齋曰：蓋亦司契而已。（七十九章）

既不欲攻之，則從而「和」之，欲有爲於天下者，舍二術無從矣。夫物本均也，而我何所通？物苟不通也，而我又何以均？無心無力，怨自不長。有心者心定而釋，有力者力窮而返。不待無所終而投我，而先就之以致均通之德，是益其怨而怨歸之矣。聖人知其然，陰愆陽忒之變，坐而消之，天固自定；靜躁寒熱之反，坐而勝之，身固自安；儒墨是非之爭，坐而照之，道固自一。無他，無所親、斯無所疏，物求斯與，而已不授也。

小國寡民：使有什伯之器而不用；使民重死，而不遠徙；雖有舟車，無所乘之；雖有甲兵，無所

陳之；使民復結繩而用之；甘其食，美其服，安其居，樂其俗；鄰國相望，鷄犬之音相聞，民至老死，不相往來。（八十章）

夫天下亦如是而已矣。以「寡小」觀「寡小」，以疆大觀疆大，以天下觀天下，人同天，天同道，道同自然，又安往而不適者哉？推而準之四海之廣；賢貴「安其居」，而賤不肖「不來」，則賢貴定；賤不肖「安其居」，而賢貴「不往」，則賤不肖和。反而求之一身之內：耳目「安其居」，而心思「不往」，則耳目全；心思「安其居」，而耳目「不來」，則心思正。「抱一」者，抱其一而不徹其不一，乃以「玄同」於一，而無將迎之患。

信言不美，美言不信；善言不辯，辯言不善；知者不博，博者不知。聖人不積：既以爲人，己愈有；既以與人，己愈多。天之道，利而不害；人則有利必有害。**聖人之道，爲而不爭。**（八十一章）

以所「有」「爲人」，則人「有」而己損；以「多」「與人」，則人「多」而己貧。孰能知無所爲者之「爲人」邪？無所與者之「與人」邪？道散於天下，天下廣矣，故「不積」。道積於己，於是而有「美」，有「辯」，有「博」。既「美」且「辯」，益之以「博」，未有「不爭」者也。乃其於道之涯際，如勺水之於大海，揮之，飲之，而已窮。俯首而「爲」，惡知昂首而「爭」？不問其「利」「利」自成，惡與「害」逢？能不以有涯測無涯者，亦無涯矣。「休之以天鈞」，奚「爲」，奚「與」，又奚窮哉？

莊子通

敍

己未春，避兵櫨林山中，膺膔之室也，衆籟不喧，枯坐得以自念： 念予以不能言之心，行乎不相涉之世，浮沈其側者五年弗獲已，所以應之者，薄似莊生之術，得無大疚媿？ 然而予固非莊生之徒也，有所不可，「兩行」，不容不出乎此，因而通之，可以與心理不背； 顏淵、蘧伯玉、葉公之行，叔山無趾、哀駘它之貌，凡以通吾心也。心苟爲求仁之心，又奚不可？

或曰，莊生處七雄之世，是以云然。 雖然，爲莊生者，猶可不爾，以予通之，尤合轍焉。 予之爲大瘻、無脤，予之居「才不才之間」，「知我者謂我心憂，不知我者謂我何求」，孰爲知我者哉！ 謂予以莊生之術，祈免於「羿之彀中」，予亦無容自解，而無能見壺子於「天壤」之示也久矣。 凡莊生之說，皆可因以通君子之道，類如此。 故不問莊生之能及此與否，而可以成其一説。 是歲伏日，南嶽賣薑翁自敍。

莊子通

衡陽王夫之譔

逍遥遊

多寡、長短、輕重、大小，皆非耦也。兼乎寡則多，兼乎短則長，兼乎輕則重，兼乎小則大，故非耦也。大既有小矣，小既可大矣，而畫一小大之區，吾不知其所從生。然則大何不可使小，而困於大？小何不可使大，而困於小？無區可畫，困亦奚生！

夫大非不能小；不能小者，勢使之然也。小非不能大；不能大者，情使之然也。天下有勢，「扶搖」之風是已。我心有勢，「垂天」之翼是已。夫勢之「厚」也生于「積」：「扶搖」之風，生物之吹息也；「垂天」之翼，一翮之輕羽也。然則雖成乎勢，大之居然小也固然。

勢者，矜而已矣。矜者，目奪於成形而已矣。目奪於成形，而心怙其已然，然後困於大者，其患倍於困小。何也？心怙其已然，則均，而困於小者，無成形以奪其目也。爲勢所驅，不「九萬里」而不已；亦嘗過「枋榆」校者按：莊子原文作「榆枋」。矣，而失其「枋榆」。「扶搖」之風，不可以翔「枋榆」；「泠然」之風，不可以遊鄉國；章甫之美，不可以適於越；勢之困尤甚於情。情有炯明，而勢善迷，豈不甚乎！

然則「乘天地之正」者，不驚於天地之勢也；「御六氣之辨」者，不驚於六氣之勢也，必然矣。無大則「無己」，無大則「無功」，無大則「無名」；而又惡乎小！

雖然，其孰能之哉？知兼乎寡，而後多不諱寡也。知兼乎短，而後長不辭短也。知兼乎輕，而後重不畧輕也。知兼乎小，而後大不忘小也。不忘小，乃可以忘小；忘小忘大，而「有不忘者存」，陶鑄焉，斯爲堯舜矣。

齊物論

論其「比竹」，論者其吹者乎！人其「比竹」，天其吹者乎！天其「比竹」，機之欻然而興者其吹者乎！然則四海之廣，萬年之長，肸蠁之細，雷霆之洪，欲孤用吾口耳而吾弗能，欲孤用吾心而吾弗能；甚矣其窮也！

不言而「照之以天」，得矣。不言者，有使我不言者也；照者，有使我照者也；皆因也。欲不因彼而不爲彼所使，逃之空虛，而空虛亦彼，亦將安所逃之？甚矣其窮也！

未徹於此者，游於窮，而自以爲無窮，而徹者笑之已。徹於此者，游於無窮，而無往不窮。天地無往而非其氣，萬物無往而非其機，觸之而即違，違之而即觸。不得已而言齊，我將齊物之論，而物之論亦將齊我也，可如之何！

智窮道喪，而別求一藏身之固，曰「聖人懷之」，斯可不謂擇術之最工者乎？

雖然，吾將有辯。懷之也，其將與物相逃乎！與物相逃，則猶然與物相競也。何也？惡屈乎物而逃之，惡隨乎物而逃之，惡與物角立而無以相長而逃之。苟有惡之心，則既競矣。逃之而無所屈，逃之而無所隨，逃之而不與角立，因自以爲可以相長，凡此者皆競也。與之競，則懷之機甚於其論；默塞之中，有雷霆焉。「不言之辯」，辯亦是非也；「不道之道」，道亦榮華也。其不爲「風波之民」也無幾，而奚以聖人爲！

懷之者，「參萬歲而一成純」者也。故言人之已言，而不患其隨；言人之未言，而不逢其屈；言人之不能言、不敢言，而非僅以相長。何也？已言者，未言者，不能言者，不敢言者，一萬歲之中所皆備者也。可以言，可以不言；言亦懷也，不言亦懷也。是堯、舜，不非湯、武；是枝鹿，不非禮樂；仁義無端，得失無局，躊躇四顧，以盡其藏，而後藏身以固。唯然，則將謂之擇術而奚可哉！聖人無術。

養生主

「以無厚入有間者」，不欲自王其神。

王其神者，天下亦樂得而王之；天下樂得而王之，而天下亦王。昔者湯王其神，而韋、顧、昆吾王；文王王其神，而崇侯虎、飛廉、惡來王；孟子王其神，而楊、墨王。神王於此，而毒王於彼；毒王於彼，而神不容已，益求王焉；此古之君子所以終其身於憂患而不恤其生者也。

夫「無厚」則當之者獨，厚則當之者博。當之者博，所當者非閒也。閒不相當，而非閒者代閒者與吾相拒，閒者反遁於刃所不施，雖君子未有不以爲憂者也。乃非無以處此矣。「生有涯」，則神有涯，所當者亦有涯也；其他皆存而不論，因而不治，撫而不誅者也。於是而神之王也獨微。

萬物也，二氣之毗，八風之動，七政之差，高山大川之阻，其孰能禦之！故王者之兵，不多其敵；君子之教，不追其往。天下之心知無涯而可以一二靡，終其身於憂患而不與憂患牾，無他，有經而已矣。

經者裂也，裂者正也，正者無厚者也。反經而不與天下爭於智數，孰謂君子之王其神爲樊雉也哉！

人間世

耳目受物，而心治物。「殉耳目內通，而外於心知」，能不「師心」者也。師心不如師古，師古不如師天，師天不如師物。何也？將欲涉於「人間世」，心者所以涉，非所涉也。古者前之所涉，非予涉也。天者唯天能以涉，非予所以涉也。今予所涉者，物而已矣，則何得不以物爲師也耶？衛君之暴，楚齊之交，蒯聵之逆，皆師也，而天下何不可師者哉？

抑嘗流觀天下而慨人事之難矣。庸人之前，直說拙於曲說；忮人之前，諷言危於正言。「不材之木」，無故而受伐者亦數數然。「無用之用」，亦用也，用斯危矣。夫所患於師心者，挾心而與天下遊也。如使師物者挾物而與天下遊，則物亦門也，門亦毒也。闔門而內固其心，闢門而外保於物，皆有泰至之憂。

韓非知說之難，而以說誅；揚雄知白之不可守，而以玄死。其用心殊而害均，則胡不尋其所以害乎？履危世，交亂人，悲身之不幸而非不材，斯豈可以計較爲吉凶之準則哉？有道於此，言之甚易，行之不勞，而古今之能知者鮮。故李斯歎東門之犬，陸機怨華亭之鶴，而龍逢、比干不與焉。無他，虛與不虛而已矣。

天下皆不足爲實之累，而實填其「生白」之「室」以迷悶而不知「吉祥」之「止」者，生死已爾，禍福已爾，毁譽已爾，□□已爾。此八實者，填心之積也，古今之奉爲師而不敢違者也。八者虛而天下蔑不虛矣，故物皆可遊也。規規然念物之可畏而避之，物不勝避矣。物不勝避，而況天之生殺乎？「何暇至於說生而惡死」？龍逢、比干所以與不材之木同至今存也。

德充符

德人而矜有德之容，爲容人而已矣；德人而矜德之無容，爲無容之人而已矣。「道與之貌」，貌一道也；「天與之形」，形一天也。「死生亦大矣，而不得與之變」；故生於道，死於道；生於天，死於天；道無不貌，貌無非道；天無不形，形無非天。然則生於形，死於形，生於貌，死於貌，死生可遺，而茲未嘗與之相離也。

以道殉容，曼人而已矣。以容殉生，靡人而已矣。以道忘容，忘道而已矣。介者、無趾者、無脤、大癭者且不喪其全德，況其不爾者乎？

「忘其所不忘」，而以殉形，則人知其妄。若夫「不忘其所不忘」，而形與貌在焉，天之所以成，成之所以大，渾外内，合精粗，凝道契天，以不喪其所受。夫聖人者，豈得以詹詹於形貌之末而疵之也哉？

悲哉，衛靈公之愚也！得無脤者而視全人之脰肩肩。悲哉，齊桓公之愚也！得大癭者而觀全人之脰肩肩。則使之二君者，以巍冠大紳、高趾揚眉之士，懷谿壑，腹刀劍，而得其心，抑將視天下容之不盛者，雖有德，若將浼焉，恐去之不夙矣。

故符者，德之充也；非德不充，非充不符。不充而符，謂之竊符；不德而充，謂之枵充。德之不充，是謂替德；充之不符，是謂傀充。「道與之貌」，貌以肖道；「天與之形」，形以𦬈天。賓賓於名聞之間，而數變其天形，則胡不内保而外不蕩，逍遥於「羿之彀中」，以弗喪吾天也乎？故其爲容，非容人之容也；其爲無容，非無容人之無容也；以德徵符，德無非符；以符合德，符無非德。能知天下之以形貌爲貨，而不知其爲符也，又惡知德哉！

大宗師

「踵息」者，始教也，而至人之道盡矣。「寥天一」無可入也。自踵而上，無非天也，無非一也，然而已寥矣。

「逆寡」、「雄成」、「謩士」，皆「喉息」也。「悅生」、「惡死」、「出訢」、「入距」，皆「喉息」也。「樂通物」、「有親」、「天時」，皆「喉息」也。「刑」、「禮」、「知」、「德」，皆「喉息」也。「好惡」，皆「喉息」也。引而至於踵，寡亦逆，成亦雄，士亦謩，生亦說，死亦惡，出亦訢，入亦距，通物亦樂，親亦有，時亦天，刑亦體，禮亦翼，知亦時，德亦循，好亦好，惡亦惡；以死殉數者而特不以喉。於是而寥矣，不可度矣，不可竭矣，不可以功功，不可以名名，參萬歲，甕萬物，非天非一，其孰足以勝此哉！

天下好深，而獨淺其天機，於是淫刑而侈禮，陽慕德而數用知，喜怒好惡，以義爲朋，而皆以深其嗜欲。自喉以下，嗜欲據之，而僅餘其喉以受天，而即出之，此古今之通患，言道者莫之能舍也。

夫天虛故受，天實故撰。受之而不得出，非天非一，則若哽於膺，而快於一吐。撰之而不足，非天非一，則改易君臣，顛倒表裏，以支其所不逮，而冀速應之以無慙。嗚呼！知天之虛，知天之實者，古今尟矣。

若然者，非他求之也；即其所爲息者，引而至於踵，無所閡也，無所缺也。孰使而聞「副墨」而若驚，聞「雒誦」而若醒，聞「瞻明」而若奔，聞「聶許」而若飫，聞「需役」而若嘬於蝨蟎，聞「於謳」而若厲風之激於窒乎？以嗜欲濟嗜欲，不足則援道以繼之，天下皆淺而天喪其機，於是而天亦慼矣。闔户以求人之入，而人莫入也，而天亦枵矣。天慼則亦無乎不慼，於是而愀慄熒謵，終其世以爲喉，任憂患而徹於死。天枵，則所爲者皆枵也，枵而攖之，未有得寧者也。然則天下之好深，而得深之患，皆淺而已矣。

引而之於踵，至矣。雖至於「寥天一」，不能舍此以爲教也。「犯人之形」以百年，無不取諸其藏而用之，而後知天一之果寥也。

應帝王

天下皆「未始出吾宗」者也。而駭於物之多有者，事至而輾然，事至而瞿然，事至而熒然，事至而的然，謂是芸芸者皆出吾宗之外者也。於是以爲迎之而可無失，則「藏仁以要人」；於是而以爲有主而可以相治，則「以己而出經」；於是以爲悉體之而可盡，則「勞形怵心」以來天下之求。凡此者，慕聖人之功而不知其所以功者也。

夫天下未始出吾宗，而恒不自知。苟知其不出吾宗，則至靜而「不震」，其機爲「杜德」；至深而「不波」，其機爲「踵發」；至安而容，至斂而涵，其機爲「淵」；皆以不喪吾宗，而受天下以不出，然後可「流」，可「靡」，無物不在道之中，而萬變不足以駭之。

雖然，所謂宗者，必有宗矣。無以求之，其唯天乎！我之與天子，皆天之子，則天子無以異；天子之與天下，皆天之子也，則天下無以異。道者歸於道而已矣，德者歸於德而已矣，功者歸於功而已矣，名者歸於名而已矣，利者歸於利而已矣，嗜欲者歸於嗜欲而已矣。道亦德也，德亦功也，功亦名也，名亦利也，利亦欲也，欲亦道也。道不出吾宗，雖有賢智，莫之能踰；欲不出吾宗，雖有姦桀，莫之能詭。不駭天下，則不患吾之寡。吾無寡而天下無多，不謂之一也不能。

「藏天下於天下」，而皆藏於吾之宗；名焉而不爲尸，謀焉而不爲府，事焉而不爲任，知焉而不爲主；尸焉而不爲名，府焉而不爲謀，任焉而不爲事，主焉而不爲知。抑滔天之洪水，躬放伐之烈名，帝自此帝，王自此王，未始出吾宗，而何屑屑以鑿爲！

駢拇

體之所本無，用之所不待，無端而生，恃焉而保之，得則喜，失則憂，是之謂駢枝贅疣之不可決也。非曾、史而爲曾、史，非有虞氏而爲有虞氏，非伯夷而爲伯夷，「色取」者也，「助長」者也。以仁義爲彼而視之聽之，則不知名實之合離。

自聞則不昧其聲，自見則不昧其形，果且爲仁義，則指之五、掌之二，而可決邪，而可齕邪？非但惡泣而畏嗁也。

知仁之不遠，知義之內，自奔其命而非奔仁義，伯夷以之餓而不怨，何嗁泣之有哉！所惡於殘生損性者，以其繼之以嗁泣也。

馬蹄

馬不銜勒，將焉用馬？木不斲治，將焉用木？不爲犧尊，將焉用樸？不爲珪璋，將焉用玉？不取仁義，將焉用道？「踶跂好知，爭歸于利」者，聖人之過，聖人尸之而不辭。知聖人之爲道，任過而不辭。則所以礴聖人之德而不敢昧也，將若何乎！

胠篋

聖人，不可死者也。大盜，不可止者也。盜既不可止矣，聖人果不可死矣。知聖人之不可死，大盜之不可止，無可奈何而安之以道。猶將延頸舉趾，指賢智爲名，以殉其私利，而欲以止盜，其不爲大亂也匙矣。

知其玄同，以生其道法，則聖人日生，大盜日弭，孰標提仁義以爲「盜竽」也哉？

在宥

人心之動，有可知者，有不可知者。不可知者，人心之天也。治天下者，恒治其可知，而不能治其不可知。

治其可知者，人心則既已動矣，乃從而加之治：以「聖知」加諸「桁楊」，以「仁義」加諸「桎梏」，以曾、史加諸桀、跖，不相入而祇以相牴，不謂之「攖人心」也不得。所以然者，治其可知，名之所得生，法之所得施，功之所得著，則不必有聖、知、仁、義、曾、史之實，而固可號於天下曰：吾既已治之矣。

若夫不可知者，無實焉有名？無象焉有法？無敗焉有功？名法功之迹隱，故爲侈天下者之所不事。

然而人心之未起，則無所攖也；於不可知而早服之，治身而已矣。慎乎其喜，天下不淫；慎乎其怒，天下不賊；喜怒守其知，天下不驚。「至陽之原」，無物不昭；「至陰之原」，無物不藏。無物不昭，不昭物也；無物不藏，不藏物也。物各復根，其性自正；物固自生，其情自達；物莫自知，漠然而止其淫賊。此聖知之徹，而曾史之所以自靖也。自靖焉，則天下靖矣。

天地

爲萬物之所取定者，「大小、長短、修遠」，各有成數。無他，己所見者止於有形，因而存之；得之而喜，失之而怒，徇其成形，而不顧天下之然與不然，此古今之大病也。

無形者，非無形也，特己不見也。知無形之有形，無狀之有狀，則「大小、長短、修遠」，已不能定，而況於萬物乎？無形之且有形矣，無狀之且有狀矣。靜而有動，動留而生物，物生於俄頃之間，而其先皆有故也，一留而形成矣。知此，則能弗守其靜，以聽其動乎！靜不倚則動不匱，其動必正，其留必成，其生必順。天地之生物，與聖人之起事，一而已矣。

心雖刳也，刳其取定之心，而必有存焉者存，「見曉」、「聞和」，「官天地」，「府萬物」，而人莫之測。非莫測也，天下測之於「大小長短修遠」，於其無形之皆形、無狀之皆狀，如量而各正其性命者，莫之測也。

天道

虛則無不可實也，靜則無不可動也。無不可實，無不可動，天人之合也。「運而無所積」，則謂之虛；古今逝矣，而不積其糟粕之謂也。「萬物無足以鐃心」，則謂之靜；以形名從其喜怒之謂也。虛靜者，狀其居德之名，非逃實以之虛，屏動以之靜也。逃虛屏動，己愈逃，物愈積，「膠膠擾擾」，日鐃其心。悱懣、而欲逃之於死，死且爲累，遺其虛靜之糟粕以累後世。故黄老之下，流爲刑名，以累無窮。況有生之日，屏營終日，與喧相競，而菀積其悁快乎？

虛靜之中，天地推焉，萬物通焉，樂莫大焉。善體斯者，必不囂囂然建虛靜爲鵠，而鐃心以赴之，明矣。

天運

化之機，微矣！化之神，大矣！神大，故天地、日月、雲雨、風雷，動而愈出。機微，故求其所以然者，未有能測之者也。從其微而觀之，則疑無化之者。無化之者，則「中無主」而奚止也！從其大而觀之，則疑有操縱之者爲其大司。有司操縱之權者，則「外無正」而不足以行。

天下之用心用物者，不出兩端：或師其成心，或隨物而移意，交墮於「大小、長短、修遠」之中，而莫之能脱。夫兩者不可據，而舍是以他求，則愈迷。

是以酌中外之安，以體微而用大者，以中裁外，外乃不淫；虚中受外，外乃不窒。治心治物者，雖欲不如是而奚可！

刻意

天下之術，皆生於好。好生惡、生悲、生樂、生喜、生怒。守其所好，則非所好者雖有道而不見慮。不得其好則憂，憂則變，變則迕，迕則必有所附而膠其交。交之膠者不終，則激而趨於非所好。如是者，初未嘗不留好於道，而終捐道若忘；非但馳好於嗜欲者之捐天機也。

物雖可好，必知有道。道雖可好，必知有精。道以養精，非精以養道。天下莫不貴者，精而已矣！精者，心之以爲可，而非道之以爲可！

繕性

守名義之已然，而不知其然；因時會之所尚，而已無尚；矯物情之所甚，而激爲甚；夫是之謂俗夫。

欲治俗，故禮樂興焉。禮樂之始，先於羲、燧。羲、燧導禮樂之精，揚詡於萬物。然則三王之精，精於黃、頊明矣。天下之妙，莫妙於無。無之妙，莫妙於有有於無中，用無而妙其動。仁義、情而非法，禮樂、道而非功。禮動樂興，肇無而有。無言無功，滌俗而遊於真。不揭仁義之鼓以求亡子，默動而已矣。

俗之所不至，初之所全，明之所毓，雲將之遊，鴻濛之逝，御寇泠然之風，均之以天和，「知恬交相養」，而無以易其樂；又何軒冕之足云！是之謂「達禮樂之情」。

秋水

海若存乎量，河伯因乎勢。以量觀者，量之所及，函之而若忘之；量之所不及，映之固知有之。以勢盈者，勢之所至、至之，勢之所不至、不能至也。

「秋水時至，百川灌河」，則河伯幾狹海而自盈。寒潦降，汀沚出，則竝喪其河，而奚況海哉？使河能不喪其量，則在河而河，在海而猶然河也，奚病乎？

堯舜之讓，湯武之爭，量也。「有天下而不與」，其何損焉！子噲之讓，白公之爭，勢也。勢不繼而喪其固有矣。量與勢者，「貴賤之門，小大之宗」也。

至樂

羣趨之樂，趨於萬物出入之機也。羣爭之名，爭於人心出入之機也。憂樂定者，樂不以機；名實定者，爭不以機。故或謂之得，或謂之失，或謂之生，或謂之死，而皆非也。衆人出入乎機，內求之己而不得，則分得分失，分生分死，分樂分不樂，宜矣。有常樂、有常名者，生死不可得而間，況榮辱乎？行其所獨知，而非氣矜以取名，則子胥之死，猶久竹青寧之化也。志士且自以爲死而樂，死以爲名，何望於乘機之民！

達生

「知〔之〕所無（可）奈何」，非不可知也，耳目心思之數量，止於此也。夫既止於此，猶且欲於弗止於此者而奈之何也，得乎？雖然，知亦無涯矣。守其所知，以量其量、數其數，止於此而可以窮年。此奈何者未易奈何也，而人且無奈之何，顧欲奈其所無如何，是離人而即謀於鬼。人鬼不相及，而離此以即彼，其於生與命，亦危矣哉！

「純氣之守」，守其可奈何者也。「得全於天」，全其可奈何者也。「開生」者，開其可奈何者也。「用志不分」，志其可奈何者也。「內重外拙」，重其可奈何者也。「視羊之後者而鞭之」，鞭其可奈何者也。「長乎性、成乎命」，成其可奈何者也。「見鐻然後加手」，加其可奈何者也。「一而不桎」，一其可奈何者也。「爲而不恃」，爲其可奈何者也。窮年於知之所可奈何，則外蕩之知，瘳所不瘳，「以鳥養鳥」，爰居可畜，而況吾之肝膽乎？

山木

命大，性小。在人者性也，在天者皆命也。既已爲人，則能性而不能命矣。在人者皆天也，在己者則人也。既已爲己，則能人而不能天矣。

物物者，知物之爲物而非性也。不物於物者，知物之非己，而不受其命也。「飢渴、寒暑、窮桎」，至不可忍，而人能忍之，知其爲天焉耳。物之所利、不可從，而從之，不知其爲命焉耳。不知物之爲天，天之爲命，於是而希其不可得者以爲得，是之謂幻心。人之不能有天，己之不能有物，雖欲爲功于正，而固不能。不能而欲爲功，是握空囊火之術也，世目之爲幻人。

正而不待之，不謀賢，不欺不肖，不見其岸，約慎以循乎目前，正己之道有出於是者，是之謂「才不才之間」；非規避於一才一不才之間，以蘄免於害之謂也。

田子方

「真」而弗「緣」，非「葆」也。「清」而絕「物」，非「清」也。「陋於知人心」，非「明乎禮義」也。自命爲儒，而非儒者衆，「步趨」而弗能「絶塵」也。待日月而用其「趾目」，無趾目者也。

趾有所以爲趾，目有所以爲目，有不亡者存。

夜其晝而晝其夜，全其神明於「解衣槃礴」之中，則天下亦不待目而見其明，不待趾而效其行，不待言而消其意。君子之道，言此亦數數矣，非莊生之僅言也。

知北遊

「參萬歲而一成純」，所爲貴一也。衆人知瞬，慧人知時，立志之人知日，自省之人知月，通人知歲，君子知終身，聖人知純。其知愈永，其小愈忘。

哀哉！夜不及旦，晨不及晡，得當以效，而如魚之間流淙而奮其鱗鬣也！言之唯恐不盡，行之唯恐不極，以是爲勤，以是爲敏，以是爲幾，「朝菌不知晦朔，蟪蛄不知春秋」，自小其年以趨於死，此之謂心死。

庚桑楚

持於「不可持」，以不持持之而無所持，則其「宇泰」。持之「靈臺」，其泰乃定。唯其爲「靈臺」也，斯發乎「天光」矣。

「天光」者，天之燿吾「靈臺」者也。衆人之昧也，「實而無乎處」，强爲之處；「長而無乎本剽」，强爲之本剽;　是冰與涷也。於是乎其宇不泰,而匿其「天光」。能釋冰與涷,無所匿而「天光」發,較之爲賢矣,釋氏之所謂「定生慧」也。雖然,其止此也矣。

「天光」燿乎「靈臺」,則己之光匿,故「天光」者能燿人者也。有形者之齊於無形,「天光」燭之則冰釋矣。無形者之有形,「天光」發而己之光匿,覿面而不相知,未有能知者也。持「不可持」,而自有持者存。「以有形象無形」,非以無形破有形也。

無形者,非無也。靜而求之,曠眇而觀之,宇宙之間,非有無形者。「天光」燿而奪吾光,於是乎而見爲形,見爲無形,不可持也。非固有其無形可持也。形可持而無形「不可持」,無形「不可持」,而非有無形者,則固可持矣。

堯舜之持,皆顯無形之形者也。「春氣發而百艸生,正得秋而萬寶成」,經營無形以顯其有,無處、無本剽,而實者實、長者長,莫之能禦。斯豈「天光」之所能顯乎?　未可以「天光」之發爲至極之觀也明矣。

徐無鬼　闕

則　陽

以人思慮之絕,而測之曰「莫爲」;　以人之必有思慮,而測之曰「或使」;　天下之測道者,言盡矣。夫「莫之爲」則不信，「或之使」則不通。然而物則可信而已通矣。知其信，不問其通；知其通，不恤其信；一曲之見，不可以行千里，而況其大者乎？

必不得已而欲知之，則於「聖人之愛人」而知之。其愛人也，何以「終無已」，則疑乎「或之使」也；「其愛人也，人與之名，不告則不知」，則疑乎「莫之爲」也。「莫之爲」而爲矣，「或之使」而未嘗有使之者也。聖人之仁，天地之心，氤氳而不解，不尸功，不役名，不見德。此天之兆於聖人，聖人之合天者也。

雖然，非「莫爲」而無其迹，非「或使」而自貞其恒。「不知其然」者，人之謂聖人也。然聖人亦似然而實不然也。知其然，乃可馴至於「不知其然」。聖人之於天道，特不可以情測，而非不可測。未可以「莫爲」、「或使」之兩窮，而概之以「不知其然」也。天地之心，天地之仁；聖人之仁，聖人之心也。

外物

「外物不可必」，必之者成心之懸也。可流、可死，可憂、可悲，忠孝無待於物，流死憂悲，而和未嘗焚也。

苟盡於己而責於物，逢其「錯行」則「大絯」。雷霆怒發而陰火狂興，皆己與物「相摩」之必致者矣。忠孝而不焚其和，道惡乎有盡？

故方涸而請「西江之水」，侈於物之大者也；揭竿而「守鯢鮒」，拘於物之小者也；「載」而「矜」

之，以物爲非譽者也；「知困」「神不及」，移於物之瘻者也。以忠孝與世「勃谿」，心有餘而自「塞其竇」，名節之士所以怨尤而不安於道。知然，則道靖於己，而無待於物，刀鋸水火，且得不遊乎？而奚足以爲忠孝病！

寓言 闕

列禦寇 闕

天下 讓王四篇贋書也，鄙倍不可通

患莫大於「治方術」，心莫迷於「聞風而説」，害莫烈於「天下之辨者相與樂之」。

大聖人以爲天之生己也，行乎其所行，習乎其所習，莫非命也，莫非性也，終身行而不逮，其言若作，奚暇侈於聞，逐於樂，擅於方術，以自旌？

道之在天下也，「無乎不在」，亦擇之不給擇，循之不給循，没世於斯而弗能盡，又奚暇以其「文之綸」嗚？

「詩以道志，書以道事，禮以道行，樂以道和，易以道陰陽，春秋以道名分。」道也者，導也；導也者，傳也。因已然而傳之，「無傳其溢辭」，以聽人之自酌於大樽。大樽者，天下之共器也。我無好爲人師之心，而代天之事已畢。故春秋者，刑賞之書也，「論而不議」，故「不賞而勸，不怒而威」。

墨翟、禽滑釐、宋鈃、尹文、彭蒙、田駢、慎到、關尹、老聃、惠施者流，非刑非賞，而議之不已，爲「山林之畏佳，大木百圍之竅」而已矣。可以比竹之吹齊之矣，如春秋之不議，而又何齊邪？

故觀於春秋，而莊生之不欲與天下耦也宜。

莊子解

序

今夫古人之書，古人之心也。然其中往往有託物寓意，爲洸洋怪誕之詞，而後之讀之者，多苦于不能解；卽能以解解之，亦病于拘文牽義，而非有當于古人之心。使有能讀古人之書，任其辭之洸洋怪誕，而于其所託物寓意，無不可以解解之，不致拘文牽義，而未當古人之心，豈非解之者所甚快，而爲古人所深望也歟？顧古之去今至遠，以百世以下之人，而解百世以上之人之書，欲其毫髮無所差謬，則又甚難。而不知非難也；古今之世殊，古今人之心不殊也。故居今之世，讀古之書，以今人之心上通古人之心，則心心相印，何慮書之不可以解解乎？

衡陽船山王先生，故明壬午科孝廉也；抱道隱居，蕭然物外，其生平著述，什襲藏之，而勿以傳諸其人。乃嗣子虎止，終不忍其父書之湮沒，爰增加音註，與二三同人，分任較訂，付之剞劂。梓成，以莊子解一書，不因余之不敏，而請序焉。時維秋也，蕉桐之下，展卷讀之；凡句讀段落，通篇大旨，及篇中眼目所注，精神所匯，余向讀之而不能解者，今讀之而心曠神怡，一若漆園傲吏，相對逍遙，幾不知擾擾于人間世者之爲何矣。

因思先生高士也，莊生達人也，上下千古，心相契合，宜于是書解之而無毫髮之差謬無難也。然則先生之讀莊而解之者，爲莊也，非爲後之讀莊也。何也？解莊所以慕莊也，故曰，非爲後之讀莊也。而世之讀莊者，正甚賴乎其有以解之也。其甚賴乎其有以解之者何也？以讀莊而莊不可解，又不能起莊而一一解之，今忽于讀先生之解莊，不啻莊之自爲之解，是又不知莊生之爲先生，先生之爲莊生矣。此豈第解之者之心所甚快也歟？豈第古人之心之所甚願也歟？康熙□□同里後學王天泰撰。

序

莊子楚人也，嘗爲蒙漆園吏。太史公列傳謂與梁惠王齊宣王同時。其學無所不闚。歸本於老子之旨。所著十餘萬言，率寓言也；畏壘虛、亢桑子之屬，皆空語無事實，指事類情，雖當世宿學不能自解免。其言洸洋自恣以適己，散道德放論，要亦歸之自然。然則莊子誠善屬書離詞者哉！至今學者皆能洛誦，亦或驚怖其言，若河漢而無極。明方正學云：「莊子神於文者，非工於文者所可及。」文而至於神，微子長子瞻其人，其又何足以知之！

衡陽王船山先生學老文鉅，著述等身，於經史多所詮釋論說，然頗散軼。其子敔，與其鄉後進甯子紹緒、羅子仲宣，梓其莊子解以公之同好。余耳先生名舊矣，行部於此，訪其遺書，敔遂以此刻見投，且屬爲引其端。

夫南華之文，縱橫馳騁，莫可端倪；天下一篇，蓋其自序。又以謂「寓言十九，重言十七，巵言日出」。後人復代爲之言，不尤駢拇枝指哉！抑聞船山爲文，自云有得於南華，故於內外諸篇，俱能辨其眞贋。若讓王以下四篇，詆訾孔子之徒，自坡公以來，皆以爲僞作；然其深微之語，固有與內篇相發者，抑又安可廢也？註莊者多矣，惟四明沈氏，竟陵譚氏，庶幾近之。近閩人林氏莊子因出，而諸註悉廢。先生既有得於南華之妙，又欲使讀之者識達人之變化，則其所詮註，亦所謂知其解而旦暮遇之者歟！

我知先生之必有以知之也。康熙己丑孟冬平原董思凝撰。

莊子解卷一

衡陽王夫之課　男敔增註

內篇

逍遙遊

寓形於兩間，遊而已矣。無小無大，無不自得而止。其行也無所圖，其反也無所息，無待也。無待者：不待物以立己，不待事以立功，不待實以立名。小大一致，休于天均，則無不逍遙矣。逍者，嚮於消也，過而忘也。遙者，引而遠也，不局於心知之靈也。故物論可齊，生主可養，形可忘而德充，世可入而害遠，帝王可應而天下治，皆脗合于大宗以忘生死；無不可遊也，無非遊也。

北冥有魚，其名爲鯤。鯤之大，不知其幾千里也。化而爲鳥，其名爲鵬。鵬之背，不知其幾千里也；怒而飛，其翼若垂天之雲。是鳥也，海運則將徙於南冥；南冥者，天池也。冥，海也。嵇康曰：「取其冥冥無涯也。」方以智曰：「鯤本小魚之名，莊子用爲大魚之名。」鵬卽鳳也，𦐅古鳳字。自北而南，寓繇混沌向離明之意。

其爲魚也大，其爲鳥也大，雖化而不改其大，大之量定也。意南溟而後徙，有扶搖而後搏，得天池而後息，非是莫容也。此遊于大者也；遙也，而未能逍也。

齊諧者，志怪者也。諧之言曰：「鵬之徙于南溟也，水擊三千里，摶扶搖而上者九萬里，去以六月息者也。」齊諧，書名。爾雅曰：「扶搖謂之猋。」何孟春曰：「齊諧無是書，是其劇耳。」

鯤鵬之說既言之，重引齊諧，三引湯之問棘以徵之，外篇所謂「重言」也。所以必重言者，人之所知盡于聞見，而信所見者尤甚於聞。見之量有涯，而窮於所不見，則至大不能及，至小不能察者多矣。詘於所見，則弗獲已而廣之以聞。有言此者，又有言此者，更有言此者。有是言則人有是心，有是心則世有是理，有是理則可有是物。人之生心而爲言者，不一而止，則勿惘於見所不及而疑其非有矣。

野馬也，塵埃也，生物之以息相吹也。野馬，天地間氣也。塵埃，氣蓊鬱似塵埃揚也。生物猶言造物。此下俱言天宇之高，故鵬可乘之以高遠。天之蒼蒼，其正色邪？其遠而無所至極邪？其視下也，亦若是則已矣。言野馬、塵埃、生息，在空升降，故人見天之蒼蒼；下之視上，上之視下同爾；乃目所成之色，非天有形體也。

緜野馬、塵埃、生物之息紛擾於空，故譬天之正色，不可得察；亦惡知天之高遠所届哉！天不可知，則不知鵬之所遊與其所資以遊者也。

且夫水之積也不厚，則其負大舟也無力。覆杯水於坳堂之上，則芥爲之舟；置杯焉則膠，水淺而舟大也。堂道謂之坳。剖芥子以爲舟，極形其小。膠，滯也。風之積也不厚，則其負大翼也無力。故九萬里則風斯在下矣，而後乃今培風，培，厚也。厚其風力于下。背負青天，而莫之夭閼者，而後乃今將圖南。夭閼猶言折阻。閼音遏。

水淺而舟大，則不足以遊，大爲小所礙也。風積厚而鵬乃培之，大之所待者大也。兩言「而後乃今」，見其必有待也。負青天而莫之夭閼，可謂逍遙矣；而苟非九萬里之上，厚風以負之，則亦杯之膠于坳堂也，抑且何恃以逍遙耶？

蜩與鷽鳩蜩，蟬也。鷽鳩，小鳥。鷽音學。長尾曰鷽，短尾曰鳩。笑之曰：「我決起而飛，槍榆枋，槍，突也。榆、枋，二木名。時則不至，而控於地而已矣。控，投也。投于地則得所安。奚以之九萬里而南爲？」此遊于小者也；逍也，而未能遙也。適莽蒼者，三飡而反，腹猶果然。適百里者宿舂糧，適千里者三月聚糧。之二蟲又何知？莽蒼，近郊之色。果，飽也。宿舂糧，謂隔宿舂糧。郭象曰：「二蟲謂鵬蜩也。對大于小，所以均異趣也。」蒙之鴻曰：「此言遊各有近遠，則所以資其遊者自別。培風與不必培風，形使之然，於二蟲又何知焉？」小知不及大知，小年不及大年。支遁曰：「以小知結上鵬蜩，以小年生下一段譬喻。」奚以知其然也？朝菌不知晦朔，蟪蛄不知春秋，此小年也。楚之南有冥靈者，以五百歲爲春，五百歲爲秋；上古有大椿者，以八千歲爲春，八千歲爲秋。而彭祖乃今以久特聞，衆人匹之，不亦悲乎！朝菌天陰生糞上，見日則死。楊愼曰：「古作雞菌，今滇名雞㙡。」蟪蛄，寒蟬也，春生夏死，夏生秋死。彭祖姓籛，名鏗，堯封于彭城，至商，年七百歲。冥㊀靈，冥海靈龜也。

蜩與鷽鳩之笑，知之不及也。而適莽蒼者，計盡于三月；稱長久者，壽止于彭祖；則所謂大知大年亦有涯矣。敔按：讀南華者不審乎此，故多誤看。故但言小知之「何知」，小年之「可悲」，而不許九萬里之飛、五百歲八千歲之春秋爲無涯之遠大。然則「三飡而返，腹猶果然」，亦未嘗不可笑「三月聚糧」之徒勞也。小者笑大，大者悲小，皆未適於逍遙者也。

湯之問棘也是已。列子作殷湯問夏革。窮髮之北，窮髮，不毛地。有冥海者，天池也。有魚焉，其廣數千里，未

㊀「冥」原誤「眞」，比照正文改

有知其修者，修，長也。其名爲鯤。有鳥焉，其名爲鵬，背若泰山，翼若垂天之雲；搏扶搖羊角而上者九萬里，搏音團，控也。羊角，風曲上行如羊角然，俗謂之旋渦風。絕雲氣，負青天，然後圖南，且適南冥也。斥鴳笑之曰：斥，小澤也。鴳，鴽也，田鼠所化。「彼且奚適也！我騰躍而上，不過數仞而下，翱翔蓬蒿之間，此亦飛之至也。而彼且奚適也！」此亦小大之辨也。○以蜩鴳譬鄉國，以大鵬譬列子。

辨也者，有不辨也。有所辨則有所擇，有所擇則有所取，有所舍。取舍之情，隨知以立辨，辨復生辨，其去逍遙也甚矣。有辨則有己，大亦己也，小亦己也。功于所辨而立，名於所辨而成；六氣辨而不能御，天地辨而非其正；鵬與斥鴳相笑而不知爲神人之所笑，唯辨其所辨者而已矣。

故夫知效一官，行比一鄉，德合一君，而徵一國者，其自視也亦若此矣。而宋榮子猶然笑之。且舉世而譽之而不加勸，舉世而非之而不加沮，定乎內外之分，辨乎榮辱之境，斯已矣。彼其於世，未數數然也。舊注：「猶然，笑貌。」數，所角切。數數猶汲汲。○評曰：猶然云者，謂不待至人猶能笑之也。然使一鄉一國之士，不以蜩鴳笑鵬，忘其小而遊焉，則固可以笑宋榮子之未樹。宋榮子不知自笑，而猶然笑之，亦適足笑而已，亦彭祖之猶以久聞而已。雖然，猶有未樹也。評曰：樹者，隨所植而生者也，出乎土而榮于虛者也。宋榮子自守確，而未能適于物以成其大用，有所樹則有所未樹矣。夫列子列子，鄭人，名禦寇。御風而行，泠然善也，泠音零。旬有五日而後返；彼于致福者，未數數然也。此雖免乎行，猶有所待者也。評曰：知有世而遺之，乘其虛不觸其實，福所不期，禍所不嬰，此御風也。用意于虛，天下不皆虛也；雖旬有五日，亦必反矣。旬有五日，節序之變也。氣變而必閡，未足以御六氣而遊無窮也。若夫乘天地之正，而御六氣之辨，以遊無窮者，彼且惡乎待哉？故曰：至人無己，神人無功，聖人無名。

自知效一官以上，三槃而乃遊無窮。前三者，小大有殊而各有窮也。窮則有所不逍，而不足以及遙矣。視一鄉一國之知行，則見爲至人；彼之所不至者多，而此皆至也。視宋榮子則見爲神人；彼於分有定，於境有辨，以形圉而不以神用，而忘分忘辨者，不測之神也。視列子則見爲聖人；彼待其輕清而遺其重濁，有所不極，若遊無窮者，塵垢糠粃皆可御，而不必泠然之風，則造極而聖也。於鄉國見其功名，唯有其己；內外定，榮辱辨，乃以立功。御風者，去己與功而領清虛之譽，遠垢濁之譏，自著其名而人能名之。若夫「乘天地之正」者，無非正也。天高地下，高者不憂其亢，下者不憂其汙，含弘萬有而不相悖害，皆可遊也。「御六氣之辨」，六氣自辨，御者不辨也。寒而遊于寒，暑而遊于暑，大火大浸，無不可御而遊焉；汙隆治亂之無窮，與之爲無窮；則大亦一無窮，小亦一無窮；鄉國可遊也，內外榮辱可遊也，泠然之風可遊也，疾雷迅飈、烈日凍雨可遊也。己不立則物無不可用，功不居則道無不可安，名不顯則實固無所喪。爲蜩、鷽鳩，則眇（于）〔乎〕㊀小而自有餘，不見爲小也。爲鯤、鵬，則謷乎大而適如其小，不見爲大也。是乃無遊而不逍遙也。

堯讓天下於許繇曰：許繇字武仲，陽城人，一曰槐里。「日月出矣，而爝火不息；爝，醮、爵二音，炬火也。其於光也，不亦難乎？時雨降矣，而猶浸灌；其於澤也，不亦勞乎？夫子立而天下治，而我猶尸之，吾自視缺然；請致天下。」許繇曰：「子治天下，天下既已治也；而我猶代子，吾將爲名乎？名者實之賓也，吾將爲賓乎？鷦鷯巢於深林，不過一枝；鷦鷯，小鳥。偃鼠飲河，偃鼠，鼢鼠也，伯勞所化。不過滿腹。歸休乎君！子無

㊀據德充符「眇乎小哉，所以屬于人也！謷乎大哉，獨成其天」句改。

所用天下爲！庖人雖不治庖，尸祝不越樽俎而代之矣。」

堯不以治天下爲功，堯無己也。庖人遊于庖，尸祝遊于尸祝，羹熟祭畢，悠然忘其有事，小大之辨忘，而皆遂其逍遙。

肩吾問於連叔曰：「吾聞言於接輿，接輿，舊注：「楚狂，名陸通。」一說：「肩吾，自度也；連叔，及物也；接輿，合載也，皆寓爲之名。」大而無當，當去聲。往而不返；吾驚怖其言，猶河漢而無極也；大有逕庭，逕外而庭內，隔遠之意。不近人情焉。」連叔曰：「其言謂何哉？」曰：「藐姑射之山，藐，遠貌。姑射山在寰海外。射音夜。有神人居焉：肌膚若冰雪，綽約若處子，綽約，輕秀貌。不食五穀，吸風飲露，乘雲氣，御飛龍，而遊乎四海之外；其神凝，三字一部南華大旨。使物不疵癘而年穀熟。吾是以狂而不信也。」狂誑通。疑其誑己。連叔曰：「然。瞽者無以與乎文章之觀，聾者無以與乎鐘鼓之聲。豈唯形骸有聾盲哉？夫知亦有之。是其言也，猶時女也。時與是通。因是女，故但言此。女音汝。之人也，之德也，固將磅礴萬物以爲一世蘄乎亂，治亂曰亂。孰弊弊焉以天下爲事！二句互文見意。○評曰：磅礴役使錯亂之也。之人之德，視彼勞役萬物以求治者皆弊弊也，凝神者所不屑爲也。之人也，物莫之傷：大浸稽天而不溺，稽音啟，至也。大旱金石流、土山焦而不熱。是其塵垢粃糠，將猶陶鑄堯舜者也。孰肯以物爲事？

物之災祥，穀之豐凶，非人之所能爲也，天也。胼胝黧黑，疲役其身，以天下爲事，於是乎有所利，必有受其疵者矣；有所貸，必有受其饑者矣。井田之流爲耕戰，月令之濫爲刑名：張小而大之，以己所見之天德王道，彊愚賤而使遵；遏大而小之，以萬物不一之情，徇一意以爲法；於是激物之不平而違天之則，致天下之怒如烈火，而導天下以狂馳如洪流；既以傷人，還以自傷。夫豈知神人之遊四海，任自然以逍遙乎？神人之神，凝而已爾。凝則遊乎至小而大存焉，遊乎至大而小不遺焉。物之小大，各如其分，則己固無事，而人我兩無所傷。視堯舜之治迹，一堯舜之塵垢粃糠也，非堯舜之神所存也；所存者神之凝而已矣。

宋人資章甫而適諸越，資，貨也。章甫，殷冠也。殷冠已不合于時，而又適越。越人斷髮文身，無所用之。堯治天下之民，平海內之政，往見四子藐姑射之山，句汾水之陽，窅然喪其天下焉。司馬彪曰：「王倪、齧缺、被衣、許繇爲四子。」敔按：莊以四子爲神人，故在藐姑射之山。汾陽，堯都也。窅音杳，深遠貌。

物各有所適，適得而幾矣。唯內見有己者，則外見有天下。有天下於己，則以己治天下：以之爲事，居之爲功，尸之爲名，拘鯤鵬于枋榆，驅蜩鷽于冥海，以彭祖之年責殤子之夭，皆資章甫適越人也，物乃以各失其逍遙矣。不予物以逍遙者，未有能逍遙者也。唯喪天下者可有天下；任物各得，安往而不適其遊哉！

惠子謂莊子曰：惠子名施，爲梁相。「魏王貽我大瓠之種，我樹之成，而實五石；實五石，實中容五石也。以盛水漿，其堅不能自舉也；剖之以爲瓢，則瓠落無所容；瓠落猶廓落。非不呺然大也，呺然，虛大貌。呺音枵。吾爲其無用而掊之。掊音剖，擊碎也。」莊子曰：「夫子固拙于用大矣！宋人有善爲不龜手之藥者，龜音均，凍坼也。世世以洴澼絖爲事。洴澼音屏僻，漂也。絖音曠，絮之細者，漂絮作水絮也。客聞之，請買其方百金。聚族而謀曰：『我世世爲洴澼絖，不過數金。今一朝而鬻技百金，請與之。』客得之，以說吳王。越有難，吳王使之將，將，去聲。冬與越人水戰，大敗越人，裂地而封之。能不龜手，一也。或以封，或不免於洴澼絖，則所用之異也。今子有五石之瓠，何不慮以爲大樽，慮猶計也。而浮乎江湖？而憂其瓠落無所容，則夫子猶有蓬之心也夫！」

五石之瓠，人見爲大者；不龜手之藥，人見爲小者；困於無所用，則皆不逍遙也；因其所可用，則皆逍遙也。其神凝者：不驚大，不鄙小，物至而卽物以物物；天地爲我乘，六氣爲我御，何小大之殊，而使心困于蓬蒿間耶？敔按：「卽物以物物」，謂以物之自物者而物之也。

惠子謂莊子曰：「吾有大樹，人謂之樗；其大本擁腫而不中繩墨，其小枝卷曲而不中規矩；卷音拳。立之塗，匠者不顧。今子之言，大而無用，衆所同去也。」莊子曰：「子獨不見狸狌乎？狌，生、星二音，狸屬。卑身而伏，以候敖者；敖音遨，候鳥之翺翔者搏取之。東西跳梁，不避高下，中於機辟，死于網罟。今夫斄牛，斄音來，旄牛也。其大若垂天之雲。此能爲大矣，而不能執鼠。今子有大樹，患其無用，何不樹之於無何有之鄉，廣莫之野，廣莫猶曠渺。彷徨乎無爲其側，逍遙乎寢臥其下；不夭斤斧，物無害者；無所可用，安所困苦哉？

前猶用其所無用，此則以無用用無用矣。以無用用無用，無不可用，無不可遊矣。凡遊而用者，皆神不凝，而欲資用於物，窮於所不可用，則困。神凝者，窅然喪物，而物各自效其用，奚能困己哉？此其理昭然易見，而局於小大者不知。唯知其所知，是以不知。知以己用物，而不以物用物，至于無用而必窮，窮斯困矣。一知之所知，則物各還物，無用其所無用，奚困苦哉？抑斄牛能爲大，狸狌能爲小，犛牛愈矣，而究亦未能免于機網，則用亦有所困。然大而不能小，無執鼠之用以自斃斃，則大而無用者，於以喪天下而遊無窮也較易；此列子所以愈於宋榮，宋榮所以愈於一鄉一國之士也。故曰：

「衆人匹之，不亦悲乎！」

莊子解卷二

內篇

齊物論

當時之爲論者夥矣，而尤盛者儒墨也：相競於是非而不相下，唯知有己，而立彼以爲耦，疲役而不知歸。其始也，要以言道，亦莫非道也。其既也，論興而氣激，激于氣以引其知，氾濫而不止，則勿論其當於道與否，而要爲物論。物論者，形開而接物以相搆者也，弗能齊也。使以道齊之，則又入其中而與相刃。唯任其不齊，而聽其自已；知其所自興，知其所自息，皆假生人之氣相吹而巧爲變；則見其不足與辨，而包含於未始有之中，以聽化聲之風濟而反於虛，則無不齊矣。故以天爲照，以懷爲藏，以兩行爲機，以成純爲合，而去彼之所謂明，以用吾眞知之明；因之而生者，因之而已，不與之同，不與之異，唯用是適；則無言可也，雖有言以曼衍窮年，無不可也。不立一我之量，以生相對之耦，而惡有不齊之物論乎？此莊生之所以凌轢百家而冒其外者也。

南郭子綦隱几而臥，仰天而噓，嗒焉似喪其偶。偶一作耦。評曰：無我無人。顏成子游立侍乎前，曰：「何居乎？！形固可使如槁木，而心固可使如死灰乎？今之隱几者，非昔之隱几者也。」評曰：昔猶有辨，今忘言。子綦曰：「偃！子游名。不亦善乎，而問之也！今者吾喪我，汝知之乎？昔者子綦之隱几，嘗有言以辨儒墨矣，至是而嗒焉忘言；子游見其喪偶之心矣，故問。夫論生於有偶：見彼之與我異，而若仇敵之在前，不相下而必應之。而有偶生於有我：我之知見立於此，而此以外皆彼也，彼可與我爲偶矣。眩物之論，而知其所自生，不出於環中而特分其一隅，則物無非我，而我不足以立。物無非我者，唯天爲然。我無非天，而誰與我爲偶哉？故我喪而偶喪，偶喪而我喪，無則俱無，不齊者皆齊也。言生於心，有言有我，則舍於心者，如熅火之在灰中；有心而將有言，則見於形者，如春木之欲茁發。繇其形知其心，窅然之喪，一壺子杜德之形矣。

「汝聞人籟而未聞地籟，汝聞地籟而未聞天籟夫！」凡聲皆籟也。籟本無聲，氣激之而有聲。聲本無異，心使氣者縱之、歛之、抗之、墜之，而十二宮七調之別，相陵相奪，所謂化聲也。以無我無偶之心聽之，則伶倫之巧，一嗚嗚已耳。心之巧，氣之激，豈其固然哉？然則脣、齒、喉、舌，一匏竹也。氣機之所鼓，因音立字，因字立義，彼此是非，辨析于毫芒，而芒然於所自出，亦惡足紀乎？

子游曰：「敢問其方。」子綦曰：「夫大塊噫氣，大塊，地也。噫音隘。其名爲風。是唯無作，作則萬竅怒呺；呺音豪，號通。而獨不聞之翏翏乎？翏音聊，一音溜，高貌。山林之畏佳，畏，平聲。佳音崔，與崔嵬通，倒用之。大木百圍之竅穴：似鼻、似口、似耳，人之鼻口耳亦似之。似枅、音機，櫋櫨也，直竅。似圈、圓竅。似臼，深竅。似洼者，淺竅。似汚者。平竅。激者，其聲止。謞者，謞音哮，箭去聲，其聲行。叱者，其聲出。吸者，其聲入。叫者，譹者，譹號通，哭聲。叫、譹其聲壯。宎者，宎音杳，深也。咬者；咬音坳，哀切聲。宎、咬其聲幽。前者唱于，而隨者唱喁；喁，愚、偶二音。唱于，相引也。唱喁，相應也。泠風則小和，泠音零，輕風也。和音賀。飄風則大和；飄風，疾風也。厲風濟，厲風，猛風也。濟，風過也。則衆竅爲虛。厲風過而風息矣，俗云飄風不終朝。○評曰：飄風大和以上，言其自取；衆竅爲虛，言其自已。而獨不見之調調、之刁刁乎？」風息竅虛，但見餘風之觸物者，調調刁刁而已。調調，緩也；刁刁，細也。

地本無聲，因風而有聲。風亦不能爲聲，假山林之曲、大木之竅而有聲。兩相待、兩相激、而聲出，聲無固然之體也。似人似物，則人物之虛竅，受氣之鼓動，亦如此而已。激者、謞者，叱者、吸者，叫者、譹者，宎者、咬者，唱者、和者，至不齊矣，風濟而還爲虛。雖有調調刁刁之餘韻，皆且老洫而莫使復陽，則作而怒呺者，還其無作，而無不齊矣。

子游曰：「地籟則衆竅是已，人籟則比竹是已，敢問天籟。」子綦曰：「夫吹萬不同，評曰：人之言萬變，天吹之使然。而使其自已也，咸其自取，怒者其誰耶？」終于自已者，始于自取。下文「以堅白之昧終」，「以文之綸終」，皆自已也；而當其鼓氣成言，何怒發也？誰使之耶？

物之聲不一，猶之言也；人之言不一，猶之聲也；皆比竹之類也。其已㈠將謂自已，其取㈡將謂自取，而氣之激于中者，豈果不容已者乎？浸假無知，則不足以怒發，而亦知何自而有知耶？故詰其爲誰，而不窮其知之所自出。

大知閑閑，小知間間；大言炎炎，小言詹詹。閑閑，廣博貌。間間，乘隙也。炎炎，凌轢貌。詹詹，細碎也。○評曰：大小

㈠ 湘西草堂本「已」下有「也」字。　㈡ 湘西草堂本「取」下有「也」字。

皆妄。○又評曰：以下皆求怒者而不得。

非知則言不足以繁，知有小大，而言亦隨之。小者非獨小也，以大形之而見爲小；大者非能大也，臨乎小而見大。然則閑閑者亦間間耳，炎炎者亦詹詹耳。以閑閑陵小知而譏其隘，以間間伺大知而摘其所略；以炎炎奪小言之未逮，以詹詹翹大言之無實；故言競起以成論。萬有不齊者，知之所自取，而知之所從發者又誰耶？故下文廣詰之。

其寐也魂交，形寂而魂合。其覺也形開；形動而魂馳。○評曰：言之所自生，因乎知見。○敔按：魂交形開，魂形交敝，而神不凝焉。與接爲搆，接，事物之相接者。搆，交結也。日以心鬬：縵者，窖者，密者；縵音瞞，巾車也。窖，藏也。密，深也。三者皆覆藏深固意。小恐惴惴，大恐縵縵。縵讀莫半切，寬心貌。大恐勉爲寬心之狀。其發若機括，其司是非之謂也。捷辨傷人。其留如詛盟，其守勝之謂也。堅持己見。其殺如秋冬，殺，所界切。以言其日消也；一往之氣，氣盡而衰。其溺之所爲之不可使復之也。雖日消而必不可改。其厭也如緘，以言其老洫也；厭音壓。緘，封也。老洫謂熟路成溝也。封於所知所見之中而成溝不變也。近死之心，莫使復陽也。死于成心，便無生氣。喜、怒、哀、樂，慮、歎、變、慹，慹音聶，懼也，又不動貌。慮，謀其將來；歎，惜其已往；變，遷而游移；慹，懼而株守。姚佚、啓態，八㊀者情動而其態百出矣。姚佚，一作姚姝。樂出虛，無定。蒸成菌，無根。日夜相代乎前，而莫知其所萌。

此極言知之所釀成，爲學術機變無窮之終始也。夫魂交而不知知之所自往，形開而不知知之所自

㊀「八」字原誤入。八者指上喜怒哀樂慮歎變慹而言。舊注皆以姚佚啓態四字與上八者平列，共爲十二情態；船山獨以姚佚啓態四字爲上八者之謂詞，故解文曰：「顚倒于八情之中。」

來；寐與覺均此一身，至人之所不分，而爲物論者，乘覺以動，遂殊乎寐。豈寐者非我，而覺乃爲我乎？形一開，而所接之境或攻或取，以相搆結。乃以是其所是，非其所非，藏之固緩者三句。而持之以戰栗；小恐二句。一往不復，窮工極辨，趨于一途而他皆不恤；發如機括八句。迨乎力盡知索，衰老以止。其厭也二句。要皆不出於一隙之知，念念相續，言言相引，無有知其所自萌者，抑無有欲知其萌者；顛倒于八情之中，皆聽其如樂之出虛，蒸之成菌。夫果有萌耶？則未有不可知者也。而果誰爲之萌乎？下重詰之。

已乎！已乎！旦暮得此，其所繇以生乎！非彼無我，非我無所取。是亦近矣，彼謂外物。以爲所引亦近是。而莫知其所爲使。若有眞宰，而特不得其眹；兆也。可行已信，而不見其形，自信爲然，而遂行之，非有定形之可見。有情而無形。有所發而無可據。百骸、九竅、六藏，賅而存焉，賅音該，備也。吾誰與爲親？汝皆說之乎？其有私焉？三句皆詰詞。誰親耶？皆悅耶？有私耶？自問則曰吾，問人則曰汝。如是皆有爲臣妾乎？其臣妾不足以相治乎？其遞相爲君臣乎？其有眞君存焉？四句皆疑詞。疑其有眞君，非果有也。按此與楞嚴七處㊀徵心相似。如求得其情與不得，無益損乎其眞。評曰：全不與至眞之理相應。

此以偏求其所萌而不得也。使其知已也，則一已而無不已，可勿更求其萌矣。不然而試求之。得之以生者性也；而此與接爲搆而始有，至于老洫近死，而不可復陽，是出虛之樂，吹止則闋，蒸成之菌，乍榮而萎，其非性明矣。則或謂彼與我相待而成，如磁芥之吸於鐵珀，此蓋無所萌者，而抑不然：我

㊀「處」原誤「去」，據文義改。

不取則物固莫能動也。蓋以爲有萌而終不得其萌。以爲無萌，而機之發也必自我，留而守者必有據，厭而緘也必有藏。意者其有眞宰乎？乃可行已信，而未信之前無朕；唯情所發，而無一定之形；則宰亦無恆，而固非其眞。是不得立眞宰以爲萌矣。抑其因形之開而始發也，疑其依形以爲萌也；乃骸也，竅也，藏也，皆以效于知者。其散寄之乎？則一人之身而有異知，耳目不相喻，內外不相應矣。既非散寄，則必依其一以爲主，而私有所悅。將指此官骸竅藏，何者爲主，而何者爲臣妾？於是而疑之曰，官骸竅藏之外，有眞君焉。而虛而無倚者，不足以相役，不足以相君。君且不得，而況其眞？歷歷求之，了無可據。然則莫知其萌者，果非有萌也。天之化氣，鼓之、激之，以使有知而有言，豈人之所得自主乎？天自定也，化自行也，氣自動也，知與不知無益損焉；而於其中求是非之所司，則愚甚矣！

一受其成形，不亡以待盡；與物相刃相靡，其行盡如馳而莫之能止，不亦悲乎！爲天所吹，不能自主，故可悲。終身役役而不見其成功，苶然疲役苶音聶，疲貌。刋本作薾，誤。而不知其所歸，可不哀耶！人謂之不死，奚益？其形化，其心與之然，可不謂大哀乎！人之生也，固若是芒乎？芒，昧也。盡一生之云爲，皆芒昧也。不知爲誰而怒也。其我獨芒而人亦有不芒者乎？人人盡然，何足深較。

所謂君者無君也，所謂宰者無宰也。天吹之而成籟，天固無益損，而人惡得有是非乎？然而因知立言，因言立辨，以心鬬物，以物鬬心，相刃相靡，形化心亡而後已。其芒昧也，可哀矣哉！我與之俱昏昏，而何能使人昭昭？人無有不昏昏，而何用使之昭昭耶？天之靜而不受人之益損者，儒聽其爲儒，墨聽其爲墨，朗然大明，自生自死於其中，而奚假辨焉！

夫隨其成心而師之，誰獨且無師乎？奚必知代而心自取者有之，愚者與有焉。評曰：不但知世事而取一端以爲是者有成心也，愚者亦有成心焉。○敔按：愚者自智，則智者亦愚而已。未成乎心而有是非，是今日適越而昔至也。是以無有爲有。未有成理昭然于心，而豫設是非之辨，皆心所造作，非理本然也。○昔，昨日也。今日方適越，而昨日已至，此惠子之言，莊子用之，以見必無此事。無有爲有，雖有神禹且不能知，吾獨且柰何哉！人各以成心爲論，誰能止之？方以智曰：「禹之神，唯勤儉不自滿假而已。」

乍作乍已，而終芒于所自萌，一言不足以立而炎炎詹詹，且無窮焉，其所挾以爲己信之情者，成心而已。成心者，閑閑間間之知所成，於理固未有成也。無可成而姑逞其詞，以是其所是，非其所非；一氣之所激，笙簧聒耳，辨之不勝辨也，無容柰何者也。

夫言非吹也。吹無成響，言則因成心而立言。言者有言，其所言者，特未定也。雖有言，而是非固不定也。果有言耶？果有所見而立言乎？其未嘗有言耶？抑漫然言之耳。其以爲有異於鷇音，亦有辨乎，其無辨乎？評曰：皆天使之言耳。○鷇音寇，鳥在殼中，會意。方以智曰：「禽言如鵲則報喜，鴉則報凶，布穀催耕，鸛鳴審雨，可聽之爲準。鷇音未定，則不可爲準矣。」

使言而僅如吹歟？洪纖雖殊而不相爭軋。言則有立言之旨，是非相競而其亂滋甚。乃其所言之是非，唯氣所激，以淫於知而無定理，則固可視之如鷇音，一氣至而鳴耳，是非奚足論哉！

道惡乎隱而有眞僞？言惡乎隱而有是非？有眞僞是非，故至理以隱。道惡乎往而不存！言惡乎存而不可！道隱於小成，言隱於榮華。故有儒墨之是非，評曰：一篇提要。以是其所非而非其所是。欲是其所非而非其所是，則莫若以明。欲之者，其成心也；卽下文所謂「其好之欲以明之也」。浮明而以之，乃自謂以明，愈明而愈隱矣。

無言非言也，無道非道也。同爲天氣之所動，則言皆可言。知之所及，不能超乎道外，有曲、有全，有左、有右，而道皆可道。限於其知，以爲成心，而憑氣之所鼓，不知其兩可兩不可，而獨有所是，偏有所非，小成之知見，成百家之師說，而儒墨其大者也。儒墨爭飾其榮華，而道隱矣，兩可之言亦隱矣。夫其所以的然爭辨於是非者，自謂明也。斤斤然持而以之，而豈眞明也哉？明與知相似，故昧者以知爲明。明猶日也，知猶燈也。日無所不照，而無待於煬。燈則或煬之，或熄之，照止一室，而燭遠則昏，然而亦未嘗不自謂明也。故儒墨皆曰吾以明也。持其一曲之明，以是其所已知，而非其所未知，道惡乎而不隱耶？

物無非彼，物無非是。是，此也。自彼則不見，自知則知之。故曰彼出於是，此。是此。亦因彼，彼是此。方生之說也。雖然，方生方死，方死方生；評曰：言止于所見曰死，又出一議曰生。○劉辰翁曰：「有彼方生得此，故曰彼是方生之說也。雖然，彼是生而是非死也，是非生而彼是死矣。」方可、方不可，方不可、方可；因是、因非，因非、因是。是以聖人不繇而照之於天，亦因是此。也。是此。亦彼也，彼亦是此。也。彼亦一是非，此亦一是非。果且有彼是此。乎哉？果且無彼是此。乎哉？彼是此。莫得其偶，謂之道樞。道本無偶。不立偶以敵人，合乎道矣。樞，句。始得其環中，以應無窮。合于道樞，則得環中。範圍衆有而中虛，曰環中。是亦一無窮，非亦一無窮也。故曰莫若以明。評曰：是非無窮，皆自謂以明者所生。○敔按：「應無窮」，應是非也。兩「莫若以明」，與後「此之謂以明」，讀莊者多混看，解中分別觀之。

夫其所謂是非者，豈是非哉？彼此而已矣。我之所謂彼，彼之所謂我也，無定之名也。見此之爲此，而不知彼之亦有其此，自知而不知彼，遂怙之以爲明；兩相排而益引其緒，以相因而生，則立此而彼方生，使無此而彼不足以生矣。故有儒而後墨興，有墨而後儒之説盛。夫相倚以生，則相倚以息，相倚以可其可，相倚以不可其不可，則攻人者召攻之媒也。若是，而聖人其屑以之哉？天之所籟，鳴雖異，而於天無益損也；任物之吹而無倚焉，則無所不照矣。雖然，亦因彼因此之現在吾前而照之耳。使無儒無墨，聖人亦奚照乎？照亦聖人之不得已而因焉者也。釋「亦因是」句。照之而彼此皆休矣，皆均矣。其所因者忘，而道定於樞；無窮之化聲，以不應應之，而無不可應矣。若彼無窮之化聲，生彼此之是非，則唯持其一曲之明而已矣。一曲之明，亦非不明也；故小知大知爭炫其知。而照之以天者，無我無此，無耦無彼，固不屑以此爲明也。

以指喻指之非指，不若以非指喻指之非指也。以馬喻馬之非馬，不若以非馬喻馬之非馬也。天地一指也，萬物一馬也。可乎可，不可乎不可。人謂之可則可，謂之不可則不可。道行之而成，物謂之而然。是非皆人之所造。惡乎然？然於然。惡乎不然？不然於不然。物固有所然，物固有所可。雖不然、不可者，必有其然者、可者。無物不然，無物不可。合而言之，則無不然，無不可矣。故爲是舉莛與楹，莛，繀絲筦也，小而弱；楹，前柱也。厲與西施，厲，癩，惡病也。恢恑憰怪，恑音詭，憰音譎，與詭譎通，皆變異意。道通爲一。其分也，成也；其成也，毁也。凡物無成與毁，復通爲一。

指之屈伸，因作用而成乎異象。馬之白黑，因名言而爲之異稱。局於中者執之，超於外者忘之。故以言解言之紛，不如以無言解之也。浸使白其黑而黑其白，屈其伸而伸其屈，則名與象又改矣。則天地萬物，豈有定哉？忘言忘象，而無不可通，於以應無窮也，皆無所礙。照之以天，皆一也，但存乎達之者爾。

唯達者知通爲一，爲是不用而寓諸庸。庸也者，用也；隨所用而用之，無容言也。用也者，通也；通也者，得也。適得而幾矣，因是已。已，止也，謂因是而卽止也。止謂止而不辨。

立言者，析至一而執一偏以爲一，以爲道體。夫緣用而體始不可廢，如不適於用而立其體，則駢母枝指而已。達者不立體而唯用之適。用愛於親，不待言無事於兼也，愛親而已。愛有可兼，不待言無私於親也，兼愛而已。用乎其不得不用，因而用之，其用也亦寓焉耳。適得而幾，奚有于自立之體哉？故言可已也，因乎彼此而通之，用無不適，而言可已矣。已適而用亦可已矣，知亦可已矣，如寓者之不留於逆旅。又何必於儒墨兩端之外別立一宗哉？

已而不知其然謂之道。勞神明爲一而不知其同也，謂之朝三。何謂朝三？曰：狙公賦芧，曰：「朝三而暮四」，衆狙皆怒；曰：「然則朝四而暮三」，衆狙皆說。狙，子余反，又七慮反，猿屬。狙公，養猿猴者。芧音敍，又羊諸反，橡子也。朝三暮四，朝三升，暮四升也。名實未虧，而喜怒爲用，亦因是也。評曰：要之不出乎環中。

適得而幾，本無必然之可據。時過事已，忘言忘知，而惡有然哉！必欲知其然者，如狙知四之爲多，而迷暮之止三；喜則見同，怒則見異，又豈能固有其知乎？亦因彼此之適然者而挾之不舍。故用亦可寓也，不可執也。執則亦勞神明爲一，而不知通于大同也。

是以聖人和之以是非，而休乎天均，是之謂兩行。兩行，兩端皆可行也。適得而已。

時過事已而不知其然，則是可是，非可非，非可是，是可非，休養其大均之天，而不爲天之氣機所鼓，則彼此無所不可行矣。無不可行者，不分彼此而兩之。不分彼此而兩之，則寓諸庸者，彼此皆可行也，無成心也，不勞神明爲一也，不以無有爲有也。如是，則天豈能吹其竅，而衆竅之虛，不待厲風之濟矣。

古之人其知有所至矣。惡乎至？有以爲未始有物者，至矣、盡矣，不可以加矣。其次以爲有物矣，而未始有封也。自立己說曰封。其次以爲有封焉，而未始有是非也。因而是己非人。是非之彰也，道之所以虧也。有封者，物自物，我自我；我偶兩未能喪，而爲氣之所鼓，以與物相刃相靡於是非，若宋榮子是已。有物則有待，若列子是已。皆限於所知，而不至於未始有物之天。其所不至，則其所虧也。道之所以虧，愛之所以成。護其成心，愛而不舍。果且有成與虧乎哉？果且無成與虧乎哉？評曰：究竟不能損益其眞。有成與虧，故昭氏之鼓琴也。昭氏名文，古善琴者。○自成以虧道，則以其所知者鳴。無成與虧，故昭氏之不鼓琴也。評曰：知不能成，道不可虧，則止矣。昭文之鼓琴也，師曠之枝策也，枝，柱也。策，杖也。瞽者柱杖，擧而擊節賞音。惠子之據梧也；梧，琴也。據梧而吟。三子之知，句。幾乎皆其盛者也，七字句。故載之末年。自以爲盛，故終身守之。唯其好之也以異於彼，好卽「愛之所以成」。其好之也欲以明之，所謂「莫若以明」也。欲之者其成心，而謂人之莫若也。彼非所明而明之，故以堅白之昧終；堅白，舊注云：「堅石白馬之辨也。」○「彼非所明而明之」，正與下「此之謂以明」對映。而其子其徒。又以文之綸終，徒爲繁文牽引。終身無成。

昭文之所鼓，師曠之所審，惠子之所吟，皆聲也；與比竹之吹，山林大木之風聲，自謂有別；然使離乎是非，而均之於天之所籟，則一而已矣。有聲而卽其聲以立是非，是以有知。知已成而不能自舍，是以有愛。其知之也愈盛，則愛之也終其身，而不亡以待盡。至于言已成，是非已立，則爲之嗣法者，不必有知，不必其愛，而專家以徇其師説，綸緡牽引，文句繁興，復奚恤道之虧哉？其以明者非明也，是古人之所不屑以者也。

若是而可謂成乎？雖我亦成也。不言亦何嘗不成。若是而不可謂成乎？物與我無成也。是故滑疑之耀，滑音汩。滑亂不定，疑而不決，恍惚之中，有其眞明。聖人之所圖也。爲是不用而寓諸庸，此之謂以明。如此乃可謂之以明。

莫若以明者，皆非明也；間間閑閑之知，爭小大于一曲之慧者也。滑疑之耀，寓庸而無是非，無成虧，此則一知之所知而爲眞知。然後可謂之以明。夫滑疑之耀者，以天明照天均：恍兮惚兮，無可成之心以爲己信；昏昏然其滑也，汎汎然其疑也；而徧照之明耀于六合矣。蓋成乎愛則虧乎道，道無可成者也。虧乎道者自虧，而無能益損乎其眞，則固無所虧也。繁言雜興，師説各立，而適以虧道。則盡天下之言，無可是也。而鼓動于大均之中，乘氣機而自作自已，於眞無損益焉。故兩行而庸皆可寓，則盡天下之言無容非也。無所是，無所非，隨所寓而用之，則可無成，可有成，而滑疑者無非耀矣。疑儒疑墨，而非儒非墨，物論奚有不齊哉？知者不言，善者不辨。有言有辨，而一如其無言無辨，斯以爲聖人。

今且有言於此，不知其與是類乎，其與是不類乎？類與不類，相與爲類，則與彼無以異矣。雖然，請嘗言之。是謂此理。不欲指言之，但曰此。自謂今所言者，未知合乎無言之道否，則亦儒墨之類而已。雖然，姑試言之。防人摘己而先自破之。有始也者，有未始有始也者，有未始有夫未始有始也者。有有也者，有無也者，有未始有無也者，有未始有夫未始有無也者。俄而有無矣，而未知有無之果孰有孰無也。今我則已有謂矣，而未知吾所謂之其果有謂乎，其果無謂乎？又自解說：言我雖如此說之，亦未嘗定執爲是也。

此欲自顯其綱宗，而先自破其非一定之論，期於有成，蓋亦滑疑之耀也。「今且有言於此」，謂有始以下之言。是者指道而言。不言道而言是者：標道之名爲己所見之道，則有我矣；立道之實以異于儒墨之道，則有耦矣；故指現前之所大明者，無耦無名，滑疑而寓庸者曰是。無往而非是，無有爲彼者也。統天下之有無而曰是，則彼是莫得其耦矣。既有言矣，則雖恰與是合，而亦儒墨之類矣。故唯無言則絕類而與道類，有言則固不能然。姑且言之如下文所云，則有謂矣。特我之謂，推而上之，以至於無無；則雖有謂而固無謂，非氣機之吹挾成心以立言者比；則有謂無謂，滑疑而不必于成，故雖有言可也。

天下莫大於秋毫之末，而泰山爲小；莫壽於殤子，而彭祖爲夭。天地與我並生，而萬物與我爲一。既已爲一矣，且得有言乎？既已謂之一矣，且得無言乎？一與言爲二，二與一爲三。自此以往，巧歷不能得，歷曆通。而況其凡乎？故自無適有以至於三，而況自有適有乎？無適焉，因是已。已，止也。止而不辨。

道合大小、長短、天人、物我而通于一，不能分析而爲言者也。有眞知者，並其通爲一者而無朕，是未始有夫未始有始，未始有夫未始有無者。一尙不立，何況自二而三乎？氣機之作止，與無作無止者始離而爲二；作與止又自別而爲三。鼓動不休，知與言互相增益，有儒有墨，儒有九家，墨不一類，以及乎堅白異同、刑名法術，姚佚啓態，各炫其榮華，惡從而辨之哉？聖人休于天均，而不隨氣機以鼓動，則聖人一天也。萬籟皆于此乎取之，可以兩行而無不齊于適得，則千軌萬轍，無不可行。無不可行，則無不可已，已而合于未始有之本然，以通萬不齊之物論於一。豈離衆論而別有眞哉？亦因是已之而已。

夫道未始有封，言未始有常，爲是而有畛也。爲下八德故有畛。請言其畛：有左、有右，同而亦異，左尊而右有力。有倫、有義，次序曰倫，差等曰義。有分、有辯，物辨曰分，言分曰辯。有競、有爭，言爭曰競，力競曰爭。此之謂八德。自有適有，而各據爲心之所得，見爲德而守爲常以立其封，發若機括，而留如詛盟，皆八德之爲也，道未始有之也。故老子曰，「道失而後有德」。六合之外，聖人存而不論；六合之內，聖人論而不議；春秋經世、先王之志，聖人論而不辯。此論字，一本作議，非是。故分也者，有不分也；辯也者，有不辯也。曰，何也？聖人懷之，衆人辯之，以相示也。故曰：「辯也者有不見也。」夫大道不稱，大辯不言，大仁不仁，大廉不嗛，嗛音謙，喉含物也，當吞而不吞。大勇不忮。道昭而不道，昭，明之也。明之爲道，卽非道。言辯而不及，辯有所及，卽有所不及。仁常而不成，有常則成，因謂之仁。不知其成也，毁也。大成無成，故曰大仁不仁。廉清而不信，國語曰：「嗛嗛之德，不足就也。」孟子曰：「以其小者信其大者，奚可哉？」自以爲淸，人不信之。勇忮而不成。忮物則己先弱喪，烏乎勇！五者园音圓。而幾向方矣。方以智曰：「此中何等次第，何等分曉，是豈顢頇者所窺耶？」

聖人無自見之德，而於至不齊之物論，眞知其妄動於氣機。然自取者必將自已，本無封而不足以常，則以通一者懷之，而不以示。彼有懷而亟言之者，無他，祇欲以示人而已。故爲道、爲言、爲仁、爲廉、爲勇，皆自據爲德而迫欲示人，則道本圓而使之向方。方則有左、有右，有分、有辯，各爲倫義，而互相競爭，我畸孤而物爲仇耦矣。聖人無不見，而焉事此！

故知止其所不知，至矣。孰知不言之辯，不道之道？若有能知，此之謂天府。注焉而不滿，酌焉而不竭，而不知其所繇來，此之謂葆光。

懷之，斯其光葆矣。葆之者，非爲封爲畛，據爲己德也；無不在吾所葆之中，故曰天府。爲天之府，則天不能以我爲籟而吹之使鳴。其爲光也，不能以示人，若紛亂而無倫義，則爲滑。其可彼可是，非彼非是，而無成可師，則爲疑。葆其滑疑，以含天明，則謂之葆光。皆知也，皆不知也。是之謂「知止其所不知」。夫乃無我無偶，而非氣機之可簧鼓也。

故昔者堯問於舜曰：「我欲伐宗、膾、胥敖，南面而不釋然。其故何也？」舜曰：「夫三子者，宗一、膾一、胥敖一。三子，三國之君也。猶存乎蓬艾之間。若不釋然，何哉？昔者十日並出，萬物皆照，而況德之進于日者乎？

十日並照，無彼是也，無小大也，無是非也，滑疑之耀，不勞神明於一以爲明者也。日在天之中，而爲天所寓之庸耳。德爲天府，則十日亦其寄焉耳。若三子存乎蓬艾之間，而與較是非，則堯與蓬艾類矣。

齧缺問于王倪曰：「子知物之所同是乎？」曰：「吾惡乎知之！」「子知子之所不知耶？」曰：「吾惡乎知之！」「然則物無知耶？」曰：「吾惡乎知之！雖然，嘗試言之。庸詎知吾所謂知之非不知耶？庸詎知吾所謂不知之非知耶？且吾嘗試問乎汝：民溼寢則腰疾偏死，鰌然乎哉？鰌音秋。木處則惴慄恂懼，恂音濬。猿猴然乎哉？三者孰知正處？民食芻豢，麋鹿食薦，薦，稠草也。蝍且甘帶，且音疽。蝍且，蜈公；帶，蛇也。鴟鴉耆鼠。耆，嗜同。鼠死璞。四者孰知正味？猨、猵狚以爲雌，猵狚音篇達，似猿而狗頭，一名獦牂㊀。麋與鹿交，鰌與魚游。非其類而猶合。毛嬙、麗姬，人之所美也；毛嬙、麗姬，後世美人，而王倪言之，與莊子見魯哀公，同一寓言。或眞以盜跖爲柳下惠之兄，離朱爲黃帝時人，恐漆園不任證據也。魚見之深入，鳥見之高飛，麋鹿見之決驟。決驟，奔蹄也。四者孰知天下之正色哉？自我觀之，仁義之端，是非之塗，樊然殽亂，吾惡能知其辯！」

居之所安，食之所甘，色之所悅，皆切於身而爲自然之覺，非與仁義是非後起之分辨等。然且物各有適而無定論，皆滑疑也。而況後起之知，隨成心而以無有爲有也？惟葆光而爲天府，則兼懷萬物，而任運以寓庸；則無正無不正，聽物論自取自已，而惡知其辯？

齧缺曰：「子不知利害，則至人固不知利害乎？」王倪曰：「至人神矣：大澤焚而不能熱，河漢沍而不能寒，疾雷破山、風振海而不能驚。若然者，乘雲氣，騎日月，而遊乎四海之外；死生無變于己，而況利害之端乎？」

物論之不齊，依于仁義；仁義之辯，生乎是非；是非之爭，因乎利害；利害之別，極于生死。生死者，知之生死，敔按：有知則謂之生，無知則謂之死。而非天之有生死也。籟在而天吹之，籟亡而吹息，吹與息弗能損益乎天。死生無變，則休于天均，而無有足勞其神明者。此喪我之至，而物論無不可齊之極致

㊀湘西草堂本「牂」字作「⿰犭羊」。

也。故歸其要于此，而與大宗師無異旨也。

瞿鵲子問于長梧子曰：鵲有知，梧無知。瞿、兩目驚視貌。鵲目不寧，梧壽最長，亦寓爲之名。「吾聞諸夫子：聖人不從事于務，無所務。不就利，不違害，不喜求，自謂未得而求之。不緣道；自謂已得而緣之。無謂有謂，有謂無謂，而遊乎塵垢之外。夫子以爲孟浪之言，楊愼曰：「孟，古作盂。」而我以爲妙道之行也。吾子以爲奚若？」長梧子曰：「是黃帝之所聽熒也，而丘也何足以知之？舊注：「丘，長梧子名；或謂夫子爲孔子，而長梧子斥其名。」且汝亦大早計：見卵而求時夜，時夜，司夜雞也。見彈而求鴞炙。亟求知，何足以知！必至乎聖而後知之。予嘗爲汝妄言之，汝以妄聽之。句。奚旁日月，挾宇宙！奚，猶言何不也。爲其脗合，置其滑涽，滑涽音骨昏，未定貌。以隸相尊；隸，賤役也。無是無非，無貴無賤。衆人役役，聖人愚芚；芚音豚，混沌不分貌。參萬歲而一成純，萬物盡然，而以是相蘊。

爲物論者：皆求治也，而孰知天下之本滑！皆求明也，而孰知天下之本涽！求治，求明，而爲之名曰仁義，爲之辯曰是非，以要言之，利害而已矣。此之所謂利，彼之所謂害，利害無有常者也。本無一成之利害，而成心所師，知不屈於其域；則有訢有拒，乃以尊其所訢，賤其所拒，而爭競不已。今夫隸，人之所賤也，而隸固有長以尊於其屬，則亦未始無其尊也。仁義是非之說，何容詹詹而炎炎耶？夫利害是非之辯，豈有常哉？或旬日而改，或旬月而改，或數十年而必改，百年而必大改，千年而盡易其故。堯舜之名，篡賊之惡也；周孔之文，俗儒之陋也。然則古之所賤，今之所貴；今之所是，後之所非；厲風變其南北，而籟亦異響。若夫參萬歲而一成純者，大常而不可執，豈言論之所能及哉？忘言、忘知，以天爲府，則眞知之所徹，蘊之而已，無可以示人者。聖人之愚芚，恰與萬歲之滑涽相爲脗合，而物論奚足以存！

「予惡乎知說生之非惑耶？予惡乎知惡死之非弱喪而不知歸者耶？麗之姬，艾封人之子也。晉國之始得之也，涕泣沾襟，及其至于王所，王猶君也。與王同匡牀，食芻豢，而後悔其泣也。予惡乎知夫死者不悔其始之蘄生乎？夢飲酒者，旦而哭泣；夢哭泣者，旦而田獵。方其夢也，不知其夢也；夢之中又占其夢焉，覺而後知其夢也。且有大覺而後知此其大夢也。而愚者自以爲覺，竊竊然知之。君乎？此爲貴乎？牧乎？彼爲賤乎？固哉！丘也與汝皆夢也，予謂汝夢亦夢也。是其言也，其名爲弔詭。弔音的。弔，至也。詭，異也。萬歲之後而一遇大聖知其解者，是旦暮遇之也。」

說生者，說其生之有知而已。生之有知，生盡而知無寄，況萬歲乎？知飲酒之樂，而不知哭泣之哀；知哭泣之哀，而不知田獵之樂；一開一交，哀樂相舛。則既死之後，萬歲之奚若，何能知耶？然則生無可說，死無可惡。不但化聲爲天氣之所吹，舉凡官骸之用，心知之靈，皆氣機之變耳。知至于此，則生死忘而利害其小矣，利害忘而是非其泯矣，是非失而仁義其不足以存矣，仁義不存而物論之成虧無定矣。滑焉，涽焉，以聽萬歲之不可知，此之謂「知止於其所不知」。

既使我與若辯矣：若，汝也。若勝我，我不若勝，若果是也，我果非也耶？我勝若，若不吾勝，我果是也，而果非也耶？而亦汝也。其或是也，其或非也耶？其俱是也，其俱非也耶？我與若不能相知也。則人固受其黮闇，黮，音啖。黮闇，不明貌。吾誰使正之？使同乎若者正之，既與若同矣，惡能正之？使同乎我者正之，既同乎我矣，惡能正之？使異乎我與若者正之，既異乎我與若矣，惡能正之？使同乎我與若者正之，既同乎我與若矣，惡能正之？然則我與若與人，俱不能相知也，而待彼也耶？評曰：天謂之彼。

已極言是非利害生死之不可知，而要之於物論之不可與爭勝。莫非滑也，莫非疑也，莫非涽也。行其己信而不得其形，則人與俱芒而可哀莫甚矣。彼者，滑涽之天府，不可爲名，而固有在之辭。

何謂和之以天倪？曰：是不是，然不然。是若果是也，則是之異乎不是也亦無辯。然若果然也，則然之異乎不然也亦無辯。化聲之相待，若其不相待。若其二字，兩疑之詞。和之以天倪，倪，分際也。因之以曼衍，曼音萬。曼衍，無極也。所以窮年也。忘年、忘義，振於無竟，故寓諸無竟。評曰：天籟曰化聲，氣所化也。官骸以爲比竹，天之氣機以吹之；知橫立其中，以爲封、爲畛，爲八德，爲是非，爲彼是；詹詹如泠風，炎炎如飄風，皆化聲耳。化聲者，本無而隨化以有者也。怒者爲誰，則固不可知也。以爲必有怒焉者，則疑于有待；不知怒者之爲誰，則疑於無待；皆滑涽而不得其端倪，不得已而言之。天其倪乎！蘊之懷之以爲天府，則倪不倪皆無不可矣。故槁木死灰，無聲而杜其化，可也。然而不必然也。天有其倪，而我能禁其不倪乎？聲必有化，而我能禁其不化乎？兩行耳，寓諸庸耳，則有言而曼衍皆庸也。孰非兩行之可寓者乎？生死忘而忘年，是非忘而忘義。無要歸之旨以爲究竟，則槁木死灰固無妨于曼衍。不然，既知其齊矣，而又言其齊，以異于儒墨之不齊，則亦與物論同其詹詹。子綦之曼衍，不亦可哀乎！有一日之生，盡一日之曼衍，無成心而隨化，以不益損乎其眞，此齊物論之所以無傷於長言也。

罔兩問景曰：罔兩，景外陰也。景，影通。「曩子行，今子止；曩子坐，今子起；何其無特操歟？」景曰：「吾有待而然者耶？吾所待又有待而然者耶？吾待蛇蚹蜩翼耶？蛇蚹，蛇腹下齟齬可以行者。吾所待者人也，如蛇蚹蜩翼之輕也。惡識其所以然！惡識其所以不然！」

此明有待無待之不可知也。有待無待皆不可知則忘年，而方其生也固年也；忘義，而一起念一發言皆義也；如景之不離乎形也。必舍此而爲特操，以求其所以然、所以不然者，爲無待之眞君眞宰，必不可得。則曼衍可也，無竟可也。庸無竟，寓之也亦無竟，兩行可耳，又何拘拘於年義之外立特操歟？故莊生可以巵言日出而不窮。

昔者莊周夢爲胡蝶，栩栩然胡蝶也。栩栩然，喜貌。自喻適志與！不知周也。俄然覺，則蘧蘧然周也。蘧蘧，有形貌。不知周之夢爲胡蝶與？胡蝶之夢爲周與？周與胡蝶，則必有分矣。既分夢覺爲二，則有是非。此之謂物化。物化，謂化之在物者。○敔按：鵾化鵬，蜣蜋化蜩，鷹化鳩，田鼠化鴽，大者化大，小者化小。至于莊周化胡蝶，胡蝶化莊周，則無不可化矣。當知物化有分，天均自一。

聲皆化也，未有定也。而但化爲聲，則亦如比竹之吹，宮商殊而交不相爭，一鷇音耳。是非之所自成，非聲之能有之也，而皆依乎形。有形則有象，有象則有數，因而有大有小，有彼有是，有是有非；知繇以起，名繇以立，義繇以別，以極乎儒墨之競爭，皆形爲之也。而孰知形亦物之化，而非道之成純者乎？故於篇終申言物化，以見是非之在物者，本無已信之成形。夢也，覺也，周也，蝶也，孰是而孰非？物化無成之可師，一之於天均，而化聲奚有不齊哉？此以奪儒墨之所據，而使蕩然於未始有無之至齊者也。

莊子解卷三

內篇

養生主

形，寓也，賓也；心知寓神以馳，役也；皆吾生之有而非生之主也。以味與氣養其形，以學養其心知，皆不恤其主之亡者也。其形在，其心使之然，神日疲役，以瀕危而不知，謂之「不死奚益」。而養形之累顯而淺，養知之累隱而深。與接搆而以心鬬，則人事之患，陰陽之患，欲遁之而適以割折傷其刀。養生之主者，賓其賓，役其役，薪盡而火不喪其明；善以其輕微之用，遊於善惡之間而已矣。

吾生也有涯，而知也無涯。以有涯隨無涯，殆已！已而爲知者，殆而已矣！已而二字，承上爲文。

知之變遷，緣喜、怒、哀、樂、慮、歎、變、慹，而生左右、倫義、分辨、競爭之八德。益氣以馳，氣日外泆，和日內蕩，而生之理不足以存。生理危，則「不亡以待盡」而已。

爲善無近名，爲惡聲色之類，不可名之爲善者，即惡也。無近刑，緣督以爲經；奇經八脈，以任督主呼吸之息。背脊貫頂，爲督爲陽。可以保身，可以全生，可以養親，可以盡年。

身前之中脈曰任，身後之中脈曰督。督者居靜，而不倚於左右，有脈之位而無形質者也。緣督者，以清微纖妙之氣循虛而行，止於所不可行，而行自順以適得其中。不居善之名，卽可以遠惡之刑。盡年而遊，不損其逍遙；盡年而竟，無擇於曼衍；盡年而應，不傷于天下；安萬歲之不可知，而聽薪之盡。則有生之年皆生也，雖死而固不亡也。

庖丁爲文惠君解牛，手之所觸，肩之所倚，足之所履，膝之所踦，踦音紀，敧膝也。砉然、嚮然，砉，虛國切，皮骨相離聲。嚮，刃行無滯也。奏刀騞然，奏，進也。騞然，兩分貌。騞音畫。莫不中音：合于桑林之舞，刀環有鈴，所謂鸞刀。奏刀有聲，合于樂節。桑林之舞，湯樂也。乃中經首之會。牛之經脈有首尾，脈會于此則節解。○舊說：「經首，咸池樂章。」合湯樂，又合黃帝之樂，鸞刀之聲，詎能兼之？非是。文惠君曰：「譆！善哉！技蓋至此乎！」庖丁釋刀對曰：「臣之所好者道也，知其理之謂道。進乎技矣。始臣之解牛之時，所見無非牛者；三年之後，未嘗見全牛也。方今之時，臣以神遇而不以目視，官知止而神欲行；行止皆神也，而官自應之。依乎天理，自然之理。批大郤，隙通。導大窾，音款，空也。因其固然。技經肯綮之未嘗，肯，著骨肉。綮，筋結處。而況大軱乎？軱音孤，大骨也。良庖歲更刀，割也；割筋肉。族庖月更刀，折也。折骨。今臣之刀十九年矣，十年爲率，而又九年，形其久也。所解數千牛矣，而刀刃若新發于硎。硎音形，磨刀石。彼節者有間，虛爲間，以喻督。而刀刃者無厚，不厚以喻緣。○不曰薄而曰無厚，惡夫厚也。以無厚入有間，恢恢乎其於遊刃必有餘地矣。是以十九年而刀刃若新發于硎。雖然，每至于族，吾見其難爲，族，筋脈結聚處也。怵然爲戒，視爲止，行爲遲；動刀甚微，謋然已解，謋，霍國切，速貌。此喻陰陽人事之患傷吾生者，靜而持之以愼，則不與相觸，但微動之而自解也。如土委地；喻萬感皆退聽。提刀而立，爲之四顧，爲之躊躇滿志，善刀而藏之。」喻生不傷而待其化。文惠君曰：「善哉！吾聞庖丁之言，得養生焉。」

大名之所在，大刑之所嬰，大善大惡之爭，大險大阻存焉，皆大軱也。而非彼有必觸之險阻也，其中必有間矣。所患者：厚其情，厚其才，厚其識，以強求入耳。避刑則必尸其名，求名則必蹈乎刑。名者衆之所聚爭，肯綮之會，卽刑之所自召也。忠不銳，力不競，術不多，情不篤，以隨其自然之理，則無不可行也；不可行者，自知止也。天下之險阻，名者自名，刑者自刑，瓜分瓦裂，如土委地，而天下無全天下矣。天下無全，而吾之情乃全：生理不傷，生氣常新，善吾生以俟年之盡而藏之，善吾死矣。

公文軒見右師而驚，曰：「是何人也！惡乎介也？介，偏刖。天與？其人與？」二與字平聲。曰：「天也，非人也。天之生是使獨也。天命之使一足。人之貌有與也。相並曰與，他人自兩足耳。以是知其天也，非人也。獨也，有與也，皆天也。澤雉十步一啄，百步一飲，不蘄畜乎樊中；神雖王，不善也。」蘄，祈通，求也。求免禍則必求邀福，如籠中之雉，畜養雖豐，神氣盛而生理傷矣。

以有涯之生隨無涯之知，實則以其知隨其生也。爲善爲惡而至于有厚，無他，求以利其生而已矣。徇耳目口體之欲則近刑，徇見聞毀譽之迹則近名。唯恐其形之傷，而役其知以爭大軱，自以爲養生而神王，身幸免于劓刖，而違天以全人，惡知人之殘也多矣乎？是則知不任過，而殘其生者卽其生，唯得賓而忘主也。故不得已而寧近右師之刑，勿近樊雉之名。名者，天之所刑也。

老聃死，秦失弔之，三號而出。失，一本作佚。弟子曰：「非夫子之友耶？」曰：「然。」「然則弔焉若此可乎？」曰：「然。始也吾以爲其人也，而今非也。向吾入而弔焉，有老者哭之如哭其子，少者哭之如哭其母。彼其所以會之，會謂和合之也。必有不蘄言而言，不蘄哭而哭者。是遁天倍情，徇人則天而倍違其眞。忘其所受，古者謂之遁天之刑。適來，夫子時也；適去，夫子順也。安時而處順，哀樂不能入也，古者謂是帝之縣解。縣音懸。帝，上天也。命繫于天，適去則其繫解矣。

老聃所以死而不能解其懸者，亦未能無厚而近名也。名者衆之所會，不遊其間而入其會，則雖不蘄言而必有言，不蘄哭而必有哭之者矣。天懸刑以懸小人，懸名以懸君子。一受其懸，雖死而猶縈繫之不已；而不知固有間也，不待釋而自不懸也。然懸于刑者，人知畏之；懸于名者，人不知解。避刑之情厚，而即入于名。以樂召樂，以哀召哀，自怛其化，而且以納天下於樊中。養生之主者，所惡莫甚於此。

指窮於爲薪，火傳也，不知其盡也。薪可屈指數盡，火自傳于他薪。豈念昔薪之盡而代爲之哀耶？盡，古燼字。以有涯隨無涯者，火傳矣，猶不知薪之盡也。夫薪可以屈指盡，而火不可窮。不可窮者，生之主也。寓於薪，而以薪爲火，不亦愚乎！蓋人之生也，形成而神因附之。形敝而不足以居神，則神舍之而去；舍之以去，而神者非神也。寓於形而謂之神，不寓於形，天而已矣。寓於形，不寓於形，豈有別哉？養此至常不易、萬歲成純、相傳不熄之生主，則來去適然，任薪之多寡，數盡而止。其不可知者，或游於虛，或寓於他，鼠肝蟲臂，無所不可，而何肯聽帝之懸以役役於善惡哉？傳者主也，盡者賓也，役也。養其主，賓其賓，役其役，死而不亡，奚哀樂之能入乎？

莊子解卷四

内篇

人間世

人間世無不可遊也，而入之也難。既生於其間，則雖亂世暴君，不能逃也。亂世者，善惡相軋之積。惡之軋善也方酷，而善復挾其有用之材，以軋惡而取其名。名之所在，卽刑之所懸矣。唯養無用，而去知以集虛，則存于己者定而忘人。生死可外，而況于名？物不能傷，而後庶幾於化。此篇爲涉亂世以自全而全人之妙術，君子深有取焉。

顏回見仲尼請行。曰：「奚之？」曰：「將之衞。」曰：「奚爲焉？」曰：「回聞衞君：其年壯，其行獨；自用曰獨。輕用其國，而不見其過；輕用民死，死者以國量乎澤若蕉。蕉謂草莽之聚也。蕉葉經霜，狀極狼狽，澤中之草莽似之。此言量計一國之死者，若聚而成藪澤之草莽。○俗本乎字作平者謬。民其無如矣！回嘗聞之夫子曰：『治國去之，亂國就之，醫門多疾。』願以所聞思其則，庶幾其國有瘳乎！」仲尼曰：「譆！若殆往而刑耳！夫道不欲雜，雜則多，多則擾，擾則憂，憂而不救。憂，謂憂與憂相接也。不救，謂莫可救止也。古之至人，先存諸己而後存諸人。所存乎己者未定，何暇至于暴人之所行？

顏子之心齊，存諸己者也。夫子所語葉公「託于不得已」而「致命」，存諸人者一存諸己者也。蘧伯玉告顏闔以「形就心和」而「不入不出」，己有以存，則可以存諸人也。以存諸己者爲至，不得已而應，而持之以愼，要以不迷於己，不亟求于人，則條貫通一而道不雜。唯宅心於虛白而棄其心知之用者能之，暴人固無足畏也。

「且若亦知夫德之所蕩，而知之所爲出乎哉？德蕩乎名，知出乎爭。自居善名則人爭之。名也者，相軋也；知也者，爭之器也。二者凶器，非所以盡行也。且德厚信矼，矼亦厚也。未達人氣；人氣喜于相勝。名聞不爭，未達人心。自謂名聞吾之所不爭，而人心方且爭之。而彊以仁義繩墨之言，術暴人之前者，彊，去兩切。是以人惡有其美也；惡，去聲。命之曰菑人。菑人者，人必反菑之。若殆爲人菑夫！且苟爲悅賢而惡不肖，惡用而求有以異？惡用之惡，平聲。悅賢惡不肖，仁義繩墨之言也。惡用此以求異爲耶？若唯無詔王公，不詔則已。必將乘人而鬬其捷，而目將熒之，熒，亂也。而色將平之，抑之使平。口將營之，容將形之，心且成之。是以火救火，以水救水，名之曰益多，順始無窮。念一動而順之以行，則機智且因而不息。若殆以不信、厚言，彼不信矣，而此尙厚其言。必死于暴人之前矣！

心一而已，而使之雜以擾者，是非也。是非交錯于天下，皆生于知。知以生是，是以形非，歧塗百出；善者一是非也，暴者一是非也，交爭而擾不可言矣。夫知生于心，還以亂心，故盡人之心，不可勝詰。心各有知，不知者不肯詘于不知，則氣以憤興，既以忤人之心，復以犯人之氣。暴人之氣尤爲猛烈，則惡其美也深，見爲菑己，而報以菑也倍酷。然且以吾心之善、吾氣之正，乘而鬬之，先自喪其和平，德又惡得而厚，信又惡得而矼邪？欲伸其氣則心必雜，心雜而目、口、色、容交失其則；乃至彼此交菑，身死國亡，猶曰吾直言之氣，自伸于千古。心知之蕩德，一至此乎！

「昔者桀殺關龍逄，紂殺王子比干，是皆修其身以下傴拊人之民，以下拂其上者也。修身而愛民，因爲上之所忌。故其君因其修以擠之。擠，子禮切，排也，陷也。是好名者也。昔者堯攻叢枝、胥敖，禹攻有扈，國爲虛厲，身爲刑戮，其用兵不止，其求實無已。是皆求名實者也。而獨不聞之乎？名實者，聖人之所不能勝也，而況若乎？榮於外者名也，利於己者實也。君子好名，爲暴君所殺；小人好利，而又不受惡名，爲聖君所殺。或殺其身，或殺其國人，至于國爲虛厲，而聖君亦不免於暴矣。故曰聖人之所不能勝。

是非者，名而已矣。是者，名之榮也；非者，名之辱也。雖桀紂未有安於名之辱者，而逄比以其心之所是，盛氣以淩之，使欲求一逃于辱名之徑而不可得。心既逆而氣復相持以不下，則豈徒菑於逄比之身哉？逄比死而桀紂之惡益甚，夏殷之亡益速。水火之禍，可勝言邪！叢枝、胥敖、有扈且與堯禹爭名，堯禹不假借三國以名，而用兵不止。然則欲免於爭名之累者，是非之辨其可執爲繩墨乎？

「雖然，若必有以也，嘗以語我來！」顏回曰：「端而虛，勉而一，則可乎？」曰：「惡！惡可？惡平聲。夫以陽爲充孔揚，采色不定，常人之所不違，陽，外著也。氣凝曰充，意露曰孔揚，此所謂發氣滿容也，厲端。采色不定，所謂載色載笑也，厲勉。恃端勉以見於顏色者如此，使人不能違之。因案人之所感，以求容與其心；容與，徐動之也。言我因察人之情，以求動其心。名之曰日漸之德不成，而況大德乎？雖日與相習，猶不能成其志，而況大德軋索，所不相親者乎？將執而不化，外合而內不訾，不音否。訾音此。不訾者，否之、訾之也。其庸詎可乎？」不違故外合，內不相勝，怨怒不勝計矣。

詰其所以者，所以奪之也。至于未始有回，則又安從有以哉？以者，乘人之無以而鬬之，抑乘人所以者之不善而鬬之，以生于心知，而非人心之有。有以則作於其氣，而逆人之氣：以其端乘其邪，以其虛乘其窒，以其勉乘其惰，以其一乘其紛。「端勉」不可也，「虛一」亦不可也。葢端而虛，則非虛；勉而一，則非一也。以充揚之色伺人之慼，而乘機以進，自謂之虛；以執而不化者，日漸進之以求成效，自謂之一；皆挾其所以，成乎心而形乎容者也。雖或免乎暴人之暴怒，而內之憎忌益深，豈但德之不成與？蓄且逺之矣！

曰：「然則我內直而外曲，成而上比。以成言上比古人。內直者，與天爲徒。與天爲徒者，知天子之與己，皆天之所子。而獨以己言蘄乎而人善之，蘄乎而人不善之邪？若然者，人謂之童子。天子者，天之子也。己亦天之子也。視之如同胞，無爵祿之可欣，刑法之可畏，其內坦然，是爲內直。于是己必盡言，而于人之從違皆無期必之心，與童子之不知利害同焉。是之謂與天爲徒。外曲者，與人之爲徒也。擎跽曲拳，人臣之禮也。人皆爲之，吾敢不爲邪？爲人之所爲者，人亦無疵焉。是之謂與人爲徒。成而上比者，與古爲徒。其言雖敎讁之，句。實也；實有其理。古之有也，非吾有也。若然者，雖直不爲病。是之謂與古爲徒。若是則可乎？」仲尼曰：「惡！惡可？太多。其術太多。政法而不諜，雖固亦無罪，雖然，止是已耳，夫胡可以及化？諜，狎也，謂如政令法度之不可狎，雖可使人免罪，然終不能化人。猶師心者也。」

前之端虛勉一者，以爲存諸己也，而所存者非己也。與物相刃相劘，案人之慼以責人，而自恃其仁義，故虛者非虛，一者不一也。內直、外曲，成而上比以辟咎，則莫非存諸人矣。一念以爲天，一念以爲人，一念以爲古，多其術于心，雜擾而無定，豈己之有固存者乎？固人而欲達其心氣耳。前者既有我而有偶，後者又因偶而立我，心之純一者散，而雜其心知，以曲用爲範圍人心人氣之師，則人亦測其無定而終狎之，不能化物必矣。

顏回曰：「吾無以進矣，敢問其方。」仲尼曰：「齊，吾將語若。有而爲之，其易邪？易之者皞天不宜！」

有以者，以其所以者爲有。端虛、勉一，曲直、上比，皆其所以，則皆據以爲有者也。夫人之應物，有則見易，無則見難。易則若可不慎，取給于所有而有餘裕。天之化物，天無自有之天，因之而不齊者皆齊矣。有而見易，則違天而貪於取名，以生其慢易，天所不宜，詎足以化物哉？故使之齊者，除其挾所有之心，而慎持其虛也。

顏回曰：「回之家貧，唯不飲酒、不茹葷者數月矣。若此則可以爲齊乎？」曰：「是祭祀之齊，非心齊也。」回曰：「敢問心齊。」仲尼曰：「若一志！至一則生虛。無聽之以耳，而聽之以心；無聽之以心，而聽之以氣。聽止于耳，不以干心。心止于符。符，合也。不與物相隔。氣也者，虛而待物者也。唯道集虛，虛者心齊也。」顏回曰：「回之未始得使，使猶教也。實自回也；得使之也，未始有回也。可謂虛乎？」夫子曰：「盡矣！」

心齊之要無他，虛而已矣。氣者生氣也，即皞天之和氣也。參之以心知而氣爲心使，心入氣以礙其和，于是乎不虛。然心本無知也，故嬰兒無知，而不可謂無心。心含氣以善吾生，而不與天下相搆，則長葆其天光，而至虛者至一也。心之有是非而爭人以名，知所成也。而知所自生，視聽導之耳。

乃視者，繇中之明以燭乎外，外雖入而不能奪其中之主。耳之有聽，則全乎召外以入者也；故一聽而藏之于本虛之心以爲實，心虛而樂據之以爲實，因以其聲別善不善，成己之是而析人之非。故耳竅本虛，而爲受實之府。然則師心者，非師心也，師耳而已矣。以耳之所聽爲心而師之，役氣而從之，則逼塞其和，而一觸暴人年壯行獨之戾氣，遂與爭名而菑所不恤矣。遊人之樊而寓於不得已者，澄其氣以待物爾。耳可使聽，而不可使受；心可使符乎氣之和，而不符乎耳；將暴人狂蕩之言，百姓怨詛之口，皆止乎化聲而不以蕩吾之氣，則與皥天之虛以化者，同爲道之所集，外無耦而內無我，庶可以達人之心氣而俟其化；雖有機、有阱，有威、有權，無所施也。此遊于人間世之極致，至于未始有我而盡矣。

「吾語若：若能入遊其樊，樊，藩籬也。遊其樊，入人間世也。而無感其名；入則鳴，不入則止；謂人納其言。無門無毒，有門則有毒，毒自門入，門啓毒出。一宅而寓於不得已，則幾矣。絕迹易，無行地難；爲人使易以僞，爲天使難以僞。聞以有翼飛者矣，未聞以無翼飛者也；聞以有知知者矣，未聞以無知知者也。瞻彼闋者，闋音缺，牖也，隙也。虛室生白，莫非天光。吉祥止止。夫且不止，是之謂坐馳。端坐而神遊于六虛。夫徇耳目內通，而外於心知，徇猶使也。耳目聽于虛氣，不以心知閡亂之。鬼神將來舍，而況於人乎？是萬物之化也，舜禹之所紐也，紐，相繩也。伏羲几蘧之所行終，几蘧未詳。行終，行之終身也。而況散焉者乎？散，餘也。」

暴人之惡聲其詞溢，亂國之怨讟其詞危。啓耳爲門而受之以成乎心，則憤懣而含毒，以毒攖毒，兩相菑矣。一其宅者，心齊之素，不以聽亂也，不得已而寓於鳴，心守其符之寓庸也。如是以入遊其樊，知道之所知，而不以心耳生知，其知也，虛室之白，己養其和而物不得戾。若然者，凝神以坐，而四應如馳；即有不止者，亦行乎其所不得不行。則有鳴可也，不鳴亦可也，暴人之茀然者自失，而化之于無迹矣。禹之于舜，舜之於堯，亦此而已。雖暴人亦無容不以此也。聖狂在彼，而虛以待之者存乎我；皡天之所以化物，伏羲几蘧之所以化民，皆此而已矣。

葉公子高將使于齊，問于仲尼曰：「王使諸梁也甚重，諸梁，葉公名。齊之待使者，蓋將甚敬而不急。匹夫猶未可動也，而況諸侯乎？吾甚慄之。子嘗語諸梁也曰：『凡事若小若大，寡不道以懽成。』寡，鮮也。道，言也。莫不謂事成爲快。事若不成，則必有人道之患；事若成，則必有陰陽之患；若成若不成而後無患者，唯有德者能之。吾食也執粗而不臧，平日甘粗惡。爨無欲清之人。爨人供食而已，不別求清潔之物，令人取給。今吾朝受命而夕飲冰，我其內熱與！吾未至乎事之情，而既有陰陽之患矣。事若不成，必有人道之患。是兩也，兩患俱集。爲人臣者不足以任之。子其有以語我來！」

思楚之使之也重，復思齊之待之也不急，而遽成內熱，皆存諸人者使然也。知先成乎中，則耳目且熒乎外，震撼回惑，人間世皆桎梏矣！

仲尼曰：「天下有大戒二：其一命也，其一義也。子之愛親，命也，不可解於心；臣之事君，義也，無適而非君也，無所逃於天地之間；是之謂大戒。是以夫事其親者，不擇地而安之，孝之至也。夫事其君者，不擇事而安之，忠之盛也。自事其心者，哀樂不易施乎前，知其不可奈何而安之若命，德之至也。爲人臣子者，固有所不得已。行事之情就事之情實而行之。而忘其身，何暇至于悅生而惡死？夫子其行可矣！

此「存諸己」者之素定也。不悅生而惡死，而後其虛也果虛，其一也果一矣。自事其心，事者無事也。事無事，則心無心矣，忘其心乃可忘其身。夫五官百骸豈知悅生而惡死哉？心悅之，心惡之耳。哀樂施于前，耳目受色聲之震撼，入感其心而搖其氣，則陰陽人事交起爲患，心不可解，身無可逃。而氣之宅于虛者，無死無生，常自定焉，可無疑于行矣。

「丘請復以所聞：凡交，近則必相靡以信，靡，縻通，維繫也。漢書「羈縻」，亦用靡字。遠則必忠之以言；言必或傳之。夫傳兩喜兩怒之言，天下之難者也。夫兩喜必多溢美之言，兩怒必多溢惡之言。凡溢之類也妄，妄則其信之也莫，信之而又不信。莫則傳言者殃。故法言曰：古書名。『傳其常情，無傳其溢言，則幾乎全。』且以巧鬭力者，如今之角技。始乎陽，陽謂解數，使人可見。常卒乎陰，陰謂暗計傷人。泰至則多奇巧。泰至猶言過甚。以禮飲酒者，始乎治，常卒乎亂，泰至則多奇樂。凡事亦然：始乎諒，常卒乎鄙；始信而卒薄之。其作始也簡，其將畢也必巨。言者風波也，如風生波，相乘不息。行者實喪也。激于言以行之，而喪其本心。夫風波易以動，實喪易以危。喪其心則不可測。故忿設無繇，巧言偏辭；忿作則設無根之言詞，而用巧用偏，此言之風波也。獸死不擇音，音與蔭通，林木之蔭也。受傷之獸，出平地以與人鬬。氣息茀然，茀，悖、勃二音，彊盛貌。於是並生心厲；厲，瘟疫鬼也。害機交作，不擇而施，如瘟疫然。尅核太至，則必有不肖之心應之，而不知其然也。苟爲不知其然也，孰知其所終？此行之實喪也。故法言曰：『無遷令，無勸成，遷改其辭令，勸人成事。過度益也。遷令勸成，皆增益也。遷令勸成殆事；美成在久，惡成不及改。』可不愼與！

此「而後存諸人」之善術也。不任耳而宅於一，亦虛而已矣。以此而遊于人間世，豈徒合大國之交爲然哉？邱里之間，田夫牧豎之事，相與者莫不然也。敔按：言此以見人人當用此以處世。傳溢言、起風波、而喪其實，以召不知其然之不肖之心，皆心不宅于一以養其虛，任耳爲知而據之爲成心，以急于成事者使然耳。故從末而愼之，不勝愼也；從本而愼之，一宅而已矣。耳非不聽而止于聽　非不有言有行而適其符，於物無所愼，而自無不愼。不然，愼亦慄也，先內熱而陰陽人事莫非患矣。

「且夫乘物以遊心，託不得已以養中，至矣。何作爲報也？報君止此耳，何用他求？莫若爲致命，此其難者。」乘而遊，則凡天下不肖之心，茀然之氣，皆泠然之風，莽渺之鳥也。乘而鬭，則溢言、遷令、勸成，而尅核以召不肖之心，並心生厲，皆其所必至。夫遊亦豈有必遊之心哉？亦寓於不得已爾。生亦可遊也，死亦可遊也。忘生忘死，養其存諸己者，則何至溢言、遷令、勸成以憒事？然則所以報君之命者，至于忘生死而已極，又何必有功有名以爲報邪？故以無事無心事其心者，可以忠報君，可以孝報父，而不尸其名，不居其功。非無己、無功、無名之人，孰能與于此？故曰「此其難者」，未常不存諸人，而以存諸己者存之也。

顏闔將傅衞靈公太子，而問於蘧伯玉曰：「有人於此，其德天殺：殺，所界反，受于天者本薄。與之爲無方，則危吾國；與之爲有方，則危吾身；其知適足以知人之過，而不知其所以過。若然者，其奈之何？」蘧伯玉曰：「善哉問乎！戒之，愼之！正汝身哉！形莫若就，心莫若和。雖然，之二者有患。就不欲入，勿陷其中。和不欲出。勿超其外。形就而入，且爲顛、爲滅，爲崩、爲蹶。心和而出，且爲聲、爲名，爲妖、爲孽。

彼且爲嬰兒，亦與之爲嬰兒；（彼喜怒無常如嬰兒，吾之不識不知亦嬰兒也。）彼且爲無町畦，亦與之爲無町畦；（彼之蕩閑踰撿無町畦，而吾之彼此不隔亦無町畦也。）彼且爲無崖，亦與之爲無崖；（彼之卑下爲無崖，而吾之若谷若水亦無崖也。）達之入于無疵。（不入不出，兩無疵焉。）汝不知夫螳蜋乎？怒其臂以當車轍，不知其不勝任也，是其才之美者也。（才之美者，往往若是。）戒之，愼之！積伐而美者以犯之，（伐，功也。積功自負其美。）幾矣！（幾于危矣。）汝不知夫養虎者乎？不敢以生物與之，爲其殺之之怒也；不敢以全物與之，爲其決之之怒也；時其饑飽，達其怒心。虎之與人異類而媚養己者，順也；故其殺者逆也。夫愛馬者，以筐盛矢，以蜄盛溺；（蜄以蛤飾器，今之螺甸。○喻積伐。）適有蚉䖟，（䖟音萌。）僕緣而拊之不時，則缺銜、毀首、碎胸。（喻美意。○僕，車御也。緣，因也。因拂其蚉䖟之不時，而遭蹄齧之害。）意有所至而愛有所亡，可不愼耶？

此存諸人者之善術也。存諸己者，不悅生而惡死，定於虛一矣；而後存諸人者，乘物以遊心。伯玉之言，一乘物以遊心也。形之就，亦「外曲」也；心之和，亦「內直」也。因就而入感其心，則與俱靡而不能「無疵」；以其和者出而示人，則與不肖之心爲「町畦崖岸」，而致「毀首碎胸」之患；皆有心知之美，自伐以犯人，幾于死亡而不覺者也。傅太子則傅太子，惡用知其德之殺與不殺，而蕩吾德以犯之乎？愼之於饑飽喜怒之間，抑末矣。「無門無毒」、宅一以集虛者，不蘄乎愼而自愼：於其就和出入之間，發之至當而無所犯也，則見爲愼；所謂「怵然爲戒，視爲止，行爲遲」也。則又涉亂世之末流者不得已之機權也。許繇之忘帝堯，「摶扶搖」也；伯玉之敎顏闔，「搶榆枋」也。各因所乘而遊其心，宜皞天者無異觀也。

匠石之齊，至乎曲轅，見櫟社樹：其大蔽牛，絜之百圍；其高臨山十仞而後有枝，其可以爲舟者旁十數；觀者如市。匠石不顧，遂行不輟。弟子厭觀之，猶言飽看。走及匠石，曰：「自吾執斧斤以隨夫子，未嘗見材如此其美也。先生行，不肯視，何耶？」曰：「已矣，勿言之矣！散木也！散上聲。以爲舟則沈，以爲棺槨則速腐，以爲器則速毁，以爲門戶則液樠，松心木爲樠，音瞞。膏液如樠粘人也。以爲柱則蠹，是不材之木也。無所可用，故能若是之壽。」匠石歸，櫟社見夢曰：「汝將惡乎比予哉！若將比予于文木耶？夫柤、梨、橘、柚、果蓏之屬，柤音查，柚音又，蓏音裸。實熟則剝，[剝]㊀則辱；大枝折，小枝泄。此以其能苦其生者也，故不終其天年而中道夭，自掊擊於世俗者也。物莫不若是。且予求無所可用久矣。幾死，乃今得之，爲予大用。愼之至，唯不犯人之喜怒。使予也而有用，且得有此大也耶？且也，若與予也皆物也，奈何哉其相物也！而幾死之散人，匠石以匠用于人，有所用則忘其在己之用，故曰散人。又惡知散木！」匠石覺而診其夢。弟子曰：「趣取無用，則爲社何耶？」曰：「密！若無言！彼亦直寄焉，以爲不知己者詬厲也。不爲社者，且幾有翦乎？二句一氣貫下。詬厲之，因而翦之，爲社則免是矣。且也，彼其所保與衆異。而以義譽之，譽猶責也。不亦遠乎！」

南伯子綦遊乎商之邱，見大木焉有異：結駟千乘，隱將芘其所藾。芘、庇通。藾，蔭也。郭象曰：「其枝所蔭，可以隱芘千乘。」子綦曰：「此何木也哉？此必有異材夫！」仰而視其細枝，則拳曲而不可以爲棟梁；俯而視其大根，則軸解而不可以爲棺槨；軸解，木紋旋散也。咶其葉，咶同舐。則口爛而爲傷；嗅之，則使人狂酲

㊀ 他本皆重剝字，據補。

三日而不已。子綦曰：「此果不材之木也，以至于此其大也。嗟乎神人，以此不材！」宋有荆氏者，宜楸、柏、桑。其拱把而上者，求狙猴之杙者斬之；杙，棲狙猴之架。三圍、四圍，求高名之麗者斬之；高名卽高明大家也。或曰高門。麗與欐通，梁棟也。七圍、八圍，貴人富商之家求樿傍者斬之。棺全一邊爲樿傍。故未終其天年而中道夭於斧斤，此材之患也。故解之以牛之白顙者，解，祭祀禳解也。與豚之亢鼻者，與人有痔病者，不可以適河。適河謂沉人于河也，如西門豹之事。此皆巫祝以知之矣，所以爲不祥也。此乃神人之所以爲大祥也。

支離疏者，頤隱於齊，肩高于頂，會撮指天，會音噲。撮，子括反。會撮，髻也。脊凸頭低，故指天。五管在上，五管，五藏之腧。兩髀爲脇；挫鍼、治繲，挫鍼，縫衣；治繲，浣衣。繲音戒。足以餬口；鼓筴、播精，鼓筴，簸米也。足以食十人。上徵武士，則支離攘臂于其間；上有大役，則支離以有常疾不受功；上與病者粟，則受三鍾與十束薪。夫支離其形者，猶足以養其身，終其天年，又況支離其德者乎？支離其德者，其彌縫、洗滌、鼓播，又何如耶？

孔子適楚。楚狂接輿遊其門，列仙傳曰：「楚狂陸通，食橐盧木實及蕪菁子，隱峨嵋山。」尸子曰：「接輿耕于方地，今黃城山。」曰：「鳳兮鳳兮！何如德之衰也！來世不可待，往世不可追也。天下有道，聖人成焉。天下無道，聖人生焉。方今之時，僅免刑焉！福輕乎羽，莫之知載；禍重乎地，莫之知避。已乎，已乎！臨人以德。殆乎，殆乎！畫地而趨。迷陽迷陽，野草也。朱子以爲薇，東坡以爲大巢菜。無傷吾行！吾行郤曲，無傷吾足！」唐順之曰：「迷陽，晦其明也。郤曲，長縮貌。」山木自寇也，膏火自煎也。桂可食，故伐之；漆可用，故割之。人皆知有用之用，而莫知無用之用也。

有以者，皆有用也。寓諸庸者，非無用，而不挾所以，以自伐其美以爲用。故以翼飛而或弋之矣，以知知而必菑之矣。唯不挾其有用以用于人，則時而爲社，亦不得已而寓諸庸；毁之不怒，譽之不喜，暴人日操斧斤以相菑，而與之相忘，唯其虚而已矣。天下皆用實，而無能用虚。人所不能用，人所不能菑也。不近名者之不近刑，夙矣。然而不易得也。所謂幾死乃今得之也，愼之至也。不恃所有以易天下，毫釐之不合于皥天者，唯恐犯之，其愼之也至矣。然其所愼者，特化形化聲之接搆，而固非惴惴焉有内熱之傷。則其愼也，一逍遙矣。不材之散木，固未嘗有悅生惡生之情。支離疏者，亦未嘗以避武士、大役而毁其形。任其所固然，而安於無可奈何，則衞君之暴，齊楚之交，蒯聵之天殺，無不可支離於其側；故有用之用，不如無用之用也。

莊子解卷五

內篇

德充符

充者，足於內也；符者，內外合也。內本虛而無形之可執，外忘其形，則內之虛白者充可驗也。內外合而天人咸宜，故曰符。外忘而一葆其天光，「謷乎大者」無非天也，則其德充矣。德充而又何加焉！整威儀，飾文辭；行以禮，趨以樂；盛其端冕，華其韍佩；巍然爲有德之容，則中之枵也必多，而物駭以畏忌。神無二用，侈于容貌者，其知必蕩；於是而榮辱、貴賤、貧富、老壯，交相形以相爭，是有德之容，人道之大患也。能忘形而後能忘死生，能忘死生而後能忘爭競。爭競忘而後不忘其所不忘，才全內充，于物無不宜，而其符也大矣。

魯有兀者王駘，方以智曰：「兀與刖同，古聲轉也。」駘音臺。從之遊者與仲尼相若。常季問于仲尼曰：「王駘，兀者也，從之遊者與夫子中分魯；立不教，坐不議，虛而往，實而歸。固有不言之教，無形而心成者耶？是何人也？」仲尼曰：「夫子，聖人也。丘也直後而未往耳。丘將以爲師，而況不若丘者乎？奚假魯國？丘將引天下而與從之。」常季曰：「彼兀者也，而王先生，兀者而有王先生之稱。其與庸亦遠矣。遠于常人。若然者，其用心也獨若之何？」仲尼曰：「死生亦大矣，而不得與之變；雖天地覆墜，亦將不與之遺；審乎無假，一眞無假。而不與物遷，命物之化，物皆於之受命。而守其宗也。」

此言德之充也，無所不充，至于超天地之成壞，極萬物之變化，而不出其宗，而達者之用心在是也。生死者，人之形生而形死也。天地卽有覆墜，亦其形覆形墜也。渾然之一氣，無生則無死，無形則無覆墜。生死、覆墜，一指之屈伸爾。屈伸改而指自若，此則命物之化而爲之宗者也。寓形于死生，皆假也，假則必遷。而渾然流動于兩間，宅於至虛而不遷。不能遷則不能遺，不能變。用心於無形，以養其無形之眞，則死生聽諸形之成毁，而況一足乎？

常季曰：「何謂也？」仲尼曰：「自其異者視之，肝膽、楚越也。自其同者視之，萬物皆一也。夫若然者，且不知耳目之所宜，而遊心於德之和；物視其所一，而不見其所喪；視萬物皆一，則足亦土也。視喪其足，猶遺土也。」

原天之成形也，凝而爲土，孕而爲人之官骸，皆因其道而爲之貌，因其貌而成其形，一也。當其寓庸，則土亦吾之用，而非與我疎；其無所用之，則足與我不相終始，亦寓焉耳。偶集於足而有趾，偶集於形而有生。有趾而有全有毁，有生而有存有亡。道應如是，天不得不如是也；而全毁、存亡，要無益損其眞。既已喪，則亦遺土矣。渾然至一者，全乎至大。土且「藐然小」以處乎其中，而況足乎？物化之宗，萬有之屈伸，皆其中之塵垢秕穅，同於一化。遊心于此，焉往而不和哉？

常季曰：「彼爲己：特爲己而已。以其知得其心，以其心得其常心，物何爲最之哉？」最猶功最之最，謂未嘗敎人而人尊之。仲尼曰：「人莫鑑于流水，而鑑于止水；唯止能止衆止。一止則衆妄皆止。受命於地，唯松栢獨也在，冬夏青青。有不可死者在焉。受命于天，唯舜獨也正，自正而人正。幸能正生以正衆生。亦幸爾，非有心于正人也。視天下悅而歸如草芥，而人自歸之。夫保始之徵，發念欲往破敵，而後必徵之。不懼之實；實能不懼，刺客傳所謂神勇也。勇士一人，雄入于九軍。九軍，軍書曰：「軍之數外列八陣，握奇于中，九宮八卦其遺法也。」將求名而能自要者，約結誓死。而猶若是，而況官天地，府萬物，直寓六骸，象耳目，以耳目爲假設之象。一知之所知，但知至一而不紛。而心未嘗死者乎？彼且擇日而登假，假音格，呂氏音遐。人則從是也。人自從之耳。彼且何肯以物爲事乎？」彼不欲敎也。

常季之所疑者，得常心而忘生忘形，但以釋累於己，而無以及物。不知爲己者，非以知而得心也，其爲己也，則唯其喪己也。夫物之所不親者，有己有偶，而利害是非不齊以不相得，莫有得其正者。一知于所知之大宗，則雜出之心知皆止矣；物各適其適，而就其不留形之鑑，以相忘於得喪，而莫不正矣。松栢不求冬榮而冬自榮，舜有天下不與而天下自歸。得喪忘於己，則同異泯於物。至于生死忘，則無物不可化，猶勇士之不見有九軍矣。故獨而無耦之體，物化之所受命，不以物爲事，物自從之。飾其威儀，藻帨其文辭，表有德之容以立敎坐議者，知侈于物而失正于己；德不充，奚有自然之符應邪？

申徒嘉，兀者也，而與子產同師于伯昏無人。子產謂申徒嘉曰：「我先出則子止，子先出則我止。」恥與刑人同出入，故爲立約。其明日，又與合堂同席而坐。子產謂申徒嘉曰：「我先出則子止，子先出則我止。今我將出，子可止乎，其未耶？且子見執政而不違，違，避也。子齊執政乎？」申徒嘉曰：「先生之門，固有執政焉如此哉！子而悅子之執政而後人者也！聞之曰：『鑑明則塵垢不止』，止則不明也。久與賢人處，則無過。今子之所取大者先生也，而猶出言若是，不亦過乎？」子產曰：「子既若是矣，猶與堯爭善。計子之德，不足以自反耶？」申徒嘉曰：「自狀其過以不當亡者衆，飾美狀以隱過，則幸而免刖。不狀其過以不當存者寡。使非飾罪，則人人當刖矣。知不可奈何而安之若命，唯有德者能之。遊于羿之彀中，中央者，中地也。然而不中者，命也。「中地」、「不中」之中，去聲。人以其全足笑吾不全足者衆矣，我怫然而怒；而適先生之所，則廢然而返。不知先生之洗我以善耶？吾與夫子遊十九年矣，而未嘗知吾兀者也。今子與我遊于形骸之內，而子索我於形骸之外，不亦過乎？」子產蹵然改容更貌更，平聲。曰：「子無乃稱！」不煩其更說。

妍媸、榮辱、貴賤，皆從形而有者也。外形而遊心于無假，則無妍媸，無妍媸則無榮辱，無榮辱則無貴賤。一洗其流俗之得失，而官天地、府萬物，豁然之大宗，可得而見矣。子產以寓者象者爲生之主，而雜用其知，故見有執政，有刑人，而不知其皆塵垢也。形爲遺土而不足惜，形爲塵垢而尤不足以留。大明之鑑，充滿于天地萬物，則天地萬物皆效其符，何形之足言哉？若亂世之淫刑不可逃，黠人之匿過以幸免，皆偶然也，命無不可安也。

魯有兀者叔山無趾，踵見仲尼。仲尼曰：「子不謹前，既犯患若是矣。雖今來，何及矣！」無趾曰：「吾唯不知務而輕用吾身，吾是以亡足。今吾來也，猶有尊足者存，吾是以務全之也。夫天無不覆，地無不載。吾以夫子爲天地，安知夫子之猶若是也！」孔子曰：「丘則陋矣。夫子胡不入乎？請講以所聞。」無趾出。孔子曰：「弟子勉之！夫無趾，兀者也，猶務學以補前行之惡，而況全德之人乎？」無趾語老聃曰：「孔丘之于至人，其未耶？彼何賓賓以學子爲？彼且蘄以諔詭幻怪之名聞。諔音觸，詭言也。不知至人之以是爲己桎梏耶？」老聃曰：「胡不直使彼以死生爲一條，以可不可爲一貫者，解其桎梏，其可乎？」無趾曰：「天刑之，安可解！」

足自犯患，尊足者患不能犯也。唯知之所知者不一，則爲尊足者之桎梏耳。死生、可不可，皆於形而有分辨。尊足者無死無生，無可無不可，乃外充于「天府」，內充于「靈府」，天地萬物皆合其符，豈在一枝一節之間乎？

魯哀公問于仲尼曰：「衞有惡人焉，曰哀駘它。丈夫與之處者，思而不能去也；婦人見之，請于父母曰，『與爲人妻，寧爲夫子妾』者，十數而未止也；未嘗有聞其唱者也，常和而已矣。無君人之位以濟于人之死，無聚祿以望人之腹，祿飽人腹，使人望之，所謂觀我朶頤。又以惡駭天下，和而不唱，知不出乎四域；知，人知之也，猶言名不遠出。且而雌雄合乎前，唐順之曰：「言人之與處而不去，如雌雄之相應也。」是必有異乎人者也。寡人召而觀之，果以惡駭天下。與寡人處，不至以月數，而寡人有意乎其爲人也；不至乎期年，而寡人信之。國無宰，而寡人傳國焉，悶然而後應，氾而若辭。悶音門，氾音泛。寡人醜乎，自愧不如。卒授之國。無幾何也，去寡人而行。寡人恤焉若有亡也，若無與樂是國也。是何人也？」仲尼曰：「丘也常使于楚矣。適見㹠子食于其死母者，少焉眴若，眴音舜，開目視也。皆棄之而走。不見己焉爾，豕之所以爲豕者曰己。不得類焉爾。不與㹠子之生者類。所愛其母者，非愛其形也，愛使其形者也。戰而死者，其人之葬也不以翣；招魂而葬也。翣所以祓凶。凶死者，又何祓焉？資刖者之屨，無爲愛之；皆無其本矣。爲天子之諸御，不爪翦，不穿耳；取妻者止于外，不得復使。其所娶之妻，曾止宿于外，形不全則不復以之爲妻也。形全猶足以爲爾，而況全德之人乎？今哀駘它未言而信，無功而親，使人授己國，唯恐其不受也，是必才全而德不形者也。」

修飾外貌以侈君子之容者，一㹠子之死母，徒有其形而已。外固不與內符，而奚望人之符之也！使其形者不存，則乍親之必旋棄之，人所弗信也。雖立乎君師之位，而恧焉不能以終日，己所弗信也。信諸己者，自信諸人，何假形哉？

哀公曰：「何謂才全？」仲尼曰：「死生、存亡，窮達、貧富，賢與不肖，毁譽、飢渴、寒暑，是事之變，命之行也，日夜相代乎前，而知不能規乎其始者也；故不足以滑和，滑音骨。不可入于靈府。使之和、豫、通、而不失于兌，兌，悅也。無往不通，而不失其可悅。使日夜無郤而與物爲春，郤，隙通。春，羣生之所賴也。是接而時生於心者也；與物方接之時，卽以當前之境，生其合時之宜，不豫設成心以待之也。是之謂才全。」

不滑和者德也，而謂之才，然則天下之所謂才者，皆非才也。小有才而固不全者，於其所通則悅，於其所不通則自沮喪而憂戚。其悅也，暫也；其戚也，常也，自炫自鬻而不繼，偶一和豫而旋卽失之。先自無聊，而安能與物爲春？唯遺其貌、全其神、未與物接而常和，則與物接而應時以生其和豫之心；以和召和，凡物之接、事之變、命之行，皆有應時之和豫以與之符；不以才見，而才之所官府者無不全，符達于天下而無不合矣。夫悅之所以失，才之所以困者，無他：死生存亡之十六術，時未至而規之於先，必豫與天下相訢相拒，以自貽其憂；無已則飾形貌以動衆，蘄以邀福而免患；靈府亂而外襲其儀容，無德之才，所以終窮于天也。然後知靈府之和，接時以生心者，其才通萬變而常全，物安得不最之乎？

「何謂德不形？」曰：「平者，水停之盛也。平，準也。停，不動也。盛，極也。水不動，因取以爲準。其可以爲法也，內保之而外不蕩也。德者，成和之修也。不滑其和則成矣。修此者爲有德。德不形者，物不能離也。」哀公異日以告閔子曰：「始也吾以南面而君天下，執民之紀而憂其死，吾自以爲至通矣。今吾聞至人之言，恐吾無其實，輕用吾身而亡吾國。吾于孔丘，非君臣也，德友而已矣。」

水停則平。平者，萬物之無不取法者也。德凝則充。充者，保而不蕩者也。凡以才見德者，炫于形以求爲物之法，技已窮而㹠子棄之走矣。德充而保其和，不飾貌以蕩之使易竭，故哀駘它非蘄乎惡駭天下，而惡與之相符，使其形者固春也，雌雄之合，合以天爾。

闉跂支離無脤闉跂，跂而守城門。脤音拯。按邵子，脤卽腎也，蓋刖而宫者。說衞靈公。說音稅。靈公說之，說音悅。而視全人，其脰肩肩。脰，頸也。頭入于兩肩。甕㼜大癭頸瘤如甕㼜然。說齊桓公。桓公說之，而視全人，其脰肩肩。故德有所長而形有所忘，人不忘其所忘，而忘其所不忘，此謂誠忘。

衞靈齊桓且忘人之形惡，而世人顧不能自忘，則靈符之和外蕩，而使其形者、尊足者、審于無假者、日夜無郤者、與物皆春者，誠忘之矣。移其知于彼，則忘于此，不兩全之道也。不忘其所可忘，而忘其所不可忘，飾有德之容，以求合于天下，衣冠瞻視，皆㹠子之死母也。

故聖人有所遊，而知爲孽，約爲膠，德爲接，工爲商。工謂迎距之巧。四者，聖人視之如此。聖人不謀，惡用知？不斲，惡用膠？無喪，惡用德？不貨，惡用商？四者天鬻也。鬻古粥字。天鬻也者，天食也。食音嗣。既受食于天，又惡用人？有人之形，無人之情。有人之形，故羣于人。無人之情，故是非不得於身。眇乎小哉，形小聽其小。所以屬于人也。謷乎大哉，獨成其天。謷，大也。楚人呼大爲謷。

凡飾其形容者，皆以自表其德之所得也，皆役其知而求工者也，皆以要結人而膠固之也。聖人無喪無得，無傷於人，而不謀其離合以與人相販，遊焉而已矣。內之充者天也，使形者也，尊足者也，無假而無郤者也。無遊而不逍遙，則與物皆春，一天而已矣。夫天固無假，而雨露霜雪皆眞。天固無郤，而春夏秋冬不息。人自依之，天不以爲事也。聖人寓形于人之中，而不容不小者，形也；食天之和，與天通一，而固謷乎其大矣。惡能忘其大而爭妍媸于其小邪？夫人有憎有忌，有合有離，而於遊者兩忘而樂與之嬉，唯遊者之不以爲事耳。遊則合天之符，而人效其符，必矣。

惠子謂莊子曰：「人固無情乎？」莊子曰：「然。」惠子曰：「人而無情，何以謂之人？」莊子曰：「道與之貌，道謂化生之常道。天與之形，惡得不謂之人？」惠子曰：「既謂之人，惡得無情？」莊子曰：「是非吾所謂情也。吾所謂無情者，言人之不以好惡內傷其身，常因自然而不益生也。」不于生求益。惠子曰：「不益生，何以有其身？」莊子曰：「道與之貌，天與之形，無以好惡內傷其身。今子外乎子之神，勞乎子之精，倚樹而吟，據槁梧而瞑；眠通。天選子之形，子以堅白鳴！」

道與之貌，則貌之美惡皆道也。天與之形，則形之全毀皆天也。忘其內而飾其外，外神勞精，皆于生之外而附益之也。好生而惡死，好存而惡亡，好達而惡窮，好富而惡貧，好譽而惡毁；所好爲賢，所惡爲不肖；乃至飢渴寒暑，皆不順其情之所適然；以致飾於威儀酬酢之形容。好惡交滑于外，而忘其靈府之枵，惡知形之與貌，號之爲人者，非我也?!我一天也，寓于形貌而藐乎小者也。才全而德不形者，視彼皆土；而一知天之所知以休乎天均，則獨成其天，充滿于六合，如停水之不蕩，則物化所從受命而無不合符。接時生心，與物雌雄合者，亦德之既充，寓于不得已耳，孰肯以物爲事！而惠子之衒情以鳴，不亦悲乎！

莊子解卷六

內篇

大宗師

凡立言者，皆立宗以爲師；而所師者其成心，則一鄉一國之知而已，抑不然，而若鯤鵬之知大，蜩鷽之知小而已。通死生爲一貫，而入于「寥天一」，則「儵、忽」之明昧，皆不出其宗，是通天人之大宗也。夫人之所知，形名象數，是非彼此，吉凶得失，至于死而極。悅生惡死之情忘，則無不可忘，無不可通，而其大莫圉。眞人眞知，一知其所知，休于天均，而且無全人。以闋虛生白者，所師者此也，故唯忘生死而無能出乎宗；此七篇之大指，歸于一宗者也。

知天之所爲，知人之所爲者，至矣。知天之所爲者，天而生也。生者，天之爲也。知人之所爲者，以其知之所知，生而有知。以養其知之所不知，死而不知。終其天年而不中道夭者，評曰：盡生之事，而不傷死之化。是知之盛也。雖然，有患。夫知有待而後當，其所待者，特未定也。庸詎知吾所謂天之非人乎？評曰：生惡知非死？所謂人之非天乎？評曰：死惡知非生？且有眞人而後有眞知。

未生而使生，已生而使死，天之爲也，不可知者也。一生之中，有其可知者，因以其知、知生之所有事，不得已而應之，而勿勞其精以悅生惡死而生無窮之好惡，則不傷其和，而不可知之死任之于天，則知不蕩而停以盛矣。然當其生也，亦道與之貌，天與之形。天籟之鳴，天物之化，固非我之所可知，則亦不可知者也。及其死也，薪窮于指而火傳，則固有未嘗死者，亦未嘗不可知也。合生與死、天與人、而一其知，則生而未嘗生，死而未嘗死，是乃眞人之眞知。夫眞人者豈眞見有人，眞知者豈眞有其知哉？人皆天也，知皆不容知也；乃可恍惚而遇其知于滑涽。

何謂眞人？古之眞人：不逆寡，不以不足而拒之。不雄成，不以有餘而居功。不謩士。士與事通。不謀事之成敗。一說：天下事唯士好謀之，不謩士則不用謀矣。若然者，過而弗悔，當而不自得也。若然者，登高不慄，入水不濡，入火不爇。是知之能登假于道也若此。假音格。登假，升合也。

此眞知之大用也。不逆寡，不雄成，則忘取舍。不謩士，則忘成虧。過而弗悔，當而不自得，則忘毁譽。三者忘，以遊于世，險阻皆順，災害不得而及之矣。蓋水之濡人，火之爇人，人入焉而觸其毒也。眞人無門無毒：無入之心，則無入之事；不必無入之事，而不以逆寡、雄成、謩士之心，姑嘗試之，則不與之相觸。水火固無濡人爇人之心，勢將自已，何能爲患也？

古之眞人：其寢不夢，其覺無憂，其食不甘，其息深深。眞人之息以踵，評曰：心隨氣以升降，氣歸于踵，則心不浮動。衆人之息以喉。屈服者，其嗌言若哇。嗌音厄，哽于喉也。哇，喉欲出也。中愈屈而外愈求伸，其狀如此。其耆欲深者，其天機淺。耆、嗜同。一激而即出，故淺。

此眞知藏密之體也。知藏于內而爲證入之牖，雖虛而固有體，藏之深淺，知之眞假分矣。夢者，神交于魂，而忽現爲影，耳目聞見徜徉不定之境，未忘其形象而幻成之。返其眞知者，天光內照，而見聞忘其已迹，則氣斂心虛而夢不起。生死禍福皆無益損于吾之眞，而早計以規未然之憂，其以無有爲有，亦猶夢也，皆浮明之外馳者也。浮明之生，依氣以動。氣之動也因乎息，而天機之出入乘焉。斂浮明而返其眞知，則氣亦沈靜以內嚮，徹乎踵矣。天機乘息以升降，息深則天機深矣。耆欲者，浮明之依耳目以逐聲色者也。壅塞其靈府，而天機隨之以上浮，即有乍見之淸光，亦淺矣。耆欲塡胸，浮明外逐，喜怒妄發，如火熺油鑊，投以滴水，而烈焰狂興。中愈屈服，外愈狂爭，覺以之憂，寢以之夢，姚佚啓態，無有之有，莫知所萌，衆人之所以行盡如馳而可爲大哀也。眞人之與衆人，一間而已。無浮明斯無躁氣，隨息以退藏而眞知內充，徹體皆天矣。

古之眞人：不知說生，說同悅。不知惡死；惡，去聲。其出不訢，訢，合也。其入不距；距，拒通。翛然而往，翛然而來而已矣。翛音逍，自適貌。不忘其所始，不求其所終，受而喜之，忘而復之，是之謂不以心捐道，不以人助天，助字如孟子「助長」之助。是之謂眞人。

此眞知之本也。說生而非能益生，惡生而無能不死，乘于浮明而忘其天。凡夫狂馳之心，捐道助天，惘于生所自始，而徼求不可知之終，皆說生惡死之心引之歧出也。此之不說，奚說？此之不惡，奚惡？天與形，道與貌。形貌有生死，而天道無始終。浮動之知，孰能亂之？小大、是非、榮辱、得喪，又何足以云？

若然者：其心志，志，專一也。俗本作忘，非是。集㊀曰：志字虛用，謂心不可得而窺測，惟有一志耳。其容寂，其顙頯；頯，去軌切，音頍，朴貌。凄然似秋，寂，靜也。煖然似春；煖音暄，沖和也。喜怒通四時，與物有宜而莫知其極。故聖人之用兵也，亡國而不失人心，利澤施于萬世，不爲愛人。

此眞知之符也。志者專一，知於所知也。忘生死則渾然一天，寓於形而有喜怒，寓於庸而有生殺，因物而起，隨物而止，無不宜而人不能測其極矣。

故樂通物，非聖人也；聖無不通，而非以通爲樂。有親，非仁也；至仁無私愛。二句一意。下二句別一意。天時，非賢也；自謂賢者，必立人以抗天。利害不通，非君子也；自謂君子者，必辨天下之利害。○評曰：知利害故事是非。行名失己，非士也；自謂士者，必欲得名于己。亡身不眞，非役人也。賢也，士也，君子也，皆其自命也。至于亡其眞，要皆役人耳。役人亦自有身。身爲人役，豈其身之逐亡乎？亡身不眞非役人也，乃賢也，士也，君子也。若狐不偕、務光、伯夷、叔齊、箕子、胥餘、紀他、申徒狄，皆賢士君子。是役人之役，句。適人之適，而不自適其適者也。

物自無不通也，何待吾通而樂之？仁無不親，亦無可親。煖然之春，豈親物哉？下此者，違天之時，徇物之利害，執己而喪其身，求以適人，皆以通物爲樂，而求親物。賢、士、君子，一役人而已。夫眞人不說生而惡死，唯以生死者天也，非人也。輕用其死以役于人，而惡其生，以生死爲己所與知而自主之，亦喉息之浮激者爾。

㊀ 集字疑爲評字之誤。湘西草堂本亦誤作集。初疑集字下落一註字，指明潘基慶南華集註而言，但查潘書，無此一條。當卽船山所評，語氣亦頗似書眉手評文字。

古之眞人：其狀義而不朋，朋，類也。義各有類。義而不朋，無所不可。若不足而不承；承，受也。不足者必受物。若不足，非不足也，寧更受小物耶？與乎其觚而不堅也，與，平聲，和適貌。中虛如觚，無物，故不堅。張乎其虛而不華也；張，大貌。虛包萬有，而不著歸于根本。邴邴乎其似喜乎！邴，丙通，光明貌。喜其所喜，不爲物喜，故曰似。崔乎其不得已乎！崔，高貌。超然于物，不得已乃應之。滀乎進我色也，滀，昌六切，水聚貌。藏于己者不測，而其容淵然。與乎止我德也；與，如字。與乎物者，止充其德而不以物爲事。厲乎其似世乎！厲，癩病，支離其形也。和光同塵，與世相似。謷乎其未可制也，謷，大也。大而無外。連乎其似好閉也，連，不絕物也。外不絕物，中密藏而不顯。悗乎忘其言也。悗音免，从心，从免，不繫于心也。雖有言，隨卽忘之。

忘生死而寓於庸，以安時處順，其狀如此，人見之如此耳。眞人一知其所知，無待而休於天均，一宅而寓於不得已，未嘗期於如此也。

以刑爲體，「爲善無近名，爲惡無近刑」，近名卽近刑也。以爲體者，常懷之而不犯。以禮爲翼，以知爲時，以德爲循。以刑爲體者，綽乎其殺也；殺，所界切。不犯世之刑，簡約而自裕。以禮爲翼者，所以行于世也；聊以應世。以知爲時者，不得已于事也；應時生知，不豫立知。以德爲循者，言其與有足者至于邱也，而人眞以爲勤行者也。邱，高處。言與凡有足可行之人，同行而登乎善，無心以善爲必行而行之。

不得已而寓於庸，則刑、禮、知、德，皆犯人之形者所有事，墨儒所爭務，而亦可兩行，人勤行之，我亦庸之。不測其眞知者，以爲眞人之亦勤乎此，不受也，亦不辭也；和之以天倪，其不一者可一也。

故其好之也一，其弗好之也一。其一也一，其不一也一。其一、與天爲徒；一知之所知，無非天也。其不一、與人爲徒。入世而皆無異同。天與人不相勝也，天人死生，無所偏據。是之謂眞人。

夫使其有眞知也，而以其所知所好者卻物之不齊，以孤立虛寂之宗，則有天有人，相與爲耦而非一矣。以天勝人而相與爭，抑不勝矣。夫天，天也，人亦天也。「勞神明爲一」者，見天而不見人之一天，則「命物之化」，渾然一致，無能益損之眞隱矣。眞人者，可似春，可似秋，可刑可禮，可知可德，可亡人之國，可澤及萬世，悶然而應，皆翛然往來，無訢無拒，而一之以天；有一日之生，寓一日之庸，天不與人爲耦，生不與死爲耦，統于一宗而無不「朝徹」；夫是乃謂之無假而眞。

死生，命也；其有夜旦之常，天也。人之有所不得與，皆物之情也。彼特以天爲父而身猶愛之，形者父生之，而實天之所畀。凡有身者，尙愛其生。而況其卓乎？生之理卓立無耦，人也，卽天也。人特以有君爲愈乎己，而身猶死之，而況其眞乎？使其形者，形之君也，固宜忘死以事之。

生之、死之〔者〕㊀命也。命則有修、有短，有予、有受，而旦與暮、〔而〕㊁天與人，相爲對待，非獨立無耦之眞也。不生、不死，無對者也。無對則卓然獨立而無耦矣。眞君者，無君也。我卽命也，我卽君也。能有此者，終古不已，豈但生之可愛乎？

泉涸，魚相與處於陸，相呴以溼，相濡以沫；呴音煦，又音噓。人困于小，乃有是非。相呴、相濡，極形其困中無聊之貌。不如相忘於江湖。與其譽堯而非桀也，不如兩忘而化其道。

堯桀皆生趣之是非也。人之愛其生，愛其知是非者而已，是涸魚之溼沫也。豁然合一之大宗，江湖

㊀ 依湘西草堂本增「者」字。 ㊁ 依湘西草堂本删「而」字。

也；忘生忘形，是非不足以立矣。

夫大塊載我以形，勞我以生，佚我以老，息我以死。故善吾生者，乃所以善吾死也。夫藏舟于壑，藏山於澤，謂之固矣。然而夜半有力者負之而走，夜半，子時，晝夜陰陽之一換也。今日之山，非昨日之山，大氣推移，地遊天運，人特不知耳。昧者不知也。藏小大有宜，藏舟，小也；藏山，大也。猶有所遯。若夫藏天下於天下、而不得所遯，生死皆在大化之中，藏于此則無所逃。是恆物之大情也。特犯人之形而猶喜之。若人之形者，萬化而未始有極也，評曰：萬化皆在所藏之中。其爲樂可勝計耶？故聖人將遊于物之所不得遯而皆存。善夭、善老，善始、善終，人猶效之，善，謂死得其正者。效之，謂送死者效其事。又況萬物之所係而一化之所待乎？

於生無所呴濡而均於死，則于死無所喪失而均於生。故善養生者，不養其生，而養其不可死者。大化之推移，天運于上，地遊于下。山之在澤，舟之在壑，俄頃已離其故處而人不知；則有生之日，吾之死也多矣。今日之生，昨日之死也。執其過去，億其未來，皆自謂藏身之固，而瞬未及轉，前者已銷亡而無餘。唯渾然于未始有極之中，生亦吾藏，死亦吾藏，隨萬化以無極，爲一化之所待，無不存也，而奚遯也！雖然，其知此矣，可遊也，不可執也。執之則能一其一，而不能一其不一。此列子之御風所以有待，而遯于旬有五日之後也。

夫道：有情、有信，無爲、無形；可傳而不可受，可得而不可見；自本、自根，未有天地，自古以固存；神鬼、神帝，人鬼曰鬼，天之宰曰帝。其神凝則一也。生天、生地；在大極之先而不爲高，在六極之下而不爲深，先天地生而不爲久，長于上古而不爲老。狶韋氏古有天下者，或曰卽豕韋。得之，以挈天地；綱維之。伏戲氏得之，以襲氣母；戲音羲，氣之母謂神也。維斗得之，終古不忒；維斗，北斗也。斗運四時而不忒。日月得之，終古不息；代明。堪坏得之，以襲崑崙；坏一作坯，音丕。堪坏，地也。崑崙，大山之祖。襲謂覆于其上。馮夷得之，以遊大川；馮夷，水神。山海經作冰夷，淮南子作馮遲。肩吾得之，以處大山；肩吾，泰山神名。黃帝得之，以登雲天；黃帝升于鼎湖。顓頊得之，以處玄宮；禺強得之，立乎北極；禺强，北方神名。西王母得之，坐乎少廣，莫知其始，莫知其終；西王母見穆天子傳及山海經。彭祖得之，上及有虞，下及五伯；彭祖，註見首篇。傅說得之，以相武丁，奄有天下，乘東維、騎箕尾、而比於列星。箕尾之間有傅說星，云是說之精靈。○方以智曰：「莊子掇拾暢其意耳。其名與事，半眞半假。其旨則所謂『神鬼神帝，生天生地』，惟心所造。其理則自古以固存矣。」

皆一化之所待，萬化而未始有極者也。化之所待，不窮于化，有情有信也；未始有極，無爲無形也。知者傳之，未知者欲受之，則又執之而有極矣。知者得之，未知者欲見之，則滯于化迹而非化之所待矣。天地、日星、山川、神人，皆所寓之庸，自爲本根，無有更爲其根者。若有眞宰，而豈能得其朕乎？

南伯子葵問乎女偊音禹。曰：「子之年長矣，而色若孺子，何也？」曰：「吾聞道矣。」南伯子葵曰：「道可得學耶？」曰：「惡！惡可？子非其人也。夫卜梁倚有聖人之才，而無聖人之道；卜梁倚，舊註：「人姓名。」

○敔按：女偊，柔也；卜梁倚，剛也。以柔化剛，以道誨才，似亦寓爲之名。

我有聖人之道，而無聖人之才，吾欲以教之，庶幾其果爲聖人乎！不然，以聖人之道，告聖人之才，亦易矣。吾猶守而告之，參日，而後能外天下。已外天下矣，吾又守之，七日，而後能外物。已外物矣，吾又守之，九日，而後能外生。已外生矣，而後能朝徹；如初日之光，通明清爽。朝徹而後能見獨；見無耦之天鈞。見獨而後能無古今，無古今而後能入于不死不生。殺生者不死，生生者不生。評曰：「殺生」、「生生」，皆天也。其爲物：無不將也，無不迎也；無不毁也，無不成也。其名爲攖寧。於攖而能寧。攖寧也者，攖而後成者也。」南伯子葵曰：「子獨惡乎聞之？」曰：「聞諸副墨之子，書策也。副墨之子聞諸洛誦之孫，誦讀也。洛誦之孫聞之瞻明，視也。瞻明聞之聶許，聽也。耳聶而聽許也。聶許聞之需役，需役，聲也。聲音在空，亦有待而行。需役聞之於謳，小兒聲音之始也。於謳聞之玄冥，未有知。玄冥聞之參寥，參于天之泬寥。參寥聞之疑始。疑有始而未始有始。

以要言之，外生而已矣。生有易盡之期，有易盡之能，故攖之則不能卓立以成其獨體。知死生者，知形神之去留，唯大力之所負而趨，而不生不死者，終古而不遯。形之存亡，不足用爲憂喜，則天下之物雜然相攖，而能攖其遯者，不能攖其不遯者，不遯者固常寧也。如必絶攖而求寧，則抑恃壑澤以爲藏，待沫溼以救涸矣。天下無非獨也：無我也，無耦也；無殺也，無生也。將、迎、成、毁，攖者自攖，而寧者自寧；大浸不能濡空洞之宇，大火不能爇一實之塊，卓然成其一大。知至于此，則如日之方曙，洞然自達，獨光晃耀，成其太寧之宇，非聖人之才不能與於斯。

大道既無形而不可見，則所聞者，竹素、丹墨，誦讀、視聽，言詞、音響而已。所自始者滑涽冥昧，疑有而未始有者也。疑始無始，假化聲以傳。然則化聲者，雖如比竹之吹，不得其萌，而聲所自化，又未始非滑疑之耀之所寓。則即象言以寓眞知，亦奚不可哉？亦攖而後成者也。

子祀、子輿、子犂、子來四人相與語曰：「孰能以無爲首，以生爲脊，以死爲尻；首、脊、尻，一體也。孰知死、生、存、亡之一體者，吾與之友矣。」四人相視而笑，莫逆于心，遂相與爲友。俄而子輿有病，子祀往問之。

曰：「偉哉！夫造物者，將以予爲此拘拘也！」曲僂發背，上有五管，面向天。頤隱于齊，肩高于頂，句贅指天。句贅與會撮通，髮卷曲而髻如贅也。陰陽之氣有沴，沴，戾、殄二音，氣亂也。言自是陰陽之氣有戾耳，于心無涉。其心閒而無事。跰𨇤而鑑于井，跰𨇤音駢先，病不能行貌。曰：「嗟乎！夫造物者，又將以予爲此拘拘也！」子祀曰：「汝惡之乎？」曰：「亡。予何惡？浸假而化予之左臂以爲雞，予因以求時夜。浸假而化予之右臂以爲彈，予因以求鴞炙。浸假而化予之尻以爲輪，以神爲馬，予因而乘之，豈更駕哉？且夫得者時也，失者順也。安時而處順，哀樂不能入也。此古之所謂縣解也。縣音懸。而不能自解者，物有結之。外物繫心。且夫物不勝天久矣，吾又何惡焉？」俄而子來有病，喘喘然將死，其妻子環而泣之。子犁往問之，曰：「叱！句。避！句。無怛化！怛，驚也，傷也。」倚其戶與之語曰：「偉哉造化！又將奚以汝爲？將奚以汝適？以汝爲鼠肝乎？以汝爲蟲臂乎？」子來曰：「父母於子，東西南北，唯命之從。陰陽于人，不翅于父母。翅，啻通。彼近吾死而我不聽，我則悍矣，彼何罪焉？夫大塊載我以形，勞我以生，佚我以老，息我以死。故善吾生者，乃所以善吾死也。今大冶鑄金，金踴躍曰：『我且必爲鏌鋣』，大冶必以爲不祥之金。今一犯人之形，偶觸犯使然。而曰『人耳人耳』，夫造化者必以爲不祥之人。今一以天地爲大鑪，以造化爲大冶，惡乎往而不可哉？」成然寐，形死。蘧然覺。神遊。

四子者，以大宗爲師，而不師心者也。人各有心而悅生惡死，非悅生也，悅物也。目遇之而成色，耳遇之而成聲，心遇之而成愛，爲物所結而自懸不欲解也。攖寧者，物自結而我自解，爲雞、爲彈、爲輪，無不可寓庸，而終無所遯。東西南北皆攖也，則皆寧也。故遊可逍遙，物論可齊，人間世可入，帝王可應，德無不充，而所養者一於其主；爲生生者，不爲所生者；爲殺生者，不爲所殺者；於化不怛，而惡乎不可哉！

子桑戶、孟子反、子琴張三人相與友曰：「孰能相與於無相與，相爲於無相爲？孰能登天遊霧，撓挑無極，撓音梟，挑徒堯切，自得不拘意。相忘以生，無所終窮？」三人相視而笑，莫逆于心，遂相與友。莫然有間，莫然猶穆貌㊀。而子桑戶死，未葬。孔子聞之，使子貢往待㊁事焉。或編曲，或鼓琴，相和而歌曰：「嗟來桑戶乎！嗟來桑戶乎！而已返其眞，而我猶爲人猗！」猗，助語詞。子貢趨而進曰：「敢問臨尸而歌，禮乎？」二人相視而笑曰：「是惡知禮意！」子貢反，以告孔子曰：「彼何人者耶！修行無有，而外其形骸，臨尸而歌，顏色不變，無以命之。彼何人者耶！」孔子曰：「彼遊方之外者也，而丘遊方之內者也。內外不相及，而丘使汝往弔之，丘則陋矣。彼方且與造物者爲人，而遊乎天地之一氣；彼以生爲附贅懸疣，以死爲決疣潰癰。夫若然者，又惡知死生先後之所在！假于異物，托于同體；形骸皆異，而天因托焉。忘其肝膽，遺其耳目；反覆終始，不知端倪；芒然彷徨乎塵垢之外，逍遙乎無爲之業；彼又惡能憒憒然爲世俗之禮，以觀衆人之耳目哉！」觀，示也。子貢曰：「然則夫子何方之依？」曰：「丘，天之戮民也。雖然，吾與汝共之。」子貢曰：「敢問其方。」孔子曰：「魚相造乎水，人相造乎道。相造乎水者，穿池而養給；不相呴濡。相造乎道者，無事而生定。評曰：不爭是非，則彼此皆道而生自定。故曰：『魚相忘乎江湖，人相忘乎道術。』」達于江湖，歸于道術，不特相造，而相忘矣。子貢曰：「敢問畸人。」曰：「畸人者，畸于人而侔于天。故曰：

㊀「穆貌」疑當作「穆然」，靜思貌。　㊁「待」他本作「侍」。

『天之小人，人之君子；人之君子，天之小人也。』」

天奚有君子小人哉！人則有之。畸人而侔於天，則猶寧而不可攖也。彼此皆相造于道，則可以相忘。世俗之禮，一攖也，何不寧也？方無內外，天不與人爲耦，無往而不可。夫子曰「丘則陋矣」，唯不自以爲得，此其所以爲眞人。

顏回問仲尼曰：「孟孫才其母死，哭泣無涕，心中不慼，居喪不哀；無是三者，以善喪蓋魯國。固有無其實而得其名者乎？回一怪之。」仲尼曰：「夫孟孫氏盡之矣，進于知矣。唯簡之而不得，猶以善喪聞，有所不得簡也。夫已有所簡矣。不慼不哀，無其文矣。孟孫氏不知所以生，不知所以死；不知就先，不知就後；若化爲物，以待其所不知之化已乎！當其生也，已知其化爲物矣。方將且化，惡知不化哉？方將不化，惡知已化哉？吾特與汝，其夢未始覺者耶？且彼有駭形，可駭者生死之形。而無損心；形化而心不損。有旦宅，一旦宅此，非久居也。而無情死。死則忘情。孟孫氏特覺人哭亦哭，是自其所以乃。猶云此其所以乃爾。且也相與吾之耳矣，評曰：人自于共生而自名曰此吾也。庸詎知吾所謂吾之乎？評曰：吾之者誰也？且汝夢爲鳥而戾於天，夢爲魚而沒于淵。不識今之言者，其覺者乎，其夢者乎？造適不及笑，造而之適，猶有意也。付存亡于一笑，則自得矣。獻笑不及排。獻之于笑，猶有迹也，自然唯天所排，幷無可笑。安排而去化，乃入於寥天一。」安聽天之排而不受其化，乃與寥天爲一。

此哀樂不能入之徵也。夫豈塞默以杜哀樂之至乎？有杜塞其哀樂之心，而又烏足以知化？簡之不得者，攖也。不可簡而無庸心於簡，可簡則簡之，寧也。故形可駭，旦可宅，而心固不損，死固不足以蕩其情，惟自忘其吾而已矣。吾者非吾也，與人相耦而謂之吾，則亦夢而已矣。故忘其所謂吾者，則哀樂無可施之地，一水之不能濡空宇，火之不能爇塊土也。不濡不爇，則不禁天下之有水火。且而宅之，暮而去之，且宅之可矣。心不損而形可駭，亦駭之可矣。天下皆吾笑資也，忘其笑而任其排，排亦安焉，然後死可而生亦可。寥天者，無生也，無死也；哀樂現其駭形，如浮雲麗空而無益損于空；夫乃無攖不寧，而生死一，是之謂大宗。

意而子見許繇。許繇曰：燕子名鷾鴯，寓爲之名，殆謂其傍人門戶耶！「堯何以資汝？」意而子曰：「堯謂我：必躬服仁義，而明言是非。」許繇曰：「而奚來爲軹！軹，語詞，只通。夫堯既黥汝以仁義，而劓汝以是非矣。汝將何以遊夫遙蕩、恣睢、轉徙之塗乎？」恣睢，自得貌。睢音諱。意而子曰：「雖然，吾願遊其藩。」許繇曰：「不然。夫盲者無以與乎眉目顏色之好，瞽者無以與乎青黃黼黻之觀。」無瞳曰盲，有瞳曰瞽。意而子曰：「夫無莊之失其美，據梁之失其力，無莊，美人；據梁，力士。黃帝之亡其知，皆在鑪錘之間耳。陶鑄之，使自忘而喪我。庸詎知夫造物者之不息我黥而補我劓，使我乘成舊注：乘可成之道。薛應旂曰：「乘成者，合乾之時乘時成而隨遊也。」以隨先生耶？」許繇曰：「噫！未可知也。我爲汝言其大略。吾師乎！吾師乎！䪡萬物䪡音齏，碎也。○評曰：揉之如䪡菜然。而不爲義，澤及萬世而不爲仁，長於上古而不爲老，覆載天地、刻雕衆形、而不爲巧，此所遊已。」

此忘生死之效也。所謂吾師者，合天人、生死而一之大宗也。不居仁義之功，日新而命物之化，唯其不可得而生，不可得而死爾。與之遊而忘之，則仁義是非之屑屑者，方且不拒，而況于訢！

顏回曰：「回益矣。」仲尼曰：「何謂也？」曰：「回忘仁義矣。」曰：「可矣，猶未也。」它日復見，曰：「回益矣。」曰：「何謂也？」曰：「回忘禮樂矣。」曰：「可矣，猶未也。」它日復見，曰：「回益矣。」曰：「何謂也？」曰：「回坐忘矣。」仲尼蹵然曰：「何謂坐忘？」顏回曰：「墮肢體，黜聰明，離形去知，同于大通，此謂坐忘。」仲尼曰：「同則無好也，同於大通，則不好其形。化則無常也。任天之化，無往不可。而果其賢乎！丘也請從而後也。」

先言仁義，後言禮樂者，禮樂用也，猶可寓之庸也，仁義則成乎心而有是非，過而悔，當而自得，人之所自以爲君子而成其小者也。坐忘，則非但忘物，而先自忘其吾。坐可忘，則坐可馳，安驅以遊于生死，大通以一其所不一，而不死不生之眞與寥天一矣。

子輿與子桑友，而淋雨十日，子輿曰：「子桑殆病矣！」裹飯而往食之。至子桑之門，則若歌若哭，鼓琴曰：「父耶？母耶？天乎！人乎！」有不任其聲，力不能出聲。而趨舉其詩焉。不能歌，且口誦之。子輿入，曰：「子之歌詩，何故若是？」曰：「吾思夫使我至此極者而弗得也。父母豈欲吾貧哉？天無私覆，地無私載，天地豈私貧我哉？求其爲之者而不得也。然而至此極者，命也夫！」

貧富之於人，甚矣。故人有輕生死而不能忘貧富者，思其所以使我貧者而不得，則曠然矣。天地不私貧人富人，抑豈私生人死人乎？弗獲已而謂之命，而非有命也。犯人之形，則所以攖之者，不能規之于始。天地不以有所貧有所死而損其心，則貧富無根，生死無本，是非無當，小大無垠，哀樂無所入，渾然萬化不出其宗矣。

莊子解卷七

內篇

應帝王

應者物適至而我應之也。不自任以帝王，而獨全其天，以命物之化而使自治，則天下莫能出吾宗，而天下無不治。非私智小材，辨是非、治亂、利害、吉凶者之所可測也。

齧缺問于王倪，四問而四不知。齊物論中問答凡二，此言四問者：是也，非也，物也，我也。齧缺因躍而大喜，行以告蒲衣子。蒲衣子曰：「而今乃知之乎！有虞氏不及泰氏。有虞氏：其猶藏仁以要人，要音邀，結也。亦得人矣，而未始出于非人。非人者，有我也。泰氏：其臥徐徐，其覺于于；徐徐，安舒貌。于于，無知貌。一以己爲馬，一以己爲牛；其知情信，信，實也。其德甚眞，而未始入于非人。」

見我爲我而人非我，則見人非我而我非人。我者爲是，人者爲非，則以我之是，治人之非，懷挾仁義、以要天下，唯此非人之一見爲之畛封而成八德。不入于畛域，以立人我是非，則民自安其民，上自安其上，泰然夢覺，與物相忘，如牛馬之于人，無相與也，乃知其實之民情而爲德也眞矣。故王倪之四不知，不知我也，不知人也，不知是也，不知非也；「彼是莫得其耦」，而冥合于大宗，帝王之所以入于攖而常寧，而天下莫不寧矣。

肩吾見狂接輿。狂接輿曰：「日中始何以語女？」舊注：日中始，人名。〇敔按：疑始無始，因據日中以爲始，寓爲之名也。肩吾曰：「告我：君人者以己出經，令自己出，建爲常道。式義度人，以義立式，爲人之法度。孰敢不聽而化諸！」狂接輿曰：「是欺德也。其於治天下也，猶涉海鑿河，而使蟁負山也。夫聖人之治也，治外乎正而後行，句。外猶異也，猶言異乎世之正而後行者。確乎能其事者而已矣。且鳥高飛以避矰弋之害，鼷鼠深穴乎神邱之下以避熏鑿之患。而曾二蟲之無知？」

正，期必也，必於己之爲正，而謂人不正。凡所以治人者，皆式乎己之正以行；河海自深而鑿之，山自高而負之，徒勞已耳。夫民，則無不確乎能其事者：農自能耕，女自能織，父子自親，夫婦自別；忘乎所以然而能自確，害自知遠，利自知就。鳥鼠豈待我之出經式義，而始能避患哉？物確然者不昧矣。我奚是乎？物奚非乎？應其所不得不應者，寓諸庸而已矣。

天根遊於殷陽，至蓼水之上，蓼音了。適〔遭〕㊀無名人而問焉，曰：「請問爲天下。」無名人曰：「去！汝鄙人也！據天以爲根，故曰鄙。若人而無名，則聖人也。何問之不豫也？豫，快也。予方將與造物者爲人，造物須我爲人，我不得不爲。厭，句。則又乘夫莽眇之鳥，死也。以出六極之外，而遊無何有之鄉，以處壙埌之野。壙埌猶曠蕩。又何帛或曰古爲字；或音詣，法也。以治天下感予之心爲？」又復問。無名人曰：「汝游心于澹，合氣於漠，順物自然而無容私焉，而天下治矣。」

㊀ 據他本增「遭」字。

澹心、漠氣以忘其生，無益損於生而生不傷；澹心、漠氣以順乎物，無益損于物而物不害；一也。唯才全而德不形，不悅生而惡死，可以養生，卽可以養民。謂生死之在我，則賊其生；謂民之生死在我，則賊其民。以心使氣，盛氣加人，鄙人之爲也。大公者，無我而已。唯無生而後可以無我，故乘莽眇之鳥而天下治。

陽子居見老聃曰：「有人於此：嚮疾彊梁，嚮往敏疾，彊幹自任，如梁之舉屋。物徹疏明，物無不通。學道不勌，如是者可比明王乎？」老聃曰：「是於聖人也，胥易、技係，胥，徒也。更換充役，故曰易。技，工也。繫身于肆，故曰係。勞形、怵心者也。且也虎豹之文來田，致〔人〕〔畋〕㊀取。猨狙之便、執斄之狗來藉，致人羈縻。如是者可比明王乎？」陽子居蹵然曰：「敢問明王之治。」老聃曰：「明王之治：功蓋天下而似不自己，化貸萬物而民弗恃；有莫舉名，有莫能名其化功者。使物自喜；立乎不測而遊于無有者也。」

知而徹，爲而勤，皆自爲名，以致天下之來求。天下舍其確然之能而來求，則天下皆喪其眞。故待人哺者不飽，待人敎者不明。應帝王者，以帝王爲迹，寓於不得已而應之，不招物之來，物將不來。物不來則反而自能其事，澹漠之德，功化莫尙矣。

鄭有神巫曰季咸，知人之死生、存亡、禍福、壽夭，期以歲、月、旬、日，若神。鄭人見之，皆棄之而走。畏其先言死期。列子見之而心醉，歸以告壺子曰：「始吾以夫子之道爲至矣，則又有至焉者矣。」壺子曰：「吾與汝既其文，未既其實，而固得道歟？而，爾也。責其輕言，以道爲至，初未得道。衆雌而無雄，而又奚卵焉？言受

㊀ 依湘西草堂本增「人畋」二字。

訓未化也。而以道與世亢，與世亢，即未聞道。必信夫，未聞道，必妄信。故人得而相汝。嘗試與來，以予示之。」明日，列子與之見壺子，出而謂列子曰：「嘻！子之先生死矣！弗活矣！不以旬數矣！吾見怪焉，見溼灰焉。」不能起也。列子入，泣涕沾襟以告壺子。壺子曰：「鄉吾示之以地文，地，塊然耳。萌乎不震，一念不動。不正，無所期必。是殆見吾杜德機也。評曰：德尙杜之，何況非德？嘗又與來。」明日，又與之見壺子，出而謂列子曰：「幸矣，子之先生遇我也！有瘳矣！全然有生矣！吾見其杜權矣。」杜之中有權，謂閉藏中有活機也。列子入，以告壺子。壺子曰：「鄉吾示之以天壤，天入于壤中。名實不入，名實皆不入于心。而機發于踵，是殆見吾善者機也。渾然善者，僅示其機。嘗又與來。」明日，又與之見壺子，出而謂列子曰：「子之先生不齊，齊，側皆反。心無專注，似乎不齊。吾無得而相焉。試齊，且復相之。」列子入，以告壺子。壺子曰：「吾鄉示之以太沖莫勝，器中之虛曰沖。太沖，無不勝也。無不可勝，故物莫勝。是殆見吾衡氣機也。衡所以平物者。無不可入而皆平，游心於無礙也。鯢桓之審爲淵，鯢桓，鯢魚盤桓處也。鯢，大魚名。審，列子作潘，音蒲官切，水之盤旋曰潘。止水之審爲淵，流水之審爲淵。淵有九名，列子于三淵外，加濫水、沃水、氿水、壅水、汧水、肥水之潘爲九淵。此處三焉。評曰：入大、入止、入行，皆淵所涵也。三者可涵，猶有未可涵者在。嘗又與來。」明日，又與之見壺子，立未定，自失而走。壺子曰：「追之！」列子追之不及，反以報壺子曰：「已滅矣，已失矣，吾弗及已。」壺子曰：「吾鄉示之以未始出吾宗。吾與之虛而委蛇，不知其誰何，因以爲弟靡，弟字从人、从弔，音頹。弟靡，遜伏貌。因以爲波流，故逃也。」然後列子自以爲未始學而歸。三年不出，爲其妻爨，食豕如食人，食同飼。於事無與親；雕琢復朴，塊然獨以其形立；紛而封哉，評曰：紛者皆封，卽攖寧也。一以是終。

未始出吾宗，則得環中以應無窮，不蘄治天下而天下莫能遯也。耕者自耕，織者自織，禮者自禮，刑者自刑，相安于其天，而恩怨、殺生，不以一曲之知、行其私智。此則遊于無有，而莫能舉名者也；順物自然，而無私者也；確乎能其事者也；出于非人者也；其庸也，寓也；其藏天下於天下，一其不一者也；謷乎獨成其天者也；接而時生於心者也；以無厚入有間者也；參萬歲而一成純者也；以無知知而虛白吉祥者也；哀樂不入者也；乘天地、御六氣、以遊無窮者也。立于不測，雖神巫其能測乎！乃其所以致此者，始之以地文，而不以物動其心；俄而天機發於甚深之藏，而不急於見；俄而無擇于流止鯢桓之小大，以平情處之而皆定。夫乃合萬化于一心，無不知也，無不用也；一無知也，一無用也；刑賞質文，民「自取」之，「自已」之，不競于名，不爭于實；帝王之任及于身，可應則應也，天下之待於帝王者無不應也。未嘗唱而隨應以和，合內外而通於一，誰弊弊焉以天下爲事哉？堯舜以天下爲事，湯武效之而兵爭起；湯武以天下爲事，七國彊秦效之而禍亂極。有井田則有耕戰，有學校則有儒墨，紛不可復理矣。封之于召紛之源，則不出吾宗者，弗能以知見自立小成之宗；大小無不可遊，物論無不可齊，德無不充，生無不可養，死無不可忘，人間世無不可入。此渾然至一之宗也，於以應帝王也何有！〇能爲地文，自有發踵之機，自有莫勝之太沖，自有虛而委蛇之妙用，以爲萬化之宗。故列子之學，學地文而已；壺子之以雄化其雌卵者，莫溼灰若也。紛而封，弟靡波流，獨以形立，皆地文也。其要則以忘生死爲歸，故季咸曰「弗活矣」。

無爲名尸，無爲謀府，無爲事任，無爲知主。體盡無窮而遊無朕，盡其所受乎天而無見得，亦虛而已。

此紛封之實也。名也，謀也，事也，知也，皆自以爲治天下而祇以紛也。四者虛，無不虛矣，雖爲籟而不受天之吹。心不生氣，氣不益心，無成心以應天下：無功者，功無與匹矣；陶鑄堯舜，而秕糠皆純粹矣。

至人之用心若鏡：不將不迎，應而不藏，故能勝物而不傷。勝音升，任也。

鏡以光應物，而不炫明以燭物，一知其所知，而不以知示物，雖知妍媸而不是妍以非媸，物皆其影而自無影，現可駭之形而固無損，故于物無傷而物亦不能傷之。帝王之道，止於無傷而已。

南海之帝爲儵，儵然之明。北海之帝爲忽，忽然之暗。中央之帝爲渾沌。無明而無不明。儵與忽時相與遇于渾沌之地，渾沌待之甚善。評曰：明暗皆取給于渾沌。儵與忽謀報渾沌之德，曰：「人皆有七竅，以視、聽、食、息，此獨無有，嘗試鑿之。」日鑿一竅，七日而渾沌死。方以智曰：「渾沌一作混沌，一作倱伅。」按崑崙卽渾淪也，渾淪卽混沌也。太歲在子曰困敦，淮南子曰坤屯、㹀惽，皆渾沌之聲義。道藏曰儵表南心之炎火，識王；忽表北腎之命門，情君；渾沌表中央，土也。渾沌一也，儵忽二也。

知與不知，皆出於一眞之大宗，而還以戕賊其宗。知者任其知，不知者任其不知，心無與焉，則混沌常存，應物而不死。故或欲明民，或欲愚民，皆非以復其朴也。

莊子解卷八

外篇

外篇非莊子之書，蓋爲莊子之學者，欲引伸之，而見之弗逮，求肖而不能也。以內篇參觀之，則灼然辨矣。內篇雖參差旁引，而意皆連屬；外篇則踳駁而不續。踳音蠢。內篇雖洋溢無方，而指歸則約；外篇則言窮意盡，徒爲繁說而神理不摯。古摯字。內篇雖極意形容，而自說自掃，無所粘滯；外篇則固執粗說，能死而不能活。內篇雖輕堯舜，抑孔子，而格外相求，不黨邪以醜正；外篇則忿戾詛誹，徒爲輕薄以快其喙鳴。內篇雖與老子相近，而別爲一宗，以脫卸其矯激權詐之失；外篇則但爲老子作訓詁，而不能探化理於玄微。故其可與內篇相發明者，十之二三，而淺薄虛囂之說，雜出而厭觀；蓋非出一人之手，乃學莊者雜輯以成書。其間若駢拇、馬蹄、胠篋、天道、繕性、至樂諸篇，尤爲悁劣。讀者遇莊子之意於象言之外，則知凡此之不足存矣。

駢拇

此篇亦「爲善無近名，爲惡無近刑」之旨，其言「至正」，言「常然」，亦與「緣督爲經」相近；而徒非斥仁義，究竟無獨見之精。何爲「至正」，何爲「常然」，皆不能以微言達之；且詆訶曾、史、伯夷，以是其所是，非其所非，矜氣以固其封畛，故曰非莊子之言。

駢拇枝指，駢拇，足大指連第二指也。枝指，手多指也。出於性哉！而侈於德。侈，過也。評曰：生而有者曰性，所宜得乎天而利用者曰德。附贅縣疣，贅，息肉。縣音懸。縣疣，結而懸之不絕也。出於形哉！成形之後乃有之。而侈於性。多方乎仁義而用之者，列于五藏哉！肝神仁，肺神義，心神禮，腎神智，脾神信。而非道德之正也。是故駢於足者，連無用之肉也；枝於手者，樹無用之指也；多方駢枝於五藏之情者，淫僻于仁義之行，而多方于聰明之用也。是故駢于明者，亂五色，淫文章，青黄黼黻之煌煌非乎？而離朱是已。多於聰者，亂五聲，淫六律，金石絲竹、黄鐘大呂之聲非乎？而師曠是已。枝於仁者，擢德塞性，以收名聲，使天下簧鼓以奉不及之法非乎？簧鼓如簧之鼓動于笙管之中。不及，羨其不可及也。而曾史是已。曾參之孝，仁也。史魚之忠，義也。駢於辯者，纍瓦結繩，叠詞如纍瓦，連意如結繩。竄句游心點竄文句，游冶其心。於堅白同異之間，而敝跬譽無用之言非乎？舊注：跬當作毁。一説：敝跬如蹩人半步而行，若韓退之所謂「行若遺而處若忘」也。而楊墨是已。故此皆多駢旁枝之道，非天下之至正也。

生而然者，則謂之性矣。性因乎氣質，不足於義則餘於仁，不足於仁則餘於義；有餘則皆駢枝也，皆五藏之藴，有餘之情也。習俗之毁譽爲聲名之榮辱，又非性之所有，增加于生後，爲贅疣而已。侈於性者，且非性之常然，況非性之所有者乎？性之常然者，情不得與，而況於名？暖然似春而不可名以仁，凄然似秋而不可名以義。五色無所别於妍媸，五聲無所别於雅鄭。妍不立則無媸，雅不立則無鄭。名無可名，誰爲曾史！至正者無正，無正則無不正已。彼正正者，正正，無所不正。一曰：當作至正。不失其性命之情。故合者不爲駢，而枝者不爲跂，跂、歧通。按當云跂者不爲枝，或字訛，或有意變文。長者不爲有餘，短者不爲不足。是故鳧脛雖短，續之則憂；鶴脛雖長，斷之則悲。故性長非所斷，性短非所續，無所去憂也。不以去之爲憂。意噫同。仁義其非人情乎！彼仁義何其多憂也！

役於仁義之名者，矯不正而欲使之正。其矯之也，仁有窮，義有詘，將必惴惴然憂不仁不義之不易去。夫立一表以爲正者，東望之成西，南望之成北，正果安在哉？去東西南北之名，則隨在皆正；去仁不仁義不義之名，則同歸于至正。無所不可正，而抑又何憂！憂困其情，則情不可返通於性命。惟忘憂以順情，乃可以養生而冥合於道。

且夫駢於拇者，決之則泣；枝於手者，齕之則啼。二者或有餘於數，或不足於數，其於憂一也。評曰：近名近刑，皆非所以養生。今世之仁人，蒿目而憂世之患；舊注：蒿目言薰散也。不仁之人，決性命之情而饕富貴。故意仁義其非人情乎！自三代以下者，天下何其囂囂也！

憂皆生於所欲去：小人欲去仁義，而情終礙於其性；君子欲去不仁不義，而性終拂於其情。一人之身，性情交搆，而況於天下？囂囂者宜其不息也！故近名之善，近刑之惡，終身大惑而不解。

且夫待鉤繩規矩而正者，是削其性也；待繩約膠漆而固者，是侵其德也；屈折禮樂，呴俞仁義，呴音吁，義通。屈折肢體以爲禮樂，吁俞言詞以爲仁義。以慰天下之心者，此失其常然也。天下有常然。常然者：曲者不以鈎，直者不以繩，圓者不以規，方者不以矩，附離不以膠漆，離、麗通。約束不以纆索。纆，黑索也。故天下誘然皆生，而不知其所以生；同然皆得，而不知其所以得。誘然，相從也。同然，相比也。故古今不二，不可虧也。則仁義又奚連連如膠漆纆索，而遊乎道德之間爲哉？使天下惑也！也字，一本作矣。名依法以立，名立而抑卽名以爲法。名法相生，擢德塞性，竄句游心，嚚嚚而不止，皆以求合於法，而不知戕賊山木以爲器用，強合異體以爲弓輪，非其常然也。一曲之仁，不足以周萬物；一端之義，不足以通古今。可名者固非常名。名且不常而況於法，法固不常而況於道乎？遇方而方，遇圓而圓，合者自合，離者自離。因其常然，則仁可也，義可也，非仁非義可也，性命之情也。不然，暍於夏者，冬而飲水；凍於冬者，夏而擁絮。古之所謂榮名，今之所謂覆轍，規規然據以爲常，自惑而惑天下矣！名惑之，法惑之也。

夫小惑易方，不知南北。大惑易性。何以知其然邪？自有虞氏招仁義以撓天下也，招音翹，舉也。撓，亂也。天下莫不奔命於仁義，是非以仁義易其性與？

有虞氏之仁義，非今之仁義也。使取有虞氏之命官、誅凶，強在廷在野之臣民而效之，未有不亂者。惟舜以仁義名，而奉其名以爲法，有一不肖，則竊竊然憂之，究不知仁義之爲何物。習之習之而成乎性，則戕性、逆情、夭命，皆其惑之所必至。故招撓之過，歸之有虞氏而不可辭。

故嘗試論之：自三代以下者，天下莫不以物易其性矣！小人則以身殉利，士則以身殉名，大夫則以身殉家，聖人則以身殉天下。故此數子者，事業不同，名聲異號，其於傷性，以身爲殉，一也。臧與穀臧，善也。穀，利也。二人相與牧羊，而俱亡其羊。問臧奚事，則挾筴讀書。挾筴，執卷也。問穀奚事，則博塞以游。塞、簺通，音賽。古簺用五木。二人者事業不同，其於亡羊均也。伯夷死名于首陽之下，盜跖死利于東陵之上。二人所死不同，其於殘生傷性均也。奚必伯夷之是而盜跖之非乎？天下盡殉也。彼其所殉仁義也，則俗謂之君子；其所殉貨利也，則俗謂之小人。其殉一也，則有君子焉，有小人焉。若其殘生損性，則盜跖亦伯夷也。又惡取君子小人於其間哉！

以生從他人之死曰殉。名者人之所名也，猶夫利者非必果利於己。宮室、妻妾、交遊之膴厚，皆物受之而已，徒爲之殉也。當其殉也，忘天地之廣大，忘萬物之變遷，忘飢疲之苦形，忘憂患之困心，忘刀鋸之加身，瞀亂奔馳，莫能自止。君子之情亦何異於小人哉！逐於外而棄其中心之常然，近名近刑，孰與辨其得失哉！

且夫屬其性乎仁義者，雖通如曾、史，非吾所謂臧也；屬其性於五味，雖通如俞兒，俞兒，古之知味者，見尸子。淮南子作申兒。非吾所謂臧也；屬其性乎五聲，雖通如師曠，非吾所謂聰也；屬其性於五色，雖通如離朱，非吾所謂明也。吾所謂臧，非仁義之謂也，臧於其德而已矣。吾所謂臧者，非所謂仁義之謂也，任其性命之情而已矣。吾所謂聰者，非謂其聞彼也，自聞而已矣。吾所謂明者，非謂其見彼也，自見而已矣。夫不自見而見彼，不自得而得彼者，是得人之得而不自得其得者也，適人之適而不自適其適者也。夫適人之適而不自適其適，雖盜跖與伯夷，是同爲淫僻也。屬音燭。

性之於人：至尊也，無所屬者也；至親也，不外屬者也。聞自聞，見自見，性自性，不屬於相緣相取之聲色，況屬之他人？豈人謂之仁而仁，人謂之義而義乎？故既曰「仁義之謂」，又曰「所謂仁義之謂」。始而見有仁而屬性於仁，見有義而屬性於義，非其性，猶其仁義；至於謂之仁謂之義，則並不知有仁，知有義，而但知有謂而已。人之所謂，名之所自起，法之所自立，性之所自塞也；皆在彼者也，非自也，故曰殉也。

余愧乎道德，是以上不敢爲仁義之操，而下不敢爲淫僻之行也。

以善不近名、惡不近刑結之。無駢無枝，又奚有決去之傷哉！

莊子解卷九

外篇

馬蹄

引老子無爲自正之說而長言之。

馬：句。蹄可以踐霜雪，毛可以禦風寒，齕草飲水，翹足而陸，陸猶陸梁之陸，跳也。此馬之眞性也。雖有義臺路寢，無所用之。及至伯樂，曰「我善治馬」：燒之、剔之，燒其毛如今火印，剔其蹄。刻之、雒之，舊注：雒絡通。○刻之以甲，絡之以轡。連之以羈馽，絡首曰羈，絡足曰馽。○馽，縶本字。編之以皁棧，棧音斬。皁棧，槽櫪也。馬之死者十二三矣；飢之、渴之，馳之、驟之，整之、齊之，前有橛飾之患，銜曰橛，纓曰飾。而後有鞭筴之威，筴、策同。而馬之死者已過半矣。陶者曰：「我善治埴，圓者中規，方者中矩。」匠人曰：「我善治木，曲者中鉤，直者應繩。」夫埴，木之性，豈欲中規矩鉤繩哉？然且世世稱之，曰：「伯樂善治馬，而陶匠善治埴木」，此亦治天下者之過也。吾意善治天下者不然。彼民有常性：織而衣，耕而食，是謂同德；一而不黨，名曰天放。放與倣同。天如是，則亦如是。

以其意之所趨，矯人之固不然者合之於己，自謂足以齊一天下，而不知適欲其黨己也。馭馬者乘之騎之，馬效於己，以從其意之所趨、喻其所欲爲而順之，是人與馬爲黨也。既已黨矣，而又安能一乎！一者，一之於天也。天之所然而然之，天之所未有而不然，唯天是效而己不參焉，豈容以斯人爲馬，己爲伯樂，以治之哉？非天是放，是謂逆天，故曰「皞天不宜」。

故至德之世，其行塡塡，舊注：塡音田，遲重貌，行不迤也。其視顚顚。顚顚，專一也，目不遊也。當是時也，山無蹊隧，澤無舟梁，萬物羣生，連屬其鄉，自相聚于林藪。禽獸成羣，草木遂長。長，上聲。是故禽獸可係羈而遊，鳥鵲之巢可攀援而闚。夫至德之世，同與禽獸居，族與萬物並，惡知乎君子小人哉？同乎無知，其德不離；同乎無欲，是謂素樸；素樸而民性得矣。評曰：民本無知無欲，因而順之。導以知，則將知其所不當知；節其欲，則愈節而愈啓其欲。天不使之有知，而固使不欲其所不欲。唯天是放，性無不得矣。性者天之所與，非天則非性也。

及至聖人，蹩躠爲仁，蹩躠音別薩，又音撇屑，行不正貌，不能行而强行。踶跂爲義，踶，丈几切，音止，駐足用力也。跂音企，舉足望也。不可及而企及。而天下始疑矣；澶漫爲樂，澶音但，縱衍也。漫，靡也。煩雜衆聲，靡靡娛人。摘僻爲禮，摘，取也。僻，擘通，揮也。多其去取，勞傷肌骨。○僻一本作辟。劉辰翁曰：「摘如摘埴之摘，辟如鞭辟之辟。」而天下始分矣。故純樸不殘，孰爲犧尊？犧音莎。白玉不毁，孰爲珪璋？道德不廢，安取仁義？性情不離，安用禮樂？五色不亂，孰爲文采？五聲不亂，孰應六律？夫殘樸以爲器，殘、戕通。工匠之罪也；毁道德以爲仁義，聖人之過也。

鳥獸自成其羣，草木自長其類，各相爲體而不淆雜，不一者乃一也。以一人之情，蹩躠焉求合於衆人，而謂之仁；以一事之法，踶跂焉求合于衆事，而謂之義；齊其不齊而爲禮，摘僻而已；和其不和而爲樂，澶漫而已。此物不足，貸彼物以就之；一人不足，聯衆人以成之；能之者號爲君子，不能者號爲小人。人無非黨也，此仁義禮樂之必繼以兵戎寇讎也。皆聖人有爲之心啓之，而惡能禁之！

夫馬：陸居則食草飲水，喜則交頸相靡，靡、摩通。怒則分背相踶，踶音蹄，踢也。馬知已此矣。已此猶止此。夫加之以衡扼，齊之以月題，月題，馬轡飾。舊注：馬額上當顱如月形，乃的盧也，非是。而馬知介倪、介音戛。介倪猶睥睨也，邪視不肯行。闉扼、闉，曲也。扼音厄，按也。回身不受鞍。鷙曼、鷙，抵也。曼，突也。謂衝騰也。詭銜、不受銜。竊轡。潛脫去轡。故馬之知而能至盜者，伯樂之罪也。夫赫胥氏之時，上古帝氏。民居不知所爲，行不知所之，含哺而嬉，鼓腹而遊，民能已此矣。及至聖人，屈折禮樂以匡天下之形，屈折與曲折通。縣跂仁義以慰天下之心，縣音懸，懸之使人跂及。而民乃始踶跂好知，爭歸於利，不可止也。此亦聖人之過也！

踶跂好知，亂之所繇生也。所好之知，皆非性之所有也。聖人匡之，而人始知吾形之可奮迅曲折以爲其所難爲；聖人慰之，而人始知吾欲之可儌幸縣跂以希所難得；赫胥氏之民，化而爲爭奪之民，樸彫德離，不可復一矣。

莊子解卷十

外篇

胠篋

引老子「聖人不死，大盜不止」之說，而鑿鑿言之。蓋懲戰國之紛紜，而爲憤激之言，亦學莊者已甚之成心也。

將爲胠篋、探囊、發匱之(道)〔盜〕㊀，而爲守備，胠，腋也；旁開其篋，如從腋取去也。探囊，摸其囊中之有無而取之也。發匱，竊發其扃也。則必攝緘縢，固扃鐍，緘，古咸切。鐍音決。緘以針縫也，縢以繩束也，扃以門戶關也，鐍以鈕環鎖也。此世俗之所謂知也。然而巨盜至，則負匱、揭篋、擔囊而趨，唯恐緘縢扃鐍之不固也。然則鄉之所謂知者，鄉音向。不乃爲大盜積者也？「不乃」之不，一本作「今」爲是。故嘗試論之：世俗所謂知者，有不爲大盜積者乎？所謂聖者，有不爲大盜守者乎？何以知其然邪？昔者齊國，鄰邑相望，雞狗之音相聞，罔罟之所布，詩所謂「施罛濊濊」。耒耨之所刺，刺，刺入于地也，孟子所謂「深耕」。方二千餘里；闔四竟之內，所以立宗廟社稷，治邑、屋、州、閭、鄉曲者，曷嘗不法聖人哉？然而田成子名恆。一旦殺齊君而盜其國。所盜者，豈徒其國邪？并與

㊀ 據他本改。

其聖知之法而盜之。故田成子有乎盜賊之名，而身處堯舜之安，小國不敢非，大國不敢誅，十二世有齊國。則是不乃竊齊國，并與其聖知之法，以守其盜賊之身乎？

察於理之謂聖，通於事之謂知。理無定在，事有遷流，故聖知之所知，含之於心，而不可暴之爲法者也。以是爲法而蘄以止盜，則即操我之戈，以人我之室。嗣守吾法者，不能如我之聖知，而法固可竊，彊有力者勝矣。陳氏以豆區之仁，收姜氏之齊，太公之教也。陳氏之守固，而姜氏熸矣。

嘗試論之：世俗之所謂至知者，有不爲大盜積者乎？所謂至聖者，有不爲大盜守者乎？何以知其然邪？昔者龍逢斬，比干剖，萇弘胣，胣音以，刳腸也。子胥靡。爛之江中也。故四子之賢而身不免乎戮。故跖之徒問於跖曰：「盜亦有道乎？」跖曰：「何適而無有道邪？夫妄意室中之藏，聖也；入先，勇也；出後，義也；知可否，知也；分均，仁也。五者不備而能成大盜者，天下未之有也。」繇是觀之：善人不得聖人之道不立，跖不得聖人之道不行；天下之善人少而不善人多，則聖人之利天下也少而害天下也多。故曰：「脣竭則齒寒，魯酒薄而邯鄲圍，事生于此，而責成于彼。聖人生而大盜起。」掊擊聖人，縱舍盜賊，而天下始治矣。夫川竭而谷虛，丘夷而淵實，聖人已死則大盜不起，天下平而無故矣。聖人不死，大盜不止。雖重聖人而治天下，則是重利盜跖也。

聖知之法，刑賞爲其大用，而桀紂即以之賞邪佞，而加刑於逢比。逢比之戮，亦四凶之竄爲所守也。道暴於法，則何適非法？法以暴道，則何適非道？法之所以紛，道之所以詭也。無道可託，無法可按，天下奚不治哉？聖人用法，僅可以弭一時之盜。施及後世，唯重聖人之法，而喪其所重，乃法徒爲盜守，徒爲盜積。所重唯法，則已輕矣。外重者，內洩其含也。唯含者爲人所不能竊。故甚患夫聖人之不含而亟暴之也。

爲之斗斛以量之，則并與斗斛而竊之；爲之權衡以稱之，則并與權衡而竊之；爲之符璽以信之，則并與符璽而竊之；爲之仁義以矯之，則并與仁義而竊之。何以知其然邪？彼竊鉤者誅，竊國者爲諸侯。諸侯之門而仁義存焉，則是非竊仁義聖知邪？故逐于大盜、揭諸侯、揭，舉也。馳逐而爲大盜者，舉諸侯之竊以爲口實。竊仁義、并斗斛權衡符璽之利者，雖有軒冕之賞弗能勸，賞之以卿相之服而不緊。斧鉞之威弗能禁。此重利盜跖而使不可禁者，是乃聖人之過也！

大小、輕重、眞僞，人之所固能知者，不待斗斛、權衡、符璽而始知。聖人以其聖知立法，以齊一天下之聰明。法繇心生，窺見之者竊之而有餘矣。治人揭聖人之法以禁天下，曰「奚不如法」？亂人亦揭聖人之法以禁天下，曰「奚不如法」？則盜國毒民者，方且挾法以禁天下，而惡能禁之？欲不歸過於聖人而不得已。

故曰：「魚不可脫於淵，國之利器不可以示人。」彼聖人者，天下之利器也，非所以明天下也。明謂明示人。故絕聖棄知，大盜乃止；擿玉毀珠，擿，擲通。小盜不起；焚符破璽，而民朴鄙；掊斗折衡，而民不爭；殫殘天下之聖法，而民始可與論議。擢亂六律，鑠絕竽瑟，塞瞽曠之耳，而天下始人含其聰矣。滅文章，散五采，膠離朱之目，而天下始人含其明矣。毀絕鉤繩，而棄規矩，攦工倕之指，攦，厲、列二音，折之也。而天下始人有其巧矣。故曰：「大巧若拙。」削曾史之行，鉗楊墨之口，攘棄仁義，而天下之德始玄同矣。彼人含其明，則天下不鑠矣；鑠，閃鑠也。人含其聰，則天下不累矣；人含其知，則天下不惑矣；人含其德，則天下不僻矣。彼曾、史、楊、墨、師曠、工倕、離朱者，皆外立其德，而以爚亂天下者也，法之所無用也。所無用，猶言所以無用。

「聖人懷之」，含之謂也。聖人含之，而天下固莫能不含矣。人皆能含，而盜惡從起哉？有人於此，未嘗爲盜，而詔之曰「汝勿爲盜！吾有法在，汝欲爲盜而固不能。」於是而盜心起矣。且思以其聰明爭巧，而一人之利器不能敵天下之鋒鋩。惟含其止盜之心，以使忘其機變，則巧無所矜，力無所競，而其意自消；持天下於靈府，以俟其衰而自已。含之爲利器，非干將莫邪之所可擬也，故雲將曰「毒哉！」

子獨不知至德之世乎？昔者容成氏、大庭氏、伯皇氏、中央氏、栗陸氏、驪畜氏、軒轅氏、赫胥氏、尊盧氏、祝融氏、伏羲氏、神農氏，當是時也，民結繩而用之，甘其食，美其服，樂其俗，安其居，鄰國相望，雞狗之音相聞，民至老死而不相往來。若此之時，則至治矣。今遂至使民延頸舉踵，曰「某所有賢者」，贏糧而趣之，贏音盈，擔負曰贏。漢志：「贏三日糧。」則內棄其親，而外去其主之事；足跡接乎諸侯之境，車軌結乎千里之外，則是上好知之過也。上誠好知而無道，則天下大亂矣。何以知其然邪？夫弓、弩、畢、弋、機變之知多，兔網曰畢。則鳥亂於上矣；鉤餌、罔罟、罾笱之知多，則魚亂於水矣；削格、羅落、罝罘之知多，則獸亂于澤矣；削格所以施羅網者。鳥罟爲羅。落、絡通，以繩爲機而取狐兔者。兔罟爲罝。罘罦通，翻車也。知詐漸毒、頡滑堅白、解垢同異之變多，則俗惑於辨矣。知，去聲。漸，音尖，浸漬也。舊注：「頡滑，不正之語；解垢，詭曲之辭。」故天下每每大亂，罪在于好知。

春秋之世，延及戰國，好爲人師者，日暴其知以爭言法，而天下日亂，下達於申商，而殘劉天下極矣。乃申商雖謬於聖人，而實因聖人之成迹，緣飾而雕鑿之，則亦聖人啓之也。夫聖人有所含而後有所暴。其有所含也，可以治一時之天下；乃有所暴矣，則必爲盜賊之守。若無所含而徒好知者，日爲揣摩以求明，則法且立而天下夕受其殘劉。士好之，上因好之；上好之，士愈見其可好；人士贏糧以執贄，諸侯郊迎而授館；好之也無已，而不顧其中之一無所含，天下相鑠以成乎大亂，此戰國之所以滅裂而不可止也。夫欲起已死之聖人爲好知之口實，是發冢臚傳之盜魁也。非死聖人，其禍奚止？死者，含之於心，如汞之得鉛，不使流宕氾濫於天下也。

故天下皆知求其所不知，而莫知求其所已知者；皆知非其所不善，而莫知非其所已善者；是以大亂。故上悖日月之明，下爍山川之精，中墮四時之施；墮音隳。喘耎之蟲，肖翹之物，喘，一本作惴。耎音軟。喘耎，無足蟲也。肖翹，翾飛之屬。莫不失其性。甚矣好知之亂天下也！自三代以下者是已。舍夫種種之民，而悅夫役役之佞；釋夫恬淡無爲，而悅夫啍啍之意；啍諄通。啍啍已亂天下矣！

所已知者已知矣，而又何求！所已善者已善矣，而又何非！唯含之也。「參萬歲而一成純」，其所知之不知者多矣。「得其圜中以應無窮」，其所善者固有不善矣。有不知、有不善，而亟於立法，則日月、山川、四時、萬物之性，皆在吾法之外，而一成之法，適爲盜資。民之情，種種不一也。種種者，非役役之可治也。恬淡無爲，利器藏於中，而人莫知其所嚮，則盜無可竊，而種種者各以其太樸之聰明，樂其俗，安其居，而天下治矣。

莊子解卷十一

外篇

在宥

在之爲言存也，不言而存諸心也：是焉而在，非焉而在，利焉而在，害焉而在；不隨之以流，不激之以反，天下將自窮而不出於環中。宥之爲言寬也：是焉而不以爲是，非焉而不以爲非，利者勿使害，害者不爲之利，天下寬然足以自容，而復其性有餘地。在之宥之，則無爲而無不爲矣。乃人所以亟於治天下，而不能在宥之者，有故焉。身之未正，心之未寧，嗜欲積中而天機外蕩，忘其有涯之生而侈無涯之知，心與身不相謀，形與神不相浹，舍其身以汲汲於天下，爲功名而自葢覆其所不正，搖精以逐陰陽之末流，役其見聞覺知以與物相鬬，如浮氣聚於太虛，爲雲以雨，將謂以澤萬物，而不知適爲沴也。天唯無爲恩於物之心，故不受怨；惟不治物，故物不能亂。立體莫善於在，而適用莫善於宥。天唯無不在、無不宥，故陰陽不毗，節宣自應其候。在宥天下者，喜怒忘於己，是非忘於物，與天合道而天下奚不治，又奚治邪？此篇言有條理，意亦與內篇相近，而間雜老子之說，滯而不圓，猶未得乎象外之旨，亦非莊子之書也。

聞在宥天下，不聞治天下也。方以智曰：「在如持載，圜中之範；宥如覆幬，範中之圜。」在之也者，恐天下之淫其性也。隨上意而流。宥之也者，恐天下之遷其德也。懼而喪其所守。天下不淫其性，不遷其德，有治天下者哉？

評曰：己無不治，何治之有！

此一篇之綱也。不在則心隨物往，天下乘之以俱流；不宥則心激物傷，天下莫知其所守。今有人於此，即有不肖之心，勃然欲動，無與勸之，無與沮之，則亦芒然少味而漸以忘。漸以忘，又奚待治哉？

昔堯之治天下也，使天下欣欣然人樂其性，是不恬也。桀之治天下也，使天下瘁瘁焉人苦其性，是不愉也。夫不恬不愉，非德也。非德也而可長久者，天下無之。人大喜邪？毗於陽。大怒邪？毗於陰。陰陽並毗，四時不至，溫涼生殺之候，當至而不至。寒暑之和不成，其反傷人之形乎！使人喜怒失位，居處無常，思慮不自得，中道不成章，無恆而失守。於是乎天下始喬詰卓鷙，而後有盜跖、曾、史之行。舊注：喬詰，意不平；卓鷙，行不平也。故舉天下以賞其善者不足，舉天下以罰其惡者不給。故天下之大，不足以賞罰。自三代以下者，匈匈焉終以賞罰爲事，彼何暇安其性命之情哉！

喜則其性必淫，欣欣然趨樂利者導之以靡也。怒則其德必遷，瘁瘁焉惡死亡者、爲善不能、爲惡不可、無所據以自安也。種種之民，喜怒人殊，而一淫一遷，則囂然並起，如巨浸之滔天，而莫之能遏。乃要其所自生，則唯一人之喜怒，有權有力，而易以鼓天下也。陽之德生；知生之爲利，而不知生之必有殺，則足以召天下之狂喜，而忘其大憂。陰之德殺；謂殺爲固然，而不知殺之害於生，則足以召天下之狂怒，而喪其不忍。夫陽有至和，陰有至靜。至靜以在，至和以宥，而其發爲喜怒者，乃陰陽之委也。一念毗於陽，而天下奔於喜，罰莫能戢也。一念毗於陰，而天下奔於怒，賞莫能慰也。君天下者與天下均在二氣之中，隨感而興。天氣動人而喜怒溢，人氣動天而寒暑溢，非得環中以應無窮者，鮮不毗也。聖之毗無以異於狂矣。

而且說明邪？說音悅。是淫於色也。說聰邪？是淫於聲也。說仁邪？是亂於德也。說義邪？是悖於理也。說禮邪？是相於技也。與之偕而自失曰相。說樂邪？是相於淫也。說聖邪？是相於藝也。說知邪？是相於疵也。天下將安其性命之情，之八者存可也，亡可也。天下將不安其性命之情，之八者始臠卷傖囊而亂天下也。舊注：臠卷，不伸舒之貌。傖囊猶搶攘。而天下乃始尊之惜之，甚矣天下之惑也！豈直過也而去之邪？評曰：過而去之，暫用而不固執，未嘗不可。乃齋戒以言之，跪坐以進之，鼓歌以儛之。儛、舞同。吾若是何哉！

八者，堯之治具也。而在宥天下者，亡可也，存可也，亦非必惡之也。惡之者，亦自以爲有八德而說之，因以惡堯。故桀惡之而天下怒，堯說之而天下喜。說而喜，則上與民之性皆淫，其愈於惡者無幾矣。唯過而去之，己心先無所毗，則天下不能自毗；卽有自毗者，在之宥之，且自消也。陳公甫之詩曰：「劉郎莫記歸時路，只許劉郎一度來」，則善行無轍迹，而天下之性命自安。陳公甫名獻章，學者稱爲白沙先生。敔按：其桃花詩曰：「雲鎖千峯午未開，桃花流水隔天台，劉郎莫記歸時路，只許劉郎一度來。」先子柳岸吟和曰：「花到靈雲只一開，桃根桃葉隔天台，劉郎前度人無恙，日日看花不厭來。」并記云：「白沙詩爲浮屠見聞覺知之說所自據，附會其靈雲見桃花不再見宗旨，爲駁正之。」是則南華爲漆園寓言，而解南華爲先子偶筆也。附此詩以見一斑。

故君子不得已而臨莅天下，莫若無爲。無爲也，而後安其性命之情。故「貴以身爲天下，則可以託天下；愛以身爲天下，則可以寄天下」。故君子苟能無解其五藏，無擢其聰明，尸居而龍見，不動而彰變化。淵默而雷聲，不言而震虛空。神動而天隨，從容無爲而萬物炊累焉。郭象曰：「若遊塵之自動。」○評曰：若炊者，雖累上而氣皆至。吾又何暇治天下哉？

吾身固有可在天下、可宥天下者，吾之神也。貴之愛之，弗搖之以外淫，而不與物遷，則五藏保其神明，聰明自周乎天下，龍見雷聲，物莫能違，合天下於一治，而陰陽自得其正矣。喜怒者，人氣也。神者，天氣之醇者也。存神以存萬物之天，從容不迫，而物之不待治而治者十之七；聊以八德治之，過而去之，而天下速治者十之二；其終不可治者一而已，逮及久而自消矣。民氣不擾，天氣不亂，風霆霜露，吉凶生死，自爲我而施政敎，奚容治哉？乃君子於此，尸居淵默，而龍雷默動以不息，致虛守靜，如護嬰兒，抑何暇輟此以役天下乎？

崔瞿問於老聃曰：「不治天下，安臧人心？」老聃曰：「汝愼無攖人心。人心排下而進上，排，斥也。其下也如排，日陷而不反。其上也如進，屢上而不休。上下囚殺；排下則拘繫如囚，進上則爭競欲殺。淖約柔乎剛强，如女子之淖約，而剛强者爲之柔。廉劌、彫琢；劌音貴，割也。如刀刃之廉劌，而堅緽者爲之琢。○老子曰：「廉而不劌。」其熱焦火，其寒凝冰；炎凉之極。其疾速也。俛仰之間，而再撫四海之外；俛、俯同。一俯一仰之間，而往返于四海之外。其居也淵 而靜，時而淵，時而天；暫而靜，忽而動。其動也縣而天。謂縣空而無所止竟。僨驕而不可係者，排下則僨，進上則驕。剛柔、寒熱，遲速、動靜，總不可係。其唯人心乎！昔者黃帝始以仁義攖人之心，堯舜於是乎股無胈、脛無毛、以養天下之形，愁其五藏以爲仁義，矜其血氣以規法度。然猶有不勝也。堯於是放讙兜于崇山，投三苗于三峗，流共工于幽都。此不勝天下也。夫施及三王而天下大駭矣！下有桀跖，上有曾史，而儒墨畢起，於是乎喜怒相疑，愚知相欺，善否相非，誕信相譏，而天下衰矣！大德不同，而性命爛漫矣！爛，不純也。漫，浸淫也。天下好知，而百姓求竭矣！營求而喪其所有。於是乎釿鋸制焉，釿卽斧斤之斤。繩墨殺焉，殺如字。如殺青之殺。椎鑿決焉。天下脊脊大亂，脊脊，相踐籍也。罪在攖人心。故賢者伏處大山嵁巖之下，嵁音堪。嵁巖，不平處。而萬乘之君憂慄乎廟堂之上。今世殊死者相枕也，殊死，屍首分也。桁楊者相推也，長械錮頸及脛曰桁楊。〇推謂取此加彼。刑戮者相望也；而儒墨乃始離跂攘臂乎桎梏之間。意！音噫。離跂，躍足也。攘臂，麾肱也。甚矣哉！其無愧而不知恥也甚矣！吾未知聖知之不爲桁楊椄槢也，椄音接，續木也。槢音習，堅木也。續木用堅，言不得續也。仁義之不爲桎梏鑿枘也。枘音內，木耑所以入鑿者。入則難出，言不得脫也。焉知曾史之不爲桀跖嚆矢也！嚆，虛交切，與髇通，鳴鏑也。今謂之響箭，盜賊之先聲，言刼殺之踵至也。故曰：「絕聖棄知而天下大治。」

人有異形而無異心。心有柔強明昧之不一，而其爲情爲識，含陰陽之動幾以生起者，一也。故一人之心，無端微起，而應之者無涯，況居上而有權力者乎？攖人心者，非待取人之心攖之而後攖也，以所說者自攖其心，而人心無不受攖矣。含仁義於心，不得已而臨莅天下，亦過而去之，無所說焉，則雖攖而寧，人莫能我攖也。人不知我攖，則我亦無攖於人，相安於恬愉。卽有惡如四凶者，亦意消而自已。聖知無所施，儒墨無所辨，聖不待絕而自絕，知不待棄而自棄，天下之攖者皆寧，而奚不治之足憂？愼於攖者，愼於說而已矣。故君子唯自愼其心以貴愛其身，而勿待取人之心，問其攖與不攖也。

黃帝立爲天子十九年，令行天下，聞廣成子在於空同之上，故往見之，曰：「我聞吾子達於至道，敢問至道之精。吾欲取天地之精，以佐五穀，以養民人；吾又欲官陰陽以遂羣生，爲之奈何？」廣成子曰：「而所欲問者，物之質也；而所欲官者，物之殘也。自而治天下，雲氣不待族而雨，族，聚也。雲不聚而雨，言澤少也。草木不待黃而落，言殺氣多也。日月之光，益以荒矣！而佞人之心翦翦者，又奚足以語至道！」舊注：翦翦，佞貌。黃帝退，捐天下，築特室，席白茅，閒居三月，復往邀之。廣成子南首而臥，黃帝順下風膝行而進，再拜稽首而問曰：「聞吾子達於至道，敢問治身，奈何而可以長久？」廣成子蹷然而起曰：「善哉問乎！來！吾語女至道！至道之精，窈窈冥冥；至道之極，昏昏默默；無視無聽，抱神以靜，形將自正；必靜必清，無勞女形，無搖女精，乃可以長生；目無所見，耳無所聞，心無所知，女神將守形，形乃長生。愼女內，閉女外，多知爲敗。我爲女遂於大明之上矣，至彼至陽之原也；爲女入於窈冥之門矣，至彼至陰之原也。天地有官，陰陽有藏，愼守女身，物將自壯。我守其一，以處其和；故我修身千二百歲矣，吾形未嘗衰。」

其要，收視反聽而已。視聽外閉，則知不待去而自去。知去則心不攖，心不攖則天下無可說，而已無可爲。人之心不待安之、撫之、養之、遂之，而自無所攖也。陰陽之可官者，皆其緒餘萎於形中者，故曰殘。至陽之原，無所喜而物自生；至陰之原，無所怒而物自殺。過而去之，不損其眞，不以有所說而治物，而以攖物，則守者一而無不和。道止於治身，而治天下者不外乎是。此段意蓋止此，而其語與老子「窈兮冥兮」之言相類。後世黃冠之流，竊之以爲丹術，而老莊之意愈晦。大抵二子之書，多爲隱僻之辭，取譬迂遠，故術士得託以惑世。其下流之弊，遂成外丹彼家之妖妄。修辭不以達意而止，則適以資細人之假竊而已。

黃帝再拜稽首曰：「廣成子之謂天矣！」廣成子曰：「來！余語女！彼其物無窮，而人皆以爲終；彼其物無測，而人皆以爲極。得吾道者，上爲皇而下爲王；失吾道者，上見光而下爲土。死則昭明升上，形魄降下。今夫百昌皆生于土，而返于土。故余將去女，入無窮之門，以遊無極之野。吾與日月參光，吾與天地爲常。當我緡乎！緡同綿。老子：「綿綿若存。」遠我昏乎！人其盡死而我獨存乎！」

物固無可窮，物固不可測。而欲治之者，窮其無窮，測其不測，適以攖物而導之相疑相欺、相非相誚、以成乎亂而已。蓋自攖其心，則仰而見陽之浮光，遂以爲明；俯而見陰之委形，遂以爲冥；魂逐光而魄沈於質，則方生之日，早入于死，以其自死者死天下。日月之光所以荒，雲雨之所以錯，草木之所以凋，皆民喜怒、湮滯、飛揚之氣，干陰陽之和召之也。夫死固不能不死矣，必反于土矣。而至陽之明不亂於浮光，則至陰之冥不隨形以陰爲野土；陰音蔭。與天地爲無窮，物皆在其所舍之中，無有可說以相攖者，相就以化，緡緡常存而去其昏，羣生遂矣，皇王之道盡矣。

雲將東游，過扶搖之枝而適遭鴻蒙。雲將，雲也。扶搖，風也。鴻蒙，太虛一氣之未分也。鴻蒙方將拊髀雀躍而遊。髀音彼，股骨也。○一本作脾，非是。雲將見之，倘然止，贄然立，贄，不動貌。曰：「叟何人邪？叟何爲此？」鴻蒙拊髀雀躍不輟，對雲將曰：「遊。」雲將曰：「朕願有問也。」鴻蒙仰而視雲將曰：「吁！」雲將曰：「天氣不和，地氣鬱結，六氣不調，四時不節。今我願合六氣之精以育羣生，爲之奈何？」鴻蒙拊髀雀躍掉頭曰：「吾弗知，吾弗知。」雲將不得問。又三年，東遊，過有宋之野，心之分野。而適遭鴻蒙。雲將大喜，行趨而進曰：「天忘朕邪？天忘朕邪？」再拜稽首，願聞於鴻蒙。鴻蒙曰：「浮遊不知所求，猖狂不知所往，遊者鞅掌，以觀無妄。鞅掌，勞也。其遊似勞而非勞。朕又何知？」雲將曰：「朕也自以爲猖狂，而民隨予所往；朕也不得已於民，今則民之放也。放、倣同。願聞一言。」鴻蒙曰：「亂天之經，逆物之情，玄天弗成。解獸之羣，而鳥皆夜鳴；鳥獸弗安，二句互文見意。災及草木，禍及昆蟲。昆，一本作止。止、豸通。意！噫同。治人之過也！」雲將曰：「然則吾奈何？」鴻蒙曰：「意！毒哉！絶物者毒也。老子曰：「亭之毒之。」僊僊乎歸矣！」雲將曰：「吾遇天難，願聞一言。」鴻蒙曰：「意！心養。句。汝徒處無爲，徒處，空處也。而物自化。墮爾形體，吐爾聰明；倫與物忘，大同乎涬溟；解心釋神，莫然無魂；莫然，無貌。萬物云云，云云，自然貌。各復其根，各復其根而不知，渾渾沌沌，終身不離。若彼知之，是乃離之。無問其名，無闚其情，物故自生。」雲將曰：「天降朕以德，示朕以默，躬身求之，乃今也得。」再拜稽首，起辭而行。

有形而無迹，有爲而無情，輕微飄忽而能蝹蜦以澤萬物者，莫雲若也。然而至陽之原，日月之所不至，不得而至；至陰之原，重淵之所不徹，不得而入。亦用陰陽之殘以爲質，而攖太虛之清寧，則功小而過大，利短而害長。獸解、鳥鳴，草木昆蟲有受其恩者，卽有受其災者。自以爲猖狂，而終與民相往放。玄天且受其擾，而況於物？固宜爲鴻蒙之不屑詔也。大明者，無所施明于物也。窈冥者，物且不知其窈冥也。有所施則隨物俱往，説於物而以物攖其心；物知之則且放之，而物攖我，我固不容已於攖物。惟鴻蒙之遊，遊而未嘗不遊也。無形無體，無明無冥，含物而忘物，與物同而不同乎物，此天地之本體，而於人爲心。心之至虛者，一影不存于昭曠之中，無所鬱結以成乎浮雲之體，六氣自行，而不屑以育羣生爲說。是其揮斥羣有，無求、無往、無放者，眞毒矣哉！能然，則勸不以賞，畏不以威，爲皇爲王而不歆，爲光爲土而不戚。其於天下也，無功無名，耕者自耕，鑿者自鑿，人自親其親，人自長其長，無所桎梏于名法之中，斯乃與天同道，而非雲將之所能擬其萬一也。不以知攖心，則亦不攖物之知，而物自養其知以護其根。率羣生以各貴愛其身，而又何育焉？然則堯之仁天下也亦雲也，其如天者不在此也。雲惡足以仁天下哉！不能在也，不能宥也。

世俗之人，皆喜人之同乎己，而惡人之異於己也。同於己而欲之，異於己而不欲者，以出乎衆爲心也。夫以出乎衆爲心者，曷常出乎衆哉？因衆以寧所聞？寧，詰詞。詰其所聞者何如。不如衆技衆矣。不如衆人之才技者多矣。而欲爲人之國者，「爲人之國」，與「爲邪」「爲政」之爲同。此攬乎三王之利，而不見其患者也。此以人之國僥倖也。幾何僥倖而不喪人之國乎？其存人之國也無萬分之一，而喪人之國也，一不成而萬有餘喪矣！

有所說者衆矣，莫甚於說出乎衆以爲心。攖心者多矣，莫甚於因出衆爲心而僥倖。攖人者多矣，莫甚於惡人之異己而強之使同。凡夫以仁義臧人之心，取天地之質，官陰陽之殘，合六氣之精，以求遂羣生者，皆自謂首出萬物，而冀天下之同己者也。故言利物者以三王爲最。將攬之以爲衆之所放，而不達人心，不達人氣，同其不同，以標己異，幸愚賤之可唯吾意而駕其上，搖精勞形，以困苦天下；不知自愛，因以傷人；不知自貴，因以役人；人心一攖，禍難必作，故以喪人之國而有餘。

悲夫！有土者之不知也！夫有土者，有大物也。有大物者，不可以物。爲物所物。物而不物，亦物也，然而不物。故能物物。故凡物我皆可得而物之。明乎物物者之非物也，豈獨治天下百姓而已哉？出入六合，遊乎九州，獨往獨來，是謂獨有。獨有之人，是之謂至貴。大人之敎，若形之於影，聲之於嚮；嚮、響同。有問而應之，盡其所懷，爲天下配；處乎無嚮，行乎無方；挈汝適，評曰：以其身行遊。復之撓撓，評曰：自反而撓弱。以遊無端；出入無旁，與日無始；評曰：昨日往而今日來，何始之有！頌論形軀，寓言寓形，釋氏所謂動身發語也。合乎大同；大同而無己。無己，惡乎得有有？不曰有物，而曰有有，是并其獨有而不有也。覩有者昔之君子，覩無者天地之友。

小而治一國，大而出入六合，遊乎九州，無他道焉，知有獨而已矣。惟知有獨而不物于物，則獨往獨來，有其獨而獨無不有。不得已而臨莅天下，亦莅之以獨而已。一人之身，其能盡萬類之知能、得失、生死之數乎？而既全有于己，則遺一物而不可。能此者不能彼，能淸者不能濁，能廣者不能狹。唯貴愛其身者，靜而與地同其寧，喜怒不試；虛而與天同其淸，生殺無心；則身獨爲吾之所有，而不爲物有。靈府之所炤燭，唯有其身而不有物，則物不攖己，己不攖物，神動天隨，人皆自貴愛以胥化，若形影聲響之相應，不召而自合矣。獨有者，有其無物者也。有其無，而有者無窮，其於大物也，蔑不勝矣。有其有，則且以所說者爲有，而仁義之名歸，道德之眞喪矣。此三王之利所以害也。

賤而不可不任者物也，卑而不可不因者民也，匿而不可不爲者事也，麤而不可不陳者法也，遠而不可不居者義也，親而不可不廣者仁也，節而不可不積者禮也，中而不可不高者德也，一而不可不易者道也，神而不可不爲者天也。故聖人觀于天而不助，成于德而不累，出於道而不謀，會于仁而不恃，薄於義而不積，薄，普各切，泊通，如舟之艤岸然。應於禮而不諱，無所忌諱以殉名。接於事而不辭，齊于法而不亂，恃於民而不輕，因於物而不去。物者莫足爲也，而不可不爲。

此十德者皆有也，有之皆可說也，說之皆因也。心在於十德，則不能在天下矣。據一德以使天下同己，則不能宥天下矣。然其本無也，不待無之而後無也。絕聖者非絕之，棄知者非棄之。有絕之棄之之心，則亦多知之敗矣。無有者，過而去之而已。夫雲將亦幾於過而去矣；而聚之成其蝹蜦，散之流爲雨液，則亦未嘗去也。至陽至陰之原，大明而雲不能揜，窈冥而雲不能入，獨有萬有而任物之問，順應之以與相配，此十德者復何礙哉？可名爲十德，而不可以十德名之，是之謂天地之友。

不明於天者，不純於德；不通於道者，無自而可。不明於道者，悲夫！何謂道？有天道，有人道。無爲而尊者，天道也；有爲而累者，人道也。主者，天道也；臣者，人道也。天道之與人道也，相去遠矣，不可不察也。

人莫不在宥於天，而各因仍於其道，則不以物攖己，不以己攖物，雖亂而必治，物自治也。物之自治者，天之道也。屑屑然見有物而說之，以數攖之者，人也；有司之技也。主貴而臣賤。臣道者，一官一邑之能，宋榮子猶然笑之，人役而已，貴愛其身者弗屑也。

莊子解卷十二

外篇

天地

此篇暢言無爲之旨，有與應帝王篇相發明者；於外篇中，斯爲邃矣。

天地雖大，其化均也；萬物雖多，其治一也；人卒雖衆，其主君也。君原於德，有德乃可君天下。而成於天，天命之。故曰玄。玄，天德也。君受天之成德，必合天。古之君天下，無爲也，天德而已矣。以道觀言而天下之君正，以道觀分而君臣之義明，以道觀能而天下之官治，以道汎觀而萬物之應備。立于無爲之宇而下觀之。故通於天地者德也，行於萬物者道也，上治人者事也，能有所藝者技也。技兼於事，事兼於義，義兼於德，德兼於道，道兼於天。故曰：「古之畜天下者，無欲而天下足，無爲而萬物化，淵靜而百姓定。」記曰：「通於一而萬事畢，惟天則一。無心得而鬼神服。」夫子曰：唐順之曰：「夫子指孔子。」「夫道，覆載萬物者也，洋洋乎大哉！君子不可以不刳心焉。刳，去之也。無爲爲之之謂天，無爲言之之謂德，愛人利物之謂仁，不同同之之謂大，行不崖異之謂寬，有萬不同之謂富。故執德之謂紀，德成之謂立，循於道之謂備，不以物挫志之謂完。君子明於此十者，則韜乎其事心之大也，沛乎其爲萬物逝也。逝，歸往也。若然者：

藏金於山，藏珠於淵；不利貨財，不近貴富；不樂壽，不哀夭；不榮通，不醜窮；不拘一世之利以爲己私分，不以王天下爲己處顯；顯則明，萬物一府，死生同狀。」天德合一。

無所謂道，天而已矣，即在宥篇所謂「主者天道也」。「萬物一府」，天府也；「死生同狀」，同於天也。於人見異，觀於天則幾無不同矣。玄同者，同於玄也。可見者則異矣，其死生圓運於大鈞，而函萬有於一環者，不可見也，蔑不同也。體其玄以汎觀，則知其同；知其同，則無不在而無不可宥：迎我者不可見喜，拒我者不容或怒；賞罰爲應迹而不繫於心，是謂「刳心」。刳心者，刳去其心之知也，是謂棄之。故因而應之，見有十德；通之於一，則無爲無欲，函於一府，渾於同狀，而與天均化矣。

夫子曰：「夫道：淵乎其居也，不動。漻乎其清也，漻音聊，清深也。金石不得無以鳴。故金石有聲，不考不鳴，評曰：作用。萬物孰能定之？夫王德之人，素逝而恥通於事，素逝者，虛心以遊也。立之本原而知通於神，故其德廣，其心之出，有物採之。郭象曰：「物採之而後出，非先物而倡也。」故形非道不生，生非德不明。存形窮生，窮，盡也。存其形，盡其生。○評曰：貴愛其身。立德明道，立其德，明其道。○評曰：反于天均。非王德者邪？王，去聲。有王者之德。蕩蕩乎忽然出，勃然動，而萬物從之乎！此之謂王德之人。視乎冥冥，聽乎無聲；冥冥之中，獨見曉焉；無聲之中，獨聞和焉。故深之又深，而能物焉；物物。神之又神，而能精焉。故其與萬物接也，至無而供其求，時騁而要其宿，騁，馳騁也。宿，歸宿也。大小、長短、修遠。」修，一本作近。大小也，長短也，近遠也，皆供其求，皆要其宿。

通於事者技也，臣道也，賤也。愈著則愈淺，愈成則愈粗，殉一世之利而可貴愛者亡矣。事之爲數，大小、長短、修遠而已。逐於其數，迷而不反，自矜爲通，則獨見獨聞者汶闇而不知有。唯獨有而後見獨，見獨而後其見聞皆獨，大小、長短、修遠皆不出其所在而爲其所有；故無求不可供，忽然勃然，馳騁百爲，而過而去之，以不迷於所宿。若然，則通於一而不屑通於事，以天道爲天德，無爲而爲天下君者也。

黃帝遊於赤水之北，杳冥之中。登於崑崙之邱，將與天通。而南望還歸，遺其玄珠；評曰：欲以天道明人心而遺其德。○玄珠淵深圓潤，天德之在人心者。使知索之而不得，使離朱索之而不得，離朱，明也。使喫詬索之而不得也；喫，去逆切，又口懈切。喫詬，文言也。乃使象罔，象罔得之。方以智曰：「象則非無，罔則非有。」黃帝曰：「異哉！象罔乃可以得之乎！」評曰：絕其南歸之想矣。

遊乎冥默，登乎高曠，幾與天地通矣。然因此以通乎事而明民，則抑有陰陽以逐羣生之情也，而玄同圓運之德喪矣。蓋終忘其獨而攖人之心也。心知也，聰明也，文言也，皆強索而不能遇者也。知事無事，知通無通，收視反聽，無爲爲之，過而去之，象罔矣，乃可以無得而得也。

堯之師曰許繇，許繇之師曰齧缺，齧缺之師曰王倪，王倪之師曰被衣。堯問於許繇曰：「齧缺可以配天乎？吾藉王倪以要之。」許繇曰：「殆哉圾乎天下！圾與岌同。齧缺之爲人也：聰明睿知，給數以敏，數謂事物之數。給，應也。敏，捷也。其性過人，而又乃以人受天。彼審乎禁過，而不知過之所繇生。與之配天乎？彼且乘人而無天，方且本身而異形，見有身而示異。方且尊知而火馳，恃明而速騁。方且爲緒使，爲事之所役。方且爲物絯，絯，公才切，絃束也，爲物之所縛。方且四顧而物應，爲物絯矣，而望其應我。方且應衆宜，爲緒使矣，而求其得宜。方且與物化而未始有恆。不能通於一。夫何足以配天乎？雖然，有族有祖，可以爲衆父，而不可以爲衆父父。即無上八過，猶止可以爲衆父，不可以爲祖。治亂之率也，北面之禍也，南面之賊也。爲堯師之師者，尚不足以配天，故許繇自謂爝火而不敢代庖，況師堯之聖知而蘄以治天下乎？萬物之大小長短㈠，相與爲族，而所祖者唯天。合天道之無爲，乃與天配。否㈡則治之適以亂之，福之適以禍之，育之適以賊之。

堯觀乎華，華封人曰：「嘻！聖人！請祝聖人，使聖人壽。」堯曰：「辭。」「使聖人富。」堯曰：「辭。」「使聖人多男子。」堯曰：「辭。」封人曰：「壽、富、多男子，人之所欲也。女獨不欲，何邪？」堯曰：「多男子則多懼，富則多事，壽則多辱。是三者非所以養德也，故辭。」封人曰：「始也我以女爲聖人邪，今然君子也。天生萬民，必授之職，多男子而授之職，則何懼之有？富而使人分之，則何事之有？夫聖人鶉居鶉無常居，而有常匹。尸子曰：「堯鶉居。」○郭象曰：「無意而安。」而鷇食，郭象曰：「仰物而足。」鳥行而無彰，郭象曰：「率性而動，非常迹也。」林雲銘曰：「鳥行虛空，過而無迹。」天下有道，則與物皆昌；天下無道，則修德就閒；千歲厭世，去而上僊；乘彼白雲，至於帝鄉；三患莫至，身常無殃；則何辱之有？」封人去之，堯隨之，曰：「請問。」封人曰：「退已！」

北面奚足以禍？南面奚足以賊？無所歆，無所厭，函萬物於一府，等死生於同狀，則禍且不辭，奚有於福？因而用之，莫非天也。無物不物，而不物於物，可以愛身，即可以託天下。

㈠ 湘西草堂本「長短」二字下有「修遠」二字。　㈡ 湘西草堂本「否」字作「不然」二字。

堯治天下，伯成子高立爲諸侯。通變經云：老子從天開闢以來，身一千三百變，後世得道，伯成子高是也。堯授舜，舜授禹，伯成子高辭爲諸侯而耕。禹往見之，則耕在野。禹趨就下風，立而問焉，曰：「昔堯治天下，吾子立爲諸侯。堯授舜，舜授予，而吾子辭爲諸侯而耕。敢問其故何也？」子高曰：「昔堯治天下，不賞而民勸，不罰而民畏。今子賞罰而民且不仁，德自此衰，刑自此立，後世之亂，自此始矣！夫子闔行邪？無落吾事！」俋俋乎耕而不顧。俋，音邑。俋俋，低首耕狀。

君人者之通於事，所資者賞罰而已。賞其所當賞，罰其所當罰，可謂於事皆通矣，是乘人而無天也，爲緒使、爲物絯也，求宜於四應而無恆也；治繇此成，而亂亦繇此生，是曰治亂之率。葢爲政教，爲禮樂，爲仁義，多爲之名以攖人心，則必同乎我者賞，異乎我者罰；以此火馳於天下而禁其過，乃天下之過卽繇此而深；故伯成子高恥而去之。

泰初有無無，有無名。一之所起，一者數之始。一之所起，則太始也。有一而未形。一尙未形，則太虛也。物得以生謂之德。未形者有分，且然無間謂之命。未形者必有分也。既分，則與生俱生，相爲終始矣。而當其未分時，則猶然無間也，是天命之初也。留動而生物，物成生理謂之形。留而動，動而留，一動一靜也。形體保神，神保合於形之中。各有儀則謂之性。此下言有道者。性修反德，德至同於初。同乃虛，虛乃大；合喙鳴，喙鳴合，如鳥之合喙以鳴；而喙鳴相合，因天機之自然，無名義之可立也。與天地爲合，其合緡緡，同綿。若愚若昬，是謂玄德，同乎大順。

無者，渾然太虛，化之所自均，無可爲名，而字之曰無。函於人心爲玄珠，超於形象爲象罔，有一而不可以形求曰玄德。萬物一府，死生同狀，而自旋運於其間，無本、無剽，而日固無始。大小、長短、修遠、殊異而並存者，形也。合而在人，則性也。繇天順下而成性者，繇人順之以上而合天，則時有云爲，不出於大圜流動之中，噭鳴也，一比竹之吹也。因乎天而不以爲爲，何容心於賞罰以攖人之心而逆天經哉？順之而已。

夫子問於老聃曰：「有人治道若相放，放音倣。可不可，然不然。辯者有言曰：『離堅白若縣寓。』縣音懸。寓，宇通。天宇高懸也。離，剖析之也。○評曰：於可者、不可者，然者、不然者，雖辯言日進，彷彿難決，而破其堅白，若高天在上，無不昭晰，以決於從違。若是則可謂聖人乎？」老聃曰：「是胥易技係，勞形怵心者也。解見應帝王。執狸之狗成思，狸，一本作留。成思，謂被縶而思逸也。猨狙之便自山林來。雖便巧，而人可自山林縶之以來。丘！予告若，而所不能聞與而所不能言：凡有首、有趾，無心、無耳者衆，庸衆之人，皆失其見獨之心，以耳徇人，而思通乎事。有形者與無形無狀而皆存者盡無。合有無於一致而皆存之，是在天下者也。能此者，未之有也。其動、止也，其死、生也，其廢、起也，此又非其所以也。評曰：動止、死生、廢起，迭相循環倚伏，機也；若其所以者，則大同而通於一。有治（有）〔在〕㊀人。忘乎物，忘乎天，其名爲忘己。評曰：己一天也，物一己也。忘物忘天而獨見己，則己亦不立而渾乎天矣。忘己之人，是之謂入於天。

通於事者，通其可不可、然不然而已。於是而以其技鳴，爲天下之所係，則有心而適以迷其心，有耳而適以惑於聽。夫可不可、然不然，以爲動止，因而見廢，因而見起，因而以生爲恩，因而以死爲怨，而不知此數者之迭相倚伏而未有恆，若其所以然者，則通於一而恆者也；生死於此，廢起於此，動止

㊀ 各本均作「有治在人」。郭象注亦云「不在乎主自用」。「有」當作「在」甚明，茲依改。

於此，參而成純。合死生於一狀，萬物於一府，則不於物見然否。不於物見然否，則己之然否不立；渾然一天，包含萬有，在而宥之；喜而非喜，怒而非怒，賞而非賞，罰而非罰，任物自取以同乎天化；則其合天也，緡緡而與爲無極，攖者皆寧，而天下已化矣。

蔣閭葂見季徹，曰：字書無葂字。莊子書中用字多加旁首。二子亦寓爲之名。葂取勉強，徹取通達之義。「魯君謂葂也曰，『請受敎』，辭不獲命，既已告矣，未知中否，請嘗薦之。吾謂魯君曰：『必服恭儉，拔出公忠之屬，而無阿私，民孰敢不輯！』」季徹局局然笑曰：「若夫子之言，於帝王之德，猶螳螂之怒臂以當車軼，軼，一本作轍。則必不勝任矣。且若是，則其自爲處，危其觀臺，觀，去聲，謂高居自命也。多物將往，投迹者衆。」蔣閭葂覤覤然驚曰：覤，一本作覷，一本註與虩通，俱驚貌。「葂也汒若於夫子之所言矣。汒同茫。雖然，願先生之言其風也。」季徹曰：「大聖之治天下也，搖蕩民心，使之成（聲）〔敎〕㊀易俗，舉滅其賊心而皆進其獨志，若性之自爲，而民不知其所繇然。若然者，豈兄堯舜之敎民，溟涬然弟之哉！涬，下頂切。溟涬，混茫貌。郭象曰：「溟涬，自貴之謂也。」欲同乎德而心居矣。」同乎天德而存之於心。

人無不有其意欲，抑無不有其德性，故咸知自愛其身，愚者與有焉。人知自愛其身，則不善之心自消沮矣。獨志者，自愛自貴也。賊心者，竊人之名言，而忘其身之愛貴者也。上既危其觀臺，以自標異於公忠恭儉之名，而使之投迹，則假竊其名，以併一其志於好知尙賢之途，而適以日長其賊心而已。善可居也，不可出以示人也。聖人藏其利器，而民反其獨志，秉天德以搖蕩之於獨見獨聞之中，使之

㊀ 據他本改「聲」爲「敎」。

自動，意欲得而性亦順；夫然後可以與民同德而入乎天。

子貢南遊於楚，反於晉，過漢陰，見一丈人，方將爲圃畦，鑿隧而入井，抱甕而出灌，搰搰然用力甚多搰，苦骨反。而見功寡。子貢曰：「有械於此，一日浸百畦，用力甚寡而見功多，夫子不欲乎？」爲圃者卬而視之，卬同仰。曰：「奈何？」曰：「鑿木爲機，後重前輕，挈水若抽，數如泆湯，泆音溢。其名爲槔。」爲圃者忿然作色而笑曰：「吾聞之吾師：有機械者必有機事，有機事者必有機心。機心存於胸中則純白不備，純白不備則神生不定；神生不定者，道之所不載也。吾非不知，羞而不爲也。」子貢瞞然慙，俯而不對。瞞然，目失神貌。有間，爲圃者曰：「子奚爲者也？」曰：「孔丘之徒也。」爲圃者曰：「子非夫博學以擬聖，於于以蓋衆，於于或作於吁，恃聲氣以壓人也。獨弦哀歌，以賣名聲於天下者乎？汝方將忘汝神氣，墮汝形骸，而庶幾乎！而身之不能治，而何暇治天下乎？子往矣，無乏吾事！」子貢卑陬失色，頊頊然不自得，頊頊，自失貌。行三十里而後愈。其弟子曰：「向之人何爲者也？夫子何故見之變容失色，終日不自反邪？」曰：「始吾以爲天下一人耳，指孔子。不知復有夫人也。吾聞諸夫子：事求可，功求成，用力少而見功多者，聖人之道。今徒不然。執道者德全，德全者形全，形全者神全。神全者，聖人之道也。託生其生也，託也。與民並行，而不知所之；不識知，隨其所往。汒乎淳備哉！功利機巧必忘夫人之心。若夫人者：非其志不之，非其心不爲，雖以天下譽之，得其所謂，謷然不顧；以天下非之，失其所謂，儻然不受；天下之非譽無益損焉。是謂全德之人哉！我之謂風波之民！」反於魯，以告孔子。孔子曰：「彼假修渾沌氏之術者也：識其一，不知其二；治其內，而不治其外。夫明白入素，無爲復朴，體性抱神，以遊世俗之間者，汝固將驚邪？且渾沌氏之術，予與汝又何足以識之哉？」

機者，賊心也。忘機、忘非譽，以復樸者，獨志也。進獨志以滅賊心，聖人以之治天下；然初非勞勞然日取天下之人而滅之、而進之也，但不自我危其觀臺以導之耳。若聖人之見獨，韜乎儻乎，事心大而與物遊，則兩端兼至，內外通一，機與忘機，舉不出吾在宥之覆載，而合於天德。抱甕者自抱，槔者自槔，又何機巧之必羞邪？子貢不知而驚之，子曰「何足識哉」，以此。

諄芒將東之大壑，適遇苑風於東海之濱。苑，淵上聲，文貌。取生物之風，與雲將同意。苑風曰：「子將奚之？」曰：「將之大壑。」曰：「奚爲焉？」曰：「夫大壑之爲物也，注焉而不滿，酌焉而不竭，虛中而涵萬化。吾將遊焉。」苑風曰：「夫子無意於橫目之民乎？願聞聖治。」諄芒曰：「聖治乎！官施而不失其宜，命官施布，各得其宜。拔舉而不失其能，畢見其情事而行其所爲；有能者舉之，使之各盡其長。行言自爲而天下化，所行所言，非爲天下，而天下自化。手撓顧指，四方之民莫不俱至；撓，屈手以招。手之所招，目之所指，而四方莫不應之。此之謂聖治。」「願聞德人。」曰：「德人者，居無思，行無慮；不藏是非美惡；四海之內共利之之爲悅，共給之之爲安；怊乎若嬰兒之失其母也，怊音超，悵望也。○無所用其恃賴。儻乎若行而失其道也；無擇於所往。財用有餘而不知其所自來，飲食取足而不知其所從；此之謂德人之容。」「願聞神人。」曰：「上神乘光，與形滅亡，此謂照曠。評曰：上其神以御天光而乘之，不滯於形，神亦不顯。致命盡情，委致之於自然之數，而無所留情。天地樂而萬事銷亡，萬物復情，自得於天地之間，不以事爲事，使萬物各循其自然之情，而己不與。此之謂混冥。」

神人則忘乎德矣，德人則忘乎治矣。德者自得也，自得而天下無不得，抱德不以攖其心，而天下固不攖也，奚待於治？神則不依形以存，無形無自，無自無得，不於己見有心，而無所容其攖與不攖，則與天下同樂天地之樂，事不興而情無所嚮，又何德之可據乎？大壑者，任萬物之出入而無與者也；神之所往來，而光之無所揜者也。天地猶是也，萬物猶是也，參萬歲而成純，受萬事而不紘。遊此者，灼見夫神光之四徹，而不扃閉於偶爾之明，以爭昭闇；萬物並作而神者自入，不測物則物亦莫繇測之。其昭曠者，其獨見也。獨而莫得其偶，則天下皆在其覆載中矣。

門無鬼與赤張滿稽觀於武王之師。赤張滿稽曰：「不及有虞氏乎！故離此患也。」門無鬼曰：「天下均治而有虞氏治之邪？其亂而後治之與？」赤張滿稽曰：「天下均治之爲願，而何計以有虞氏爲？有虞氏之藥瘍也，瘍不易藥。藥瘍，猶言治難治之疾。禿而施髢，髢，髮也，音弟。病而求醫。病，疾甚也。孝子操藥以修慈父，其色燋然，燋，枯瘁貌。聖人羞之。髮不可假，醫不可恃。徒爲燋然之容以示孝慈，可羞孰甚！至德之世，不尙賢，不使能；上如標枝，立枝爲標，不言而人喻。民如野鹿；端正而不知以爲義，相愛而不知以爲仁；實而不知以爲忠，當而不知以爲信；蠢動而相使，不以爲賜。是故行而無迹，事而無傳。」

有虞氏能不離患矣，而不能忘治也。天下已治，焉用治爲？天下亂而治之，予之以所不受，則貌順而心違，治亂相激，而亂乃滋甚。故有虞氏之治，則必有武王之師；有武王之師，則必有五伯七雄之禍矣。以爲義而使之端正，以爲仁而使之相愛。桀紂正君臣之分，亦義也；施愛於蜚廉惡來，亦仁也。各賢其賢，各知其知，以不相下，皆有跡之可踐，有事之可傳者也。故仁義者，攖人之心，至德之世所不庸也。通於昭曠者，物各復其情，未嘗不搖蕩天下以自然之德，而不著其可傳之事，然後爭患永息，而民不知兵。

孝子不諛其親，忠臣不諂其君，臣子之盛也。親之所言而然，所行而善，則世俗謂之不肖子。君之所言而然，所行而善，則世俗謂之不肖臣。而未知此其必然邪？人之於人類然。世俗之所謂然而然之，所謂善而善之，則不謂之道諛之人也。道同導。然則俗固嚴於親而尊於君邪？謂己道人，則勃然作色；謂己諛人，則怫然作色；而終身道人也，終身諛人也，合譬飾辭率合取譬，以飾其辭。聚衆也。以聚其徒子。是終始本末不相坐。謂儒墨之言，終不顧其始，末不恤其本。坐猶安也。垂衣裳，設采色，動容貌，以媚一世，而不自謂道諛；與夫人之爲徒，入乎流俗。通是非，順衆人之是非。而不自謂衆人，愚之至也。知其愚者，非大愚也；知其惑者，非大惑也。大惑者終身不解，大愚者終身不靈。三人行而一人惑，所適者猶可致也，惑者少也。二人惑則勞而不至，惑者勝也。而今也以天下惑，予雖有祈嚮，不可得也。不亦悲乎！大聲不入於里耳，折揚皇荂，古歌曲名，俚詞也。則嗑然而笑。嗑合通。同聲而笑也。是故高言不止於衆人之心，至言不出，俗言勝也。以二缶鍾惑，而所適不得矣。缶鍾，量器也。言惑之積也。而今也以天下惑，予雖有祈嚮，其可得乎！知其不可得也而強之，又一惑也。故莫若釋之而不推。置之忘言，聽其自已。不推，誰其比憂？比，近也。不推矣，豈屑近衆人之所慮乎？

世之言治者，皆非獨見而信諸己也。前之人爲之而偶效，因而有治迹之可傳，天下後世相與傳之以爲必然之善，流俗因而善之然之，而曰仁也義也，尊之逾於君，親之逾於父。乃不知所謂仁義者，非但離德背道，抑非果能端正而相愛者也。人然亦然，人善亦善，合譬飾詞，垂衣設采，取悅於人之耳目，交相道諛以成乎風俗。於是至言不能感動，訢謵不能孤行，處大惑大愚之天下，孰從而詔之哉？自獨見者觀之，至言可以不出，訢謵無求其得，惑與不惑，任之天下，要不出吾環中，忘義忘言而聽其自已，則在我者無迹而人不能傳。神人之乘光以銷亡萬事者，以此。

厲之人厲與癩通。夜半生其子，遽取火而視之，汲汲然唯恐其似己也。

以迹傳者，欲人之似己；道諛者，唯恐其不似人。而不知可傳之迹，怵心勞形，以仁義拂人之性，爲厲而已。西施之矉，西施之病也。豈欲人之似之哉？獨見獨聞者，視其矉一若厲；不樂人之似，人亦何樂道諛以求似哉？

百年之木，破爲犧尊，青黄而文之，其斷在溝中。斷，斲木餘屑也。比犧尊於溝中之斷，則美惡有間矣，其於失性一也。跖與曾史，行義有間矣，然其失性均也。且夫失性有五：一曰五色亂目，使目不明；二曰五聲亂耳，使耳不聰；三曰五臭薰鼻，困惾中顙；惾，子公切，字書作蘇奏切。困惾，氣臭薰鼻不通貌。四曰五味濁口，使口厲爽；厲，乖也；爽，失也。五曰趣舍滑心，使性飛揚。此五者，皆生之害也。而楊墨乃始離跂自以爲得，非吾所謂得也。夫得者困，自以爲得，直困而已。可以爲得乎？則鳩鴞之在於籠也，亦可以爲得矣。且夫趣舍聲色以柴其內，柴、砦通，言固立而守之。皮弁、鷸冠、搢笏、紳修以約其外，內支盈於柴柵，支盈，支吾充盈也。外重纆繳，睆睆然在纆繳之中，睆音緩，竊視貌。而自以爲得，則是罪人交臂、歷指，交臂，反其臂。歷指，拶其指。而虎豹在於囊檻，亦可以爲得矣。

有迹可傳者，倚於聲色臭味之趣舍而已，離此則更無獨志。世俗之沈溺者，固爲溝中之斷；離跂以自爲得者，亦犧尊耳；皆戕賊其性之賊心也。囊檻其玄同大順之天德於聲色臭味之中，自爲柴柵纆繳，而柴柵纆繳乎天下，方且謂兄堯舜而爲之弟，其敝不至戰爭而不止。此有虞之治所以三降而成乎戰國之兵爭也。

莊子解卷十三

外篇

天道

此篇之說，有與莊子之旨迥不相侔者；特因老子守靜之言而演之，亦未盡合于老子；蓋秦漢間學黃老之術，以干人主者之所作也。無爲固老莊之所同尙，而莊子抑不滯於無爲，故其言甫近而又遠之，甫然而又否之，不示人以可踐之迹。而此篇之說，滯於靜而有成心之可師，故其辭卞急煩委，以喉息鳴，而無天鈞之和。莊子之說，合上下、隱顯、貴賤、小大、而通於一。此篇以無爲爲君道，有爲爲臣道，則剖道爲二，而不休於天鈞。且既以有爲爲臣道矣，又曰「以此南鄉，堯之爲君也，以此北面，舜之爲臣也」，則自相刺謬，而非若內篇雖有隨埽之說，終不相背戾也。大抵外篇多掇拾雜纂之言，前後不相貫通；而其文辭汗漫宂沓，氣弱而無神，所見者卑下，故所言者穨靡；定非莊子之書，且非善學莊子者之所擬作，讀者所宜辨也。餘篇多有類此者，推之可見。

天道運而無所積，故萬物成；帝道運而無所積，故天下歸，聖道運而無所積，故海內服。隨時而動，曰運。有心爲主，藏之而不舍，曰積。明於天，通於聖，六通四辟於帝王之德者，辟、闢通。其自爲也，昧然無不靜者矣。昧然，昏默也。聖人之靜也，非曰靜也善，故靜也，萬物無足以鐃心者，故靜也。鐃，乃交切，小鉦以止鼓者。其止自止，不因物止。一曰：鐃與撓通。水靜則明燭鬚眉，平中準，大匠取法焉。水靜猶明，而況精神？聖人之心，靜乎！天地之鑒也，萬物之鏡也。夫虛靜恬淡、寂寞無爲者，天地之平，而道德之至，故帝王聖人休焉。休則虛，虛則實，實則倫矣。「實則」之則，一本作者。虛則靜，靜則動，動則得矣。靜則無爲，無爲也則任事者責矣。無爲則俞俞，俞俞，有俞而無咈也。俞俞者憂患不能處，年壽長矣。無所不可。夫虛靜恬淡、寂漠無爲者，萬物之本也。明此以南鄉，鄉，一本作嚮。堯之爲君也；明此以北面，舜之爲臣也。以此處上，帝王天子之德也；以此處下，玄聖素王之道也。以此退居而閒遊江海，山林之士服；以此進爲而撫世，則功大名顯而天下一也。靜而聖，動而王，無爲也而尊，樸素而天下莫能與之爭美。夫明白於天地之德者，此之謂大本大宗，與天和者也。所以均調天下，與人和者也。與人和者謂之人樂，與天和者謂之天樂。樂音洛。

此老子所謂「守靜篤」也。與天和，自於人無不和。與人和，未必能和於天。靜極，則於人自無競，隨所運而皆樂，其樂也天矣。

莊子曰：「吾師乎！吾師乎！師者，言其所效法也。𩐋萬物而不爲戾；𩐋音齎，劑通，分析之也。一說：與虀同，揉而熟之也。澤及萬世而不爲仁，長於上古而不爲壽，覆載天地、刻雕衆形而不爲巧，此之謂天樂。故曰知天樂者，其生也天行，其死也物化；靜而與陰同德，動而與陽同波。流也。故知天樂者，無天怨，無人非，無物累，無鬼責。」故曰：其動也天，其靜也地，一心定而王天下；其鬼不祟，其魂不疲，一心定而萬物服。

言以虛靜推於天地，通於萬物，此之謂天樂。天樂者，聖人之心以畜天下也。」畜，昌六切，止也。沈括曰：易妙二畜。夫帝王之德，以天地爲宗，以道德爲主，以無爲爲常。無爲也，則用天下而有餘；有爲也，則天下用而不足。

定者一於靜也。靜則無爲，無爲則己不立宗；而以天下爲宗。己自立宗，則強物同己而多憂。以天下爲宗，則任天下之自爲而己不勞，所以休其心而恆樂。

故古之人貴夫無爲也。上無爲也，下亦無爲也，是下與上同德。下與上同德，則不臣。下有爲也，上亦有爲也，是上與下同道。上與下同道，則不主。上必無爲而用天下，下必有爲爲天下用，此不易之道也。故古之王者，知雖落天地，落，盡也。不自慮也；辯雖彫萬物，不自說也；能雖窮海內，不自爲也。天不產而萬物化，地不長而萬物育，帝王無爲而天下功。故曰：莫神於天，莫富於地，莫大于帝王。故曰：帝王之德配天地。此乘天地，馳萬物，而用人羣之道也。

上不自爲而任之下，亦與用人則逸、自用則勞之言相似。然君子之任人，以廣益求治，而此以自尊求樂，既非老莊無爲之旨，抑且爲李斯趙高閟上自專之倡。甚矣其言之悖也！

本在於上，末在於下；要在於主，詳在於臣。三軍、五兵之運，德之末也。賞罰、利害、五刑之辟，教之末也。禮法、度數、刑名、比詳，治之末也。鐘鼓之音，羽旄之容，樂之末也。哭泣、衰絰、降殺之服，哀之末也。此五末者，須精神之運、心術之動，然後從之者也。末學者古人有之，而非所以先也。君先而臣從，父先而子從，兄先而弟從，長先而少從，男先而女從，夫先而婦從。夫尊卑先後，天地之行也，故聖人取象焉。天尊地卑，神明之位也。春夏先、秋冬後，四時之序也。萬物化作，萌區有狀，盛衰之殺，變化之流也。夫天地至神，而有尊卑先後之序，而況人道乎？宗廟尚親，朝廷尚尊，鄉黨尚齒，行事尚賢，大道之序也。語道而非其序者，非道也。語道而非其道者，安取道？

以要爲本，以詳爲末，分上下之序，乃以自尊而恣其逸樂。

是故古之明大道者，先明天而道德次之，道德已明而仁義次之，仁義已明而分守次之，分守已明而形名次之，形名已明而因任次之，因其形名而委任之。因任已明而原省次之，原其所不能，以省其所能。原省已明而是非次之，又不能矣，而後定其是非。是非已明而賞罰次之。賞罰已明而愚知處宜，貴賤履位，仁賢不肖襲情；必分其能，必繇其名。以此事上，以此畜下，以此治物，以此修身，知謀不用，必歸其天，此之謂太平，治之至也。故書曰：「有形有名。」形名者，古人有之，而非所以先也。古之語大道者，五變而形名可舉，九變而賞罰可言也。驟而語形名，不知其本也。驟而語賞罰，不知其始也。倒道而言，迕道而說者，人之所治也，安能治人？驟而語形名賞罰，此有知治之具，非知治之道，可用於天下，不足以用天下；此之謂辯士、一曲之人也。禮法、度數、形名、比詳，古人有之，此下之所以事上，非上之所以畜下也。

其意以兵刑、法度、禮樂委之於下，而按分守、執名法以原省其功過。此形名家之言，而胡亥督責之術、因師此意，要非莊子之旨。

昔者舜問於堯曰：「天王之用心何如？」堯曰：「吾不敖無告，敖，傲同。無告，無所告訴者。不廢窮民，苦死者，恤死者之苦。嘉孺子，而哀婦人；此吾所以用心已。」舜曰：「美則美矣，而未大也。」堯曰：「然則何如？」舜曰：「天德而出寧，其出也，定而不勞。日月照而四時行，若晝夜之有經，雲行而雨施矣。」堯曰：「然則膠膠擾擾乎！言己之用心徒勞耳。子，天之合也；我，人之合也。」夫天地者，古之所大也，而黃帝堯舜之所共美也。故古之王天下者，奚爲哉？天地而已矣。

於人求合者，必勤人之事。天道運而不積，日月、雲雨、四時各效其功，而天不勞以收成功，合之者逸而樂矣。

孔子西藏書於周室，子路謀曰：「繇聞周之徵藏史有老聃者，免而歸居。夫子欲藏書，則試往因焉。」孔子曰：「善」。往見老聃，而老聃不許，於是繙十二經以說。老聃繙音翻，繹也，申繹其說也。十二經，六經六緯。按緯書，漢人所造，則此篇非漆園之書明矣。中其說曰：「大謾。願聞其要。」孔子曰：「要在仁義。」老聃曰：「請問仁義人之性邪？」孔子曰：「然。君子不仁則不成，不義則不生。仁義眞人之性也。又將奚爲矣！」老聃曰：「請問何謂仁義？」孔子曰：「中心物愷，兼愛無私，此仁義之情也。」老聃曰：「意！噫。幾乎後言！早聞則早斥之矣。夫兼愛不亦迂乎！無私焉，乃私也。夫子若欲使天下無失其牧乎！則天地固有常矣，日月固有明矣，星辰固有列矣，禽獸固有羣矣，樹木固有立矣。夫子亦倣德而行，循道而趨已至矣；又何偈偈乎揭仁義，偈音結，用力貌。若擊鼓而求亡子焉？意！同噫。夫子亂人之性也！」

因其自然，則仁義之形且不立，而況於名？仁義之形名不立，而況於是非？擊鼓而求亡子者，循名以求形之謂。

士成綺見老子而問曰：「吾聞夫子聖人也，吾固不辭遠道而來願見，百舍重趼趼，古顯切，胝也。而不敢息。

今吾觀子，非聖人也：鼠壤有餘蔬而棄妹，鼠壤，謂蔬多爲鼠所竊。不仁也；有餘惠而不以施於所愛。生熟不盡於前，生，腥也；熟，烹也。而積斂無崖。」物至受之，而不卻之以立義。老子漠然不應。士成綺明日復見，曰：「昔者吾有刺於子，今吾心正卻矣。卻，止也。何故也？」老子曰：「夫巧知神聖之人，吾自以爲脫焉。不以爲事。昔者子呼我牛也而謂之牛，呼我馬也而謂之馬。苟有其實，人與之名而弗受，再受其殃。吾服也恆服，不與人爭得失，自安屈服。吾非以服有服。非以有所愧而屈服，自不與人競耳。」士成綺雁行避影，履行遂進，而問修身若何。老子曰：「而容崖然，立異。而目衝然，目光射人。而顙頯然，高視貌。而口闞然，氣盈，常若欲言。而狀義然，自以爲得。似繫馬而止也；馳騁之心不息。動而持，恆有所挾持。發也機，應之速。察而審，知之必詳。知巧而覩於泰，作盛滿之觀。凡以爲不信。皆不能自信，而外假於仁義。邊竟有人焉，其名爲竊。」竟、境通。名爲竊，與盜相去不遠也。

不自信而欲有其美者，皆所謂賊心也。竊物之餘，以施惠於所親愛而爲仁，乘己之足，以攘廉節而爲義，皆不能自信，而窺覬天下之美，欲居之耳。無其實而貪其名，貪其名而襲其實以自驕，而辭不美之名。賊心不息，而天下以巧知神聖之名歸之。脫此者而後於己無不信，於物無不服。呼馬呼牛，皆服也，老子所謂「早服」也。此節於莊子之旨爲合，但上下不相爲類。有爲則有名；巧知神聖皆爲也，凡爲皆竊也。若如上文所云「臣道有爲」，則臣可以竊爲道乎？外篇之文，雜纂而無定論，純駁相間，非有得於莊子之言者所撰次，益可見矣。

老子曰：「夫道：於大不終，於小不遺，評曰：天之所至，皆道之至；天之所有，皆道之有。故萬物備；廣廣乎其無不容也，大之至也。淵乎其不可測也。深之至也。形德、仁義，神之末也；非至人孰能定之？評曰：定則不爲其所驚。夫至人有世，世爲其所有。不亦大乎！而不足以爲之累；天下之大，有之不累。天下奮棅，而不與之偕；棅同柄。人各奮起爭權柄，而己否。審乎無假，而不與利遷；極物之眞，能守其本；故外天地，遺萬物，而神未嘗有所困也。通乎道，合乎德，退仁義，賓禮樂，至人之心有所定矣。」

形之於德而爲仁爲義，皆逐形名之末，以與世爭持權棅；而不知前此者之未有，後此者之不留，則所爲皆假耳。夫穹然而爲天，隤然而爲地，以有風雨、露雷、飛潛、動植之利，而人所驚爲天地至大、莫測之化者，實神之末耳，況萬物乎？故外天地，遺萬物，乃以得天地之神。太虛無形，合萬化而不形者，天地之神也。靜定無爲，含衆德而不形者，至人之神也。善惡、得失，榮辱、吉凶，皆備容之，而無迹以使人易測，則物自化而天自定，斯以爲聖人之心；此無爲而靜之本也。

世之所貴道者，書也。書不過語，語有貴也。語之所貴者意也，意有所隨。因事會之適然而生其意。意之所隨者，不可以言傳也。而世因貴言傳書。世雖貴之哉？猶不足貴也，爲其貴非其貴也。故視而可見者，形與色也；聽而可聞者，名與聲也。悲夫！世人以形色、名聲爲足以得彼之情！夫形色、名聲，果不足以得彼之情，則知者不言，言者不知，而世豈識之哉？桓公讀書於堂上，輪扁斲輪於堂下，釋椎鑿而上，問桓公曰：「敢問公之所讀者何言邪？」「讀者」者字，一本作「爲」，一本有「者爲」二字。公曰：「聖人之言也。」曰：「聖人在乎？」公曰：「已死矣。」曰：「然則君之所讀者，聖人之糟魄已夫！」桓公曰：「寡人讀書，輪人安得議乎？有說則可，無說則死。」輪扁曰：「臣也，以臣之事觀之。斲輪：徐則甘而不固，疾則苦而不入；疾徐指輻轂相受之枸而言。徐，寬也。疾，緊也。甘易入、苦難入也。鬆則不堅，緊則不受。相爭毫忽，規矩所不及也。不徐不疾，得之於手而應之心；口不能言，有數存焉於其間。臣不能以喻臣之子，臣之子亦不能受之於臣，是以行年七十而老斲輪。古之人與其不可傳也死矣。然則君之所讀者，古人之糟魄已夫！」

極有爲者之所爲，仁義而已。乃其所爲仁義者，豈果有以自信而審其無假哉？讀書而聞有仁，則以爲仁；讀書而聞有義，則以爲義。不知古之爲此言者，適乎時，因乎化，而非其必然之情也。竊其所言以自貴，而撓萬物之情，此儒墨之所以多爲多敗，而攖人之心也。其無獨見而唯人言之從也，曰道諛。其有人之有而自忘也，曰賊心。

莊子解卷十四

外篇

天運

此篇之旨，以自然爲宗。天地之化，無非自然。上皇因而順之，不治而不亂；後世自勉以役其德，而自然者失矣。以爲天下可自我而勉爲之，而操之以爲魁柄。然則天地、日月、風雲，亦有主持而使然者乎？人無不可任，天無不可因，物無不可順。至於順物之自然，而後能使天下安於愚而各得。無故常者，大常也。無窮極者，無不極也。勉而役者，不過因已往之陳迹，踶跂蹩躠以爲仁義，執之愈固而德愈小，勞己以勞天下，執一而不應乎時變。老子所欲「絕聖棄知」者，此也。

天其運乎？地其處乎？疑詞。日月其爭於所乎？謂爭馳於黃道赤道。孰主張是？爲主以張設之。孰綱維是？爲綱以維繫。孰居無事，推而行是？意者，其有機緘而不得已邪？意者，其運轉而不能自止邪？雲者爲雨乎？雨者爲雲乎？孰隆施是？其施也，普徧盛大。孰居無事，淫樂而勸是？淫樂，快意，相勸不止也。風起北方，一西一東，有上彷徨。有上猶在上也。孰嘘吸是？孰居無事而披拂是？敢問何故？

此一問，直令以度數陰陽窺測天道者，無可下語；盡古今言道、言治者，人百其喙，俱無可下語。所以然者，非有故也。謂其有故，豈天地日月風雲之外，別有一物司其主宰，當是何物也？若以爲天能使地處，使日月推行，使風雲隆施而嘘吸，則天其有耳目可以審察，手足可以推移，心思可以使令！唯有故，則可求得其故以自勉，而效之以爲德。今既詳詰而終不能明言其故，則自然者本無故而然。既無故矣，將何所師以勉效法之乎？

巫咸祒曰：「來！祒音超。吾語女！天有六極評曰：天、地、日、月、風、雲，各盡其極。五常，評曰：地也，日月也，風雲也，天皆因其常而用之。○敔按：語意謂理之至極而甚常者天也，無所容其詰問也。並而言之則六，以天爲主則五。帝王順之則治，逆之則凶。九雒之事，九雒，或上世之君。○方以智曰：「黄帝表新雒因雒，卽九雒也。」治成德備，監臨下土，天下戴之，此謂上皇。」

荅不如所問者，荅卽在問中也。「孰主張是」，「孰綱維是」，「孰推行是」，「孰淫樂以勸」，「孰披拂是」，皆無也。而天運不息，地處而不遷，日月推行而不輟，風雲隆施嘘吸而不吝；極乎此而不憂彼之不逮，極乎彼而不礙此之方興；皆自然極至而無不極。天之轂轉，地之蕃育，日月風雲之變易，無有常也，而終古類然，又至常也。極而常者，一自然而無不定。順之以逮治者，亦唯因其極而極之，因其常而常之，無機無緘，無待於勸，無事於披拂，因其自然以竝載天下。上皇之治，與天同道，孰有主張綱維之，可示人以迹而使勉乎？

商太宰蕩問仁於莊子。莊子曰：「虎狼，仁也。」曰：「何謂也？」莊子曰：「父子相親，何爲不仁？」曰：「請問至仁。」莊子曰：「至仁無親。」太宰曰：「蕩聞之：無親則不愛，不愛則不孝。謂至仁不孝，可乎？」莊子曰：「不然。夫至仁尙矣，孝固不足以言之。此非過孝之言也，不及孝之言也。非孝過于仁，乃孝不及仁。夫南行者至于郢，北面而不見冥山。是何也？則去之遠也。故曰：『以敬孝易，以愛孝難；以愛孝易，而忘親難；忘親易，使親忘我難；使親忘我易，兼忘天下難；兼忘天下易，使天下兼忘我難。』夫德遺堯舜而不爲也，利澤施於萬世而天下莫知也。豈直太息而言孝乎哉？夫孝悌、仁義、忠信、貞廉，此皆自勉以役其德者也，不足多也。故曰：『至貴，國爵并焉；至富，國財并焉；至願，名譽并焉。』是以道不渝。」評曰：無不并而後可謂至。至德兼八德而無所役，故終不可變。

虎狼之仁，亦不容已者也。不容已，則近於自然矣。然而非自然者：觸於父子而親，則其發也有機；非其父子而不仁，則其止也有緘。有機而不忘其所役，則仁速渝而之於不仁，故虎狼噬物以飼其子爲萬物賊。然則勉於愛敬而役之以爲德，其爲仁也，亦虎狼之仁而已。與天下相忘者，不私其親，其親亦不私焉。老者自安，少者自育，胥相各得，天下莫知其爲誰之賜。仁孝之名不立，奚勉勉于敬愛以攖天下哉？至貴不可以品秩序，至富不可以積聚計，至德不可以仁知名，至仁不可以愛敬言。親者自親，長者自長，此無所益，彼無所損，通之天下而無所渝，乃以與天地日月風雲之自然者合其德。

北門成問於黃帝曰：「帝張咸池之樂於洞庭之野。吾始聞之懼，復聞之怠，卒聞之而惑；蕩蕩默默，乃不自得。」帝曰：「女殆其然哉！吾奏之以人，人道。徵之以天，行之以禮義，人事。建之以太淸。天理。夫至樂者，先應之以人事，順之以天理，行之以五德，應之以自然；然後調理四時，太和萬物。或曰：「以上三十五字是注，誤作大書。」四時迭起，萬物循生；一盛一衰，文武倫經；一淸一濁，陰陽調和，流光其聲；流動以發其光。蟄蟲始作，吾驚之以雷霆；啓人之所未知，如雷起蟄。其卒無尾，其始無首；一死一生，一僨一起；所常無窮，而一不可待，無窮者其所常也，不主一聲，使人待之。女故懼也。吾又奏之以陰陽之和，天道。燭之以日月之明。其聲能短能長，能柔能剛；變化齊一，不主故常；即短即長，即柔即剛。在谷滿谷，在阬滿阬；大無不充，小無不入。塗郤守神，郤，隙通。塗郤，泯其隙也。無蹊逕之可尋，守之以神。以物爲量；因其物而稱之。其聲揮綽，其名高明。是故鬼神守其幽，日月星辰行其紀，吾止之於有窮，流之於無止。方止而行，方行而止。子欲慮之而不能知也，望之而不能見也，逐之而不能及也，儻然立於四虛之道，倚于槁梧而吟，目知窮乎所欲見，力屈乎所欲逐，吾既不及已矣。矣，一本作夫。形充空虛，乃至委蛇；女委蛇故怠。聽者自以爲不可及，思慮無所容其生，盡形之中，皆如空虛，懈散而與相忘。吾又奏之以無怠之聲，散寄於物，非人非天。調之以自然之命。故若混逐叢生，林樂而無形；叢生如林，無有定形。布揮而不曳，散漫而無留餘。幽昏而無聲；衆聲亦若無聲。動於無方，居於窈冥；或謂之死，或謂之生；或謂之實，或謂之榮；行流散徙，不主常聲。世疑之，稽於聖人。人皆疑之，唯聖知之。聖也者，達於情而遂於命也。凡有情者，皆天命也。天機不張而五官皆備，此之謂天樂，無言而心說。故有焱氏爲之頌曰：焱，呼臭切，字亦音焰。或音標，則當作猋。『聽之不聞其聲，視之不見其形，充滿天地，苞裹六極。』女欲聽之而無接焉，不可以心接之。而故惑也。樂也者始於懼，懼故祟。祟音歲，怪之也；从出，从示，俗本作崇，謬。吾又次之以怠，怠故遁；意不屬也。卒之以惑，惑故愚；愚故道，道可載而與之俱也。」乃可載道而與合。

人也，天也，物也，皆自然之化也。得其自然之化而無不樂，故樂之出虛，以有形象無形，搖動天人萬物之和者，可以徵道焉。專於己而不通於人，則困於小而忤於物；通於人而未合於天，則成於事而虧於道；合乎天而不因乎物，則執其常而不達於變。不通於人，無所震耀，則情不警而樂不動；懼者所以動之也。不合於天，日勤於爲，則志不寧而樂不安；怠者所以忘人而安也。不因乎物，則守其常以爲明，而不協于芚愚之化，以胥物而樂；惑者所以隨物而化也。始奏以人，中奏以天，終奏以物，則均一之化備焉；所謂德備而照臨下土也。至于人天萬物之皆備，何常聲之有哉？靈者自靈，蠢者自蠢，生者自生，死者自死，榮者自榮，實者自實，充滿天地而機不張；此乃謂之自然之命。自然者，萬德之所并，而無一德之可役者也。莫愚於物而同其惑，不炫知以求樂，愈怠愈惑；去其勤勞，損其明慧，乃載道而與之俱。

孔子西遊於衞。顏淵問師金曰：「以夫子之行爲奚如？」師金曰：「惜乎！而夫子其窮哉！」顏淵曰：「何也？」師金曰：「夫芻狗之未陳也，盛以篋衍，巾以文繡，尸祝齋戒以將之；及其已陳也，行者踐其首脊，蘇者樵人也。取而爨之而已。將復取而盛以篋衍，巾以文繡，遊居寢臥其下，彼不得夢，必且數眯焉。眯音米，物入目中，令人盲眩也。言不有怪夢，必至眩惑。一曰：眯或作魘，夢中怪也。今而夫子，亦取先王已陳芻狗，（取）〔聚〕㊀弟子遊居寢臥其下。故伐樹於宋，削迹于衞，窮于商周，是非其夢邪？圍於陳蔡之間，七日不火食，死生相與鄰，是非其眯邪？夫水行莫如用舟，而陸行莫如用車。以舟之可行于水也，而求推之于陸，則沒世不行尋常。一尋一常之地，亦不能行。古今非水陸與？周魯非舟車與？今蘄行周於魯，是猶推舟於

㊀ 據他本改。

陸也；勞而無功，身必有殃。彼未知夫無方之傳，應物而不窮者也。且子獨不見夫桔槔者乎？引之則俯，舍之則仰。彼人之所引，非引人也，故俯仰而不得罪于人。故夫三王之禮義法度，不矜於同而矜於治。故譬三王五帝之禮義法度，其猶柤棃橘柚邪！其味相反，而皆可于口。故禮義法度者，應時而變者也。今取猨狙而衣以周公之服，彼必齕齧挽裂，盡去而後慊。觀古今之異，猶猨狙之異乎周公也。故西施病心而矉其里，以矉見里之人。其里之醜人見而美之，歸亦捧心而矉其里；其里之富人見之，堅閉門而不出，貧人見之，挈妻子而走。彼知美矉，而不知矉之所以美。矉同顰。惜乎！而夫子其窮哉！」

自然者，無必然也。以其必然，強其不然，則違其自然者多矣。或水或陸，或柤棃或橘柚，或顰或笑，或古或今，或周或魯，各因人、因天、因物，而皆其自然。取彼之所然，爲此之所然，則舟其車、甘其酸、姸其媸，以冀同於有方，進不成乎治，而退且失其故。故自然者，無不可因也。因其自然，乃以應時物而不窮。

孔子行年五十有一而不聞道，乃南之沛，見老聃。老聃曰：「子來乎！吾聞子，北方之賢者也。子亦得道乎？」孔子曰：「未得也。」老子曰：「子惡乎求之哉？」曰：「吾求之度數，五年而未得也。」老子曰：「子又惡乎求之哉？」曰：「吾求之於陰陽，十有二年而未得。」老子曰：「然。使道而可獻，則人莫不獻之於其君；使道而可進，則人莫不進之于其親；使道而可以告人，則人莫不告其兄弟；使道而可以與人，則人莫不與其子孫。然而不可者，無他也，中無主而不止，外無正而不行。正，證也。繇中出者，不受於外，人無證據則不受。聖人不出；不出言以告之。繇外入者，無主於中，聖人不隱。其人心先無之，不告之以隱微之旨。名，公器也，不可多取。仁義，先王之蘧廬也，廬有脊無柱；蘧謂蘧麥，以野草雜覆之。止可以一宿，而不可以久處，覯而多責。以此爲知見，則多受人之責。古之至人，假道於仁，託宿於義，以遊逍遙之墟，食於苟簡之田，立於不貸之圃。逍遙，無爲也；苟簡，易養也；不貸，無出也；不出之以資人。古者謂是采眞之遊。外采而內眞。以富爲是者，不能讓祿；以顯爲是者，不能讓名；親權者，不能與人柄。操之則慄，舍之則悲，而一無所鑒，以闚其所不休者，不以爲鑒戒，而探索不已。是天之戮民也。恩、怨、取、與、諫、敎、生、殺八者，正之器也。唯循大變無所湮者，湮，滯也。爲能用之。故曰：『正者正也。』其心以爲不然者，天門弗開矣。」正者自正也。立一心以爲物不正而待我正之，則閉其天門，不能通達。

天地人物之化，其陰其陽，其度其數，其質其才，其情其欲，其功其效，好惡離合，吉凶生死，有定無定，變與不變，各有所極；而爲其太常，皆自然也。因其自然，各得其正，則無不正矣。無不正者，無一待我而正也。我有所見之正，操之唯恐其失，舍之則芒然自喪，勉勉不休，以自役而役天下，則是自閉於蓬戶之中，而四通八達之門不啓，終日在天中，而不見天之所戮矣。知天地人物之無不極、無不常，而無不正，逍遙苟簡而無所貸，則能愛而不勉以役仁，端正而不勉以役義，人爲我名，因而名之，而不勉以役名；我所出者，物皆樂受；物所感者，不易吾主；歷大變而適如其常，所以應物者無非蘧廬也，與天下公善而已不私；此獨見之眞，無迹可傳，而世或以爲不然者也。

孔子見老聃而語仁義。老聃曰：「夫播糠眯目，則天地四方易位矣；蚊虻噆膚，噆同咂。則通昔不寐矣。昔同夕。夫仁義憯然，乃憤吾心，亂莫大焉。吾子使天下無失其朴，吾子亦放風而動，依風之自然。總德而立矣；通於一。又奚傑然若負建鼓而求亡子者邪？郭象曰：「言揭仁義以趨道德之鄉，猶揭鼓而求逃者，無繇得也。」夫鵠不日浴而白，烏不日黔而黑。黑白之朴，不足以爲辯；名譽之觀，不足以爲廣。泉涸，魚相與處於陸，相呴以濕，相濡以沫，不若相忘於江湖。」民未嘗不自知愛也，而烏用吾愛？有所愛者，必有所傷，無傷焉足矣。立仁義之名，爲成心而師之，益吾之所本無，而強以與物；陸魚相呴之濕，能幾何哉？離江湖自然之樂而處於陸，乃見呴濕之恩。自然者喪，徒以累心；目爲之眯，寐爲之不安。唯自矜高以不屑苟簡，及物已變，則必湮滯而不行。好辯以修名，自眯而自瞖也。自然之美利，黑者自黑，白者自白，機緘固不在我也。

孔子見老聃歸，三日不談。弟子問曰：「夫子見老聃，亦將何規哉？」模倣之。孔子曰：「吾乃今于是乎見龍。龍：合而成體，散而成章，乘乎雲氣而養乎陰陽。予口張而不能嗋，嗋音脇，呵欠也。口開而卽合，不能嗋闔而不合，驚羨之狀。予又何規老聃哉！」子貢曰：「然則人固有尸居而龍見，雷聲而淵默，發動如天地者乎？賜亦可得而觀乎？」遂以孔子聲見老聃。聲，通名也。老聃方將倨堂，而應微倨堂，夷俟也。應微，不介意以應也。曰：「予年運而往矣，子將何以戒我乎？」爲謙抑之詞。子貢曰：「夫三王五帝之治天下不同，其係聲名一也。而先生獨以爲非聖人，如何哉？」老聃曰：「小子少進！子何以謂不同？」對曰：「堯授舜，舜授禹，禹用力而湯用兵，文王順紂而不敢逆，武王逆紂而不肯順，故曰不同。」老聃曰：「小子少進！余語女三王五帝之治天下。句。黃帝治天下，使民心一：民有其親死不哭，而民不非也。堯之治天下，使民心親：民有爲其親殺其殺，殺，所界切，減也。減殺事親之禮，其減者又復減之。而民不非也。舜之治天下，使民心競：民孕婦十月生子，子生五月而能言，不至乎孩兒三歲曰孩。而始誰，知辨誰何。則人始有天矣。禹之治天下，使民心變：人有心而兵有順，人各有心，用兵乃順。殺盜非殺，不能無盜，至用刑殺而猶自以爲非殺。人自爲種而天下耳。人皆自私其種類而棄天下，曰天下耳，非吾所恤也。是以天下大駭，儒墨皆起。其作始有倫，而今乎婦女，其倡端各有倫類，而迄今巧詐及于婦女。婦女安知有儒墨？而氓婦能詩，穆姜知易，眞可慨已。○方以智曰：「作始有倫而今乎婦女者，世惟有好色而已。孝衰于妻子，親愛畏敬之僻，幾能解脫？」何言哉！歎其不足言也。余語女：三皇王通。五帝之治天下，名曰治之，而亂莫甚焉。三皇之知，上悖日月之明，下睽山川之精，中墮四時之施。其知憯於蠣蠆之尾、蠣，力蓋切，毒蟲。鮮規之獸，無所柙制之虎兕。莫得安其性命之情者，而猶自以爲聖人，不可恥乎？其無恥也！子貢蹵蹵然立不安。

哀至則哭，不勉于哀也。因其隆而隆之，因其殺而殺之，無所勉也。哀樂因其自然，則雖極哀樂而性不屈，命不摧，壽夭各盡其天年。以此聽天下之治，其仁天下也至矣。唯無成心而一因乎自然，則萬變而不渝其眞，日月以此保其自然之明，山川以此養其自然之精，四時以此順其自然之序，無機無緘，合而爲一大之體，散而成萬有之章。聖人亦因天、因人、因物而已。自本無聖，而惡自以爲聖哉！

孔子謂老聃曰：「丘治詩、書、禮、樂、易、春秋六經，自以爲久矣，孰熟通。知其故矣；以奸者七十二君，奸，干通。論先王之道，而明周召之迹，一君無所鉤用。鉤用猶取用。甚矣夫人之難說也！道之難明邪？」老子曰：「幸矣，子之不遇治世之君也！夫六經，先王之陳迹也，豈其所以迹哉？今子之所言，猶迹也。夫迹，履之所出，而迹豈履哉？夫白鶂之相視，眸子不運而風化；鶂音逆，水鳥。蟲，雄鳴於上風，雌應於下風而風化。一本此「化」上無「風」字。類自爲雌雄，故風化。性不可易，命不可變，時不可止，時方行不可止。道不可壅。滯也。苟得於道，無自而不可；失焉者，無自而可。」孔子不出三月，復見，曰：「丘得之矣。烏鵲孺，孚而生也。魚傅沫，魚不交，但仰其沫。細要者化，螟蛉之屬。有弟而兄啼。唐順之曰：「烏鵲孺卵生，魚傅沫濕生，細要者化生，有弟而兄啼胎生，佛所謂四生本此。」久矣夫，丘不與化爲人！不與化爲人，安能化人？」老子曰：「可。丘得之矣。」

皇治皇之天下，帝治帝之天下，王治王之天下，皆蘧廬也。時已去而欲止之，懷蘧廬以爲安居，變易人之性命，而道壅不行，惡足以及於化哉！順其自然，則物固各有性命；雖五伯七雄之天下，可使反于其樸。蓋我與物皆因自然之化而生，不自立爲人之標準，風且爲我效化，而無待於雌雄。已往之陳迹，其不足據爲必然，久矣。

莊子解卷十五

外篇

刻意

此篇之説，亦養生主大宗師緒餘之論，而但得其迹耳。莊子之學，雖云我耦俱喪，不以有涯之生殉無涯之知，而所存之神，照以天，寓諸庸，兩行而小大各得其逍遥，懷之舍之，以有形象無形，而持之以慎，德不形而才自全，淵涵而天地萬物不出其宗；則所以密用其心者，固以心死爲悲。而此篇之指歸，則啬養精神爲干越之劒，葢亦養生家之所謂「煉己鑄劒」、「龍吞虎吸」鄙陋之教，魏伯陽、張平叔、葛長庚之流，以之亂生死之常，而釋氏且訶之爲守尸鬼；雖欲自别於導引，而其末流亦且流爲鑪火彼家之妖妄，固莊子所深鄙而不屑爲者也。且其文詞軟美膚俗，首尾結構一若後世科場文字之局度，以視内篇窮神寫生靈妙之文，若厲與西施之懸絶。外篇非莊子之書，於此益驗矣。其言膚淺，合於俗目，凡沈沒于時文者，皆能解之，故不爲釋。

刻意尚行，離世異俗，高論怨誹，爲亢而已矣；此山谷之士、非世之人，枯槁赴淵者之所好也。語仁義忠信，恭儉推讓，爲修而已矣；此平世之士，教誨之人，遊居學者之所好也。語大功，立大名，禮君臣，正上下，爲治而已矣；此朝廷之士，尊主彊國之人，致功并兼者之所好也。就藪澤，處閒曠，釣魚閒處，無爲而已矣；此江海之士，避世之人，閒暇者之所好也。吹呴呼吸，吐故納新，熊經鳥申，道引之術。熊經如熊之攀樹，鳥申如鳥之申頸。爲壽而已矣；此道引之士，養形之人，彭祖壽考者之所好也。若夫不刻意而高，無仁義而修，無功名而治，無江海而閒，不道引而壽；道同導。無不忘也，無不有也，澹然無極，而衆美從之；此天地之道，聖人之德也。故曰：「夫恬淡、寂寞，虛無、無爲，此天地之平而道德之質也。」故曰：「聖人休；句。休焉則平易矣，平易則恬惔矣；惔，徒覽切，與澹通。平易恬惔則憂患不能入，邪氣不能襲，故其德全而神不虧。」故曰：「聖人之生也天行，其死也物化；靜而與陰同德，動而與陽同波；不爲福先，不爲禍始；感而後應，迫而後動，不得已而後起；去知與故，循天之理；故無天災，無物累，無人非，無鬼責；其生若浮，其死若休；不思慮，不豫謀；光矣而不燿，信矣而不期；其寢不夢，其覺無憂；其神純粹，其魂不罷；罷同疲。虛無恬惔，乃合天德。」故曰：「悲樂者德之邪，喜怒者道之過，好惡者德之失。」故心不憂樂，德之至也；一而不變，靜之至也；無所於忤，虛之至也；不與物交，淡之至也；無所於逆，粹之至也。故曰：「形勞而不休則弊，精用而不已則勞，勞則竭。」水之性：不雜則清，莫動則平，鬱閉而不流，亦不能清，天德之象也。故曰：「純粹而不雜，靜一而不變，淡而無爲，動而以天行，此養神之道也。」夫有干越之劍者，吳有干溪出劍。吳越之劍，干將湛盧之屬。柙而藏之，不敢用也，寶之至也。精神四達並流，無所不極：上際於天，下蟠於地，化育萬物，不可爲象，其名爲同帝。純素之道，唯神是守；守而勿失，與神爲一；一之精通，合於天倫。天倫謂與天爲倫。野語有之曰：「衆人重利，廉士重名，賢士尚志，聖人貴精。」故素也者，謂其無所與雜也；純也者，謂其不虧其神也。能體純素，謂之眞人。

莊子解卷十六

外篇

繕性

此篇與刻意之旨略同。其言恬知交養，爲有合於莊子之指，而語多雜亂，前後不相侔。且其要歸不以軒冕爲志，而歎有道之人不興而隱處，則莊子雖非無其情，而固不屑言此以自隘。蓋不得志於時者之所假託也。文亦滑熟不足觀。

繕性於俗學以求復其初，滑欲於俗思以求致其明，謂之蔽蒙之民。古之治道者，以恬養知；生而無以知爲也，謂之以知養恬；知與恬交相養，而和理出其性。夫德，和也；和乃德也。道，理也。理乃道也。德無不容，仁也；和則無不容。道無不理，義也；因其自然之理。義明而物親，忠也；中純實而反乎情，樂也；信行容體而順乎文，禮也。信，實心也。容，體身也。禮樂偏行，不本於道德仁義忠信而談禮樂曰偏行，文濫于情也。則天下亂矣。彼正而蒙己德；彼自正也，而使之蒙己以爲德。德則不冒，冒，蒙也。夫德固不以蒙人者也。冒則物必失其性也。

刻意篇之五類士，皆俗學也。爲之者有迹可傳，傳之者有迹可學，羣然道諛以相尙，皆俗也，非眞也。

適然而無所好之謂恬，無所好，則知之而不爲累，是以恬養知也。知愈大，則愈見天下之無可好而無不可適，是以知養恬也。故保其和以兼容順逆，而各因其自然之理；仁義、忠信、禮樂、賅而存焉，而皆其寄迹；物至斯應，不以心識之德蒙覆天下，使出於一塗而礙其大通，徒滋好惡之擾；是恬知之交相養也。

古之人在混芒之中，與一世而得澹漠焉。當是時也：陰陽和靜，鬼神不擾，四時得節，萬物不傷，羣生不夭；人雖有知，無所用之；此之謂至一。當是時也，莫之爲而常自然。逮德下衰，及燧人伏戲，戲同羲。始爲天下，是故順而不一。德又下衰，及神農黃帝，始爲天下，是故安而不順。德又下衰，及唐、虞，始爲天下，興治化之流，澆淳散朴，澆、澆（過）〔通〕㊀。離道以善，險德以行，然後去性而從於心；心與心識，初生之念曰心，因而別白可否是非曰心識。知而不足以定天下，然後附之以文，益之以博；文滅質，博溺心，然後民始惑亂，無以反其性情而復其初。

以己之德而使天下順之安之，興其治化，是亦以德冒天下而德衰矣。所謂德者，心之所然，非必天下之然也。心既生矣，識益發矣，不極乎文而不止。文者，人情之所本無，以滅質而溺心，則人皆盡忘其初，而從吾心之所好；是以知亂天下之恬，惑亂之所以日滋也。

繇是觀之：世喪道矣！道喪世矣！世與道交相喪也，道之人有道之人。何繇興乎世，起爲君師。世亦何繇興乎道哉？道無以興乎世，世無以興乎道，雖聖人不在山林之中，其德隱矣。隱故不自隱。古之所謂

㊀「通」原誤「過」，據湘西草堂本改。

隱士者，非伏其身而弗見也，非閉其言而不出也，非藏其知而不發也，時命大謬也。當時命而大行乎天下，則反一無迹；不當時命而大窮乎天下，則深根寧極而待；此存身之道也。古之存身者：不以辨飾知，不以知窮天下，不以知窮德，危然處其所而反其性，已又何爲哉？道固不小行，德固不小識，小識傷德，小行傷道。故曰：「正己而已矣。」樂全之謂得志。古之所謂得志者，非軒冕之謂也，謂其無以益其樂而已矣。今之所謂得志者，軒冕之謂也。軒冕在身，非性命也，物之儻來寄也。寄之，其來不可圉，其去不可止。故不爲軒冕肆志，不爲窮約趨俗；其樂彼與此同，彼謂軒冕，此謂窮約。故無憂而已矣。今寄去則不樂，繇是觀之，雖樂未嘗不荒也。故曰：「喪己於物，失性於俗者，謂之倒置之民。」

與上文不相爲類。其曰「時命大謬」，又曰「根深寧極而待」，則林逋魏野之所不屑言，而況莊子？

莊子解卷十七

外篇

秋水

此篇因逍遙遊齊物論而衍之，推言天地萬物初無定質，無定情，擴其識量而會通之，則皆無可據，而不足以攖吾心之寧矣。蓋物論之興，始于小大之殊觀；小者不知大，大者不知小；不知小，則亦大其所大而不知大。繇其有小大之見，而有貴賤之分；繇其有貴賤之分，因而有然否是非之異。繇其有小大之見，因而有終始之規；繇其有終始之規，因而有悅生惡死之情。繇其有小大之見，因而有精粗之別；繇其有精粗之別，因而有意言之繁。於是而有所必爲，有所必不爲，以其所長，憐其所短。量有涯則分有所執，時有礙則故有所滯，彼我不相知，而不能知其所不知。乃至窮達失其守，榮辱易其情，辯言煩興而不循其本，於內無主，倒推於外，殉物以喪己；而不知達者之通一，無不可寓之庸也。

秋水時至，百川灌河，涇流之大，涇，濁也。涇水濁，故借用。兩涘渚崖之間，不辨牛馬。水面廣闊，見之不眞。於是焉河伯欣然自喜，以天下之美爲盡在己，順流而東行，至於北海。東面而視，不見水端，於是焉河伯始旋其面目，盳洋向若而嘆曰：盳同望。「野語有之曰：『聞道百以爲莫己若』者，我之謂也。且夫我嘗聞少仲尼之聞，而輕伯夷之義者，始吾弗信。今我睹子之難窮也，吾非至于子之門，則殆矣！吾長見笑於大方之家！」北海若曰：「井蛙不可以語於海者，拘於虛也；虛同墟。夏蟲不可以語於冰者，篤於時也；篤猶專也。曲士不可以語於道者，束於教也。今爾出於崖涘，觀於大海，乃知爾醜，爾將可與語大理矣。天下之水，莫大於海：萬川歸之，不知何時止而不盈；尾閭泄之，不知何時已而不虛；尾閭，沃焦也，見山海經。春秋不變，水旱不知。此其過江河之流，不可爲量數。而吾未嘗以此自多者，自以比形於天地，而受氣於陰陽，吾在於天地之間，猶小石小木之在大山也；方存乎見少，又奚以自多？計四海之在天地之間也，不似礨空之在大澤乎？礨音磊，空音孔。礨空，石上小孔也。計中國之在海內，不似稊米之在太倉乎？號物之數謂之萬，人處一焉。人卒九州穀食之所生，舟車之所通，人處一焉。卒，盡也。盡九州之人而合計之。此其比萬物也，不似毫末之在於馬體乎？五帝之所連，連，相禪也。三王之所爭，仁人之所憂，任士之所勞，盡此矣。伯夷辭之以爲名，仲尼語之以爲博，不似爾向之自多於水乎？」

此初破小之不知大也。不知大，則自大其小；自大其小，而識窮於大；故初示之以大，而使破小大以遊於大焉。海之神謂之若者，若有若無之謂；不自有而後可以知大之無窮。不然，有其大、以傲河之小，又奚以愈於河伯乎？

河伯曰：「然則吾大天地而小豪末可乎？」豪，毫通。北海若曰：「否。夫物：句。量無窮，時無止，分無常，終始無故。分，去聲。得失之數曰分。生死之變曰終始。故，有因也。是故大知觀於遠近，故小而不寡，大而不多，知量無窮；大知之知，去聲。證曏今故，故遙而不悶，掇而不跂，知時無止；故、古通。遙而不悶，不遠而迷也。掇而不跂，近可掇拾者，不于目前跂望也。察乎盈虛，故得而不喜，失而不憂，知分之無常也；明乎坦塗，故生而不說，死而不禍，知終始之不可故也。說音悅。計人之所知，不若其所不知；所知者，不敵其所不知者億萬之一。其生之時，不若未生之時。未生之時無窮，已死亦然。以其至小，求窮其至大之域，是故迷亂而不能自得也。繇此觀之，又何以知豪末之足以定至細之倪？又何以知天地之足以窮至大之域？」

既破小以知大矣，則將大其所大，而小其所小乎？不知小不可囿，而大亦未可恃也。從近遠而計之則有量，從今昔之長短而計之則有時，而量之外非無境也，時之前後非有極也。是小與大皆囿于量之有涯，而困於時之有止；其不可執大以爲大，猶之乎不可執小以爲小也。執大以爲大而小其小，乃不知所執之大而固亦小。見見聞聞，思慮之所不通，如彼其無窮，而所見之天地亦小矣。未生以前，既死以後，前無可聞，後無可知之綿邈，如彼其無止也，而所謂今古者亦旦夕矣。故析豪末而至於無形，更有小也，小亦一量也。地在天中，天包地外，渾然一球。而既有內則必有外，非可以量計也。故能破小以知大者，必破大之見而後小之見亡。

河伯曰：「世之議者皆曰：『至精無形，至大不可圍。』是信情乎？」情，實也。北海若曰：「夫自細視大者不盡，自大視細者不明。夫精，小之微也；垺，大之殷也；垺音孚，郭也。城外有郭，故借爲粗字之用。殷，盛也。故異便。此勢之有也。夫精粗者，期於有形者也。無形者，數之所不能分也；不可圍者，數之所不能窮也。可以言論者，物之粗也；可以意致者，物之精也；言之所不能論，意之所不能察致者，不期精粗焉。是故大人之行：不出乎害人，不多仁恩；不害人，仁也。不煦煦以爲仁，則仁而非仁。動不爲利，不賤門隸；不爲利，義也。不自貴以崇義，則義而非義。貨財弗爭，不多辭讓；財弗爭，讓也。不矯辭以爲讓，則讓而非讓。事焉不借人，不多食乎力；不藉人力，廉也。不矜自食其力以爲廉，則廉而非廉。不賤貪汙，行殊乎俗；不求異而自不同。不多辟異，爲在從衆；不創闢異說，因人而處乎正。不賤佞諂，世之爵祿不足以爲勸，戮恥不足以爲辱；非爲刑賞沮勸，則和光同塵，而自非諂佞。知是非之不可爲分，細大之不可爲倪。聞曰：『道人不聞，不以所聞者爲道。至德不得，大人無己』，約分之至也。約分，謂約之適如其分。〇評曰：極乎無形，規乎不可圍，而適如其分。

夫小大無中止之量，則小極於無形，大極於不可圍，雖言之所窮，而可以意揣知之。可以意揣而知，則言無形，而無形卽其形矣；言不可圍而卽其圍矣；是粗者粗，而精者未嘗不粗也。以數測之，則有形無形分矣，可圍不可圍辨矣。若忘言忘意，而又何精粗之有乎？有精有粗，則將舍其粗而求其精。故世之所謂小人者：執近小以爲尊榮，而不仁不義，不讓不廉，貪汙辟異，佞諂營營焉，皆知粗而不知精。其名爲君子者：刻意繕行，以恩爲仁，以自貴爲義，以辭爲讓，以不食力爲廉，異俗離衆以排佞諂，則知精而不知精之亦粗也。若因乎分之所適然，合無形有形於一致，齊可圍不可圍於同觀，適然而然，言不立而意無所測，泯精粗之見，而又何小大之足云！

河伯曰：「若物之外，若物之內，惡至而倪貴賤？惡至而倪小大？倪猶分也。」北海若曰：「以道觀之，物無貴賤；總一句，下文以差觀、以功觀、以趣觀，皆以道觀之也。以物觀之，自貴而相賤；以俗觀之，貴賤不在己。物情俗論，皆離乎道者。不自己，謂隨人之所貴賤而貴賤之。以差觀之：評曰：用物以爲差等，己無差等。因其所大而大之。

則萬物莫不大；因其所小而小之，則萬物莫不小；知天地之爲稊米也，知豪末之爲邱山也，則差數睹矣。評曰：知其一致，乃可知其萬殊。以功觀之：因其所有而有之，則萬物莫不有；因其所無而無之，則萬物莫不無；評曰：有此者無彼。知東西之相反而不可以相無，則功分定矣。以趣觀之：因其所然而然之，則萬物莫不然；因其所非而非之，則萬物莫不非；知堯桀之自然而相非，評曰：自然相非，已無所非也。則趣操睹矣。昔者堯舜讓而帝，之噲讓而絕，湯武爭而王，白公爭而滅。繇此觀之，爭讓之禮，堯桀之行，貴賤有時，未可爲常也。各有其時，不能强彼以同此。梁麗大木。可以衝城，而不可以窒穴，言殊器也。騏驥驊騮一日而馳千里，捕鼠不如狸狌，言殊技也。鴟鵂夜撮蚤，目夜可以撮蚤。蚤，跳蟲。察豪末，晝出瞋目而不見邱山，言殊性也。故曰：『葢師是而無非，師治而無亂乎！』葢，胡各切，盍通。是未明天地之理，萬物之情者也。是非治亂，各因其時，不立一法以爲師。是猶師天而無地，師陰而無陽，其不可行明矣。然且語而不舍，非愚則誣也。帝王殊禪，三代殊繼。差其時，逆其俗者，謂之簒夫；當其時，順其俗者，謂之義之徒。默默乎河伯！女惡知貴賤之門，小大之家！」

大小無定量，精粗無定形，則貴賤亦不足以立矣。然而物之大者終不可謂之小，貴者終不能賤之，此必有所自始，疑乎必有端倪，而後天下奉之以爲定分，羣然守之而信從不疑，此物論之必然者也。雖然，亦奚有倪哉！天地萬物林立而各約其分，不自爲大，不自爲小，不能自貴，不欲自賤；其所以有小大貴賤之云云者，存乎人之觀之耳。唯以道觀之，並育於天地之中，無貴賤也。而以道觀者鮮矣。以物之情觀之，則各自貴其貴，而異己者賤；故魚鳥賤毛嬙麗姬，而人貴之；堯舜賤巧言令色，而桀紂貴之。唯己之意，而貴賤倪矣。人各有所貴，而賤其所不貴，則貴賤紛矣。又其下者，信耳以從人之好惡：故譽堯者不知堯，唯人之譽而貴之也；非桀者不知桀，唯人之毁而賤之也；人倪之，己因增長之，而貴賤之壘堅矣。若夫以道而觀者，非但通於一以成純，而兩行不礙，各得其逍遥也。卽以差等觀之：小者非必小，以大視小而見其小；大者非必大，以小視大而見其大；則知小者更有小者，大者更有大者，小無所終，大無所竟，是雖差等相形而有小大，抑知其不可止量，而無必然之貴賤矣。卽以其爲功者觀之：則當其爲功，無物可無也；當其不爲功，則無物必於有也；有此則可無彼，而必有彼而後有此，亦各約其分於所致功，而有無不足辨矣。抑繇人之所趣嚮而觀之：則所嚮者其所然，所背者其所非；夏然葛而非裘，而裘未嘗非也；冬然裘而非葛，而葛未嘗非也；則天下無不然而無不非，而是非不足辨矣。夫既大小、有無、是非之無定，而從乎差類、功能、趣嚮，以觀，則又不妨大者自大，小者自小，貴者自貴，賤者自賤，各約其分而不必盡剷除之，以明一致，此大小貴賤之名所自立，存乎觀之者耳。觀之者因乎時，而不執成心以爲師，則物論可齊，而小大各得其逍遥矣。

河伯曰：「然則我何爲乎？何不爲乎？無大無小，無粗無精，無貴無賤，則無不可自處。吾辭受、趣舍，吾終奈何？」北海若曰：「以道觀之：何貴何賤？是謂反衍。交相反形，乃衍其術。無拘而志，與道大蹇。拘則蹇。何少何多？是謂謝施；相代謝以報施。無一而行，與道參差。執一則違道。嚴乎若國之有君，其無私德；繇繇乎若祭之有社，繇繇與悠悠通。其無私福；泛泛乎其若四方之無窮，其無所畛域；兼懷萬物，其孰承翼？孰私有所承受而覆翼之？承謂承先，翼謂翼後。是謂無方。萬物一齊，孰短孰長？道無終始，物有死生，不恃其成。

已成不可恃，終者又始也。一虛一滿，不位乎其形。於形立位。年不可舉，年亦時也，不可先舉而豫圖之。時不可止，不可已去而留之。消息盈虛，終則有始。是所以語大義之方，論萬物之理也。物之生也，若驟若馳，無動而不變，無時而不移。何爲乎？何不爲乎？夫固將自化。」無爲則無不可爲，因物之理，物自化。

夫貴賤無恆，小大無定，則天下皆惝恍昏瞀之宇，且如盲者之失杖，無可措足；而人之於世，必有辭、有受，有趣、有舍，將無所適從矣；此必然不容已之疑也。然貴賤者相反而生者也，多少者代謝而互馳者也，則不可執一以爲可，執一以爲不可明矣。兼懷之，無不可爲也；無所承翼，無可爲也。死生有期，而未生以前，既死以後，參萬歲於一純，則今之所非，前之所是；今之所是，後之所非；時移勢易，而是非然否亦相反相謝而因乎化。化之已至，物自化焉，吾又惡得而不化也？故無容以可爲不可爲疑，坦然任運，寓諸庸而無不得矣。

河伯曰：「然則何貴於道耶？」北海若曰：「知道者必達於理，達於理者必明於權。明於權者，不以物害己。至德者：火弗能熱，水弗能溺，寒暑弗能害，禽獸弗能賊。非謂其薄之也，非試於害而能免也。薄猶「寧我薄人」之薄，迫近之也。言察乎安危，寧於禍福，謹於去就，莫之能害也。故曰：『天在內，人在外，天者我之所以爲我，內之主也。我爲主人之所以爲，外之賓也。德在乎天。』知天人之行，本乎天，位乎得，得天之德曰得。蹢躅而屈伸，蹢，躑通。躅躅同。蹢躅，舉步也。屈伸，動形也。反要而語極。」

夫既無可爲，無不可爲，然則天下倒置之民，爲曾史，爲桀跖，俱無不可，而何取於道？此語窮而思反之疑也。然而道也者，因理達權之本也。無其本則理而非理，權而非權。道則天之含萬有而不主一形者也。明乎道者：察之甚精，持之甚寧，出之甚謹，懷之於內而不洩；而後可以外因乎人，以順時而施，不近名而爲所可爲，不近刑而爲所不可爲；無成心以函天德，然後蹢躅屈伸，皆位乎得。此反要至極之語，又豈冥行於可爲不可爲之途，以自薄於水火、寒暑、虎狼之害哉？

曰：「何謂天？何謂人？」北海若曰：「牛馬四足，是謂天；落馬首，落、絡通。一本作絡。穿牛鼻，是謂人。故曰：『無以人滅天，無以故滅命，故，智也。無以得殉名。』謹守而勿失，是謂反其眞。」天者自然之化，人者因功、趣、差等而達權者也。既已爲人，不得而不人；絡馬穿牛，不容已則不已之，無不可爲也。而不以馬之宜絡，遂絡其牛；牛之須穿，並穿其馬；則雖人而不滅天。天懷於內，然後可以人寓於外。非知自然之理者，不可與權；所以小大無垠，貴賤無等，然非無定，而不可不約於其分。分者天也，道之所自顯也。此段七問七荅，以推剝於要極，其於莊子之旨，委曲詳辨，至明切矣。

夔憐蚿，蚿憐蛇，蛇憐風，風憐目，目不動而至。目憐心。心不見而知。夔謂蚿曰：「吾以一足趻踔而行，趻同踸，丑甚切；踔，丑略切；行無常貌。予無如矣。予無如，猶言無如予者。俗本作子，謬。今子之使萬足，獨奈何？」蚿曰：「不然。子不見夫唾者乎？噴則大者如珠，小者如霧，雜而下者不可勝數也。今予動吾天機，而不知其所以然。」蚿謂蛇曰：「吾以衆足行，而不及子之無足，何也？」蛇曰：「夫天機之所動，何可易耶？吾安用足哉！」蛇謂風曰：「予動吾脊脅而行，則有似也。似謂有形似。今子蓬蓬然起於北海，蓬蓬然入於南海，而似無有，何也？」風曰：「然。予蓬蓬然起於北海而入於南海也，然而指我則勝我，鰌我亦勝我。鰌與蹴同，蹵也。列子「鰌之以刑罰」。勝我，謂動手舉足，皆可逆風。雖然，夫折大木、蜚大屋者，唯我能也。故以衆小不勝爲大勝也。爲大勝者，唯聖人能之。」心目二語，不著疏解，而其義自見。

以己之有，意人之有；以己之無，欲人之無；是穿馬鼻、絡牛首之見也。以己之然，憐人之不然，則且見人之然而己不然，因以忮人而思傷之；此兩害之道，以人滅天者也。萬物各自位其得，有者不足忮，無者不足憐；小不羨大，大不鄙小。唯知天知人者，能反其眞而不相害。故風其愈矣，以小不勝爲大勝故也。目居逸而速於風，心居隱而靈于目。然處大勝之地，而恃其精以賤天下之粗，則心不如目之無所擇，目不如風之無所見。推而極之，夔之一足趻踔者，亦甚自適也。何也？皆天也。智故行，名譽興，而後以人滅天。知道而反眞，以約於其分，則無憐之情，無求勝之心也。

孔子遊於匡，宋人圍之數帀，而弦歌不輟。子路入見，曰：「何夫子之娛也？」孔子曰：「來！吾語女！我諱窮久矣，而不免，命也；求通久矣，而不得，時也。當堯舜而天下無窮人，非知得也；當桀紂而天下無通人，非知失也；時勢適然。夫水行不避蛟龍者，漁父之勇也；陸行不避兕虎者，獵夫之勇也；白刃交於前，視死若生者，烈士之勇也；知窮之有命，知通之有時，臨大難而不懼者，聖人之勇也。繇處矣！吾命有所制矣！」無幾何，將甲者進，辭曰：「以爲陽虎也，故圍之；今非也，請辭而退。」

知時勢之適然，則無求勝之心。大小、貴賤、然否，乃至成乎禍福，皆動之必變，時之必移，無有恆也。則于桀紂之世，不冀堯舜之得，而一聽之於化，徐以俟之，將自化焉，故弦歌而匡圍解。

公孫龍問於魏牟曰：「龍少學先王之道，長而明仁義之行，合同異，離堅白，然不然，可不可，困百家之知，窮衆口之辯，吾自以爲至達已。今吾聞莊子之言，汒焉異之。汒音芒。不知論之不及與？知之弗若與？今吾無所開吾喙，敢問其方。」公子牟隱机太息，仰天而笑曰：「子獨不聞夫埳井之鼃乎？埳、坎同。謂東海之鱉曰：『吾樂與！吾跳梁乎井幹之上，入休乎缺甃之崖；赴水則接腋持頤，持頤，閉其口也。蹶泥則沒足滅跗；還虷蟹與科斗，還，回顧也。虷音干，赤蟲也。科斗，小蟇也。莫吾能若也。且夫擅一壑之水，而跨跱埳井之樂，此亦至矣。夫子奚不時來入觀乎？』東海之鱉，左足未入，而右膝已縶矣；於是逡巡而卻，告之海曰：『夫千里之遠，不足以舉其大；千仞之高，不足以極其深。禹之時，十年九潦，而水弗為加益；湯之時，八年七旱，而崖不為加損。夫不為頃久推移，不以多少進退者，此亦東海之大樂也。』於是埳井之鼃聞之，適適然驚，規規然自失也。且夫知不知是非之竟，而猶欲觀于莊子之言，是猶使蚉負山，商蚷馳河也，蚷音渠。商蚷，蟲名。或曰：馬蚿也。必不勝任矣。且夫知不知論極妙之言，而自適一時之利者，是非埳井之鼃與？且彼方跐黃泉而登大皇；跐，側買切，蹈也。無南無北，奭然四解，奭然猶釋然。淪於不測；無東無西，始於玄冥，反於大通。子乃規規然而求之以察，索之以辯，是直用管闚天，用錐指地也，不亦小乎？子往矣！且子獨不聞夫壽陵餘子之學步於邯鄲與？未得國能，擅一國之美。又失其故行矣。直匍匐而歸耳。今子不去，將忘子之故，失子之業。」公孫龍口呿而不合，舌舉而不下，乃逸而走。呿音區，張口貌。

智不足以知天而知道，則困於小而是非之辯與。若公孫龍者，亦河伯之初見，謂天下之美盡在己，見海若而自喪耳；況可語無大、無小、無貴、無賤、無然、無否之要極與？

莊子釣於濮水，楚王使大夫二人往先焉，曰：「願以竟內累矣！」莊子持竿不顧，曰：「吾聞楚有神龜，死已三千歲矣。王巾笥而藏之廟堂之上。此龜者，寧其死為留骨而貴乎？寧其生而曳尾於塗中乎？」

二大夫曰：「寧生而曳尾於塗中。」莊子曰：「往矣！吾將曳尾於塗中。」惠子相梁，莊子往見之。或謂惠子曰：「莊子來，欲代子相。」於是惠子恐，搜於國中，三日三夜。莊子往見之，曰：「南方有鳥，其名鵷鶵，鵷音淵。鵷鶵，鳳之別名。子知之乎？夫鵷鶵發於南海，而飛於北海，非梧桐不止，非練實不食，練實，竹實也。非醴泉不飲。於是鴟得腐鼠，鵷鶵過之，仰而視之，曰『嚇！』音赫。今子欲以子之梁國而嚇我耶？」

曳尾塗中，期以遠害而已。視梁國如腐鼠，豈直梁國爲腐鼠哉？五帝所連，三王所爭，仁人所憂，任士所勞，亦猶是也。困於小者不知大，慕於貴者不知賤。量止於此，則知盡於此，以自大自貴而嚇人。以故滅命，以得殉名者之愚，必至於此。

莊子與惠子遊於濠梁之上。莊子曰：「儵魚出遊從容，是魚樂也。」惠子曰：「子非魚，安知魚之樂？」莊子曰：「子非我，安知我不知魚之樂？」惠子曰：「我非子，固不知子矣。子固非魚也，子之不知魚之樂，全矣。全不知。」莊子曰：「請循其本。子曰『汝安知魚樂』云者，既已知吾知之，讀。而問我；句。我知之濠上也。」知吾知之者，知吾之非魚而知魚也。惠子非莊子，已知莊子是莊子非魚，卽可以知魚矣。

困於小大、貴賤、然非之辨者，彼我固不相知。不相知，則欲以己之有，憐物之無，而人乃滅天。夫知彼者，豈必如彼而後知哉？人自立于濠上，魚自樂於水中，以不相涉而始知之。人自樂於陸，魚自樂於水，天也。天者，含萬化而未有極者也。使自困於其量，則人入水而憂沈溺，且將憐魚之沈溺，而奚以知其樂哉？人之所賤，魚之所貴；人之所非，魚之所然。惠可以知莊，莊可以知魚，此天之不隱於人心者，萬化通一之本也。約之於其分，而天人徹，大小、貴賤、然與非之辨悉忘矣。

莊子解卷十八

外篇

至樂

莊子曰：「奚暇至於悅生而惡死」，言無暇也，非以生不可悅，死不可惡爲宗，尤非以悅死惡生爲宗；哀樂不入其中，彼固有所存者在也。老子曰：「吾有大患，唯吾有身；及吾無身，吾有何患？」有者，有身之見；無者，忘己以忘物也。無患，則生亦何不樂之有乎？此篇之說，以死爲大樂，蓋異端偏劣之教多有然者，而莊子尙不屑此。此蓋學於老莊，掠其膚說，生狂躁之心者所假託也，文亦庸沓無生氣。

天下有至樂無有哉！有可以活身者無有哉！今奚爲奚據？奚避奚處？奚就奚去？奚樂奚惡？夫天下之所尊者，富貴壽善也；所樂者，身安、厚味、美服、好色、音聲也；所下者，貧賤夭惡也；所苦者，身不得安逸，口不得厚味，形不得美服，目不得好色，耳不得音聲。若不得者，則大憂以懼，其爲去聲。形也，亦愚哉！夫富者苦身疾作，多積財而不得盡用，其爲形也亦外矣！夫貴者夜以繼日，思慮善否，其爲形也亦疏矣！

老莊言無爲無欲，初不與三家村積粟藏金、噇烘肉燒酒人說法。此種文字，讀之令人欲噦。

人之生也，與憂俱生。壽者惛惛，久憂不死，何之苦也！其爲形也亦遠矣！烈士爲天下見善矣，未足以活身。吾未知善之誠善耶？誠不善耶？若以爲善矣，不足活身；以爲不善矣，足以活人。忠言利于人。故曰：「忠諫不聽，蹲循勿爭。」故夫子胥爭之以殘其形，不爭名亦不成。誠有善無有哉？今俗之所爲與其所樂，吾又未知樂之果樂耶？果不樂耶？吾觀夫俗之所樂，舉羣趣者，誙誙然如將不得已，誙同硜。而皆曰樂者，吾未之樂也，亦未之不樂也。果有樂無有哉？吾以無爲誠樂矣，又俗之所大苦也。故曰：「至樂無樂，至譽無譽。」天下是非果未可定也。雖然，無爲可以定是非，至樂活身，唯無爲幾存。請嘗試言之：天無爲以之淸，地無爲以之寧，故兩無爲相合，萬物皆化。芒乎芴乎，而無從出乎！芴乎芒乎，而無有象乎！萬物職職，各效其能。皆從無爲殖。故曰：「天地無爲也，而無不爲也。」人也，孰能得無爲哉？言不易得也。

無爲僅以活身邪？其陋至此。

莊子妻死，惠子弔之，莊子則方箕踞鼓盆而歌。惠子曰：「與人居，長子老身，死不哭亦足矣，又鼓盆而歌，不亦甚乎？」莊子曰：「不然。是其始死也，我獨何能無槩然？槩音蓋，橫隔于心貌。察其始而本無生；非徒無生也而本無形，非徒無形也而本無氣。雜乎芒芴之間，變而有氣，氣變而有形，形變而有生。今又變而之死，是相與爲春秋冬夏四時行也。人且偃然寢於巨室，而我噭噭然隨而哭之，自以爲不通乎命，故止也。」

歷數諸不可樂者，而以寢於巨室爲樂，則又何以云至樂活身耶？

支離叔與滑介叔觀於冥伯之邱，崑崙之虛，死而葬。黃帝之所休。心于是乎息。俄而柳生其左肘，其意蹷蹷然惡之。支離叔曰：「子惡之乎？」滑介叔曰：「亡。予何惡？生者假借也，假之而生。生者塵垢也，死生爲晝夜。且吾與子觀化而化及我，我又何惡焉？」

言死不可惡，聽化之及己。

莊子之楚，見空髑髏，髑髏音獨婁，枯骨也。髐然有形；髐，囂、嘵二音，支骨貌。撽以馬捶，撽音竅，擊也。因而問之，曰：「夫子貪生失理而爲此乎？將子有亡國之事，斧鉞之誅，而爲此乎？將子有不善之行，愧遺父母妻子之醜而爲此乎？將子有凍餒之患而爲此乎？將子之春秋故及此乎？」於是語卒，援髑髏枕而臥。夜半，髑髏見夢曰：「子之談者似辯士。諸子所言，皆生人之累也，死則無此矣。子欲聞死之說乎？」莊子曰：「然。」髑髏曰：「死：無君於上，無臣於下，亦無四時之事；從然以天地爲春秋，從與縱通。雖南面王樂不能過也。」莊子不信，曰：「吾使司命復生子形，爲子骨肉肌膚，反子父母妻子、閭里知識，子欲之乎？」髑髏深矉蹙頞曰：「吾安能棄南面王樂，而復爲人間之勞乎？」

聽化之及己，是也。憚勞而以死爲南面王之樂，乃貧賤病苦、忿恨求死者之所樂聞。

顏淵東之齊，孔子有憂色。子貢下席而問曰：「小子敢問：回東之齊，夫子有憂色，何也？」孔子曰：「善哉女問！昔者管子有言，丘甚善之：曰『褚小者不可以懷大，褚，衣包也。綆短者不可以汲深。』夫若是者，以爲命有所成而形有所適也，夫不可損益。吾恐回與齊侯言堯舜黃帝之道，而重以燧人神農之言。彼將內求於己而不得，不得則惑，人惑則死。且汝獨不聞耶？昔者海鳥止於魯郊，魯侯御而觴之于廟，奏九韶以爲樂，具太牢以爲膳。鳥乃眩視憂悲，不敢食一臠，不敢飲一杯，三日而死。此以己養養鳥也，非以鳥養養鳥也。夫以鳥養養鳥者，宜栖之深林，遊之壇陸，浮之江湖，食之鰌鰷，隨行列而止，委蛇而處。彼唯人言之惡聞，奚以夫譊譊爲乎？咸池九韶之樂，張之洞庭之野，鳥聞之而飛，獸聞之而走，魚聞之而下入，人卒聞之，相與還而觀之。魚處水而生，人處水而死；彼必相與異其好惡，故異也。故先聖不一其能，不同其事。名止於實，義設於適，是之謂條達而福持。」

此與人間世之旨略同。「名止於實，義設於適」，可以全身而免於過矣，而未能及於心齊，則亦鄉原之學耳。此段與上下文不相屬，故知外篇多雜纂之言。

列子行食於道，見百歲髑髏，攓蓬而指之曰：攓同搴，音搴，取也。取蓬枝而指之。「唯予與女知而未嘗死，未嘗生也。若果養乎！汝且養𡚾以待化。予果歡乎！以生爲樂。種有幾：幾，一本作機。得水則爲𧖴；𧖴音繼，水中塵垒如絲者。得水土之際，則爲鼃蠙之衣；蠙音頻，水鳥也。生於陵屯，則爲陵舄；陵舄得鬱棲，鬱棲，糞壤也。則爲烏足；烏足之根爲蠐螬，其葉爲胡蝶；胡蝶胥也，化而爲蟲，生於竈下，其狀若脫，其名爲鴝掇；鴝掇千日爲鳥，其名爲乾餘骨；乾音干。乾餘骨之沫爲斯彌；斯彌爲食醯；食醯，蠛蠓也。頤輅生乎食醯；黃軦軦音況，一作軏。生乎九猷；瞀芮生乎腐蠸；蠸音歡。舊注：螢也。羊奚比乎不箰久竹生青寧，羊奚，草名，根如蕪菁。箰，古筍字。不箰久竹，竹之久不生筍者。青寧，竹根蟲也。青寧生程；舊注：越人呼豹曰程。程生馬；馬生人；人又反入于機。萬物皆出於機，皆入於機。方以智曰：「青寧生程，程生馬，馬生人，世間自有此事。如史言武陵蠻生於畜狗，元始胎于猥鹿之類，不可以耳目所限而斷之。莊子名物，不必苦解呼豹爲程及呼蟲爲程也。」

萬物生大造之中，生其死，死其生，化其化者，皆非天地之有心，一其機之不容已者耳。機之動也，隨所發而可，則萬變而總不可知。既爲機之必出而必入，則乘時而觀化，又何憂樂之有哉？此篇之旨，唯此段差爲有意。然於出生入死而言機，則亦老子動而愈出之旨，而爲陰符經之畸見。若莊子，則以天鈞之運，自然推移，兼懷而（好）〔無〕㊀機緘者，合成體而散成用，始爲天人死生自均之分，不以機之發動爲出入之倪也。

㊀ 依湘西草堂本改「好」爲「無」。

莊子解卷十九

外篇

達生

此篇於諸外篇中尤爲深至，其於內篇養生主大宗師之說，獨得其要歸。蓋人之生也，所勤勤于有事者，立德也，立教也，立功也，立名也。治至於堯，教至於孔，而莊子猶以爲塵垢秕穅而無益於生。使然，則夷跖同歸於銷隕，將縱欲賊物之凶人，與飽食佚居、醉生夢死之鄙夫，亦各自遂其逍遙，而又何事于知天見獨，達生之情，達命之情，持之以愼，守之于默，持不可持之靈臺，爲爾勞勞哉？唯此篇揭其綱宗于「能移而相天」，然後見道之不可不知，而守之不可不一，則內篇所云者，至此而後反要而語極也。世之爲禪玄之教者，皆言生死矣。玄家專於言生，以妄覬久其生；而既死以後，則委之朽木敗草、遊燐野土而不恤。釋氏專于言死，妄計其死之得果；而方生之日，疾趨死趣，早已枯槁不靈，而虛負其生。唯此言「能移」，而且言「能移以相天」，則庶乎合幽明於一理，通生死於一貫；而所謂道者，果生之情，命之理，不可失而勿守。故曰，內篇之旨，於此反要而語極也。「子列子」以下，則言其用功之要，唯純氣凝精，重內輕外，不以心稽而開其天于靈臺。雖雜引博喻，而語脈自相貫通；且其文詞沈邃，足達微言；雖或不出於莊子之手，要得莊子之眞者所述也。外篇非一人之筆，膚陋者與深醇者相櫛比而並列，善讀者當自知取舍也。

達生之情者，不務生之所無以爲；無益於生。達命之情者，不務知之所無奈何。雖知之而無可奈何。養形必先之物，物有餘而形不養者有之矣。評曰：凡養之具，皆外物也。有生必先無離形，神氣離形則死。形不離而生亡者有之矣。生理已亡，雖生如死。生之來不能却，其去不能止。不可强。悲夫！世之人以爲養形足以存生，而養形果不足以存生，則世奚足爲哉？雖不足爲，而不可不爲者，其爲不免矣。流俗皆見爲不可不爲，則必爲之。夫欲免爲形者，莫如棄世。棄世則無累，無累則正平，正平則與彼更生，更生則幾矣。棄世，謂不資于物以養。〇評曰：生氣不濁亂，則生而不已。事奚足棄而生奚足遺？二句反詰之詞。棄事則形不勞，遺生則精不虧。夫形全精復，與天爲一。天地者，萬物之父母也：合則成體，散則成始。成體而爲人，成始則反天地之正。形精不虧，是謂能移；雖去此而自全于彼。精而又精，反以相天。助天之化理，恆有清氣在兩間以成化。

此一篇之大指，而以下則其用功之要也。生之情者，有其生而不容已者也。內篇曰「則謂之不死奚益」？夫生必有所以爲生，而後賢于死。特天下之務之者，皆生之無以爲，則不如無爲。有生之情，而奚容不有所爲耶？命之情者，天命我而爲人，則固體天以爲命。唯生死爲數之常然，無可奈何者，知而不足勞吾神；至于本合于天，而有事於天，則所以立命而相天者，有其在我而爲獨志，非無可奈何者也。人之生也，天合之而成乎人之體，天未嘗去乎形之中也。其散也，形返于氣之實，精返于氣之虛，與未生而肇造夫生者合同一致，仍可以聽大造之合而更爲始，此所謂幽明始終無二理也。惟於其生也，欲養其形而資外物以養之，勞形以求養形，形不可終養，而適以勞其形，則形既虧矣；遺棄其精于不恤，而疲役之以役於形而求養，則精之虧又久矣。若兩者能無喪焉，則天地清醇之氣，繇我而摶合。迨其散而成始也，清醇妙合于虛，而上以益三光之明，下以滋百昌之榮，流風盪于兩間，生理集善氣以復合，形體雖移，清醇不改，必且爲吉祥之所翕聚，而大益於天下之生；則其以贊天之化，而垂於萬古，施於六寓，殽於萬象，益莫大焉。至人之所以亟養其生之主者此也。外物之累，順之而近刑，逆之而近名，皆從事于末，無有能與於天。故達情者，兩不屑焉。論至于此，而後逍遙者，非苟求適也；養生者，非徒養其易謝之生也；爲天下之大宗師而道無以加也。此其爲說，較之先儒所云死則散而全無者，爲得生化之理，而以勸勉斯人使依於道者爲有實。讀莊子者，略其曼衍，尋其歸趣，以證合乎大易「精氣爲物，遊魂爲變」，與論語「知生」之旨，實有取焉。孔子許狂者以不忘其初，其在斯乎！

子列子問關尹曰：「至人潛行不窒，蹈火不熱，行乎萬物之上高危之地。而不慄，請問何以至此？」關尹曰：「是純氣之守也，評曰：生氣，和氣。非知巧果敢之列。居！予語汝！凡有貌象聲色者，皆物也。物與物，何以相遠？一本無「與物」二字。夫奚足以至乎先？所自主者曰先。是色而已。外見之色，乃變化之糟粕。則物之造乎不形，而止乎無所化，夫得是而窮之者，物焉得而止焉？不爲物所闋止。彼將處乎不淫之度，而藏乎無端之紀，遊乎萬物之所終始；壹其性，養其氣，合其德，以通乎物之所造。夫若是者，其天守全，其神無郤，物奚自入焉？夫醉者之墜車，雖疾不死；骨節與人同，而犯害與人異，其神全也；乘亦不知也，墜亦不知也，死生驚懼不入乎其胸中，是故遻物而不慴。遻、忤通。彼得全于酒而猶若是，而況得全于天乎？聖人藏于天，故莫之能傷也。復讎者不折鏌干，雖有忮心者不怨飄瓦，是以天下平均。故無攻戰之亂，無殺戮之刑者，繇此道也。不開人之天，人自以爲性命者。而開天之天。開天者德生，有德於生。開人者賊生。不厭其天，不忽于人民，句。幾乎以其眞！必愼閉之。

物之所自造者氣也，與彼更生者也，散而成始者也。物者，氣之凝滯者也。象貌聲色，氣之餘也。人之先合於天，爲命之情者，純而已矣；無所凝滯，更生而不窮，不形於色而常淸。唯人之不達乎此，淫于物而化於物，則物之委形塊結于中以相雜，憂患水火交相窒慄而純氣蕩；則且化天之純氣，爲頑鄙、窒塞、浮蕩以死之氣，而賊天甚矣。守其純氣，棄世以正平，得而不淫，失而不傷，藏身于天而身無非天，形且與情同其純妙，而爲德于生者大矣。夫人之雜氣一動，開人之「知巧果敢」，以閉天之純，則其散而更生者，害延不已，于是攻戰殺戮之氣動於兩間，而天受其累。故守之者不得不嚴，而棄物者不得不若遺也。

仲尼適楚，出於林中，見痀僂者承蜩，痀，拘、傴二音；僂，樓、呂二音；㾄也。猶掇之也。以竿粘之。仲尼曰：「子巧乎？有道耶？」曰：「我有道也。五六月，學之五六月。累丸二而不墜，則失者錙銖；累三而不墜，則失者十一；累五而不墜，猶掇之也。吾處身也，若厥株拘；厥、橛同。一本作橛。段木卽杙也。拘音劬，立木也。橛株拘，猶言斷樹樁。吾執臂也，若槁木之枝；雖天地之大，萬物之多，而唯蜩翼之知。吾不反不側，念無迴顧。不以萬物易蜩之翼，何爲而不得！」孔子顧謂弟子曰：「用志不分，乃凝于神，凝，蘇本作疑。其痀僂丈人之謂乎！」

此言守純氣之功也。立人之命者，氣本純也，奚待於人之澄之使純哉？然必守之嚴者，物入而蕩之，則失守而雜于物也。夫物豈能間吾之純氣乎？形不靜而淫於物，乃倚於物而止，目止于色，耳止于聲，四支止於動作，心止於好惡，而不至於其受命之初；所先處之宅，要非物之能淫之也。目動而之於色，耳動而之於聲，四支動而之於動作，心動而之於好惡，皆自造於所本無，而求棲止焉。唯形若橛株拘，臂若槁木之枝，則天地萬物羣炫其色，而棄之若亡，然後氣不隨形以淫而可守。雖然，猶未易也。物衆，而我之受物者不一其牖，各效其守而不相浹洽，則靜於目者動于耳，靜於耳目者動于支體，靜於耳目支體者動于心知，一方靜而一又搖，此累丸之勢也。唯以專持志，以志凝神，攝官骸於一靜，而盡紬其機，以閉人之天，則任物之至，累之累之，不安而又累之，審之于微芒承受之地，使協一於正平而不傾，此密用之功，至專至靜，而後形可得全，精可得復也。

顏淵問仲尼曰：「吾嘗濟乎觴深之淵，津人操舟若神。吾問焉曰：『操舟可學耶？』曰：『可。善游者數能。若乃夫沒人，則未嘗見舟而便操之也。平日未嘗見舟，一旦便能操之。』吾問焉而不吾告，敢問何謂也？」仲尼曰：「善游者數能，忘水也。若乃夫沒人之未嘗見舟而便操之也，彼視淵若陵，視舟之覆，猶其車卻也。覆卻萬方陳于前，而不得入其舍，惡往而不暇？以瓦注者巧，以鉤注者憚，以黃金注者殙。注，賭注也。殙與惛同。其巧一也，而有所矜，則重外也。凡外重者內拙。」

此致知之功，審于重輕之分，而後志可定以凝神也。其要，忘物而已。舟猶車也，淵猶陵也，金猶瓦也，均之無可重者也。無重無輕，而但外皆輕，然後吾之重者存，斯以志不分而形嘗靜。形靜則大用出，未見舟而便操之，無不可勝之物矣。

田開之見周威公。威公曰：「吾聞祝腎學生。吾子與祝腎遊，亦何聞焉？」田開之曰：「開之操拔篲以侍門庭，拔音拂，篲音遂，竹帚也。亦何聞於夫子？」威公曰：「田子無讓，寡人願聞之。」開之曰：「聞之夫子曰：『善養生者，若牧羊然，視其後者而鞭之。』鞭其後，羣羊皆警，則全而不偏。」威公曰：「何謂也？」田開之曰：「魯有單豹者，岩居而水飲，不與民同利，行年七十而猶有嬰兒之色；不幸遇餓虎，餓虎殺而食之。有張毅者，高門縣簿，無不走也；高門，大家也。縣簿，縣帷簿于門首，小戶也。如齊人之饜酒肉，樓護之食侯鯖。○一曰：避患之甚，過高門懸簾，皆亟趨走，恐其墜而壓傷也。行年四十，而有內熱之病以死。豹養其內而虎食其外，毅養其外而病攻其內。此二子者，皆不鞭其後者也。」

雖壹其志以求累丸而不墜，見物之輕而自重；乃外物之相感，無涯而不可測，內情之動也，忽生而不自知；此單豹張毅之所以交傷也。如牧羣羊於方逸：驅其左，右者不前也；驅其右，左者不前也；鞭其後，則旁出者順聽易矣。夫人性之所近，情之所安，剛柔靜躁各有所偏繫，雖迫欲棄世以復精，必有一難忘之情牽曳不舍，一念不息，衆妄終莫能止，此後者也；于此而鞭之，則他端皆就緖以冰釋矣。釋氏「牛過牕櫺，尾不能過」之喻，葢出于此。知此則累丸皆安，而金注不殙矣。

仲尼曰：「無入而藏，苦鬱其心志。無出而陽，外矜于物。柴立其中央，柴、砦同。雖不藏不陽，而立意以治物，爲砦栅以自固。三者若得，其名必極。」此其名爲窮極生理以待亡。夫畏塗者，十殺一人，則父子兄弟相戒也，必盛卒徒而後敢出焉，不亦知乎？人之所取畏者，衽席之上，飲食之間，而不知爲之戒者，過也。祝宗人玄端以臨牢筴，牢筴，豕圈也。說彘曰：「女奚惡死！吾將三月𢡱女，𢡱、豢同。十日戒，三日齊，藉白茅，加女肩尻乎彫俎之上，則女爲之乎？」爲彘謀曰：「不如食以糠糟，而錯之牢筴之中。」自爲謀，則苟生有軒冕之尊，死得于腞楯之上，聚僂之中，腞音瑑，杜衍切，篆通。楯、輴通，雕刻輴車也。聚僂，曲薄所以卷物者，謂以葦席裹尸也。則爲之。爲彘謀則去之，自爲謀則取之，所異彘者，何也？

欲凝神而神困，欲壹志而志棼，其敝有三：入而藏者單豹也；出而陽者張毅也；抑不然而孑立其志以與物相拒，若柴柵之不可拔，而勞形怵神以與物相靡，則內外交起，而三者爲必窮之勢，此累三累五之難也。乃以要言之：物之所以撓我之志，搖我之神，悴我之形，使與俱化而淫焉，或相持以爭而終爲物勝焉，無他，欲與利而已。甘食悅色之不制，而軒冕見榮，以之爲重，己固輕也。有意以輕之，而彼終不輕，何也？以食色之可悅而力卻之，終見其可悅也；以軒冕之可榮而力辭之，終見其可榮也。故彘不受祝宗之說，而不能脫彫俎之薦。善棄世者，知物之所自造，一出于天，各使歸其位而神自定。無物也，無己也，何足去而又惡所取也！則三者之窮自免矣。

桓公田於澤，管仲御，見鬼焉。公撫管仲之手曰：「仲父何見？」對曰：「臣無所見。」公反，誒詒爲病，誒音嘻，詒音怡，病而失魂，自笑自言也。數日不出。齊士有皇子告敖者曰：從公遊者。「公則自傷，鬼惡能傷公？夫忿滀之氣，滀音觸，結聚也。散而不反，則爲不足；上而不下，則使人善怒；下而不上，則使人善忘；不上不下，中身當心，則爲病。」桓公曰：「然則有鬼乎？」曰：「有。句。沈有履；濁默曰沈。竈有髻；髻音結，竈神名，赤衣如美女。戶內之煩壤，雷霆處之；煩壤，糞掃所積。東北方之下者，倍阿鮭蠪躍之；倍音陪。鮭音諧，此當音畦。門室精謂之傒蠪。西北方之下者，則泆陽處之；泆音逸。○西北尤爲陰方，故神曰泆陽。水有罔象；即蛧蜽。邱有峷；一本作莘。山有夔；獨脚鬼。野有彷徨；彷徨一曰慶忌。澤有委蛇。」公曰：「請問委蛇之狀何如？」皇子曰：「委蛇，其大如轂，其長如轅，紫衣而朱冠；其爲物也，惡聞雷車之聲，則捧其首而立，先聞之而後言之，此以鳥養鳥之道。見之者殆乎霸。」桓公囅然而笑曰：「此寡人之所見者也。」于是正衣冠與之坐，不終日而不知病之去也。

神不凝者，物動之。見可欣而悅之，猶易制者；見可厭而弗惡，難矣；見所未嘗見者，弗怪而弗懼，愈難矣。乃心一動而神不守，且病其形。夫物之所自造，無一而非天。天則非人見聞之可限矣。而以其習見習聞，爲欣爲厭爲怪，皆心知之妄耳。心知本無妄，而可有妄；則天下雖無妄，而豈無妄乎？使人終身未見豕，則不知豕之可以悅口，而且怪之矣。知天下之無所不可有，則委蛇之怪猶豕耳。故神凝者，不見天下之有可怪，因不謂天下之無可怪。霸者自霸，怪者自怪。志壹於霸，則怪亦霸之徵也。無所容其忿慉之氣，而純氣周流浹洽于吾身，出入中央，舉無所滯，怪不能傷，而形全矣。皇子巳桓公誒詒之病，亦鞭後之術也。

紀渻子爲王養鬭雞，十日而問：「雞巳乎？」巳可鬭否。曰：「未也，方虛憍而恃氣。憍音喬，恣也，驕通。」十日又問，曰：「未也，猶應嚮景。」嚮景而即有應敵之狀。一本：「嚮」作「響。」十日又問，曰：「未也，猶疾視而盛氣。」十日又問，曰：「幾矣！雞雖有鳴者，巳無變矣，形不變。望之似木雞矣，其德全矣，異雞無敢應者，反走矣。」

既以鞭其後之道，棄世而宅於正平，凡夫可悅可惡可怪可懼者，無所撓其神矣，而於以凝神，猶未易也。蓋神者，氣之神也。而氣有動之性，猶水有波之性。水即無風，而波之性自在。中虛則外見者盛，故氣虛者其息必喘。無以定其能波之性，則止水溢而波亦爲之興，未可急求其靜也。急求之，則又以心使氣，氣盛而神易變。守氣者，徐之徐之，以俟其內充，而自不外溢。內充則神安其宅，外不溢則氣定而終不變；舉天下可悅可惡可怪可懼者，自望而反走，純氣不待守而自守矣。

孔子觀於呂梁，縣水三十仞，縣同懸。流沫四十里，激成沫。黿鼉魚鱉之所不能游也。見一丈夫游之，以爲有苦而欲死也，使弟子並流而拯之。數百步而出，被髮行歌而遊于塘下。孔子從而問焉，曰：「吾以子爲鬼，察子則人也。請問蹈水有道乎？」曰：「亡，吾無道。吾始乎故，長乎性，成乎命；與齊俱入，與汩偕出，齊，臍通，水之旋渦如臍也。汩，水滾出處也。從水之道而不爲私焉，此吾所以蹈之也。」孔子曰：「何謂始乎故，長乎性，成乎命？」曰：「吾生于陵而安于陵，故也；長於水而安于水，性也；安于水，亦猶安于陵。孟子曰：「天下之言性者，則故而已矣。」不知吾所以然而然，命也。」

養之從容，而守之靜正，則將不知其所以然而與物相順，不知所以然而順乎物者，此萬物之所終始而爲命之情也。守之而乃順乎物之所自造，則兩間虛憍之氣斂於其所移以成始，而兵刑之害氣永息於天下，呂梁亦安流矣。蓋嘗驗之：天下治之已久，則人耽于物之可悅，而怪其所不常見，于是忿懥之氣浮動於人心，當其時，攻戰殺戮之禍，尚未動也；已而懷忿懥者，形謝而氣返于虛，以爲更生之始，則忿慉之氣與化成形，以胚胎于有生之初，而兩間乃繁有囂淩爭利、狂奔樂禍之氣質，以成乎乖忤之習，無端而求，無端而忮，得而驕，失而競，而後攻戰殺戮之禍，欻然以興而莫之能止；迨乎消亡隕滅，而希微之禍本猶延及於數百年之後，以相續而復起。然則有能達命之情，不虧其形精以相天而守氣之純者，其以養和平而貴天下之生，清純之福，吉祥所止，垂及萬歲而不知所以然而然，無功之功，神人之相天而成化，亦盛矣哉！浮屠自私以利其果報，固爲非道；而先儒謂死則散而之無，人無能與於性命之終始，則孳孳於善，亦浮漚之起滅耳，又何道之足貴，而情欲之不可恣乎？

梓慶削木爲鐻，音據，樂器。或曰：鐘鼓之柎也。見者驚猶鬼神。郭象曰：「不似人所作也。」魯侯見而問焉，曰：「子何術以爲焉？」對曰：「臣，工人，何術之有？雖然，有一焉。臣將爲鐻，未嘗敢以耗氣也，必齋以靜心：齋三日而不敢懷慶賞爵祿，齋五日不敢懷非譽巧拙，齋七日輒然忘吾有四肢形體也。當是時也，無公朝，郭象曰：「無公朝，則企慕之心絕矣。」其巧專而外滑消；然後入山林，取木。觀天性，形軀至矣然後成，木之天成，適如其形軀。見鐻然後加手焉。確然見鐻于胸中，然後加手以成之。不然，則已。則以天合天，器之所以疑神者，其是與！郭象曰：「因物之妙，故疑是鬼神所作。」敔按：此則鬼神之妙，亦因物付物而已。

此不知其所以然而然之妙，善用之則一技而疑於神，合於天矣。反要以語極，唯「用志不分」而已。「若冰雪」「若處子」者，此也。「聖人懷之」者，此也。顏子之「坐忘而心齊」，此也。壺子之「未始出吾宗」，此也。志者，神之棲於氣以效動者也。以志守氣，氣斯正焉。不然，則氣動神隨，而神疲於所鶩。故神無可持，氣抑不可迫操。齊以靜心，志乃爲主，而神氣莫不聽命矣。夫人莫不有志，而分以鶩者，其端百出，而要不越乎慶賞非譽，一絲微罣，萬變攖心。棄世者，不待棄也；冰雪其心，壹于全形復精，則自忘乎世，不待棄而自忘；無有虧其形精者，天自效靈，而不知其然而然之妙自合。

東郭稷以御見莊公，進退中繩，左右旋中規。莊公以爲文弗過也，文，美也。使之鉤百而反。百、陌通。〔左傳：「曲踊三百。」鉤陌者，鉤旋於陌上也。〕顏闔遇之，入見，曰：「稷之馬將敗。」公密默也。而不應。少焉，果敗而反。公曰：「子何以知之？」曰：「其馬力竭矣，而猶求焉，故曰敗。」

此言持志者用功之候也。靈臺者，可持而不可持者也。操之已蹙，揣之已銳，則心有涯，而外物之隍杌相觸者無涯，此馬力竭而必敗之勢也。專于一者，勿忘而已。忘其所忘，而不忘其所不忘，綿綿若存，而神氣自與志相守，疾徐之候自知之而自御之，(方)〔力〕㊀有餘而精不竭，此則善于用志者也。

工倕旋而蓋規矩，回旋顧視而中，方圓過於規矩。指與物化，而不以心稽，故其靈臺一而不桎。桎猶牿也。不爲物所牿。忘足，履之適也；忘要，帶之適也；知忘是非，心之適也；不內變，不外從，事會之適也；事會至而自適。始乎適而未嘗不適者，忘適之適也。

此言持志凝神，以守純氣，精而又精之妙合乎自然也。天之造物，何嘗以心稽哉？而規之窮于圓者圓之，矩之窮于方者方之，飛潛動植，官骸枝葉，靈妙而各適其體用，無他，神凝於虛，一而不桎，則無不盡其巧矣。故不待移而無不可移也，更生而仍如其生也。靈臺者，天之在人中者也。無所桎而與天同其化，熟而又熟，則精而又精，化物者無所不適，於以相天，實有其無功之功矣。

㊀ 依湘西草堂本改「方」爲「力」。

有孫休者，踵門而詫于扁慶子曰：「休居鄉不見謂不修，臨難不見謂不勇，然而田原不遇歲，事君不遇世，賓於鄉里，賓同擯。逐於州部，則胡罪乎天哉？休惡遇此？命也！」扁子曰：「子獨不聞夫至人之自行耶？忘其肝膽，遺其耳目，芒然彷徨乎塵垢之外，逍遙乎無事之業，是謂『爲而不恃，長而不宰。』今汝飾知以驚愚，修身以明汙，昭昭乎若揭日月而行也。汝得全而形軀，具而九竅，無中道天於聾盲跛蹇，而比于人數，亦幸矣；又何暇乎天之怨哉？子往矣！」孫子出，扁子入，坐有間，仰天而歎。弟子問曰：「先生何爲歎乎？」扁子曰：「向者休來，吾告之以至人之德，吾恐其驚而遂至于惑也。」弟子曰：「不然。孫子之所言是耶？先生之所言非耶？非固不足以惑是。孫子所言非耶？先生所言是耶？彼固惑而來矣，又奚罪焉？」扁子曰：「不然。昔有鳥止于魯郊，魯君說之，爲具太牢以饗之，奏九韶以樂之，鳥乃始憂悲眩視，不敢飲食，此之謂以己養養鳥也。若夫以鳥養養鳥者，宜棲之深林，浮之江湖，食之以委蛇，則平陸而已矣。今休，款啓寡聞之民也，款，孔也。啓，開也。款啓，小見也。吾告以至人之德，譬之若載鼷以車馬，樂鴳以鍾鼓也，鴳同鷃。彼又惡能無驚乎哉？」

引此以結正一篇之說，謂其所言者甚易知，甚易行，而爲人性命之情所甚適，猶太牢之悅口，九韶之悅耳。而天下皆止於物以養形，役役於衽席、飲食、軒冕之中，唯慶賞、非譽、鄉里、州部之是殉，則聞此篇之說，必悲眩而不敢從。知者其誰，而言之者得無失養鳥之道乎！「忘言忘義」、「寓於無竟」，自懷之而不爲世所驚，亦可以已矣。此亦隨說隨掃之義。

莊子解卷二十

外篇

山木

引人間世之旨，而雜引以明之。

莊子行於山中，見大木，枝葉盛茂，伐木者止其旁而不取也；問其故，曰：「無所可用。」莊子曰：「此木以不材得終其天年。」夫子出於山，舍於故人之家，故人喜，命豎子殺鴈而烹之。豎子請曰：「其一能鳴，其一不能鳴，請奚殺？」主人曰：「殺不能鳴者。」明日，弟子問於莊子曰：「昨日山中之木以不材得終其天年，今主人之鴈以不材死。先生將何處？」莊子笑曰：「周將處夫材與不材之間。材與不材之間，似之而非也，故未免乎累。若夫乘道德而浮游，則不然。無譽無訾，一龍一蛇，與時俱化，而無肯專爲；一上一下，以和爲量；浮游乎萬物之祖，物物而不物于物，評曰：物本自物，我有以物之，不名物物；我無以物之，不名物物。則胡可得而累耶？此神農黃帝之法則也。若夫萬物之情，人倫之傳，則不然。傳，變也。合則離，成則毁；見人相合則間之，成則忌而毁之。廉則挫，專則議；卑汚者敗其節，求全以訕之。有爲則虧，不使爲之。賢則謀，合謀以勝之。不肖則欺，欺其不知。胡可得而必乎哉？悲夫！弟子志之，其唯道德之鄉乎！」

爲善而近名，才也；爲惡而近刑，不才也。既以皆不保其天年矣，然近名者榮於湯武之世，近刑者顯於桀紂之廷，則亦因乎時命而可委之於天。乃不知此所謂天者，化迹之偶然而非天也。天者，物物者也。物物者，無適而不和，無適而非中，所謂緣督之經也。處於才不才之間，亦似督矣，而非也。才則非不才矣，不才則非才矣。見爲善而又戒心於近名，見爲惡而始戒心於近刑，兩俱不爲，而兩俱爲之。設機自遁，里克之中立祈免，自以爲免，其能免乎？以道德爲乘者，才與不才，善與惡，名與刑，皆物也，非我所以物物也。因其自然，不見有名之可邀，不見有名之可避，不見有刑之姑試而無傷，不見有刑之不可嬰而思免，譽訾得失，安危生死，物自推移，而不以滑吾心，吾行吾正焉耳。此則不受人益而與天合也。今夫天：日耀之不加明，雲翳之不加暗，澤下而不陷，山高而不傴。喜怒恩怨，生殺治亂，物自物而不累其眞，豈復知有才，知有不才，知有才不才之間乎？虛室生白，自爲吉祥之止止矣。

市南宜僚見魯侯，左傳：「市南有熊宜僚，」楚人。魯侯有憂色。市南子曰：「君有憂色，何也？」魯侯曰：「吾學先王之道，修先君之業；吾敬鬼尊賢，句。親而行之，無須臾離居；句。○不忘道業。然不免於患，吾是以憂。」市南子曰：「君之除患之術，淺矣。夫豐狐文豹，棲于山林，伏于巖穴，靜也；夜行晝居，戒也；雖饑渴隱約，猶且胥疏於江湖之上而求食焉，定也；胥疏，與人相遠也。然且不免於網羅機辟之患，是何罪之有哉？辟音僻，殺也。其皮爲之災也。今魯國獨非君之皮耶？吾願君刳形去皮，洒心去欲，而遊于無人之野。南越有邑焉，名爲建德之國：其民愚而朴，少私而寡欲；知作而不知藏，與而不求其報；不知義之所適，不知禮之所將，猖狂妄行，乃蹈乎大方；大方，廣大之境也。其生可樂，其死可葬。吾願君去國捐俗，與道相輔而行。」君曰：「彼其道遠而險，又有江山；我無舟車，奈何？」市南子曰：「君無形倨，自恃則慢。無留居，滯而不化。以爲君車。」君曰：「彼其道幽遠而無人，吾誰與爲鄰？吾無糧，我無食，安得而至焉？」市南子曰：「少君之費，寡君之欲，雖無糧而乃足。君其涉於江而浮於海，去小入大。望之而不見其崖，愈往而不知其所窮；送君者皆自崖而反，評曰：人知其實，不知其虛。君自此遠矣。故有人者累，拊循其人民，有人者也。見有于人者憂。身任天下之重，見有于人者也。故堯非有人，非見有于人也。吾願去君之累，除君之憂，而獨與道遊于大莫之國。」方舟而濟於河，有虛船來觸舟，雖有惼心之人不怒；有一人在其上，則呼張歙之，一呼而不聞，再呼而不聞，於是三呼耶，則必以惡聲隨之。向也不怒而今也怒，向也虛而今也實。人能虛己以遊世，其孰能害之？

自恃其賢，則形倨；守其道業以爲賢，則留居。以此求免於患而保其國，則有欲不厭，而以無人無財爲患。三者，皆立於崖岸，以使人爭至者也。德之不建，徒標禮義以徇俗，合則離之者至，成則毀之者生，挫之議之，虧之謀之，欺之者交起矣。乘虛以遊於浩洋無際之宇，望之者自不測其所至。唯無心於安危利害之機，則雖有兵刑，亦因物物之，而非有留滯倨慉之心；人且視之爲虛舟飄瓦，傷而不怨，患奚從生焉？足知緣督者，非以智巧規避於才不才之間，吾自建吾德也。有天下亦然而已，有國亦然而已，窮居困厄亦然而已；唯物物而不物于物也。

北宮奢爲衛靈公賦斂以爲鍾，爲壇乎郭門之外，三月而成上下之縣。三月而成縣，民樂于輸也。上下之縣，謂設架編鍾也。縣音懸。王子慶忌見而問焉，曰：「子何術之設？」奢曰：「一之間，無敢設也。不設一法。奢聞之：『既雕既琢，復歸于朴。』侗乎其無識，儻乎其怠疑；若忘而不自信。萃乎芒乎，其送往而迎來；來者勿禁，往者勿止；舊注：其法當似今之募緣。從其彊梁，隨其曲傳，因其自窮；彊梁，多力而悍者；曲傳，詭詐相師者；皆工于逋賦之人，而至此自窮。○從、隨、因三字義同。故朝夕賦斂而毫毛不挫，無所傷害。而況有大塗者乎？」一嬰物之怨忌者，莫賦斂若矣；而苟以浮游之道，順物之自然；則物樂聽之。然則人間世之甚險甚傾，而固無險傾也。唯設一意于心，則設一機於外，設一法以加諸人；敎之以雕琢，物必以雕琢相報，于是乎一人之雕琢，不能勝天下之彊梁曲傳，而人已交挫。若無所設者，人欲挫之而無從，雖有斂取於人，亦虛舟之觸也。上因乎不得不取，下因乎不得不與，趨事效材而不知其所以然。古之啓大塗以任物之往來者，亦此而已矣。

孔子圍於陳蔡之間，七日不火食。太公任往弔之，曰：「子幾死乎？」曰：「然。」「子惡死乎？」曰：「然。」任曰：「予嘗言不死之道。東海有鳥焉，其名曰意怠。其爲鳥也，翂翂翐翐，翂音分，散飛貌。翐音秩，飛舒遲貌。而似無能；引援而飛，迫脅而棲；進不敢爲前，退不敢爲後；食不敢先嘗，必取其緒；餘也。是故其行列不斥，散飛若無斥堠。而外人卒不得害，是以免于患。直木先伐，甘井先竭。子其意者飾知以驚愚，修身以明汙，昭昭乎若揭日月以行，故不免也。昔吾聞之大成之人曰：『自伐者無功，功成者隳，名成者虧。』孰能去功與名，而還與衆人？道流而不明，任道以流行，無所撿擇。○郭象曰：「昧然而行之耳。」居，得行而不名處；隨所居而行，不擇地以自處。○管見曰：「德訛得，明訛名。」敔按：此則當于居字絕句。流行、居處、四字相對，語意爽捷。

純純常常，乃比於狂；削迹捐勢，不爲功名。是故無責於人，人亦無責焉。至人不聞，子何喜哉？不聞至道，所喜好者，非所可好。」孔子曰：「善哉！」辭其交遊，去其弟子，逃於大澤，衣裘褐，食杼栗，杼音序，芧通。入獸不亂羣，入鳥不亂行。鳥獸不惡，而況人乎？

忌伐而不直，畏竭而不甘，亦不才而已。「純純常常」者，託迹於不才，而以全其才。才全而德不形，豈爲不鳴之鴈乎？任道流行，而不設一處以自名，無才也，無不才也，無才與不才之間也。化及鳥獸，而才之全也又奚以尚！無已，先去其才之見，以保其和；和之量已充，爲萬物之祖以物物，則大塗開，而才不才抑無足言已。

孔子問子桑雽曰：雽應與扈、戶通。「吾再逐於魯，伐樹於宋，削迹於衞，窮於商周，圍於陳蔡之間。吾犯此數患，親交益疎，徒友益散，何歟？」子桑雽曰：「子獨不聞假人之亡與？林回棄千金之璧，負赤子而趨。林回，即假人之亡者也。舊注：林回，殷逃民。假字未詳，或曰國名。或曰：『爲其布與？赤子之布寡矣。布，泉布也，謂所值之財幣。爲其累與？赤子之累多矣。棄千金之璧，負赤子而趨，何也？』林回曰：『彼以利合，此以天屬也。』夫以利合者，迫窮禍患害相棄也；以天屬者，迫窮禍患害相收也。夫相收之與相棄，亦遠矣。且君子之交淡若水，小人之交甘若醴；君子淡以親，小人甘以絕。彼無故以合者，則無故以離。」孔子曰：「敬聞命矣。」徐行翔佯而歸，絕學捐書；弟子無挹於前，其愛益加進。異日，桑雽又曰：「舜之將死，眞泠禹曰：眞泠字訛。舊說：其命二字之誤。楊愼曰：「眞泠即丁寧。」『汝戒之哉！形莫若緣，情莫若率。』緣則不離，率則不勞；不離不勞，則不求文以待形；不求爲文飾，而有待於形。不求文以待形，固不待物。於己無待，而況於物？」

以一人之天合一人，且寧置千金之璧而不忍棄，況以萬物之祖，率其自然，緣其固然，而物有能離之者乎？以其才治天下之不才，以其不才需天下之才，以才不才之間窺測天下而避就之，皆待形而彰，待物而應者也。聖人懷之而物莫能出其環中，雖不相愛，必不疎散以相離矣。

莊子衣大布而補之，大布，粗布也。正緳、係履而過魏王。緳音絜，結帶也。結帶束衣，以索穿履。魏王曰：「何先生之憊耶？」莊子曰：「貧也，非憊也。士有道德不能行，憊也；衣敝履穿，貧也，非憊也。此所謂非遭時也。王獨不見夫騰猿乎？其得柟、梓、豫章也，攬蔓其枝，而王長其間，王，去聲。長，上聲。王長猶言爲王爲伯。雖羿逢蒙不能眄睨也。及其得柘、棘、枳、枸之間也，危行側視，振動悼慄。此筋骨非有加急而不柔也，處勢不便，未足以逞其能也。今處昏上亂相之間，而欲無憊，奚可得耶？此比干之見剖心徵也夫！」遇昏主亂相之世，奚止憊哉？比干且以之剖心，求逞其能，物必害之也。非賢而不自賢者，誰能免此？賢不自賢，全身而已，憊固不可辭也。

孔子窮於陳蔡之間，七日不火食，左據槁木，右擊槁枝，而歌猋氏之風。猋，音註見前。有其具而無其數，有其聲而無宮角，木聲與人聲犂然有當于人之心，犂謂牛之耕，犂路瞭然。顏回端拱還目而窺之。仲尼恐其廣己而造大也，以不受天損，彪然自大。愛己而造哀也，人不我益，因而哀之。曰：「回！無受天損易，無受人益難。無始而非卒也，人與天一也。夫今之歌者其誰乎？因天而非己有心。」回曰：「敢問何謂無受天損易？」仲尼曰：「饑渴、寒暑、窮桎不行，天地之行也，運物之泄也；自然發泄之所必有。言與之偕逝之謂也，偕逝猶言任運而往。爲人臣者不敢去之。執臣之道猶若是，而況乎所以待天乎？」一委之命。「何謂無受人益難？」仲尼曰：「始用四達，一試用而卽通顯。爵祿並至而不窮，物之所利，乃非己也，天下之以名位加我，乃彼好賢，非以利己。吾命有在外者也。命豈在外乎？窮通之命則在外也。有云者，聽其或有也。君子不爲盜，賢人不爲竊。吾若取之，何哉？人之所利，吾以爲利，是竊取也。故曰：『鳥莫知於鷾鴯。』燕子也。目之所不宜處，不給視；見不宜處者，卽不暫停。雖落其實，棄之而走；實，口實也。所攫之飛蟲，落而不顧。其畏人也，而襲諸人間，巢人梁幕。社稷存焉爾。」所居守在是。「何謂無始而非卒？」仲尼曰：「化其萬物，死則化爲物。而不知其禪之者。焉知其所終？焉知其所始？生死不可預計。正而待之而已耳。」「何謂人與天一耶？」仲尼曰：「有人，天也；有天，亦天也。人之所爲、天之所命，以天道視之，一而已矣。人之不能有天，性也。人所不能有之天，乃天之命，卽人之性也。聖人晏然體逝而終矣。」如其本體以往。

「偕逝」者，舉窮達生死而安之於天，安之於命，幾可以忘憂矣；而知天之倪而不知其正，則亦「廣己㊀造大」而不能「襲諸人間」，其去「造哀」者，無幾也。其唯「體逝」乎！化日逝而道日新，各得其正，此乃天之所以化也。非但人事之變遷，人生之修短，在其摶運之中；卽大化之已迹，亦其用而非其體也。得喪窮通，吉凶生死，人間必有之事也；吾不能不襲其間，而惡能損我之眞？正而待之，時有已往，有未來，有現在，隨順而正者恆正，則逝而不喪其體，卽逝以爲體，而與化爲體矣。凶危死亡皆天體也。有以體之，則一息未亡，吾體不亂。歌聲犂然當於人之心者，與天相禪，無終無始，生有涯

㊀「廣己」己字，湘西草堂本誤作「以」，金陵刻本改正爲「己」，但又誤爲「已」，玆爲校正。

而道不息，正平而更生者未嘗不可樂也。故重言死，非也；輕言死，亦非也。純純常常，無始無卒，逝而不與之偕，人間無不可襲，天與人其能損益之乎？此段尤爲近理，葢得渾天之用也。

莊周遊乎雕陵之樊，睹一異鵲，自南方來者，翼廣七尺，目大運寸，運寸，周圍一寸也。感周之顙而集於栗林。莊周曰：「此何鳥哉？翼殷不逝，盛大不遠飛。目大不睹！」近人而不知。褰裳躩步，執彈而留之。覩一蟬，方得美蔭而忘其身；螳螂執翳而搏之，見得而忘其形；異鵲從而利之，見利而忘其眞。莊周怵然曰：「噫！物固相累，二類相召也。」殺機動則互相感召。捐彈而反走，虞人逐而誶之。呵禁挾彈以入其囿。莊周反入，三月不庭。藺且從而問之，「夫子何爲頃間甚不庭乎？」莊周曰：「吾守形而忘身，忘身之眞。觀于濁水而迷于清淵。且吾聞諸夫子曰：『入其俗，從其俗。』今吾遊于雕陵而忘吾身，異鵲感吾顙；遊於栗林而忘眞，栗林虞人以吾爲戮；吾所以不庭也。」

異鵲螳蜋見利而忘害，庸人之不免於人間世者類然。莊周知害機之不可因，相召而興，捐彈反走，則遠乎利以遠害矣；乃本無窺林取栗之情，自信以往，忘其爲栗林之樊，而冥然忘身之入，虞人固不相知而相誶，勿足怪者。然則率者情也，而不緣形以物物，則率情恃正而失正矣。故惟正而待者，若觀於清淵，一碧泓然，隱微俱鑒，而無恃賢自任之心，然後可以無入而不得其正。「虛室生白」，物無所致其疑，則襲諸人間，皆其社稷，而物莫能誶也。

陽子之宋，宿于逆旅。逆旅人有妾二人，其一人美，其一人惡，惡者貴而美者賤。陽子問其故，逆旅小子對曰：「其美者自美，自美故人不以爲美。吾不知其美也；其惡者自惡，自安於惡，人必憐之。吾不知其惡也。」陽子曰：「弟子記之！行賢而去自賢之行，安往而不愛哉？」

惡者自見爲惡，而人猶愛之；若夫忘美忘惡，則己且不知，而人又何從施其愛憎？以正而待者，虛無所倚。虛者，天下之至正也。見美惡焉，則倚矣。無倚則物物以爲物祖，美惡皆受成焉，人其能以美惡相加乎？哀駘它之所以無人而不親也。

莊子解卷二十一

外篇

田子方

此篇以忘言爲宗，其要則齊物論「照之以天」者是也。忘言者，非可以有言而忘之也。道大而言小，道長而言短，道圓而言方，道流行而言止於所言，一言不可以攝萬言，萬言不可以定一言，古言不可以爲今言，此言不可以爲彼言。所言者皆道之已成者也，已成則逝矣。道已逝而言猶守之，故以自善則不適，以治人則不服，以教人則不化。其通古今，合大小，一彼此者，固不可以言言者也。事發于機，機一發而不能再；人鼓於氣，氣已泄而不能張；待之須臾，而仍反於故。則聊循斯須之情，一用不再，忘言以聽其消，無不消者。而以言留之，以言激之，於是得喪禍福交起以攖人心，而莫之能勝，皆執故吾以死其心之靈者也。道日徂而吾已故，吾且不存，而況於言乎？此交通之知，莫見之形，所以不忘而長存，爲道之宗也。

田子方侍坐於魏文侯，數稱谿工。文侯曰：「谿工，子之師耶？」子方曰：「非也，無擇之里人也；無擇，子方名。稱道數當，故無擇稱之。」文侯曰：「然則子無師耶？」子方曰：「有。」曰：「子之師誰耶？」子方曰：「東郭順子。」文侯曰：「然則夫子何故未嘗稱之？」子方曰：「其爲人也眞，人貌而天，虛緣而葆眞；以虛爲所緣，而保合其眞。清而容物，清也，虛也，人而天也。物無道，正容以悟之，使人之意也消。無擇何足以稱之！」子方出，文侯儻然終日不言，儻然，放失之貌。召前立臣而語之，立乎前之左右。曰：「遠矣，全德之君子！始吾以聖知之言、仁義之行爲至矣。吾聞子方之師，吾形解而不欲動，口鉗而不欲言。吾所學者，眞土梗耳！夫魏眞爲我累耳！」考索曰：「子夏之後爲田子方，子方之後爲莊周，莊周之後爲荀卿，荀卿之後爲李斯。」

谿工之不足爲子方師者，唯其稱道之數當也。當則所不當者多矣。至當者，非可以稱道者也。治病者以當於此者治彼，則祇以殺人。故言無不有當而無當，其可以稱道窮之乎！夫人之無道，心之勃也，氣之賊也。唯「達人之心」者，知其動而不可測也，而動以窮，則必反于靜。「達人之氣」者，知其迫而不可抑也，而迫之極，則必嚮於衰。心靜氣衰，而意已消矣。不以爲然，不長之以悖；不以爲不然，不激之以狂；則其窮而必反者可必矣。夫一動一靜，一盛一衰之相乘而赴其節，天之自然也。虛清者通體皆天，以天御人，人自不能出其圜中。聖知之言，仁義之行，自彼視之，猶勺水之於洪流也。夫有魏奚足爲累哉？有國而恃其聖知仁義以爲政敎，求其當，而物乃不能容，眞乃不能葆也。

溫伯雪子適齊，舍於魯，魯人有請見之者。溫伯雪子曰：「不可。吾聞中國之君子，明乎禮義而陋於知人心，吾不欲見也。」至於齊，反舍於魯，是人也又請見。溫伯雪子曰：「往也蘄見我，今也又蘄見我，是必有以振我也。」振、拯通，謙言救己之失。出而見客，入而歎。明日見客，又入而歎。其僕曰：「每見之客也，必入而歎，何耶？」曰：「吾固告子矣：中國之民，明乎禮義而陋于知人心。昔之見我者，進退一成規，一成矩；從容一若龍，一若虎；其諫我也似子，其道我也似父；是以歎也。」仲尼見之而不言。子路曰：「吾子欲見溫伯雪子久矣，見之而不言，何耶？」仲尼曰：「若夫人者，目擊而道存矣，亦不可以容聲矣！」

諫人似其子，道人似其父，非果有父子之愛也；成心立乎中，執之若規矩之畫一，騁之若龍虎之不可禦，心死而氣溢，則出言如哇耳。目擊而道存者，方目之擊，道卽存乎所擊。前乎目之已擊，已逝矣；後乎目之更擊，則今之所擊者又逝矣。氣無不遷，機無不變，念念相續而常新，則隨目所擊而道卽存，不舍斯須而通乎萬年；何所執以爲當，而諄諄以諫道人乎？不待忘言而言自忘矣。

顏回問於仲尼曰：「夫子步亦步，夫子趨亦趨，夫子馳亦馳，夫子奔逸絕塵，而回瞠若乎後矣。」瞠，敕庚切，音撐，直視貌，前望不及故然。夫子曰：「回！何謂耶？」曰：「夫子步亦步也，夫子言亦言也，夫子趨亦趨也，夫子辯亦辯也，夫子馳亦馳也，夫子言道，回亦言道也；及奔逸絕塵，而回瞠若乎後者，夫子不言而信，不比而周，無器而民蹈乎前，無成法可施，人自順之。而不知所以然而已矣。」仲尼曰：「惡！音烏，歎聲。可不察與！夫哀莫大于心死，而人死亦次之。日出於東方，而入於西極，萬物莫不比方；取法。有目有趾者，待是而後成功，是出則存，是入則亡。日出則一切皆見有，日入則一無所見。萬物亦然，有待也而死，有待也而生。吾一受其成形，而不化以待盡；效物而動，日夜無隙，念念相續。而不知其所終，薰然其成形；薰然，芳草叢生貌。知命不能規乎其前，命不可以預知。丘以是日徂。過去不留。吾終身與女，「與」字，與論語「吾無行而不與」之與同。交一臂而失之，接于左右，忽不見。可不哀與！女殆著乎吾所以著也。著，見也。吾之著者，有所以著者在焉，而汝僅于著求之。彼已盡矣，「彼」字，指「吾所以著」者而言。而汝求之以爲有，是求馬於唐肆也。言也，行也，因物而動者，己無不可見；又于此外求其不言而信，不比而周者，妄矣。〇唐、塘通。肆，市也。驛馬、市馬，皆聚馬而非產馬之處。吾服女也甚忘，女服吾也亦甚忘。雖然，女奚患焉？雖忘乎故吾，吾有不忘者存。」後之步，非前之步；今之趨，非後之趨。己之步趨，且過去而不仍乎故迹，況夫子之步趨乎？守其故處而不能移，以爲允當，則其心死矣。夫道無不待而先成者，故生死皆非己也。而欲規乎其前，則且刻一日以自爲死期乎？況能刻一日以爲吾之生耶？故言也，行也，言道也，見爲當者若可規乎前而爲之，而時已逝矣，事已變矣，化已徂矣，無可規矣。天下本奔逸絕塵之天下，而可以步趨死其心乎？夫唯忘言者可言，卮言日出，而不以諫人如子，道人如父；知其交臂已失，而無可諫無可道者也。虛其心，日生以待化之至而不昧，如日在天，不挽已墜之景以爲詰旦之明，而物自待之以比方，斯則其不忘者也。不忘者存，而心恆不死矣。

孔子見老聃，老聃新沐，方將披髮而乾，慹然似非人。慹然，不動貌。孔子便而待之，少焉見曰：「丘也眩與？其信然與？向者先生形體掘若槁木，似遺物離人而立于獨也。」老聃曰：「吾遊心於物之初。」孔子曰：「何謂耶？」曰：「心困焉而不能知，口辟焉而不能言，辟音壁，塞也。嘗爲女議乎其將：謂將生未生之際。至陰肅肅，至陽赫赫。肅肅出乎天，赫赫發乎地，兩者交通成和而物生焉。或爲之紀，而莫見其形；消息滿虛，一晦一明；日改月化，日有所爲，而莫見其功；生有所乎萌，死有所乎歸，始終相反乎無端，而莫知乎其所窮。非是也，且孰爲之宗！」孔子曰：「請問遊是。」老聃曰：「夫得是至美至樂也。得至美而遊乎至樂，謂之至人。」孔子曰：「願聞其方。」曰：「草食之獸不疾易藪，水生之蟲不疾易水，不以易藪易水爲苦。行小變而不失其大常也，喜怒哀樂不入於胸次。夫天下也者，萬物之所一也。得其所一而同焉，則四支百體將爲塵垢，而死生終始將爲晝夜，而莫之能滑，而況得喪禍福之所介乎？棄隸者若棄泥塗，知身貴于隸也，隸，賤役，人以得免爲幸。貴在於我而不失於變，且萬化而未始有極也，夫孰足以患心？已爲道者解乎此。」孔子曰：「夫子德配天地，而猶偃至言以修心；偃，游也。古之君子，孰能說焉？」老聃曰：「不然。夫水之於汋也，汋，食角切。井一有水，一無水，曰汋。此言井水之自無自有，莫非自然。無爲而才自然矣。至人之于德也，不修而物不能離焉。若天之自高，地之自厚，日月之自明，夫何修焉？」孔子出，以告顏回曰：「丘之于道也，其猶醯雞與！微夫子之發吾覆也，吾不知天地之大全也。」

物之初，固遺物也。言之先遺言也，行之先遺行也，有所萌者無可規者也，有所歸者非故吾也。而其爲獨體也，萬物合一而莫非獨，故變而不失其大常，得喪禍福，待其至而後循斯須以應之，才乃無窮而德不假修。以是待物，物將自依于其所化，此之謂葆眞以容物，而忘言以存其不忘。

莊子見魯哀公。哀公曰：「魯多儒士，少爲先生方者。」無爲莊子之學者。莊子曰：「魯少儒。」哀公曰：「舉魯國而儒服，何謂少乎？」莊子曰：「周聞之：儒者冠圜冠者，知天時；履句屨者，知地形；緩珮玦者，事至而斷。君子有其道者，未必爲其服也；爲其服者，未必知其道也。公固以爲不然，何不號於國中曰『無此道而爲此服者，其罪死？』」於是哀公號之五日，而魯國無敢儒服者。獨有一丈夫，儒服而立乎公門。公卽召而問以國事，千轉萬變而不窮。莊子曰：「以魯國而儒者一人耳，可謂多乎？」

冠屨佩服，皆步趨之迹也。凡言凡行而見爲當者，皆冠、屨、佩、服也，轉變而窮矣。不死其心以不忘其大常，有待以生心而無故吾，夫乃可以不窮。唯夫子之奔逸絕塵，爲能獨立於儒門。

百里奚爵祿不入於心，故飯牛而牛肥，使秦穆公忘其賤，與之政也。有虞氏死生不入於心，故足以動人。

當其飯牛，則斯須之用在飯牛也；靈臺虛而無所分，於爵祿何有哉？生死亦待化之自至，而不規乎其前，如日之待晝以東出。於己無滯，於物無逆，不以有當之言攖人之心，而人意自消。舜之耕稼陶漁而天下就之也，以此。

宋元君將畫圖，衆史皆至，受揖而立，舐筆和墨，在外者半。有一史後至者，儃儃然不趨，儃，坦、但二音，舒閒貌。受揖不立，不佇立待命。因之舍。公使人視之，則解衣，槃礴，臝。槃礴，箕踞也。臝與裸同。君曰：「可矣，是眞畫者也。」

挾其成心以求當，未當也，而貌似神離多矣。夫畫以肖神者爲眞，迎心之新機而不用其故，于物無不肖也。此有道者所以異於循規矩，倣龍虎，喋喋多言以求當者也。

文王觀於臧，見一丈人釣，而其釣莫釣；非持其釣，有釣者也，常釣也。許曰：寓於無覔，非持其竿釣魚，蓋別有所取於釣者也，因之莫釣而常釣。文王欲舉而授之政，而恐大臣父兄之弗安也；欲終而釋之，而不忍百姓之無天也。于是旦而屬之大夫曰：「昔者寡人夢見良人，黑色而頿，頿、髯同。乘駁馬而偏朱蹄，一蹄偏赤。號曰：『寓而政於臧丈人，庶幾乎民有瘳乎！』」諸大夫蹵然曰：「先君王也！」文王曰：「然則卜之。」諸大夫曰：「先君之命，王其無它，又何卜焉？」遂迎臧丈人而授之政，典法無更，常法不改。偏令無出。不特出一令。三年，文王觀於國：則列士壞植散羣，士喜植羣，如後世結社要盟之類。長官者不成德，不自居成功。斔斛不敢入於四竟。斔、庾同。四竟外之商旅，不自持斗斛來，一用文王之斗斛。列士壞植散羣，則尙同也。長官者不成德，則同務也。同以國事爲務。斔斛不入於四竟，則諸侯無二心也。文王於是焉以爲大師，北面而問曰：「政可以及天下乎？」臧丈人昧然而不應，泛然而辭，朝令而夜遁，終身無聞。顏淵問於仲尼曰：「文王其猶未耶？又何以夢爲乎？」仲尼曰：「默！汝無言！夫文王盡之也，而又何論刺焉？彼直以循斯須也。」且以動一時之人情。

夫物豈有可循以治之者哉？循吾之所謂當者，是故吾耳，非大常以應變者也。循物之當者，是求之於唐肆也，交臂而已失之者也。故善循者，亦循其斯須而已。斯須者，物方生之機，而吾以方生之念動之，足以成其事而已足矣。故使文王取臧丈人，晉臣民而諄諄告之，諫之若子而必拒，道之若父而必玩；託於夢，徵於鬼，人固前無此心，而後無可忖，翕然從之，而拒玩之情消於無情，故曰盡也。且夫臧丈人之治，亦循斯須而已。人可羣則羣之，不樹君子以拒小人；德可成則成之，不私仁義以立功名；因物情之平而適用，不規規於黃鐘之度量以爲庾斛。其爲道也，可行而不可言，可暫而不可執，乃以該羣言而久道以成化。文王欲以爲師，則猶丈人之故吾也；故丈人遁去。斯須者，無可師者也。

列御寇爲伯昏無人射，引之盈貫，措杯水其肘上，發之，適矢復沓，沓，徒合切，音達，叠也。箭適去，復叠發也。方矢復寓；郭象曰：「前矢去未至的，已復寄杯水於肘上。」當是時猶象人也。伯昏無人曰：「是射之射，非不射之射也。嘗與女登高山，履危石，臨百仞之淵，若能射乎？」於是無人遂登高山，履危石，臨百仞之淵，背逡巡，足二分垂在外，揖御寇而進之。御寇伏地，汗流至踵。伯昏無人曰：「夫至人者，上闚青天，下潛黄泉，揮斥八極，神氣不變。今女怵然有眴目之志，眴與瞬、旬同，黄絹切，目搖也。爾於中也殆矣夫！」執理爲言，以蘄乎當者，是而不非，得而不喪，福而無禍而已矣；皆自以爲發的之中也。乃是非得失禍福之極致，無踰於生死；納之於生死之交，則雖自謂用志不分，若禦寇之射，而伏地汗流矣。且夫射者，出死入生之技也，非徒立一至當之的于生死不交之地，以嘗試其巧而已也。列禦寇之射可以中鵠，而兩敵相臨之危，甚於高山深淵之險；生死一熒其衷，於以中也，未有不怵然而失據者。至人之神氣不變，則四支百體之爲塵垢，死生之爲晝夜，有其大常；無不可登之高，無不可臨之深，即以之決死生於一矢，而不見有己。忘吾而不忘其所存，奚待正其躬若象人哉？蔑不中矣。射在於不射，言在於不言，心無死趣，循斯須以應物。當其射也，知射而已，而後用志果不分，而物莫能遁其圜中也。

肩吾問於孫叔敖曰：「子三爲令尹而不榮華，三去之而無憂色。吾始也疑子，今視子之鼻間栩栩然。鼻間栩栩，氣無不平也。子之用心獨奈何？」孫叔敖曰：「吾何以過人哉！吾以其來不可卻也，其去不可止也。吾以爲得失之非我也，而無憂色而已矣。我何以過人哉！且不知其在彼乎，其在我乎？其在彼耶？亡乎我。在我耶？亡乎彼。方將躊躇，方將四顧，何暇至乎人貴人賤哉！」仲尼聞之，曰：「古之眞人：知者不得說，說音稅。○巧不可惑。美人不得濫，色不可迷。盜人不得刦，威不可屈。伏戲黄帝不得友。天子聖人，不可齊等。死生亦大矣，而無變乎己，況爵祿乎？若然者，其神經乎大山而無介，入乎淵泉而不濡，處卑細而不憊。充滿天地，既以與人己愈有。」

凡與人者，皆見己之有，而以所有者與之。乃所有者盡於所與，此諫人如子、道人如父者之所以陋也。得喪交互於彼我，而死生相反於無端；因貴而貴用之，因賤而賤用之；躊躇四顧，審其斯須而循之；已常泰然其有餘，雖與而不損其日新之妙。斯須者，日夜無隙，則亦惡有窮哉！而固無有一至當者挾之以與人也。則從我者不與之濫，逆我者不受其刦，宜其息之栩栩也。

楚王與凡君坐，少焉，楚王左右曰凡亡者三。凡君曰：「凡之亡也，不足以喪吾存。」夫「凡之亡不足以喪吾存」，則楚之存不足以存存。繇是觀之，則凡未始亡而楚未始存也。

此言齊死生、存亡之極致也。死生存亡齊，而又何言之不忘？文侯曰，「魏眞爲累」，魏豈能累文侯哉？存一魏於心，而魏乃累；存一楚於心，而楚且不足以存。忘存忘亡，而後可以存存。循斯須以待物之變，而勿挾其當，日新而不忘者存，天下之險阻以消，盜人不得刦，而凡奚其亡？凡君不見有亡也。

莊子解卷二十二

外篇

知北遊

此篇衍自然之旨。其云觀天者，即天運篇六極五常而非有故之謂也。言道者，必有本根以爲持守；而觀渾天之體，渾淪一氣，即天即物，即物即道，則物自爲根而非有根，物自爲道而非有道。非有根者，道之所自運；非有道者，根之所自立。無根則無可爲，無道則無可知。故仁義禮徒爲駢枝以侈於性，而道之自然者，固不爲之損益。故知其無可知，而知乃至；於以入天地萬物而不窮，則物無非道，物無非根，因天因物，而已不爲。聖人之所斷、所保者，此耳。斷之、保之，見本篇。其說亦自大宗師來，與內篇相爲發明，此則其顯言之也。

知北遊於玄水之上，登隱弅之邱，弅音焚。隱弅，隱暗而弅起也。而適遭無爲謂焉。知謂無爲謂曰：「予欲有問乎若：何思何慮則知道？何處何服則安道？何從何道則得道？」何道之道，猶言行也。三問而無爲謂不荅也。非不荅，不知荅也。知不得問，反於白水之南，登狐闋之上，闋，隙也。狐闋，狐窟也。曰白水，曰狐窟，則有所睹矣。而睹狂屈焉。狂猖狂意。伸者爲神，屈者爲鬼。知以之言也，問乎狂屈。狂屈曰：「唉！予知之，將語若，中欲言而忘其所欲言。」知不得問，反於帝宮，見黃帝而問焉。黃，中央色；帝，中之主也。黃帝曰：「無思無慮始知道，無處無服始安道，無從無道始得道。」知問黃帝曰：「我與若知之，彼與彼不知也，其孰是耶？」黃帝曰：「彼無爲謂眞是也，狂屈似之；我與女終不近也。夫知者不言，言者不知，故聖人行不言之教。道不可致，德不可至。仁可爲也，義可虧也，禮相僞也。故曰：『失道而後德，失德而後仁，失仁而後義，失義而後禮。禮者，道之華而亂之首也。』故曰：『爲道者日損，損之又損之，以至於無爲，無爲而無不爲也。』今已爲物也，欲復歸根，不亦難乎！其易也，其唯大人乎！生也死之徒，死也生之始，孰知其紀！人之生，氣之聚也。聚則爲生，散則爲死。若死生爲徒，吾又何患？故萬物一也。是其所美者爲神奇，其所惡者爲臭腐。臭腐復化爲神奇，神奇復化爲臭腐。故曰：『通天下一氣耳』，聖人故貴一。」知謂黃帝曰：「吾問無爲謂，無爲謂不應我，非不我應，不知應我也。吾問狂屈，狂屈中欲告我而不我告，非不我告，中欲告而忘之也。今予問乎若，若知之，奚故不近？」黃帝曰：「彼其眞是也，以其不知也。此其似之也，以其忘之也。予與若終不近也，以其知之也。」狂屈聞之，以黃帝爲知言。

無物非道，則抑無物爲道。芒然四顧，無一而非道，則不可指何者而爲道。道無可知，知不可以測道，故無爲謂眞是也。狂屈曰「予知之」，則雖交臂且失，而似有一恍惚之光與道相合；非不是也，而道抑不盡於此，故但似之而已。此釋氏所謂相分滅而見分未滅也。若無思慮，無處服，無從道者，爲可以體道，則無思、慮、處、服、從、道者，固道矣，有思、有慮、有處、有服、有從、有道者，又豈道外之有此耶？皆求其可知、可安、可得，而執小以爲大，執短以爲長，執無以爲有者，故終不近也。生死相貿，新故相迭，渾然一氣，無根可歸；則因時，因化，因物，不言而照之以天，又奚荅哉？則又奚問哉？問則已失之矣。不知故問，問故不知也。

天地有大美而不言，四時有明法而不議，萬物有成理而不說。聖人者，原天地之美，而達萬物之理。是故至人無爲，大聖不作，觀於天地之謂也。今彼神明至精，（今，一本作合。）與彼百化。物已生死方圓，莫知其根也，扁然而萬物，自古以固存。扁音匾，門戶封署也。扁然，各位其所之意。神明之至精者，與百化之死生方圓，皆無根之可知也。而扁然雜著，皆備而常存。六合爲巨，未離其內；有內則必有外。秋毫爲小，待之成體。更有至微者。秋毫相積以成體，非小也。天下莫不沈浮，終身不故；無故迹之可據。陰陽四時運行，各得其序。惛然若亡而存，油然不形而神，萬物畜而不知，此之謂本根；無根以爲根。可以觀於天矣。

天地之不言，四時之不議，萬物之不說，非不言，不議，不說也，不能言，不能議，不能說也。不能言，不能議，不能說者，無可言，無可議，無可說也。今一動物於此，使自說其目何以視，耳何以聽；一植物于此，使說其華何以榮，實何以成；其可說乎？有形者且爾，況天地四時乎？然而自古固存之大常，人固見爲美，見爲法，見爲理，而得序；則存者存于其無待存也，神者神於其無有形也。意者其有本根乎？而固無根也。孰運行是？孰主張是？孰綱維是？沈浮以遊，日新而不用其故，何根之有哉？名之曰本根，而實無本無根，不得已而謂爲本根耳。故不言之教，庶幾乎近之。不言之教，無教也。聖人不知，而萬物惡從知之？故唯知無木無根，而沈浮不故者，乃可許之觀天。

齧缺問道乎被衣。被衣曰：「若正女形，一女視，天和將至；攝女知，一女度，神將來舍；德將爲女美，道將爲女居；許曰：女勿以之爲美爲居，道德自來。女瞳焉如新生之犢，瞳讀如創，丑絳切，未有知貌。而無求其故。」言未卒，齧缺睡寐。被衣大說，行歌而去之，曰：「形若槁骸，心若死灰；眞其實知，不以故自持；媒媒晦晦，媒讀如昧，義通。無心而不可與謀；彼何人哉？」

旣知無求其故矣，則齧缺之言，亦故而不足存矣。正形一視，攝知一度，皆以無思無慮爲知者也；是猶可與謀者也。忘言忘義，天和在己，而何待其至哉！齧缺所以寐，而不欲終聽之。

舜問乎丞曰：「輔弼凝丞」之丞。「道可得而有乎？」曰：「女身非女有也，女何得有夫道！」舜曰：「吾身非吾有也，孰有之哉？」曰：「是天地之委形也。生非女有，是天地之委和也；氣和則生。性命非女有，是天地之委順也；順理爲性。孫子非女有，是天地之委蛻也。形之相禪。故行不知所往，處不知所持，食不知所味；天地之彊陽氣也，彊陽，主動也。又胡可得而有耶？」

以爲有道，而可知可爲者，惟見有身也。見有身而欲翹然於萬物之上，則煦煦以爲仁，嶽嶽以爲義，賓賓以爲禮，而柴立乎天地之間。夫唯知身非己有，則化身爲天，而行乎其不得不行；恩萬物而非仁，裁萬物而非義，序萬物而非禮，天之彊陽所動胥與動，而不持以爲故；斯以觀天而合其和也。夫行之所往，處之所持，食之知味，皆彊陽之氣所沈浮，而我何與知！況進此而可有爲道之本根者乎？

孔子問於老聃曰：「今日晏閒，敢問至道。」老聃曰：「女齊戒疏瀹而心，澡雪而精神，掊擊而知。夫道：窅然難言哉！將爲女言其崖略。夫昭昭生于冥冥，有倫生于無形；精神生於道，形本生於精，而萬物以形相生。故九竅者胎生，八竅者卵生；其來無迹，其往無崖，無門無旁，四達之皇皇也。邀於此者四枝彊，邀猶遇也。思慮恂達，恂，相倫切，順也。耳目聰明；其用心不勞，其應物無方。天不得不高，地不得不廣，日月不得不行，萬物不得不昌。此其道與！且夫博之不必知，辯之不必慧，聖人以斷之矣。斷，徒亂切，絕棄之也。若夫益之而不加益，損之而不加損者，聖人之所保也。淵淵乎其若海，魏魏乎其終則復始也；魏、巍同。運量萬物而不匱，則君子之道，彼其外與！評曰：君子之道，仁義禮皆外益之，非其固然。萬物皆往資焉而不匱，此其道與！」評曰：此乃內也。

精神生於道。道，無也；精神，有也。然則精神之所自生，無所以然之根，而一因乎自然之動。自然者卽謂之道，非果有道也。道生神，神生精，精乃生形，形乃相禪而生物。則生物之原，四累之下也。超四累而尋其上，無迹也。四達皇皇，萬化自營于不容已。天欲不高，地欲不厚，日月欲不行，萬物欲不昌，而皆不可得。淵藏廣運，而終始循環以不窮。爲君子者，乃欲於四累之下求本求根，而測其所以然，則困於道之中，必躍於道之外矣。自然者之無所以然，久矣。自然者，有自而然之謂。而所自者，在精神未生之上，不可名言，而姑字之曰道。乃形物既成之後，此道亦未嘗暫舍，而非根本枝葉各爲一體。爲君子者，乃求所以然而自外于大方，豈有當乎？

中國有人焉，非陰非陽；陰陽之屈伸爲鬼神。直且爲人，故非陰非陽。處于天地之間，直且爲人，將反於宗。自本觀之，生者喑醷物也。喑音蔭，醷音愛，聚氣貌。郭象曰：「直聚氣也。」○按字書：醷，毬聚氣也，又音倚，梅漿也。毬聚氣是虛空之氣偶聚，梅漿是酸鬱之氣所聚，俱可釋。雖有壽夭，相去幾何？須臾之說也，奚足以爲堯桀之是非？句。果蓏有理；木實曰果，草實曰蓏。人倫雖難，雖難盡其理。所以相齒。亦猶是少長之差耳。聖人遭之而不違，過之而不守。

調而應之，德也；調，和也。偶而應之，道也。帝之所興，王之所起也。人生天地之間，如白駒之過隙，忽然而已。注然勃然，莫不出焉；待生者也，必出以生。油然漻然，莫不入焉。漻，清潔也。極其光華清潔盛美，而皆入以死。已化而生，又化而死。生物哀之，人類悲之。解其天弢，墮其天袠，弓囊曰弢，衣囊曰袠。天弢之袠之使爲人，釋氏所謂皮囊也。死則解而墮矣。知此則不足爲悲哀。紛乎宛乎，紛，散貌。宛，留戀也。魂魄將往，乃身從之，乃大歸乎！不形之形，形之不形，是人之所同知也，非將至之所務也。此衆人之所同論也。雖知之論之，而不能於死之將至而務之，則論亦何益！彼至則不論，論則不至。明見無值，辯不若默；道不可聞，聞不若塞；此之謂大得。

欲求道之所以然者，必於身乎體之，君子之道，務此而已。游其心以觀天，而泝之乎精神之所自生；媒媒晦晦，而莫知所謂；則此身亦未見其果爲吾有也，止中國之一人而已矣。我猶人也，人猶我也；乃至飛潛、動植，山谷、川流，亦猶是也。而偶爾爲人於中國；自其精神之躁動而言，則爲彊梁之氣；自其形體之蘊結而言，則爲喑醷之物；自天地之長久而言，則須臾之化而已。須臾之爲薪，已窮于指，大力者負之而他趨，於是而天弢解焉，天袠墮焉，則是非得喪與喑醷之物相隨以往，所以然之故，又可得乎？身已往矣，中國自有人也。人不盡于身，而身奚足以盡人倫之理耶？前乎生而有不形之形，後乎生而有形之不形。此豈難知者哉？人具知之，人具論之，而論之無益也。塞默而遇之，將反之宗，卽今日而在焉。其爲得也，得天也。得天者，得其自然也。斷之，保之，知不待掊擊而自無所庸。

東郭子問於莊子曰：「所謂道，惡乎在？」莊子曰：「無所不在。」東郭子曰：「期而後可。」必有所指正。」莊子曰：「在螻蟻。」曰：「何其下耶？」曰：「在稊稗。」曰：「何其愈下耶？」曰：「在瓦甓。」曰：「何其愈甚耶？」曰：「在屎溺。溺，泥弔切，溲也。」東郭子不應。莊子曰：「夫子之問也，固不及質。質，本也。正獲之問於監市履狶也，每下愈況。郭象曰：「狶，大豕也。」夫監市之履豕以知其肥瘦者，愈履其難肥之處，愈知豕肥之要。今問道之所在，而每況之于下賤，則明道之不逃于物也必矣。女唯莫必，無乎逃物。無必然之見，則知道之無所不在。至道若是，大言亦然。言其周徧咸則大矣。周、徧、咸三者，異名同實，其指一也。嘗相與遊乎無何有之宮，同合而論，無所終窮乎？嘗相與無爲乎？澹而靜乎？漠而清乎？調而閒乎？寥已吾志！寥，廓也。無往焉，而不知其所至；不曰往而曰無往，往亦無往也。去而來，不知其所止。吾已往來焉，而不知其所終。彷徨乎馮閎，馮音憑，盛也。閎，大也。大知入焉而不知其所窮。物物者與物無際，而物有際者，所謂物際者也。物之所際，非道之際。不際之際，際之不際者也。無際以爲際，際非無際也。謂盈虛衰殺，彼爲盈虛非盈虛，彼爲衰殺非衰殺，彼爲本末非本末，彼爲積散非積散也。」際皆非際。

道無可期也。期而以爲可者，期之於盈虛衰殺之際，見爲本，見爲末，以遞相生，見爲積散，以互相成而已。而皆有形有物，判然一際之小大始終，曾是足以爲崖，爲房，爲門，而窮道之際哉？道唯無際，故可各成一際。道惟無在，故可隨在而在，無在無不在。其際莫窮，乃於其中隨指一物，而自然之理不遺。期之於螻蟻，猶有知也；期之於稊稗，猶有生也；期之於瓦甓，猶有用也；期之於屎溺，則用亦廢而行乎其不容已，自然而然者，愈與道親也。括天下之有知無知，有情無情，有質無質，有材無材，道無所不在。生無自而生，死無自而死；盈無自而盈，虛無自而虛；周徧咸皆自然，自然皆道也；而尙何期乎？唯無所以然者爲之根本故也。

妸荷甘妸音阿。與神農同學於老龍吉。神農隱几闔戶晝瞑，妸荷甘日中奓戶而入，奓，昌者切，推門也。曰：「老龍死矣！」神農隱几擁杖而起，嚗然放杖而笑，嚗音剝，笑聲。曰：「天知予僻陋慢訑，訑音夷，誕也。故棄予而死矣！已矣夫子！無所發予之狂言而死矣夫！」弇堈弔聞之，堈音岡，龍也。妸荷甘、弇堈弔，皆寓爲人名。曰：「夫體道者，天下之君子所繫焉。今於道，秋豪之端，豪、毫同。萬分未得處一焉，而猶知藏其狂言而死，又況夫體道者乎？視之無形，聽之無聲，於人之論者，謂之冥冥；所以論道而非道也。」不知冥冥乃昭曠。

夫藏言以死而謂之冥冥者，人以其視聽之皆捐而謂冥冥耳。天弢既解，天袠既隳，過而不守，偶應而不留，以返乎無門無房之四達，則昭昭之至奚以加，而何冥冥也？言之不藏，名爲體道，天下之君子所自繫縛，以守爲道者，此耳。其於道，豈能盡其萬分秋豪之一哉？則冥冥也孰甚？眞體道者，生猶是也，死猶是也，隱几晝瞑，慢訑於道論，則雖與中國爲人，亦遭之以不違而已；未嘗不冥冥，未嘗不昭昭也。故欲體道者，唯藏之爲幾矣。

於是泰淸問乎無窮曰：「子知道乎？」無窮曰：「吾不知。」又問乎無爲。無爲曰：「吾知道。」曰：「子之知道，亦有數乎？」曰：「有。」曰：「其數若何？」無爲曰：「吾知道之可以貴，可以賤，可以約，可以散。此吾所以知道之數也。」泰淸以之言也，問乎無始曰：「若是，則無窮之無知，與無爲之知，孰是而孰非乎？」無始曰：「不知深矣，知之淺矣。弗知內矣，知之外矣。」於是泰淸中而歎曰：「弗知乃知乎！知乃不知乎！孰知不知之知？」無始曰：「道不可聞，聞而非也。道不可見，見而非也。道不可言，言而非也。知形形之不形乎！道不當名。」無始曰：「有問道而應之者，不知道也；雖問道者，亦未聞道。道無問，問無應。無問問之，是問窮也；無應應之，是無內也。身在道外矣。以無內待問窮，若是者，外不觀乎宇宙，內不知乎大初；是以不過乎崑崙，不遊乎大虛。」崑崙，地之極高處。過乎崑崙，則大虛矣。

泰清也，無窮也，無爲也，無始也，皆不得已而爲之名也。觀其形似，泰清也；流觀其際之不際，無窮也；無窮者不可勝爲，無爲也；究其所從，則無始也。互相求其根本而不可得。無根，而欲以言論相詰問，不知道矣。因而荅之，貴賤約散，其類充塞，而欲知其數，愈不知道矣。道亦不得已之辭也。實則非有所謂道也。自然無始而泰清，無爲而自無窮。螻蟻、稊稗、瓦甓、屎溺，皆泰清也。無貴無賤，無約無散，周徧咸於大方，而不可以言盡。遭之而卽是，奚問奚答哉！

光曜問乎無有曰：「夫子有乎，其無有乎？」光曜不得問，而孰視其狀貌，窅然空然，終日視之而不見，聽之而不聞，搏之而不得也。光曜曰：「至矣！其孰能至此乎？予能無有矣，而未能無無也。及爲無有矣，何從至此哉？」

光曜者，無有中之幻影也，孰視之而窅然空然矣。光曜亦何託哉？知生于虛，而知已失虛！知有窮而虛無窮，能體虛者無知也。言不待藏而自忘言矣。光曜無根也，乃欲以無有爲根，而無有不可以爲根，則知固無所託：不可見，不可聞，不可得。反光曜以歸無有，冥冥無知，而離道不遠矣。

大馬之捶鉤者，大馬，大司馬也。江東三魏之間，謂鍛爲錘鉤。舊注：劍名。年八十矣，而不失豪芒。大馬曰：「子巧與？有道與？」曰：「臣有守也。臣之年二十而好捶鉤，於物無視也，非鉤無察也。是用之者假不用者也，以長得其用，而況乎無不用者乎？物孰不資焉？」

欲知道者，欲用之耳。其知愈雜，其用愈侈，而不知其守愈亂，得其用者鮮矣。至人於道，有守而無知，知之而不用，用之而不分；則合萬變，周徧咸而無異知、無異用。唯不求知以假於用，故合乎天而爲萬用之資。其守也，過乎崑崙，遊乎太虛，渾然淵然，物何足以勞其視哉？不視矣，又何知？

冉求問於仲尼曰：「未有天地可知耶？」仲尼曰：「可。古猶今也。」冉求失問而退。明日復見，曰：「昔者吾問『未有天地可知乎？』夫子曰：『可。古猶今也。』前日吾昭然，今日吾昧然。敢問何謂也？」仲尼曰：「昔之昭然也，神者先受之。不思則與神遇。今之昧然也，且又爲不神者求耶？思則倚於形而失神。無古無今，無始無終。未有子孫，而有子孫可乎？」冉求未對。仲尼曰：「已矣，末應矣！不以生生死，不以死死生。死生有待耶？皆有所一體。有先天地生者物耶？豈物耶？物物者非物，物出不得先物也，猶其有物也。猶其有物也，無已。非先有之物欲出乃生之。雖非先有，自可生而不已。聖人之愛人也，終無已者，亦乃取於是者也。」非先立一愛之心，物至而愛之耳。

爲根本之論以求知道者，必推而上之，至于未有天地之先，爲有所以然者，爲萬有之本。此其昧也，惟滯於不神之形，而於物求之。然則未有子孫之日，索之當前，其爲子孫者安在乎？子孫必有待而生，則未有待之日，無其必然之根本，明矣。故今日者無窮之大始，而今日非有以爲無窮之始，則無始也明矣。無先天地而有之物，未有者不得以物物之，然而終可有物。以是推之，聖人不先立愛人之心，而愛自無已；遭而不違，偶而應之，可云仁之始，可云化之始，而實非始也。於生而死之，於死而生之，以爲生死死生之本，昧孰甚焉？之說也，乍聞之而心開，徐思之而又不審。何也？思之索之，終以爲有所以者爲之本也。故無思無慮，乃近乎自然。

顏淵問乎仲尼曰：「回嘗聞諸夫子曰：『無有所將，無有所迎。』回敢問其遊。」仲尼曰：「古之人，外化而內不化；今之人，內化而外不化。內無主而外滯于物。與物化者，外化。一不化者也。內不化。安化安不化，外化則內亦忘。安與之相靡，靡猶摩也。謂自然相摩而化。必與之莫多。莫多謂不增益之。無所增益則不化。狶韋氏之囿，黃帝之圃，有虞氏之宮，湯武之室。愈有則愈小。君子之人若儒墨者師，故以是非相齏也；齏，揉也。而況今之人乎？聖人處物不傷物。不傷物者，物亦不能傷也。唯無所傷者，爲能與人相將迎。山林與！皋壤與！使我欣欣然而樂與！雖此亦將迎，況名利乎？樂未畢也，哀又繼之。哀樂之來，吾不能禦，其去弗能止。悲夫！世人直爲物逆旅耳！夫知遇而不知所不遇，知能能而不能所不能。無知無能者，固人之所不免也。人自然有所不知不能。夫務免乎人之所不免者，豈不亦悲哉！欲盡知之而盡能之，必不可得。至言去言，至爲去爲。齊知之所知，則淺矣。」有所知，因欲以槩天下。

天地萬物莫不因乎自然。生死得失，周徧咸而往來相易，則過去者不可逐之以流，未來者不可豫徼其至。至人知此，無所用其將迎；而待其相遭，則與之不違，亦將也；送之以往也，亦迎也。虛中而俟也，物與己兩無所益。無所益，復何傷乎？夫已往未來不可知也，雖聖人不能知；無可用其能也，雖聖人不能能；無所以然之故，則知能固有必窮矣。取所知之一端立以爲根，則適以自隘。囿降而圃，圃降而宮，宮降而室，日趨於隘下；而爲君子，爲儒墨之師，則室中一隙之光已耳。執一隙之光爲所以然之本，舉此外來不能禦、去不能止者，萬變無所逃之哀樂，而以一隙之知能齊之，天下之紜紜者，所以可悲也。此篇極論自然之理，括古今，一生死，浩汗無極。而此段要歸於無將無迎，去言去爲，以物物而不窮；則內之不化者，實有其不際之際，蓋宅心之要術，非但放言已也。

莊子解卷二十三

雜篇

雜云者，博引而泛記之謂。故自庚桑楚、寓言、天下而外，每段自爲一義，而不相屬，非若內篇之首尾一致，雖重詞廣喻，而脈絡相因也。外篇文義雖相屬，而多浮蔓卑陋之說；雜篇言雖不純，而微至之語，較能發內篇未發之旨。蓋內篇皆解悟之餘，暢發其博大輕微之致，而所從入者未之及。則學莊子之學者，必於雜篇取其精蘊，誠內篇之歸趣也。若讓王以下四篇，自蘇子瞻以來，人辨其爲贋作。觀其文詞，粗鄙狠戾，眞所謂「息以喉而出言若哇」者。讓王稱卞隨務光惡湯而自殺；徇名輕生，乃莊子之所大哀者；蓋於陵仲子之流，忿戾之鄙夫所作，後人因莊子有卻聘之事，而附入之。說劍則戰國遊士逞舌辯以撩虎求榮之唾餘，漁父盜跖則妬婦詈市，瘈犬狂吠之惡聲；列之篇中，如蜣蜋之與蘇合，不辨而自明，故俱不釋。乃小夫下士，偏喜其鄙猥而嗜之，「腐鼠之嚇」，不亦宜乎！抑考莊子所稱古人：若瞿鵲、長梧、王駘、無趾之類，固不必有其人；而所言堯舜孔顏，抑必因時之所值，事之可有。外篇稱「莊子見魯哀公」，及盜跖篇謂「孔子遇柳下惠」，託辭不經，相去百年之外，謬爲牽合。或眞以盜跖爲柳下之兄，雖不足辨論，而亦可爲道聽塗說，竊莊子之殘瀋，以爲談柄者之烱鑒也。

庚桑楚

此篇之旨，籠罩極大，齊物論所謂「休之以天均」也。南榮趎之所以不化者，唯見有己，因見有人；人與己相持于仁義，兩相搆而思慮日營，雖聞道固不能以化其心。若夫天均者，運而相爲圜轉者也，則生死移而彼我移矣。於其未移，而此爲我，彼爲人；及其已移，而彼又爲此，此又爲彼；因其所移，而自我以外，所見無非人者，操彼此之劵，而勞費不可勝言。苟能知移者之無彼是，則籠天下於大圜之中，任其所旋轉，而無彼是之辨，以同乎天和，則我卽人也，我卽天也，不爽其兒子之和，又何待全形而形無不全，何待抱生而生無不抱矣。故思慮者，不可以隱忍禁制而息者也。朝徹之見，與天均而合體。則食乎地，樂乎天，與宇俱實，與宙俱長，宇泰以養天光，不待息而自息。此衞生之經，以忘生爲大用也。莊子之旨，於此篇而盡揭以示人：所謂「忘小大之辨」者此也，所謂「照之以天」者此也，所謂「參萬歲而一成純」者此也，所謂「自其同」者此也，所謂「目無全牛」者此也，所謂「知天之所爲」者此也，所謂「未始出吾宗」者此也。

老聃之役，有庚桑楚者，偏得老聃之道，以北居畏壘之山；其臣之畫然知者去之，其妾之挈然仁者遠之，擁腫之與居，鞅掌之爲使。鞅掌，但習勞役者。居三年，畏壘大穰。畏壘之民相與言曰：「庚桑子之始來，吾灑然異之。今吾日計之而不足，歲計之而有餘。庶幾其聖人乎！子胡不相與尸而祝之，社而稷之乎？」庚桑子聞之，南面而不釋然。弟子異之。庚桑子曰：「弟子何異於予！夫春氣發而百草生，正得秋而萬寶成。夫春與秋，豈無得而然哉？大道已行矣。吾聞至人，尸居環堵之室，而百姓猖狂不知所如往。今以畏壘之細民，而竊竊焉欲俎豆予於賢人之間。我其杓之人邪！杓音標，斗柄第一星，遍指十二方以爲標準。吾是以不釋於老聃之言。」弟子曰：「不然。夫尋常之溝，巨魚無所還其體，而鯢鰌爲之制；還，音旋。鯢，大魚，似鮎；此指小魚，應卽鮎也。制猶據霸之意。步仞之邱陵，巨獸無所隱其軀，而蘖狐爲之祥。詳謂憑以爲妖。○評曰：言無小無大，皆可以得所欲。且夫尊賢授能，先善與利，自古堯舜以然，而況畏壘之民乎？夫子亦聽矣！」庚桑子曰：「小子來！夫函車之獸，介而離山，則不免於罔罟之患；介音戛，倏也，特也。吞舟之魚，碭而失水，則蟻能苦之。碭與蕩通。故鳥獸不厭高，魚鱉不厭深。夫全其形生之人，藏其身也，不厭深眇而已矣。且夫二子者，堯舜也。又何足以稱揚哉？是其於辨也，將妄鑿垣牆而植蓬蒿也。郭象曰：「將令後世妄行穿鑿，而植穢亂也。」簡髮而櫛，數米而炊，郭象曰：「理錐刀之末也。」竊竊乎又何足以濟世哉？舉賢則民相軋，任知則民相盜。之數物者，不足以厚民。民之於利甚勤：子有殺父，臣有殺君；殺音弑。正晝爲盜，日中穴阫。阫，裴、丕二音，牆也。吾語汝：大亂之本，必生於堯舜之間，其末存乎千世之後。千世之後，其必有人與人相食者也！」

去賢能善利，以藏身而全形，亦可謂偏得老聃之道矣。而以衞生爲經，則見有其生而衞之。有其生則有己，有己則有人；我耦未喪，而離山失水之爲患，網罟螻蟻之爲憂，則固未足以語至人之德也。畏仁義之愁我身而欲逃之，愈逃之而人愈就之，固宜畏壘之人竊竊然欲俎豆之也。

南榮趎趎，長魚切。庚桑弟子也。蹵然正坐，曰：「若趎之年者已長矣，將惡乎託業以及此言邪？」庚桑子曰：

「全汝形，抱汝生，無使汝思慮營營。若此（者□）〔三年〕㊀，則可以及此言也。」南榮趎曰：「目之與形，吾不知其異也，而盲者不能自見；物有形，目亦有形，目見物而不能自見其目，是亦盲也。耳之與形，吾不知其異也，而聾者不能自聞；物有形，耳亦有形，耳聞物而不能自聞其耳，是亦聾也。心之與形，吾不知其異也，而狂者不能自得。物有形，心亦有形，心得物之理而不能自得其心，是亦狂也。形之與形亦辟矣，上形字，在物之形也。下形字，在己之形也。辟與譬同，猶言均是而無異也。而物或間之邪？欲相求而不能相得。豈非物或間之邪？何以欲將求而不能相得邪？

今謂趎曰：『全汝形，抱汝生，勿使汝思慮營營。』趎勉聞道達耳矣！雖勉强欲知，而但能聽之而已，終不會心。」

庚桑子曰：「辭盡矣。」曰：既而曰。「奔蜂不能化藿蠋。奔蜂，小蜂也。藿蠋，豆間大青蟲也。果贏化螟蛉，化小蟲耳，大遂不能化。越雞不能伏鵠卵，魯雞故能矣。雞有二種，越雞小，魯雞大。雞之與雞，其德非不同也，有能與不能者，其才固有巨小也。今吾才小，不足以化子。子胡不南見老子？」

欲自化以化物者，必視乎其才，故曰：「有聖人之才而無聖人之道，有聖人之道而無聖人之才。」道不足以擴其才，猶才不必其當於道也。所謂才者，與「有實而無乎處」之宇，「有長而無本標」之宙，相爲周偏始終，而靈臺能以不持持之，然後眞爲巨才也。徹乎「不際之際」，而抱之於一，以爲衞生之經，道也。天光之發，才也。庚桑楚以高深爲藏身之固，亦勉聞以守聖人之道而已。思慮之營營，以全形抱生之道禁制之不使復生，正南榮趎之所患，固不足以化之。

南榮趎贏糧，七日七夜，贏音盈，擔負也。七日夜，寓七日來復之意。至老子之所。老子曰：「子自楚之所來乎？」

㊀ 據他本改。

南榮趎曰：「唯。」老子曰：「子何與人偕來之衆也？」郭象曰：「挾三言而來故也。」南榮趎懼然顧其後。老子曰：「子不知吾所謂乎？」南榮趎俯而慙，仰而歎曰：「今者吾忘吾荅，因失吾問。」老子曰：「何謂也？」南榮趎曰：「不知乎？人謂我朱愚。舊注：朱愚猶顓愚。按字書：朱，木身也，猶木訥之木。知乎？反愁我軀。不仁則害人，仁則反愁我身。不義則傷彼，義則反愁我己。我安逃此而可乎？此三言者，趎之所患也。願因楚而問之。」老子曰：「向吾見若眉睫之間，吾因以得汝矣。今汝又言而信之。若規規然若，汝也。規規，就圓之意。若喪父母，揭竿而求諸海也。若猶如也。失其本，求諸渺茫。汝亡人哉！如逋逃之人，未知所往。惘惘乎汝欲反汝情性而無繇入，可憐哉！」

天下而既有人矣，而安能使之無人？天下之人衆矣，而安能使之少？惟往來於靈臺，與之偕而不舍，則宇不泰，天光不發；即發矣，而固不恆然。庚桑楚病堯舜之偕人以來，而簡髮不勝簡，數米不勝數矣。乃其於畏壘之人，南面而不釋然，則欲卻之勿偕，而終不相舍，其才小也。靈臺愈持而愈不可持，亦奚愈乎？內見有身而非即人，則愁不釋；外見有人而非即身，則愁亦不釋。才不通乎其大，故反性情而無繇入，生不可衞也。

南榮趎請入就舍，召其所好，去其所惡，十日自愁，復見老子。老子曰：「汝自灑濯孰哉？孰、熟通。問其熟否。鬱鬱乎，然而其中津津乎猶有惡也。灑濯未熟，而猶鬱鬱津津，召好而猶有惡，形容其自愁情狀。夫外韄者不可繁而捉，將內揵；內韄者不可繆而捉，將外揵。韄，胡故切，刀鞘也，取藏而不見之意。捉，謂求得之也。揵，虔、蹇二音，閉也。繆猶綢繆之繆。○評曰：內揵則不畏外之繁，外揵則不虞其內之繆。外內韄者，道德不能持，評曰：志一則忘道。

而況放道而行者乎？」評曰：放道而行者，自與道相忘。○敔按：此段評解，與舊註迥異，玩解自明。不見有人，不見有己，則思慮之營營自息。此非道德之所可恃也。以道德持之，勉聞而受於耳，耳達之心，而靈臺不能自達。衛生之經所以不給於聖人之德也，才限之也。不見有己，而物之繫以相攖者不已，則勿求之外，而內揵以忘己，則自不與之偕。不見有人，而己之繆以自束者不釋，則勿求之內，而外揵以忘人，則自無可偕者。此非勉聞之道德所可禁制，存乎己之持與不持者而已。然尚未足語於放道而行者也。放道而行者，吾卽道也，吾卽天也，吾卽人也；弗待韄也，弗待揵也。天下之繫，皆吾推移之所必徹。吾心之繆，以天下解之而無所結，則無見惡而不容灑濯。才之巨者，一恆而已矣。

南榮趎曰：「里人有病，里人問之，病者能言其病，然其病病者猶未病也。知病之爲病，其心未迷。若趎之聞大道，譬猶飲藥以加病也。（楚）〔趎〕㊀願聞衛生之經而已矣。」老子曰：「衛生之經：能抱一乎？能勿失乎？能無卜筮而知吉凶乎？能止乎？不億未來。能已乎？不追已往。能舍諸人而求諸己乎？能翛然乎？無待而行。能侗然乎？不以知知。能兒子乎？兒子：終日嗥而嗌不嗄，嗥，長哭也。嗌音益，咽通。嗄，沙去聲，聲破也。和之至也；終日握而手不掜，掜，以、捏二音，捻聚也。共其德也；共、拱同，自抱生理。終日視而目不瞚，瞚音舜，目數搖也。俗字作瞬。偏不在外也。行不知所之，居不知所爲，與物委蛇而同其波，委蛇音逶迤。是衛生之經已。」南榮趎曰：「然則是至人之德已乎？」曰：「非也。是乃所謂冰解凍釋者。夫至人者，相與交食乎地，而交樂乎天；不以人物利害相攖，不相與爲怪，不相與爲謀，不相與爲事；翛然而往，侗然

㊀ 湘西草堂本亦誤作「楚」，他本皆作「趎」，茲依改。

而來；是謂衞生之經已。」

放道而行者，非但以衞生也，非以是爲經也，而衞生之經亦不越乎是。生非生也，生不容衞者也。形精不虧，以反其宗，則不爲天損者，不損夫天；治不期于堯舜，而亂不流于殺盜。斯須之生，亦不得不循而衞之。惟無衞之之心，而衞乃至哉！故一而勿失，知吉凶而不待以心稽，往而脩然，已而侗然，以求諸己，皆衞生也。兒子何知衞生哉？而生無不衞。至於兒子，而後其生也以天樂，以地食，不可但名爲衞生之經矣。此道之所放，順化而放焉者也。

曰：「然則是至乎？」曰：「未也。吾固告汝曰：『能兒子乎？』自然不假學。兒子動不知所爲，行不知所之，身若槁木之枝，而心若死灰。若是者，禍亦不至，福亦不來。禍福無有，惡有人災也！」

唯兒子者，爲近於天均；唯兒子者，乘化之新而未遠乎其恆；唯兒子者，與物交樂天之樂，交食地之食；唯兒子者，初移于是，而未大離于彼，未有冰而不待解，未有凍而不待釋，純精而合，可以相天之道。能全是者，生無不衞，初非以是爲經而衞其生也。若夫見有人，見有物，見有利害，而不怪、不謀、不事，以蘄免於禍福，則猶庚桑楚全形抱生，止思慮，以衞生之術而已，惡足以擬至德？

宇泰定者，發乎天光。發乎天光者，人見其人。人見其猶人耳，而不知其天光。人有修者，乃今有恆。人能修此，乃可爲今之有恆者。有恆者，人舍之，天助之。人之所舍，謂之天民；天之所助，謂之天子。郭象曰：「出則天子，處則天民。」學者，學其所不能學也；學其所不能學，方謂之學者。下二句同義。行者，行其所不能行也；辯者，辯其所不能辯也。知止乎其所不能知，至矣。宇於是乎泰定。若有不卽是者，天均敗之。不然者敗矣。備物以將形，形中之藏，物無不備，而爲形之君。藏不虞以生心，萬化未始有極，俱涵于心而不死。敬中以達彼。持之以慎，四達皇皇。若是而萬惡至者，惡謂不祥之事。皆天也，而非人也；不足以滑成，滑成謂亂其泰定之宇㊀。不可內於靈臺。內同納。靈臺者，有持而不知其所持，而不可持者也。

宇固無不泰也，無不定也。堯舜治之，而上下四旁猶是也；殺盜亂之，而上下四旁猶是也。故可移不泰者而恆於泰，移不定者而恆於定。修此者，擴其靈臺如宇，而泰定亦如之矣。何也？靈臺者，故合宇於臺以爲靈者也。宇之中自有天光焉，臺之中自有靈焉。不際之際，物無不備，不虞無不藏，彼無不達；化自移而宇自恆，卽于其中，光自徹乎無門無旁之中而四映，舉凡不能知之萬惡，出沒於天光之中而不眩，天均移而成固不滑矣。奚學哉？奚行哉？奚辯哉？默與天均同運，而不觸之以敗。至人之德於此而至矣，非直以衞生已也。

不見其誠己而發，每發而不當，業入而不舍，每更爲失。此所謂天均敗之也，所謂滑成也。見天之謂誠，誠己之謂成。爲不善乎顯明之中者，人得而誅之；爲不善乎幽閒之中者，鬼得而誅之。明乎人，明乎鬼者，然後能獨行。宇宙一人而已。

均者，自然不息之運也。均如其恆而不枉，則物自成：甕者成其甕，缶者成其缶，無有滑之者也；莫知其所以然，而固誠然而不妄，天光內燭而見之矣。若夫據爲有定之業，而不舍故以趨新，則均滯不行，發不當而所爲屢失；唯不見其誠而妄發，必爲均之所敗矣。夫爲不善者，誅之有人，誅之有鬼，

㊀ 湘西草堂本「宇」亦誤作「文」，依文義當作「宇」。

己何與焉？即自我誅之，亦人鬼誅之也。何也？己者，人鬼之所移也。明乎人，明乎鬼者，何己非人？何己非鬼？何人非己？何鬼非己？行乎其不得不行，則萬惡之中，逍遙以遊而不能滑；亙四方，徹上下，唯其所行，是之謂獨行。

券內者行乎無名，券，符也。券內者，外之所寓，皆與內符，不行之行，合乎天地之始。券外者志乎期費。舍其內而求符於外，期物之來，蕩己所有。行乎無名者，唯庸有光；寓庸而葆光，聖人之無名也。志乎期費者，唯賈人也，賈人貯百貨以待人，鬻之一旦而盡。人見其跂，猶之魁肰。劉辰翁曰：「跂而立者，人見其魁肰，而眞魁肰者不跂也。」○跂而爲魁肰之狀，形容券外者殆盡矣。與物窮者物入焉。評曰：無物曰窮。○按：無物者受物，券內者也。與物且者，其身之不能容，焉能容人！且者，隨物且去之謂。券外者，苦其身以期費，是不能自容其身。不能容人者無親，無親者盡人。評曰：全喪其己。兵莫憯于志，鏌鎁爲下；寇莫大於陰陽，無所逃於天地之間。非陰陽賊之，心則使之也。盡人者必召陰陽之害，以志憯於鏌鎁故也。極言券外者召天均之敗。

以天光燭天均，則無非內也；移而之於人，亦內也；蟲肝鼠臂，夢而爲蝶，亦內也；無不與我而合符者也。業入而不舍，則惡至；而以外之繁，成內之繆，天均敗之，器皆苦窳，物盡爲碍，己亦愁傷而皆外矣。乃以求符合於外，而期于費以相賈，有人而身不容，有身而人不容，陰陽皆適以相賊，猶自以爲能持其靈臺，此南榮趎所以與人偕來而自相寇也。夫物無非內，安事求券於外？以天光照之，質且不立，名何從起？隨移而宇恆泰定，天均之休無有不樂，雖有萬惡之至，非其自召，何患之有哉？

道通，其分也；其成也，毀也。其分者，成與毁耳。成毁分，通者不分。所惡乎分者，其分也以備；備，謂挾其所有。

所以惡乎備者，其有以備。有以備，謂挾成心以防物。故出而不反，見其鬼；券外而出，不反其眞，所見無非鬼者。已爲鬼矣，謂之不死奚益？出而得，是謂得死。自謂有得，適得死耳。滅而有實，鬼之一也；形已滅矣，挾其成心，至死不釋；其爲有實者非實也，與爲厲爲孽之鬼一也，神者去之矣。以有形者象無形者而定矣。評曰：無成則無毁。○象猶老子「執大象」之象，即于有形而得無形。出無本，評曰：心無所執滯。入無竅；評曰：不受外感。有實而無乎處，評曰：皆實而不止于一處。有長而無乎本剽。評曰：綿綿如一。○剽同標。有所出而無竅者，有實。評曰：其實乃此而已。○敔按：此所謂有實者，眞有實也，誠已也，不滑之成也。有實而無乎處者，宇也。評曰：六合一氣。有長而無本剽者，宙也。評曰：萬古日新。有乎生，有乎死；有乎出，有乎入；入出而無見其形，是謂天門。天門者，無有也。萬物出乎無有。有不能以有爲有，凡有者，皆不能以有爲有。人不能繪塑而爲人，物不能雕琢而爲物。必出乎無有，而無有一無有，聖人之無有，一天門之無有。聖人藏乎是。

從天均而視之，參萬歲而合於一宙，周徧咸乎六寓而合於一宇，則今之有我於此者，斯須而已。斯須者，可循而不可持者也。循之，則屢移而自不失其恆；持之，則所不容者多，而陰陽皆賊矣。知其爲天均而道固通於一。一則無分，無分則無成毁，無成毁則不虞之生，萬惡之至，皆順之以天，無所庸其豫備也。物不勝備，而備者以無有爲有，無往而不與鬼同趣，以適得死地。聖人知此之爲心使而自賊，則所藏者恆自泰也，恆自定也。有形者，斯須之形；無形者，恆也。無形則人己兩無可立之名：己無可立，而不挾所以然之理以出；人無可立，則渾然一體，而不開竅以受其入。宇則無可分畛之處矣，宙則前無本而後非剽矣。六合，一我之必遊者也；萬歲，一我之必至者也。反乎無有，而生死出入不爽其恆，均運焉耳。以此爲藏，則以不際爲際，而斯須各得，天且樂得以運乎均，是謂相天。古之人其知有所至矣。惡乎至？有以爲未始有物者，至矣盡矣，弗可以加矣。其次以爲有物矣，將以生爲喪也，以死爲反也，是以分已。其次曰，始無有，既而有生，生俄而死；以無有爲首，以生爲體，以死爲尻。孰知有無死生之一守者，吾與之爲友。此三者雖異，公族也。昭景也，離騷曰：昭、屈、景，楚之王族。著戴也；戴謂所從出之宗。甲氏也，著封也；某甲某氏，以所封之國邑爲號。非一也？見爲非一，實一也。

此言至人之所藏與其所修，合一而序相因也。以一物之始終、一期之生死而言，則首尻合爲一體，因而守者斯須之循也。以本無而幻有者反於無以歸眞言之，則善生以善死也。以未始有生、未始有死，唯天均之運而我不受其敗言之，則恆于泰定之光也。惟其泰定，斯以善生。善生以善死，則斯須可循而循之耳。藏之者，其至也；修之者，所從至之次也；初無異道，次序言之，至於三耳。有生，黬也，黬，乙減切，黑痕也。○評曰：生乃太白之一點耳。披然曰移是。評曰：離披化去，移此而之彼。㊀嘗言移是，非所言也。評曰：既言是矣，何從豫言之？雖然，不可知者也。評曰：言其不可知者爾。臘者之有膍胲，可散而不可散也。評曰：雖移而固有不移者。○按：膍，牛百葉肚；胲，足指毛肉也。臘，臘祭也。秦以三戊祭爲臘。左傳「虞不臘矣」。臘，秦始建而自古稱之也。舊說：如臘祭者分膍與胲於俎上，是可散也；而總一牲之體，則不可散。○按：膍胲非登俎之物，散、謂拋擲之也；肰其味可食，人必收之。㊁觀室者，周於寢廟，又適其偃焉。偃，屏廁；溲溺處也。爲是舉移是。任其所化，雖至賤如廁，亦所必移。請嘗言移是。是以生爲本，評曰：此生死不離之本。○敔按：此如釋書之所謂無明，八識心王，生生不滅。

㊀「彼」原作「披」，形似而誤。㊁「按膍胲非登俎之物」至「人必收之」據湘西草堂本補。

以知爲師，因以乘是非；知見常在，遂復生是非。果有名實，以名名物，以實歸己。因以己爲質；據所知以爲質。使人以爲己節，爲之裁限，令人從己。因以死償節。執其是非，以爲必守之節，老洫不變，以死償之。若然者，以用爲知，用於世爲知。以不用爲愚；以顯晦分知愚。以徹爲名，以窮爲辱。徹，通也。以窮通分，榮辱生。移是，今之人也，是蜩與鷽鳩同於同也。評曰：移是而執今日之生，以自命爲人，不知與物無異。○敔按：蜩與鷽鳩，其小同也，其笑鯤鵬同也。今之爲人者與之同，是同於同也。若識「爲是舉移是」，而悟有生之黬，則鯤鵬亦物化耳，而況蜩鷽？

論至此而盡抉其藏，以警相求而不得者，使從大夢而得寤，盡化其賢能善利之心，而休之於天均，以不虧其形精而相天也。此巨才之化，天光之發，而莊子之學盡於此矣。生於天均之運，埏埴爲甕爲缶之委形者，於太虛純白之中而成乎形象，亦白練之點緇而已。其黬也，漸久而渝，則離披而解散。天弢解，天袠墮，非滅也。滅者必有所歸，移此而之彼，彼又據爲此矣。所移者未有定，而要以所移爲此。觀室者無不可觀，觀化者無不可化。寢可居，廟可祭，偃亦可御；則彈也，雞也，鼠肝蟲臂也，皆吾所必周偏咸觀，以移焉而隨均以黬者也。所可循者斯須耳。據一物以物萬物，守一時以定千古，標一知一行一辯以勝羣義，徒欲留黬而不能保其披然之且移；移而之他，又據他以爲此；一人之肝膽自相胡越，而亂乃興而不可止。一生以爲本，不知他生之同此一本也。一知以爲師，不知他知之同此一師也。他日之非吾者，即今日之是吾者，而心之鬬也無已，窮通知愚交爭而迷其故。移爲魚鳥而惡毛嬙，移爲鰌麋而好魚鹿；蜩與鷽鳩不知其爲鯤鵬之移；而以斯須之同己者爲同，且欲使人以之爲節，天下之亂釀於此，而不知非天之使然，人自致之耳。夫唯知移者之又爲彼，則知移者之初卽此；止而倐然，已而侗然，形精不虧，則移焉而泰者恆泰，定者恆定，天光恆發，而大均以善其運行。至人之藏，備其生而備無窮之生，至矣。是則莊子之瑩其靈臺，而爲萬有不出之宗也。

蹍市人之足，則辭以放驁；蹍、輾通，音輦，蹂也。放驁，自處無禮而請罪也。兄則以嫗，兄蹍弟足，嫗煦以拊而已。大親則已矣。父輾子足，則付之不言。○評曰：合一而相忘，則無是非。故曰：「至禮有不人，至義不物，至知不謀，至仁無親，至信辟金。」辟音璧，屏除也。郭象曰：「金玉者小信之質耳，至信則除矣。」徹(至)〔志〕㊀之勃，徹與撤同，撤去之也。解心之謬，去德之累，達道之塞。貴、富、顯、嚴、名、利，六者勃志也。志羨於外故勃。容、動、色、理、氣、意，六者謬心也。心爲形役故謬。惡、欲、喜、怒、哀、樂，六者累德也。德以情遷故累。去、就、取、與、知、能，六者塞道也。道以迹徇故塞。此四六者不盪胸中則正，正則靜，靜則明，明則虛，虛則無爲而無不爲也。以上言至人之虛明。道者德之欽也，生者德之光也，性者生之質也。性之動謂之爲，爲之僞謂之失。知者接也，恃知以與物接。知者謨也，矜知以爲己謀。知者之所不知猶睨也。知不止於所不知，猶然邪目而欲見之。○道者以下八句，言世人之僞失。動以不得已之謂德，動無非我之謂治，名相反而實相順也。四六之中，各各相反。唯無是非，無彼此，名去而實無其質，則皆順矣。

彼此對立以爲偶，而不知其移焉而彼又此也。則以此爲己，以彼爲人，分之備之，各死於其鄉。且欲強人合己之節，據爲道而欽之，守爲生之節而被之以爲光，成乎其偏至之性而以爲質，爲而必僞，僞而必失。乃不知德緣於不得已，而無可欽；生者黜也，而非可炫之以爲光；無我非彼，移焉卽易，而

㊀「至」依湘西草堂本及各本作「志」。

無可爲質。持四六之盪，以爲賢能善利之歸，而偕往偕來於胸中衆矣。撤之解之，去之達之，相反者皆見其相順，則放道以行，而仁義禮智無不至也。蓋天下之物，無非移者；故天下之理，無非移者。市人父兄相易而喜怒遷，何彼非此？何非非是？無爲而無不爲，虛明以靜，而正者恆止，則移而皆通，通而皆順，斯以與無處之宇、無本剽之宙，圜轉於天均而不逢其敗。至人之藏，知其移焉而足矣。羿工於中微，而拙乎使人無己譽。聖人工乎天而拙乎人。言仁義禮智信者，聖人也。夫工乎天而俍乎人者，俍與良同。唯全人能之。唯蟲能蟲，唯蟲能天。雖蟲亦有能，其能卽天之能。全人惡天？惡人之天？而況吾天乎人乎？二惡字俱平聲。在全人則惡有所謂天者，惡有所謂人之天者，而況有所謂吾立于天人之間乎？一雀適羿，羿必得之，威也。以天下爲之籠，則雀無所逃。是故湯以庖人籠伊尹，秦穆公以五羊之皮籠百里奚。至賤之中而得賢相，唯好賢故賢無所逃。是故非以其所好籠之而可得者，無有也。評曰：盡天盡人，皆己之移也。○按：不蹶蹶然惡之，則皆好也。

人已黜而有生，則其拙於天者多矣。無他，人盡芒而不知所移者之無定是，則各據其名實，以爲實爲節，以留黜而成乎僞。聖人知天之正而惡人之僞，乃欲矯其僞以反於天，而不知移之初無有定者，正者移而僞，而僞者抑將移而正也。故是非治亂待天均之至，而無愁無傷，則於人俍，而於天固無不工矣。奚必以威加人，而自成乎拙哉？夫天亦均爾，惡有所謂天者！無天、無人、無吾，渾然一氣。能不失其清虛靜正之恆，則天下皆入吾之籠，而蟲之能卽天之能，天之能卽我之能，無非可好者也；而後天全於靈臺，而聖人者以道爲欽，以生爲光，以性爲質，方且以四六爲工，何足以與於斯？

介者拸畫，外非譽也。介，刖者。畫，畫衣也。刑人衣畫衣。拸音恥，字書：拍也，拽也。外猶忘也。非，毀也。衣畫衣而拔拂之，安爲刑人，不知毀譽也。胥靡登高不懼，遺死生也。胥靡，重罪徒人也。生不足樂，曁不畏死，故登高不懼。夫復謵不餽而忘人，復猶因也。謵、習通，謂因人之習也。餽，與人也。以善爲惠而與人，則不忘人。因人之習者，無以與之而兩忘矣。○又按：字書，謵，丑涉切，小言也。餽，一本作愧，一作䫻。䫻，都罪切，譁言也。不䫻，謂妄而不妄也。復謵，謂重言；不䫻，謂寓言巵言，亦可通。凡所言者，皆外毀譽、遺死生之言，而忘人者也。忘人因以爲天人矣。故敬之而不喜，侮之而不怒者，惟同乎天和者爲然。出怒不怒，則怒出於不怒矣；出爲無爲，則爲出於無爲矣。欲靜則平氣，欲神則順心，有爲也欲當，則緣於不得已。不得〔已〕㈠之類，聖人之道。欲靜、欲神、欲當，俱似不能無欲，而緣於不得已，則有欲一無欲也。有欲一無欲，此之謂籠。

夫休之以天均，而以天光照其所移，則無彼非此，無此非彼。無此非彼，無彼非此，則不見有人，不見有己，因人之習而我無所與。無所與，則人之爲訢爲拒皆忘，而自無喜怒。然而斯須之循，不能無所爲也。此顏成子游所以疑形之不可使如槁木，心之不可使如死灰也。夫斯須之循，不得已而應之。平氣順心，而喜怒未嘗不可用。則寓庸者，因是以循斯須之當，而特不執之以爲至當。夫然，則畏壘之人，苟欲俎豆，亦何必不俎豆乎？無他，唯其所好，而要不出於吾之籠也。此全人應物之權也。言此以明休天均者之所以閱人閱世而應帝王，究亦未始出吾宗，是莊子應迹之緒綸也。

㈠ 據他本增「已」字。

莊子解卷二十四

雜篇

徐無鬼

尋此篇之旨，蓋老氏所謂「上德不德」者盡之矣。德至於無傷人而止矣，無以加矣。乃天下之居德以爲德者，立爲德敎，思以易天下，而矯其性者拂其情，則其傷人也多矣；施爲德政，思以利天下，而有所益者有所損，則其傷人也尤多矣。則唯喪我以忘德，而天下自寧。蓋春秋以降，迄乎戰國，其君既妄有欲爲，於是游士爭言道術，名、法、耕、戰，種種繁興，而墨氏破之；墨氏徒勞而寡效，而楊氏破之；楊氏絕物已甚，而儒又破之；其所託俱以仁義爲依，故天下之傷日甚。稽之以心，役之以耳目，而取給於言以見德；有其言因有其事，以其事徇其言，而天下爭趨之。言道術者，樂於受天下之歸，而天下翕然趨於擅以傷其生。故欲已其亂，必勿居其德；欲藴其德，必不逞於言。言不長，德不私，度己自靖，而天下人自保焉。不然，雖德如舜，而止以誘天下之人心，奔走于賢能善利，而攻戰且因以起。惟忘德以忘己，忘己以忘人，而人各順於其天，己不勞而人自正，所謂「不德」之「上德」也。內以養其生，外以養天下，一而已矣。

徐無鬼因女商見魏武侯。武侯勞之曰：「先生病矣，苦於山林之勞，顧乃肯見於寡人！」徐無鬼曰：「我則勞於君，君有何勞於我？君將盈嗜欲，長好惡，則性命之情病矣。君將黜嗜欲，掔好惡，掔，愆、欠二音，牽去也。則耳目病矣。我將勞君，君有何勞於我？」武侯超然不對。少焉，徐無鬼曰：「嘗語君吾相狗也。下之質，執飽而止，搏執求飽。是狸德也。中之質，若視日。目上視而不左右馳。上之質，若亡其一。若忘其身。吾相狗又不若吾相馬也。吾相馬：直者中繩，曲者中鉤，方者中矩，圓者中規，直謂馬齒，曲謂背，方謂頭，圓謂目。是國馬也，而未若天下馬也。天下馬有成材，若卹若失，失，一本作佚。卹佚，驚竦貌。若喪其一。若是者，超軼絕塵，不知其所。」武侯大悅而笑。徐無鬼出，女商曰：「先生獨何以說吾君乎？吾所以說吾君者，橫說之則以詩書禮樂，從說之則以金板六弢，金板猶金匱也。六弢，太公兵法。奉事而大有功者，承事效功。不可爲數，而吾君未嘗啟齒。今先生何以說吾君，使吾君說若此乎？」徐無鬼曰：「吾直告之吾相狗馬耳。」女商曰：「若是乎！」曰：「子不聞夫越之流人乎？去國數日，見其所知而喜；去國旬月，見所嘗見於國中者喜；及期年也，見似人者似其故人。而喜矣。不亦去人滋久，思人滋深乎？夫逃虛空者，藜藋柱乎鼪鼬之逕，藋，徒弔切。鼪音生。鼬，一本作鼩，鼬音右，鼩音劬，皆鼠屬。柱，謂支撐于間也。踉位其空，踉音良。踉蹡，行不正也。位猶處也。崎嶇而行，處于空野。聞人足音跫然而喜矣。跫，許容切，人行聲。又況乎昆弟親戚之謦欬其側者乎？謦欬，喉中聲。久矣夫！莫以眞人之言謦欬吾君之側乎！」

內多欲而外施仁義，則其心必戰。心戰而人，之受之也亦苦矣。無他，見紛華而悅，見美名尊行而又悅；執狸之狗，中法之馬，逐形外馳，而神已不完。唯其見我處衆人之上，下之足以窮嗜好，上之足以施政教，使天下遂其孤心，以一臨萬，執迷而自有也。喪其一者，忘其居高之身，與天下同生而無孤立之己志；則己無求於天下，亦不望天下之求己，晏然寧靜，還於泰定之宇。此固性情之所本適者，人皆有之，爲其安身立命之故土。唯自忘之而不忘其所可忘，則若在他鄉而離其故宅。苶然疲役之時，聞此而釋然，亦可以知靈臺之本靈，不迷而卽悟矣。

徐無鬼見武侯，武侯曰：「先生居山林，食芧栗，厭葱韭，以賓寡人，賓猶外也。久矣夫！今老邪？其欲干酒肉之味邪？其寡人亦有社稷之福邪？」徐無鬼曰：「無鬼生於貧賤，未嘗敢飲食君之酒肉，將來勞君也。」君曰：「何哉！奚勞寡人？」曰：「勞君之神與形。」武侯曰：「何謂邪？」徐無鬼曰：「天地之養也一，登高不可以爲長，居下不可以爲短。君獨爲萬乘之主，以苦一國之民，以養耳目鼻口，夫神者不自許也。夫神者，好和而惡姦。夫姦，病也，故勞之。唯君所病之何也？」君自以爲病，其當去之者若何？武侯曰：「欲見先生久矣。吾欲愛民而爲義偃兵，其可乎？」徐無鬼曰：「不可。愛民，害民之始也。爲義偃兵，造兵之本也。君自此爲之，則殆不成。凡成美，惡器也。成美者，成事之美，猶工之成物，必資利器，刀斧椎鑿，皆惡器也。君雖爲仁義，幾且僞哉！形固造形，以形造形，非順乎理。成固有伐，必尅伐方成。變固外戰。物不受變，外必爭拒。君亦必無盛鶴列於麗譙之間，郭注：「鶴列，陳兵。麗譙，高樓。」無徒驥於錙壇之宮，郭注：「步兵曰徒。無爲盛兵走馬。」○按麗譙之間，偃息地也。錙壇之宮，齋戒處也。於此造形，鶴列徒驥紛然矣。無藏逆於德，內有逆心，而外爲德。無以巧勝人，無以謀勝人，無以戰勝人。夫殺人之士民，兼人之土地，以養吾私自保其國。與吾神者，與豫通，自定吾情。其戰不知孰善？勝之惡乎在？養神者善而勝矣。君若勿已矣，進求善勝之道。修胸中之誠，以應天地之情而勿攖。夫民死已脫矣，君將惡乎用夫偃兵哉？」

此與上傳聞同而指一也。心戰而自病，則其所欲爲者，必病天下。惟不喪其一，而欲以己一天下也。所欲則殉之，內自忘而不忘天下，汲汲然求愛人，求偃兵；而不知苟能自養凝神，以不攖於物，則智謀勇力先喪於己，而天下之意消，人自愛而不勞我之愛矣。夫愛人者，必有所傷而後見德；偃兵者，必以巧制之，以力禁之。外見德而心固逆，人且互出其情以相攖，亂之所以不已也。故至德之不德者，唯忘形而不造形，則全其神而外以脫民之死，斯天地之情恆於泰定者也。

黃帝將見大隗於具茨之山，方明爲御，昌寓驂乘，張若謵朋前馬，昆閽滑稽後車。至於襄城之野，七聖皆迷，無所問塗。適遇牧馬童子，問塗焉，曰：「若知具茨之山乎？」曰：「然。」「若知大隗之所存乎？」曰：「然。」黃帝曰：「異哉小童！非徒知具茨之山，無爲之境。又知大隗之所存！知至人之所保。請問爲天下。」小童曰：「夫爲天下者，亦若此而已矣。又奚事焉？予少而自遊於六合之內，予適有瞀病。遊於物內，因有瞀病。有長者教予曰：『若乘日之車，照之以天光。而游於襄城之野。』今予病少痊，予又且復遊于六合之外。夫爲天下，亦若此而已。予又奚事焉？」黃帝曰：「夫爲天下者，則誠非吾子之事。雖然，請問爲天下。」小童辭。黃帝又問，小童曰：「夫爲天下者，亦奚以異乎牧馬者哉？亦去其害馬者而已矣。」黃帝再拜稽首，稱天師而退。

亦以見善養生之於養天下，一也。養生者勿益生，去其害生者而已。害生者，害天下者，又惡能必去之哉？欲去之，卽以去之者害之，是偃兵之說也。自我不害而害自消矣。七聖皆有去害就利之知能，而烏得不迷？小童者，兒子也；馬，善馳者也。以兒子之和，任馬而牧之，治天下之道，若此而已，弗能益也。遊於六合之內，而定者自定，泰者自泰，則六合無際而超乎其外，乘日車以遊，無成功而自運，仁義之名何自而立？雖有害，馬自避之，乃以應天地之情而弗攖。

知士無思慮之變則不樂，辨士無談說之序則不樂，察士無凌誶之事則不樂，皆囿於物者也。招世之士興朝，招世，謂招求世榮。中民之士榮官，中民，謂合于民譽。筋力之士矜難，勇敢之士奮患，兵革之士樂戰，枯槁之士宿名，宿，遲留也。不汲汲於時，留身後名。法律之士廣治，禮樂之士敬容，飾敬於容。仁義之士貴際。以與物交際爲貴。農夫無草萊之事則不比，合也。商賈無市井之事則不比。庶人有旦暮之業則勸，郭注：「業得其志故勸。」百工有器械之巧則壯。郭注：「事非其巧則惰。」錢財不積則貪者憂，權勢不尤則夸者悲。勢物之徒樂變，郭注：「權勢生於事變。」〇按此句總承凡夸勢貪物之徒，皆樂乘事變。遭時有所用，不能無爲也。此皆順比于歲，不物於易者也。惟日不足，孜孜爲之，不以平易爲事。馳其形性，潛之萬物，身陷於物之中。終身不反，悲夫！

此皆害馬者也。因形性之偏至而不知所牧，因見爲成美而樂之，樂之而遂言之，言之遂欲行之。遭時而不能安於無功無名以自牧，因揣摩以乘時，刻畫身心，晝夜汲汲，生死於其中。若此者，其可用之以重爲天下害乎？故愛民偃兵甚美之名，而徒有其言，終無其實，亦貴際之談而已。彼既疲役以迄於死亡，而聽之者大惑終身不解。故時君之迷於士之言道術者，乃以病己而傷天下。

莊子曰：「射者非前期而中，非志於鵠而偶中。謂之善射，天下皆羿也可乎？」惠子曰：「可。」莊子曰：「天下非有公是也，而各是其所是，天下皆堯也可乎？」惠子曰：「可。」莊子曰：「然則儒、墨、楊、秉四，秉謂法家。與夫子爲五，果孰是邪？或者若魯遽者邪？其弟子曰：『我得夫子之道矣，吾能冬爨鼎而夏造冰矣。』魯遽曰：『是直以陽召陽，以陰召陰，非吾所謂道也。吾示子乎吾道。』於是乎爲之調瑟，廢一於堂，廢，置也。廢一於室，鼓宮宮動，鼓角角動，音律同矣。律同同聲。夫或改調一絃，於五音無當也，不合于宮商。鼓之二十五絃皆動，其聲遂轟然而應。未始異於聲而音之君已。以無所異者爲五音之君，此魯遽之所以夸其弟子者。且若是者邪？」惠子曰：「今夫儒、墨、楊、秉，且方與我以辯，相拂以辭，相鎭以聲，而未始吾非也，則奚若矣？」莊子曰：「齊人蹢子於宋者，其命閽也不以完，其求鈃鐘也以束縛，其求唐子也而未始出域，有遺類矣！夫楚人寄而蹢閽者，跡捕逃亡之子於近隣，又使刖足之人追求之。夫欲鈃鐘之鳴，必懸之于虛，加以束縛則無聲矣。今求逃亡而不出於域，是不知推類也。求之於宋，子則寄寓於楚，而追之者又刖也，必不得已。鈃音堅，小鐘也。唐子，方注：「唐與蕩通。」夜半於無人之時而與舟人鬭，未始離於岑而足以造於怨也。」立於岸而欲與舟人鬭，適以取怨，不能傷之。

儒、墨、楊、秉之言，各守其一而不肯喪，則既皆足以害馬，而要皆未嘗無所當也。無爲者無不可爲，忘言者寓於曼衍。故惠子爲雜學以合之，而皆許爲是。自爲改調一絃，不執於五音，而五音皆應，可以並包兼容，而唯吾所利用，其說似矣。然非其胸中誠與天地之情相應，以比合於清淨，則執中猶之執一。欲渾同於六合之內，而不知一犯清波，則與波俱流，是求亡子於楚而求之宋，所使又刖也。夜與舟人鬭而不離乎岸，徒造怨而了不相及，終于迷耳。夫遊于六合之外者，乃可遊于六合之中，豈屑辨羣言之非，又豈計羣言之有當乎？

莊子送葬，過惠子之墓。顧謂從者曰：「郢人堊漫其鼻端若蠅翼，使匠石斲之。匠石運斤成風，聽而斲之，盡堊而鼻不傷，郢人立不失容。宋元君聞之，召匠石，曰：『嘗試爲寡人爲之。』匠石曰：『臣則嘗能斲之。雖然，臣之質死久矣。質，對也。猶質成之質。』自夫子之死也，吾無以爲質矣！吾無與言之矣！」惠子統同，而無固執之一，爲執貍之狗，故其堊猶可削也，削之而不我觸故也。自是而外，繇知士以至仁義之士，馳而不反，潛而不出，以害馬爲樂者，與之辨而愈激，又烏足以施吾斤哉？遊六合之外以遊其內，則無一而可也。無可乃無不可。執一可以不可人之可，不如皆可。然非能無可以化其不可，則惠子之堊也。

管仲有病，桓公問之，曰：「仲父之病，病矣。可不謂云，猶曰不可言。至於大病，則寡人惡乎屬國而可？」管仲曰：「公誰欲與？」公曰：「鮑叔牙。」曰：「不可。其爲人潔廉，善士也。其於不己若者不比之，又一聞人之過，終身不忘。使之治國，上且鉤乎君，下且逆乎民。鉤謂引其權，逆謂激其勢。其得罪於君也，將弗久矣。」公曰：「然則孰可？」對曰：「勿已，則隰朋可。其爲人也，上忘而下畔，不以善爲可矜，各自爲畔類，不强令其從己。愧不若黃帝，而哀不己若者。以德分人謂之聖，以財分人謂之賢。以賢臨人，未有得人者也。以賢下人，未有不得人者也。其於國有不聞也，其於家有不見也。勿已，則隰朋可。」

以德分人，則人謂之聖，因自聖也。以財分人，則人謂之賢，因自賢也。自聖自賢，必將臨人，謂之聖，謂之賢，耳目搖而樂其成美，盍亦反而自念其天乎？人之所聖所賢者，何足聞見邪？

吳王浮於江，登乎狙之山。衆狙見之，恂然棄而走，逃於深蓁。有一狙焉，委蛇攫抓，抓音爪。一本作搔。

見巧乎王。王射之敏給，句。搏捷矢。搏，取也。矢雖捷，而能取之。王命相者趨射之，趨音促。狙執死。立死也。王顧謂其友顏不疑曰：「之狙也，伐其巧，恃其便以敖予，以至此殛也。戒之哉！嗟乎！無以汝色驕人哉！」顏不疑歸而師董梧，以鋤其色，去樂辭顯，三年而國人稱之。呂曰：以色驕人者，心驕人而見于色。鋤色者，去其心而已。○按去樂則去其心，辭顯則鋤其色。

承上以賢臨人而言。臨者必見於色，欲鋤其色，必先去其所樂。樂者樂以其技巧顯，而不恤天下之害。害馬者，馬將蹄齧之。小童遊於六合之外，乃可以去害馬者而牧之。目無馬也，心無牧也。以不牧牧，而奚樂焉！奚顯焉！則亦何色之不鋤焉！

南伯子綦隱几而坐，仰天而噓。顏成子入見曰：「夫子，物之尤也。形固可使若槁骸，心固可使若死灰乎？」曰：「吾嘗居山穴之中矣。當是時也，田禾一覩我，而齊國之衆三賀之。郭注：「以得見子綦為榮。」我必先之，彼故知之；我必賣之，彼故鬻之。若我而不有之，彼惡得而知之？若我而不賣之，彼惡得而鬻之？嗟乎！我悲人之自喪者，吾又悲夫悲人者，吾又悲夫悲人之悲者。其後而日遠矣。」評曰：不自見則人不知。○按日遠於賣鬻，乃能槁木死灰。

道術之士，樂而不反者，樂其顯而已。顯則人爭歸之，是以市肆居貨之情，致天下之比也。既以自喪其貨，卽以喪天下之財，兩自謂得而兩俱喪。故莫悲於樂人之歸而交喪焉，所樂者所以可悲也。互相悲而各以術相勝，庸愈焉！槁骸死灰，人所不歸，樂於天而不以人樂。日去其樂，則日遠於悲矣。

仲尼之楚，楚王觴之。孫叔敖執爵而立，市南宜僚受酒而祭，曰：「古之人乎，於此言已！」於旅也語

㊀曰：「丘也聞不言之言矣，未之嘗言，於此乎言之。市南宜僚弄丸而兩家之難解，宜僚弄丸，丸八常在空。楚與宋戰，宜僚弄丸軍前，兩軍停戰觀之。孫叔敖甘寢秉羽而郢人投兵。丘願有喙三尺。不能言。」彼之謂不道之道，多言者自謂道而非道。此之謂不言之辯。故德總乎道之所一，而言休乎知之所不知，至矣。道之所一者，德不能同也。知之所不能知者，辯不能舉也。名若儒墨而凶矣。故海不辭東流，大之至也。聖人並包天地，澤及天下，而不知其誰氏。是故生無爵，死無謚，實不聚，名不立，此之謂大人。狗不以善吠爲良，人不以善言爲賢，而況爲大乎？夫爲大不足以爲大，而況爲德乎？夫大備矣，莫若天地。然奚求焉而大備矣？知大備者，無求、無失、無棄，不以物易己也。反己而不窮，循古而不摩，郭注：「順常性而自至耳，非摩拭。」大人之誠。

知之所不知，非無可知者也，非道術之士知見之知、所知所言者之能知也。既爲知見之知所不見，則亦何從言之，而孰令聽之乎？無可言，則無可樂；無能聽者，則人不歸。人不歸則名不顯，而不罹儒墨之凶。蓋至大無乎大，至德無乎德，與天下休於無可名言之地，萬類繁生，各若其性；而實不繫于一德者，名不立于一大，此則天地之情也，萬物之實也，大人之蘊也。己不喪而物不傷，物皆備焉而不相求，誠然不妄之眞也。體斯道者，不言之言，於言無一可者，反諸己而已矣。己不害物，而物自遠於害。六合之內，六合之外，一泰定之宇而後可爲大人。樂而馳焉，驚物以歸己而顯焉，皆妄起不誠者也。羣言於此出，而難與兵起矣。

㊀ 原作「衍」，依湘西草堂本改爲「語」。

子綦有八子，陳諸前，召九方歅曰：「爲我相吾子，孰爲祥？」九方歅曰：「梱也爲祥。」子綦瞿然喜曰：「奚若？」曰：「梱也將與國君同食，以終其身。」子綦索然出涕曰：「吾子何爲以至於是極也！」九方歅曰：「夫與國君同食，澤及三族，而況於父母乎？今夫子聞之而泣，是禦福也。子則祥矣，父則不祥。」子綦曰：「歅！汝何足以識之？而梱祥邪？盡於酒肉，入於鼻口矣，謂但知飲酒食肉。而何足以知其所自來？不知其何以得之也。梱之爲人，大抵一混沌之未鑿也。吾未嘗爲牧而牂生於奧，未嘗好田而鶉生於宎；若勿怪，何邪？吾所與吾子遊者，遊於天地。吾與之邀樂於天，吾與之邀食於地；吾不與之爲事，不與之爲謀，不與之爲怪；吾與之乘天地之誠，而不以物與之相攖；吾與之一委蛇，而不與之爲事所宜。曰與之，曰不與，俱言其平日所以敎子者，皆非致禍之事，所償出于意外，故以爲怪，而歸之于天。今也然有世俗之償焉。凡有怪徵者，必有怪行。殆乎！非我與吾子之罪，幾天與之也！吾是以泣也。」無幾何，而使梱之於燕，盜得之於道。全而鬻之則難，不若刖之則易。於是乎刖而鬻之於齊，適當渠公之街，然身食肉而終。

儒墨之凶，凶以其名也，凶有不期至而至者矣。自賣其巧以招人之射，猶可期必之凶耳；自不鬻而人且鬻之，則凶不知其所自至；然有致之者矣，惟居美於己而已；舜之所以終身勞而勞天下也。物皆樂於天，食於地，吾亦一物而已；馬自無害，吾亦一馬而已矣。馬卽天也，天固誠也。確然自定，物自順，而安居以邀之，然且有意外之凶，形性之怪，猶足悲泣，況敢鬻巧以召怪乎？居巧以受怪之歸，我不刖於人，人不刖於我，唯無見異而交免於凶。

齧缺遇許繇，曰：「子將奚之？」曰：「將逃堯。」曰：「奚謂邪？」曰：「夫堯，畜畜然仁，吾恐其爲天下笑。後世其人與人相食與！夫民不難聚也。愛之則親，利之則至，譽之則勸，致其所惡則散。愛利出乎仁義。捐仁義者寡，利仁義者衆。利其聚民。夫仁義之行，唯且無誠，唯苟且而無誠心。且假夫禽貪者器。是以一人之斷制利天下，譬之猶一覕也。覕與瞥同，過目暫見也。人君以利器假禽貪之士，而斷制在一人，譽勸惡散，皆轉盼間事耳。知其猶一覕，何庸心焉！夫堯知賢人之利天下也，而不知其賊天下也。夫唯外乎賢者知之矣。外乎賢，謂不以賢人之事攖其中。

鷔巧者之致怪，有召其鷔者也。自知士至於仁義之士，亦何樂乎終身之疲役！人君假之利器，而天下始爭騖而不休。其能如許繇之知逃者鮮矣。聚賢以聚天下，則止以賊天下，而士亦自賊。暖姝濡需所以奔走於卷婁，樂其可悲，而可悲無已矣。

有暖姝者，有濡需者，有卷婁者。暖音暄。或作曖，非。方以智曰：「卷婁，盛羊肉器。」所謂暖姝者，學一先生之言，則暖暖姝姝而私自說也；自以爲足矣，而未知未始有物也，是以謂暖姝者也。濡需者，豕蝨是也；擇疏鬣自以爲廣宫大囿，奎蹏曲隈，乳間股脚，自以爲安室利處，不知屠者之一旦鼓臂，布草，操煙火，而已與豕俱焦也。此以域進，此以域退，此其所謂濡需者也。卷婁者舜也。羊肉不慕蟻，蟻慕羊肉，羊肉羶也。舜有羶行，百姓說之，故三徙成都，至鄧之墟而十有萬家。堯聞舜之賢，舉之童土之地，曰冀得其來之澤。舜舉乎童土之地，年齒長矣，聰明衰矣，而不得休歸，所謂卷婁者也。

爲暖姝，爲濡需，身不自恤，而況於天下？則其爲害馬也必矣。而卷婁者，實爲其淵藪。暖姝者，不得舜之緒言，無以自說而自足；濡需者，固必舜有羶而後隨之三徙也。卷婁雖不自鷔，而受天下之鬻，則爲人所鬻而疲役以衰老，是亦梱也之遇盜而說也。聚其彝以奔走天下，使相尋於暖姝濡需之塗，惡能不爲天下賊？魏武侯說以禮樂詩書而不悅，說以金板六弢而不悅，幾於不爲卷婁，故能聞眞人之言而有感於其天。

是以神人惡衆至。衆至則不比，人固不可盡合。不比則不利也。必有所傷。故無所甚親，無所甚疏，抱德煬和，以順天下，此謂眞人。於蟻棄知，於魚得計，於羊棄意。蟻亦有智，羊亦有意；唯魚有自然之樂，斯爲得計。以目視目，以耳聽耳，視聽止於視聽，不以滑心。以心復心。心自復其本定。若然者：其平也繩，其變也循。余闕曰：「平者多流懦，故曰繩；變者多譎蕩，故曰循。」古之眞人，以天待之，不以人入天。古之眞人，得之也生，失之也死；得之也死，失之也生。一若天之生殺。

衆至者必有以召之至，是卷婁也。至雖衆，豈能盡天下之衆哉？親疏異而恩怨興，仁義之爲害馬也無已矣。今夫天，衆莫能違，而人固莫能至，唯無迹以召人之悅也。無仁之迹而春夏自生，無義之迹而秋冬自死；天自平也，物自變也。生生死死於其中者，失之而不可以生，失之而不可以死者，自仰給焉。此無所鬻，彼無所賣，牧之而已，固無害也，唯其誠也。夫眞人之自養以養天下者取諸此，而豈有人焉入其中以動其天乎？夫以人入天而知意橫行者，目視之而心隨目以別姸媸，耳聽之而心隨耳以分逆順，則靈臺本靈，而耳目變其故，故性命之情與耳目交相爲病。若目止於視，耳止於聽，心旌不搖而無所樂也，無待顯也，則天下且如人之瞥遇於鏡影之中，無求無攖，喜怒捐而抱德以煬和，內全其天而外全人之天，一喪而眞全矣。

藥也，其實菫也，桔梗也，雞廱也，豕零也，菫，烏頭也。雞廱，芡也。豕零，豬苓也。是時爲帝者也。何可勝言？勾踐也，以甲楯三千棲於會稽。唯種也能知亡之所以存，唯種也不知身之所以愁。故曰：「鴟目有所適，鶴脛有所節，解之也悲。」

物之生其死而死其生者，天未嘗有意知，而莫非天也。體天以待天下者，喪其一而不爲執貍之狗，則循鴟目鶴脛之變，而恆得其平，生者自育，死者自化矣。未有一定之方藥以治人之疾者，庸醫之殺人，從其所樂用也。無一可執，無一不可用，藥無常君，德無常主，以愛人偃兵爲仁義，徒愁其身而使人悲。知固有所窮，意固不能盡物。以己之所樂，立言制法而斷制天下，以人入天，能無賊天下乎？故曰：「風之過河也有損焉，日之過河也有損焉。」請只風與日相與守河，只，任之也。而河以爲未始其攖也，恃源而往者也。

執一以斷制天下者，亦非無故而然也。物之相感也，相守而無一息之隙。物之可欲可惡者感之，道術之可樂可顯者感之，生死之變感之；雖知其相損，而無奈其相守者，則衆至而已固不得歸休，亦無可如之何矣。夫河豈能使風不颺而日不炙哉？其源長，其流盛，則損者自相損，而盈者不虧耳。天者，人之源也。純乎天而聽物之變以循之。心者，耳目之源也。復其心而聽受其平，則物鬻而已不賣，物歸而已不比，天卽己，己卽天，惡有損哉？

故水之守土也審，影之守人也審，物之守物也審。審謂密而無間。故目之於明也殆，耳之於聽也殆，心之於殉也殆。隨物曰殉。逐其視聽，以爲斷制。凡能其於府也殆。府者，能之所藏也。殆之成也不給改，禍之長也茲萃。其反也緣功，勞力以免禍，因以爲功。其果也待久。實禍久而益成。而人以爲己寶，不亦悲乎！故有亡國戮民無已，不知問是也。

人之於天，無一閒之離者也。心復其心，則其於天，如水之依土，影之於人，有恃之以往而不憂其損。物之於天，抑未有一隙之或離也。則物恃物之天，我之待物亦恃其天，而固無損矣。菫審乎菫之天，桔梗、雞廱、豕零，各審乎其天，而自可爲帝。其攖之而損焉者，目樂以明顯，耳樂以聰顯，心樂以知顯，則以己入天而己危，以己入物之天而物危。既危而求反，勞力而其終必凶。於是內患生於身，而外賊天下。夫人舍其守而爲暖姝濡需，舍其守而爲卷婁，衆至而不能如風日之過河，得所休歸，此神人之所惡者。以其惡爲寶，故曰可悲。

故足之於地也踐。雖踐，恃其所不蹍而後善博也。善博，謂安于廣大。人之知也少。雖少，恃其所不知而後知天之所謂也。

有實而無處者宇，而天皆充塞；有長而無本剽者宙，而天皆綿存。然則至大而無可爲涯，至密而無乎不審者，無非天也，皆可恃者也。而天下之爲斷制者，樂據所蹍之尺土以措足，容足之外，下臨不測之淵，其危殆可知已。目所可見之色，耳所可聞之聲，其爲聲色幾何？心恃之以生其知，其知又幾何邪？聰明不至之地，物自有物之帝，生死自有生死之得失，以其少養其多，以其不知之多養其少，不知還其不知，而任物之天，則害焉者去，而不造形以相攖。唯知天之無窮，而物各審乎其源也。

知大一，知大陰，陰與蔭通。知大目，知大均，知大方，知大信，知大定，至矣。大一通之，大陰解之，無不庇也，解其比附。大目視之，大均緣之，大方體之，大信稽之，大定持之。盡有天，容盡萬物，則無非天。循有照，循物則自無不知。冥有樞，默以俟之，物自運轉。始有彼。爲物之大始，則彼皆自此而出。則其解之也似不解之者，其知之也似不知之也。不知而後知之。因物則物情盡。其問之也，不可以有崖，而不可以無崖。不立一家之言，抑不引之使無所休止。頡滑有實，古今不代，而不可以虧，頡滑，錯亂也。頡滑有實，謂憧擾紛錯而萬物皆誠也。古今不代，謂參萬歲成純，而不拘於一時也。不可以虧，謂無成則無虧。則可不謂有大揚搉乎？揚，舉也。搉，引也。包舉宇宙之理于七大之中。闔不亦問是已？闔，盍通。奚惑然爲！以不惑解惑，復於不惑，是尙大不惑。

知天者，知其大而已矣。九州之土，皆吾所恃以踐者，其大何如耶！大則無一矣，無賢之可有也。大則無不蔭之矣，無可親而可疎也。大則無非目矣，知有其不知，則明無不徹矣。大則無不均矣，皆可爲帝矣。大則無方矣，六合之外，六合之內，皆其遊矣。大則無不信矣，物無可以易己矣。大則無不定矣，風日過之而損亦無損矣。大者無耦，無耦者無一。知之則喪其一，喪其一則事無可爲，事無可爲則言無可說。盡天下之變，莫非天也。循其莫非天者，則順逆賢否，得喪生死，皆卽物審物，而照之以其量，不可知者默以信之，而天下不出吾環中。源在我也，繁然有彼，皆受於天也。故以不解解物而物自化，以不知知物而物自莫能遁，奚言之足尙哉？無一先生之說以爲暖姝，而奚賣奚鬻焉？故萬變皆誠也，古今皆純也。以是揚搉大道，而與天合一矣。要豈規恢於源之外哉？廓然通一，順天下而順吾心之無不復，則視彼好賢尙知，以聚遊士，講道術，馳其形性，欲成美而適成惡器。雖如舜，且爲羶藪，況守一舜之說以與嗜慾交戰，孰從而瘳其姦病乎？

莊子解卷二十五

雜篇

則陽

雜篇唯庚桑楚、徐無鬼、寓言、天下四篇，爲條貫之言；則陽、外物、列禦寇三篇，皆雜引博喻，理則可通而文義不相屬，故謂之雜。要其於內篇之指，皆有所合，非駢拇諸篇之比也。

則陽游於楚，夷節言之於王；王未之見，夷節歸。彭陽見王果曰：「夫子何不譚我於王？」王果曰：「我不若公閱休。」彭陽曰：「公閱休奚爲者邪？」曰：「冬則擉鼈於江，擉同簎，以杈刺泥中取物也，測角切。夏則休乎山樊，有過而問者，曰：『此予宅也。』夫夷節已不能，而況我乎？我又不若夷節。夫夷節之爲人也，無德而有知，佞人。不自許，不以德自許。以之神其交；有知以神其交。固顛冥乎富貴之地，不正不明，爲富貴壟斷。非相助以德，相助消也。消，謂消其德。夫凍者假衣於春，暍者反冬乎冷風。方子及曰：「凍必假衣，衣雖厚，不若春和凍解也。暍必願風，風雖冷，不若冬至暍消也。慕用者假資權門，不若恬退者之自貴也。待公閱休，蓋規之也。」〇按：春不待衣而自煖，冬不待冷風而自涼，於以解凍暍也何有？夫楚王之爲人也，形尊而嚴，其於罪也，無赦如虎，非夫佞人、正德，夷節，佞人也。公閱休，正德也。其孰能撓焉？故聖人：其窮也使家人忘其貧，其達也使王公忘爵祿而化卑；化爲身屈。其於物也，與之爲娛矣；其於人也，樂物之通而保己焉；故或不言而飲人以和，與人竝立而使人化父子之宜。彼其乎歸居，而一間其所施。評曰：其所歸居者，若父子之同居於一室，無所施受，而自相養。

○按間如字，一間無異室也。〔其於人心者〕㊀若是其遠也。與挾成心以待人者迥異。故曰待公閱休。

聖人之德，樂物之通而保己，其迹幾與佞人相若，老子所謂「我道大似不肖」也。佞人卽人以消其善，不以忠正自許而抗暴君；聖人消其善以消人之惡，自保而與物通，彼暴君之所惡者，挾德以相助於善，而奪節摸稜以毀其節。公閱休閱物以相與休，暴君者且忘其爲聖爲佞，而順於其消；非王果之決於善，以力助人善者，所可撓也。此言施善以助人，而勞役其心以役人，不足以化物；則且不若佞人，而去聖愈遠也。

聖人達綢繆，循本曰：「綢繆，事理轇轕處。唯聖人爲能達之。」周盡一體矣，周徧萬物，皆一體體之。而不知其然，皆順其自然。性也。復命搖作，而以天爲師，使物復其性命以變化，一如天然。人則從而命之也。謂之聖人者，人爲之名耳。憂乎知而所行恆無幾時，其有止也若之何？若有心求知綢繆，則所知者能行，所不知者不能行，將如之何？生而美者，人與之鑑，不告則不知其美於人也；若知之，若不知之，若聞之，若不聞之，其可喜也終無已，人之好之亦無已，性也。評曰：達綢繆而不知其然，自不容已。如美人之生而美，非欲人之知而暖姝以自喜，人自好之耳。聖人之愛人也，人與之名，不告則不知其愛人也；若知之，若不知之，若聞之，若不聞之，其愛人也終無已，人之安之亦無已，性也。

㊀ 據他本加「其於人心者」五字。

綢繆不可勝達也，萬有不可周，一體不易合也。達之而卽有不達矣，周之而卽有不周矣。何也？衆庶繁生，情欲意見棼起，而離乎其所受之命，欲使各安其分之所應得，而勢必詘。然而生生死死於大化之中，天之搖作也無已時，無所達而自達，不求周而自周。聖人體此以爲性，無知無爲以樂其通，人莫不在其薰陶之中，而命之曰「聖人之愛我無已」。非聖人之期之也，因人之子以名而始覺其愛，如因鏡知美，彼雖美初不自知也。率其自然，使天下相保於自然，則無憂無知無行，亙終始而不憂其匱，而聖人亦自逸矣。性故逸，逸故天，則無有憂不知而行不繼者也。揭仁義以求令名，愛必有所止，而不達以不周，困於無若之何，而道已隔矣。

舊國舊都，望之暢然。雖使邱陵草木之緡入之者十九，猶之暢然；緡，錢也。雖稅重猶樂歸其故國。況見見聞聞者也？自見自聞其見聞之天。以十仞之臺，縣衆間者也？間，箕簴也。其樂如登高臺奏大樂。

此言復性之樂也。聖人復其性，萬物復其命，弗強其所不能，弗憂其所不知。不塞其情，自無不達；不限以法，自無不周；自見自聞，而耳目不殆；與天下相胥以樂而復其始，歸故國，登高臺，奏廣樂；不足以喻其暢適矣。揭仁義以爲標準，先自憂其不逮，而駭天下之耳目，身世趨於愁苦之途，終身而不反其故，則可悲而已矣。

冉相氏得其環中以隨成，冉相氏，古之聖君。與物無終無始，無幾無時。日與物化者，一不化者也，闔嘗舍之？盍嘗離其環中？夫師天而不得師天，與物皆殉，其以爲事也若之何？有心師天，則與物同其死生。以此爲事，又沈溺於物矣。夫聖人未始有天，未始有人，未始有始，未始有物；與世偕行而不替，所行之備而不洫，其合之也若之何？評曰：天則不替不洫，必欲效其廣大，合之難矣。故師天而未始有天，隨成而已。○按：替，廢也。洫猶老洫之洫。湯得其司御，門尹登恒爲之傅之。評曰：知所以御，則己所不知，自有傅之者。○按：門尹登恒，賤人名。一說：司御主調御，門尹正所入，登恒成有恒之修。從師而不囿，得其隨成，爲之司其名，之名嬴法，得其兩見，仲尼之盡慮爲之傅之。評曰：師而無常師，隨所師而皆成，人皆樂效其功名。人皆效名，則法有餘而善不善皆師資，將有若孔子之聖者爲之盡慮。容成氏曰：「除日無歲，無內無外。」評曰：積衆以爲一，非衆外有一也。合人以爲己，非己內而人外也。

環中者，天也。六合，一環也；終古，一環也。一環圜合，而兩環交運，容成氏之言渾天，得之矣。除日無歲，日復一日而謂之歲，歲復一歲而謂之終古；終古一環，偕行而不替。無內無外，通體一氣，本無有垠，東西非東西而謂之東西，南北非南北而謂之南北；六合一環，行備而不洫。運行於環中，無不爲也而無爲，無不作也而無作，人與之名曰天，而天無定體。故師天者不得師天，天無一成之法則，而何師焉？有所擬議以求合，合者一而睽者萬矣。故無人也，人卽天也；無物也，物卽天也。得之乎環之中，則天皆可師，人皆可傳。盡人盡傳，皆門尹登恒也，皆仲尼也。以人知人，以物知物，以知人知物知天，以知天知人知物，無不可隨之以成，無不可求嬴於兩見，己不化物，物自與我以偕化。故仁義無迹，政教無實，而奚其囿之！觀於此，而莊子之道所從出，盡見矣。蓋於渾天而得悟者也。渾天之體：天，半出地上，半入地下，地與萬物在於其中，隨天化之至而成。天無上無下，無晨中、昏中之定；東出非出，西沒非沒，人之測之有高下出沒之異耳。天之體，渾然一環而已。春非始，冬非終，相禪相承者至密而無畛域。其渾然一氣流動充滿，則自黍米之小，放乎七曜天以上、宗動天之無窮，上不測之高，下不測之深，皆一而已。上者非清，下者非濁，物化其中，自日月、星辰、風霆、雨露，與土石、山陵、原隰、江河、草木、人獸，隨運而成，有者非實，無者非虛。莊生以此見道之大圜，流通以成化，而不可以形氣名義滯之於小成。故其曰「以視下亦如此而已」，曰「天均」，曰「以有形象無形」，曰「未始出吾宗」，與天運篇屢詰問而不能荅其故，又曰「實而無乎處者宇也」，皆渾天無內無外之環也。其曰「寓於無竟」，曰「參萬歲而一成純」，曰「薪盡而火傳」，曰「長而無本剽者宙也」，皆渾天除日無歲之環也。故以「若喪其一」、以「隨成」爲師天之大用，而「寓庸」以「逍遙」，得矣。其言較老氏槖籥之說，特爲當理。周子太極圖，張子「淸虛一大」之說，亦未嘗非環中之旨。但君子之學，不鹵莽以師天，而近思人所自生，純粹以精之理，立人道之極；則彼知之所不察，而憚於力行者也。

魏瑩與田侯牟約，魏惠王名瑩。田侯牟背之。魏瑩怒，將使人刺之。犀首聞而恥之，曰：犀首，公孫衍。「君爲萬乘之君也，而以匹夫從讎！衍請受甲二十萬，爲君攻之，虜其人民，係其牛馬；使其君內熱發於背，然後拔其國；忌也出走，田忌。然後抶其背，折其脊。」季子聞而恥之，曰：「築十仞之城，城者既十仞矣，則又壞之，此胥靡之所苦也。胥靡，築城之役。今兵不起七年矣，此王之基也，衍，亂人，不可聽也。」華子聞而醜之，曰：「善言伐齊者，亂人也；善言勿伐者，亦亂人也；謂伐與不伐亂人也者，又亂人也。」君曰：「然則若何？」曰：「君求其道而已矣。」但問當伐不當伐。惠子聞之，而見戴晉人。見音現，引見戴晉人於魏君。戴晉人曰：「有所謂蝸者，君知之乎？」曰：「然。」「有國於蝸之左角者，曰觸氏；有國於蝸之右角者，曰蠻氏。時相與爭地而戰，伏尸數萬，逐北旬有五日而後反。」君曰：「噫！其虛言與！」曰：「臣請爲君實之。君以意在四方上下，有窮乎？」君曰：「無窮。」曰：「知遊心於無窮，而反在通達之國，若存若亡乎？」君曰：「然。」曰：「通達之中有魏，於魏中有梁，於梁中有王。王與蠻氏有辨乎？」君曰：「無辨。」客出，而君惝然若有亡也。客出，惠子見。音現。君曰：「客，大人也，聖人不足以當之。」惠子曰：「夫吹管也，猶有嗃也。吹劍首者，吷而已矣。嗃，管聲。劍首，劍環頭小孔也。吷吷然如風過。堯舜，人之所譽也。道堯舜於戴晉人之前，譬猶一吷也。」

華子之所謂求其道者，至於堯舜而止矣，而適以當戴晉人之一吷。蓋人懷忿忮之心，強抑之而必不可忍，此季子止攻之術，所以適爲亂人，而堯舜之道止於仁義，則亦強抑其方興之情也。擴其知而大之，超然於是非之外，小用之亦足以止魏瑩之怒。非魏瑩之果能見其大而息其忿忮也，暴人之氣，不與相觸，虛中以動之，彼自有惝然若忘之性，乍聞而遇其天。人莫不有舊都舊國，唯飲人以和者，能使之暢然也。

孔子之楚，舍於蟻丘之漿。賣漿家。其鄰有夫妻臣妾登極者。極，屋棟，謂乘屋也。臣妾猶僕婢。夫妻與臣妾，雜作乘屋。子路曰：「是稯稯何爲者邪？」稯音總，猶紛紛。仲尼曰：「是聖人僕也。聖人隱於僕隸。是自埋於民，自藏於畔。郭象曰：「埋於民，與民同也。藏於畔，進不榮華，退不枯槁也。」其聲銷，其志無窮；聲銷，無名也。志無窮，無町畦、無崖也。其口雖言，其心未嘗言；方且與世違，而心不屑與之俱，是陸沈者也。陸沈，謂當顯而隱。是其市南宜僚邪？」熊宜僚居於市南。子路請往召之。孔子曰：「已矣！彼知丘之著於己也。著於己，猶言知其爲人。知丘之適楚也，以丘爲必使楚王之召己也。彼且以丘爲佞人也夫！若然者，其於佞人也，羞聞其言，而況親見其身乎？而何以爲存？」存問之。子路往視之，其室虛矣。

此亦保己之一道也。與世違者，非違世也，違世之違其天者也。雖然，自埋於民而不能埋於世，陸沈而不能與汩相出沒，故孔子不欲子路往召之。

長梧封人問子牢曰：「君爲政焉勿鹵莽，治民焉勿滅裂。昔予爲禾，耕而鹵莽之，鹵莽，謂斥鹵不鋤，草莽不除也。則其實亦鹵莽而報予；芸而滅裂之，滅其根，裂其本也。其實亦滅裂而報予。予來年變齊，齊，去聲，與劑同。變齊謂改其舊方。深其耕而熟耰之，其禾繁以滋，予終年厭飧。」莊子聞之，曰：「今人之治其形、理其心，多有似封人之所謂：遁其天，離其性，滅其情，亡其神，以衆爲故。以衆之所趨爲習。鹵莽其性者，欲惡之孽，爲性萑葦；情爲性孽，如萑葦之易長。蒹葭始萌，以扶吾形，尋擢吾性；蒹葭卽萑葦也。情之始萌，取聲色臭味以扶形，而內已拔去性根矣。擢，拔也。竝潰漏發，不擇所出，漂疽疥癰，內熱溲膏是也。情以扶形，非扶形也，擢性而形亦敗矣。潰爲疽癰，漏爲溲膏，惡疾毀形，皆欲惡之孽。」

此養生之旨也。嗜欲深則天機淺。

柏矩學於老聃曰：「請之天下遊。」老聃曰：「已矣！天下猶是也。」又請之。老聃曰：「汝將何始？」曰：「始於齊。」至齊，見辜人焉；辜人，有罪而被斬者。推而強之，扶整其尸。解朝服而幕之，號天而哭之，曰：「子乎！子乎！天下有大菑，子獨先離之！」曰：「莫爲盜？莫爲殺人？莫爲，詰而問之之詞。榮辱立，然後覩所病；貨財聚，然後覩所爭。今立人之所病，聚人之所爭，窮困人之身使無休時，欲無至此，得乎？古之君人者，以得爲在民，以失爲在己；以正爲在民，以枉爲在己；故一形有失其形者，一物之形，有失其形之理者。退而自責。今則不然。匿爲物而愚不識，隱匿名物，以愚無知識者。大爲難而罪不敢，驅之犯難，而罪其不勇敢者。重爲任而罰不勝，勝，平聲。遠其塗而誅不至。民知力竭，則以僞繼之。日出多僞，士民安取不僞！夫力不足則僞，知不足則欺，財不足則盜。盜竊之行，於誰責而可乎？」仁義之藏，民之所不知，其物匿也。以仁義驅人，使親上死長，大爲難也。責以禮敎，使盡仁義，重爲任也。終身役於仁義禮敎之事而不給，遠爲塗也。此言治天下者適以亂之，唯無爲可以免民於死。

蘧伯玉行年六十而六十化，未嘗不始於是之，而卒詘之以非也；未知今之所謂是之非五十九非也。萬物有乎生，而莫見其根；有乎出，而莫見其門。人皆尊其知之所知，而莫知恃其知之所不知而後知，可不謂大疑乎？評曰：天固不可知。已乎，已乎！且無所逃！評曰：不能遁天，而自有是。此則所謂然與然乎？此言是非無定形，師成心以爲是非，則其於化也遠矣。物日出而無必然者以爲之根，以有門而可以己意入之。昔之所是，今之所非，一人之身而今昔不保，況天下乎？知之所不知者，不可以成心知之。故曰「惡乎然？然於然；惡乎不然？不然於不然。」除日無歲，日新而隨成者，不立一根以出入乎門，與天同運而自有其大常，則與物化者，一不化者也。不化者，天環之運而無本剽者也。

仲尼問於太史大弢、伯常騫、狶韋曰：「夫衛靈公飲酒湛樂，不聽國家之政，田獵畢弋，不應諸侯之際，際，交際也。其所以爲靈公者何邪？」大弢曰：「是因是也。」郭象曰：「靈，無道之謚。」伯常騫曰：「夫靈公有妻三人，同濫而浴。濫，浴器。史鰌奉御而進所，進於君所。搏幣而扶翼。郭象曰：「以鰌爲賢，而奉御之勞，故搏幣而扶翼之，使不得終禮，此其所以肅賢也。幣者，奉御之物。」其慢若彼之甚也，見賢人若此其肅也，是其所以爲靈公也。郭注：「靈有二義，亦可謂善。」〇按謚法：不勤成名曰靈，又亂而不損曰靈。豨韋曰：「夫靈公也死，卜葬於故墓，不吉；卜葬於沙丘而吉。掘之數仞，得石槨焉；洗而視之，有銘焉，曰：『不馮其子。』馮音憑。靈公奪而里之。子不可恃，故墓爲人奪。夫靈公之爲靈也久矣。之二人何足以識之？」

引此以喻自然者非意知之所可及也。亦寓言耳，非如邵康節所言前定之説也。爲銘者亦妄言之，而靈公偶爾合之。有是言，則可有是人，有是事。化之偶然者且然，況天之大常而圓運者乎？

少知問於大公調曰：「何謂丘里之言？」大公調曰：「丘里者，合十姓百名而以爲風俗也。合異以爲同，散同以爲異。今指馬之百體而不得馬，而馬係於前者，立其百體而謂之馬也。是故丘山積卑而爲高，江河合水而爲大，大人合并而爲公。是以自外入者，有主而不執；聽天下之言，以大公爲主，而不執滯。繇中出者，有正而不距。出言以示天下，以大公爲正，而無所爭距。四時殊氣，天不賜，故歲成；五官殊職，君不私，故國治；文武大人不賜，故德備；萬物殊理，道不私，故無名。無名故無爲，無爲而無不爲。時有終始，世有變化；禍福淳淳，至有所拂者而有所宜；自殉殊面，面猶向也。繇自殉成見，故有殊向。有所正者有所差。比於大澤，百材皆度；觀乎大山，木石同壇。此之謂丘里之言。」

自此以下，皆以言隨成之理。隨成者，隨物而成。道無定，故無實。無實者，無根也。無根者，卽以無根爲根，合宇宙而皆在。故言默兩無當，而言默皆可緣，以破成心之師，以遊環中之無窮者也。除日無歲，終始之環也。除一姓無十姓，除一家無百家，除十姓百家無天下，除天下無天。合之則渾乎一天，散之則十姓百家之不一。人不一，心不一，言不一也。非或散之而必散，不待合之而固合。然則以人順人，以物順物，以言順言，自可無爲而無不爲，以大備乎德。彼欲超乎十姓百家之外，以斷制天下者，內不能爲物主，而外無質以相正，其知之惑也久矣。拂於此者宜於彼，正於此者差於彼，兩存之，兩不存之，大人乃以府羣言而爲天下天。奈何唯成心之爲知，而輕重邱里乎！

少知曰：「然則謂之道，足乎？」大公調曰：「不然。今計物之數，不止於萬，而期曰萬物者，以數之多者號而讀之也。是故天地者，形之大者也；陰陽者，氣之大者也；道者爲之公。因其大以號而讀之，則可也。已有之矣，乃將得比哉？ 比，合也。已有邱里之言矣，安得比於自然之道？ 則若以斯辯，譬猶狗馬；其不及遠矣。」

謂邱里之言非道也不可，謂邱里之言爲道也抑不可。合之則與道不遠，而所合者本散也，其合無紀。散之則十姓百家，其散無定。渾然而一者，無名無義。天地陰陽皆其散者，而何者可名爲道？故以道名之而不足，弗獲已而謂之邱里之言，尙不足乎？如謂狗爲馬，非過於狗也，不及馬耳。

少知曰：「四方之內，六合之裏，萬物之所生惡起？」大公調曰：「陰陽相照，相蓋相治；四時相代，相生相殺。欲惡去就，於是橋起；橋起，謂憑虛接引。 雌雄片合，片而二，合而一。 於是庸有。安危相易，禍福相生，緩急相摩，聚散以成。此名實之可紀，精之可志也。隨序之相理，橋運之相使；橋運如橋之比接而拱圓。 窮則反，終則始。此物之所有，言之所盡。知之所至，極物而已。覩道之人，不隨其所廢，不原其所起，此議之所止。」

謂有道之可名可執者，以爲物生於道，道爲物之所自起耳。夫環也，而有所起有所止乎？莫非環也，莫非物也。莫不可名爲道，而莫可名爲道也。欲惡去就，片合安危、禍福、緩急、聚散，一人之心，百端橋起繁有，而不得其根，天下亦如此而已。而既有名實之可紀，有精之可志，則皆爲後起者之所起也。窮則反，終則始，皆其所自起也。故於物盡物，即一姓而十姓，即一家而百家，即十姓百家而互六合，參萬歲。然乎然，不然乎不然，夜不期陽，晝不期陰，春夏秋冬各行其令，而無本剽，則極物者道即極焉，惡容求其起而知之？

少知曰：「季眞之莫爲，接子之或使；二家之議，孰正於其情？孰偏於其理？」大公調曰：「鷄鳴狗吠，是人之所知；雖有大知，不能以言讀其所自化，又不能以意其所將爲。斯而析之，精至於無倫，大至於不可圍；或之使，莫之爲，未免於物而終以爲過。二家皆就物而立說，未免於物，終不當於道。或使則實，莫爲則虛。有名有實，是物之居；兩俱是。無名無實，在物之虛。可言可意，言而愈疏。未生不可忌，已死不可徂。一作阻。死生非遠也，理不可覩。或之使，莫之爲，疑之所假。皆疑億其然，皆假說非眞。吾觀之本，其往無窮；吾求之(未)〔末〕㊀，其來無止。無窮無止，言之無也，與物同理。無言乃得其大同。或使莫爲，言之本也，與物終始。特爲言之本耳，盡于一物之終始，不足通于無窮。道不可有，有不可無。道之爲名，所假而行。或使莫爲，在物一曲，夫胡爲於大方！言而足，則終日言而盡道；言而不足，則終日言而盡物。道物之極，言默不足以載。非言非默，議有所極。」有所，一本作其有。

㊀依湘西草堂本及各本改「未」爲「末」。

言或使，則雖不得其主名，而謂之或然，而終疑有使之者，則猶有所起之說。此說最陋，故郭象氏以季眞之莫爲爲是，而實不然。莫爲或使，之二說皆是也，皆非也。皆非故皆是，皆是則是其所是，而固皆非矣。夫言或使者，如轂之有軸，磨之有臍，爲天之樞，道之管，而非也。道一環也。環中虛，虛不能使實也。言莫爲者，如環中之虛。而既有環矣。環者，物之有名實可紀、精可志者也。有實而無處，而初非無實也。之二說者，皆未得環中之妙以應無窮，而疑虛疑實，故皆非也。夫道不可有，有不可無。有者物也。極物則無道，惡有無哉？至此而言窮矣。言窮而默，默又不得當焉。道不可盡，盡之於物。故於道則默，於物則言。故邱里之言，聖人之所師，皆聖人之傳也。隨其言而成，乃謂之隨成，隨成而無不脗合。此莊子之宗旨，異于老氏「三十輻」章，及「道生一一生二」之說；終日言而未嘗言，曼衍窮年，寓於無竟。

莊子解卷二十六

雜篇

外物

外物不可必，故龍逢誅，比干戮，箕子狂，惡來死，桀紂亡。同於一死，不救其惡。人主莫不欲其臣之忠，而忠未必信，故伍員流於江，萇弘死於蜀，藏其血三年而化爲碧。人親莫不欲其子之孝，而孝未必愛，故孝己憂而曾參悲。木與木相摩則然，同而相害。金與火相守則流。異而相鑠。陰陽錯行，則天地大絯：絯音該，又音駭，束縛不平也。不相當則怒，天地不能平之。於是乎有雷有霆，木中有火，乃焚大槐。槐者東方之木，老而生火，謂自生而自賊也。有甚憂兩陷而無所逃，螴蜳不得成，螴蜳音陳惇，蟲行不安定貌。蜳亦音允。心若縣於天地之間，既不相得，又不能避，則心旌飛越，激以相困。慰暋沈屯，慰同熨，鬱也。暋，悶也。沈，伏也。屯，險也。四字狀心之懷毒怨。利害相摩，生火甚多，衆人焚和。天下皆不平之氣。月固不勝火，於是乎有僓然而道盡。評曰：火發而奪月之光，衆人之怒一生，而道已奪矣。皆取必外物之咎。○僓音頹，頹通。道盡謂所受以生之道，於是乎亡。

外物不可必，而人之大患，恆在于取必於物。故逢比死而不能救桀紂之亡，無益而止以自喪耳。己有知而必不知者之知，己有能而必不能者之能。夫既不知不能矣，而尚可必乎？有不知，有不能，不自怙以受人忠孝之忱者，唯聖人爲然，而以望之昏昏陷溺之人乎？不知不能者，既不能受，反愧以相忮。兩論相持，木之摩木也；兩異相値，火之流金也；得失繆爭，雷霆之激也；皆鬱火狂發也。豈徒無道者之燎原，不可遏哉？忠而阻，孝而毀，則怨毒且自生於心，而火卽還以自焚。傺侘無聊，心魂飄散，此屈原之所以自沈而不自解也。則己與物，無非火矣。火之發也微，而月之明以奪。雖有自然常明之體，無能勝矣；則道窮而忠孝之心亦不得成，而拂于其初。唯不取必於物者，火不生而月不揜明，保己而樂物之通，以遊於天下，道無不裕矣。○月固不勝火，義止於此。而釋莊者，每立謬解，或至淫於丹竈之術，不恤立言之意，截斷一語，穿鑿以立邪說，用文己之妖妄，此後世之通病，於此辨之。

莊周家貧，故行貸粟於監河侯。行，一本作往。監河侯曰：「諾。我將得邑金，將貸子三百金，可乎？」莊周忿然作色曰：「周昨來，有中道而呼者。周顧視，車轍中有鮒魚焉。周問之曰：『鮒魚來！子何爲者邪？』對曰：『我，東海之波臣也。君豈有斗升之水而活我哉？』周曰：『諾。我且南游吳越之王，激西江之水而迎子，可乎？』鮒魚忿然作色曰：『吾失我常與，常與，常相與者，謂水也。我無所處。吾得升斗之水然活耳。君乃言此！曾不如早索我於枯魚之肆！』」

此言用小者之不可期大也。

任公子爲大鉤巨緇，巨緇，大黑綸也。五十犗以爲餌，犗音介，犍牛也。蹲乎會稽，投竿東海，旦旦而釣，期年不得魚。已而大魚食之，牽巨鉤錎沒而下，錎與陷同。騖揚而奮鬐，白波若山，海水震蕩，聲侔鬼神，憚赫千里。任公子得若魚，離而腊之。腊音昔，乾之于夕也。自淛河以東，淛，古浙字。蒼梧以北，莫不厭若魚者。已而後世輇才諷說之徒，輇與銓同。輇才，論人才者。諷說，誦說已誦成者。皆驚而相告也。夫揭竿累，累音雷，小繩繫也。趣灌瀆，守鯢鮒，其於得大魚難矣。飾小說以干縣令，縣同懸。縣令猶言懸賞格。其于大達亦遠矣。是以未嘗聞任氏之風俗，其不可與經於世，亦遠矣。

此言用大者之不域于小也。宜于小而欲大之，則虛而無當；宜乎大而欲小之，則閡而不周。此鯤鵬鷽鳩之所以相笑，而不知其可以逍遙也。惟隨成而無成心以取必於物，則升斗之水、千里之魚，皆可用也。

儒以詩禮發冢。大儒臚傳曰：「東方作矣，事之何若？」小儒曰：「未解裙襦，口中有珠。」詩固有之曰：「青青之麥，生於陵陂。生不布施，死何含珠爲？」接其鬢，擪其顪，擪音葉，持也。顪音誨，頷下毛。儒以金椎控其頤，徐別其頰，無傷口中珠。

此所謂學一先生之言，暖姝而私自悅者也。

老萊子之弟子出薪，遇仲尼，反以告曰：「有人於彼，修上而趨下，趨，促通。末僂而後耳，背微僂，耳貼腦後。視若營四海，不知其誰氏之子。」老萊子曰：「是丘也。召而來！」仲尼至，曰：「丘！去女躬矜，與女容知，知者之容。斯爲君子矣。」仲尼揖而退，蹙然改容而問曰：「業可得進乎？」老萊子曰：「夫不忍一世之傷，而驁萬世之患，驁猶馳也。抑固窶邪？亡其略弗及也？固窶猶言固窮。亡其略猶言失策。不忍一世之傷，是自取固窮。驁萬世之患，是失策不遠。惠以歡爲驁，終身之醜，施惠以悅人，馳而不反。中民之行進焉耳。適如其所當得，則進授之耳。相引以名，相結以隱，以名相引，匿情以相結，則不中民之行而進退。與其譽堯而非桀，不如兩忘而閉其所譽。反無非傷也，報施適以相傷。動無非邪也。聖人躊躇以興事，以每成功。因物付物，無成心。奈何哉！其載焉終矜爾！」載己意以行，止以自矜爾。

每猶庸也，隨也。「以每成功」，寓庸而隨成也。躊躇興事，則養生主之所謂戒，人間世之所謂慎也。蓋躬矜者，非矜其知，有不必知而矜者矣。容知可載，雖欲不矜，而終於矜爾。夫載知不卸，則事未興而先有成心藏於隱以不解，而爲之名以開人之譽。苟無所知，則事至乎前，不容不躊躇矣。因事以躊躇，則必每一事而一理，是不得已之寓庸；而功之成也，以隨而成也；不待去矜而自無可矜。一世猶是，萬世猶是也，每而已，無本剽也；無惠無名，而終身無醜。隨成之大用，以無體爲體，而民行無不中矣。

宋元君夜半而夢人被髮闚阿門，阿門，旁門也。曰：「予自宰路之淵，宰路，淵名。予爲清江使河伯之所，漁者余且得予。」余且，史作豫且。元君覺，使人占之，曰：「此神龜也。」君曰：「漁者有余且乎？」左右曰：「有。」君曰：「令余且會朝。」明日，余且朝。君曰：「漁何得？」對曰：「且之網得白龜焉，箕圓五尺。」君曰：「獻若之龜。」龜至，君再欲殺之，再欲活之。心疑，卜之，曰：「殺龜以卜吉」，乃刳龜；七十二鑽而無遺筴。仲尼曰：「神龜能見夢於元君，而不能避余且之網；知能七十二鑽而無遺筴，不能避刳腸之患。如是，則知有所困，神有所不及也。」雖有至知，萬人謀之。魚不畏網，而畏鵜鶘。畏小害而不畏大害。去小知而大知明，去善而自善矣。嬰兒生無石師而能言，石、碩，古通用。與能言者處也。

此中上知矜之旨。神龜亦非矜其知，但載知而不慎於躊躇耳。天下之相謀者無窮，魚困其知於鵜鶘，而知自迷于網罟，有所載者自有所不及也。夫所謂知者，皆有所師而得之者也。發冢之珠，載之不舍，而知成乎心矣。至人師天而不得師天，況一先生之言乎？又況一己之成心乎？人言亦言而能言，亦成功於每之效也。故嬰兒不矜其言，雖言而忘其所自言。無知之智，無所載，無可矜，而大智明矣。

惠子謂莊子曰：「子言無用。」莊子曰：「知無用而始可與言用矣。夫地非不廣且大也，人之所用容足耳。然則厠足而塹之，致黃泉，塹下土掘也。人尚有用乎？」惠子曰：「無用。」莊子曰：「然則無用之爲用也亦明矣。」

知無體之體，則知無用之用。「除日無歲，無內無外」，無體也。「以每成功」，以天下用而已無用也。體無體者「休乎天均」，用無用者「寓於無竟」。

莊子曰：「人能有遊，且得不能遊乎？評曰：能則能之，不能則置之。人而不遊，且得遊乎？評曰：閱世而行，皆遊也。夫流遁之志，決絕之行，評曰：遊其不能遊，不遊其能遊。噫！其非至知厚德之任與？覆墜而不反，火馳而不顧，雖相與爲君臣，時也，易世而無以相賤。因時而爲，無有適主；易世而臣又君矣。無恆貴，無恆賤也。故曰：『至人不留行焉。』夫尊古而卑今，學者之流也。且以狶韋氏之流，觀今之世，夫孰能不波！欲尊古，則狶韋氏尚矣。今之所謂古者，皆風波也。唯至人乃能遊於世而不僻，順人而不失己。彼教不學，因彼立教，不恃所學。承意不彼。因彼意而用之，彼我兩忘矣。如是乃無有不通。

每成者，無爲無不爲也。必有爲而流遁以忘反，世士之所以馳騖於功名。必有不爲而決絕以自怙，修士之所以自矜于志節。如是者，或以順世爲貴，或以矯世爲貴，非其世而失其貴矣。乃其所恃以遊不遊者，以爲古皆有之也。夫古豈僅一先生所傳，伊呂夷齊之世爲古哉？又上而之於豨韋氏，則所謂古者皆非古矣。然則古亦今也，今亦古也；彼亦此也，此亦彼也。因彼而用之，奚古人之足學，而謂彼之異乎我所學哉？挾古之知以爲己知，怙之以留行，而求勝天下之知，唯不知每成之用大也。

「目徹爲明，耳徹爲聰，鼻徹爲顫，顫，發，音氈，謂審于鼻氣。口徹爲甘，心徹爲知，知徹爲德。凡道不欲壅，壅，滯也。壅則哽；內塞于心。哽而不已則跈，跈音輾，止也。謂外躓于世。跈則衆害生。物之有知者恃息，有息乃有知。其不殷非天之罪。殷，盛也。○評曰：息以喉則知不盛，非所性之罪也。天之穿之，日夜無降；郭象曰：「知恃息，息不恃知也。天穿無降者，通理有常運也。」○無降猶言不替。人則顧塞其竇。天通之而人塞之。胞有重閬，胞，胸中三焦。閬，空曠也。心有天游。室無空虛，則婦姑勃谿，勃谿，爭激也。心無天游，則六鑿相攘。六鑿，五官與心交相穿鑿。大林邱山之善於人也，亦神者不勝。人不能如大林邱山之靜而生者盛也，塞其竇而神困也。德溢乎名，名溢乎暴，溢，流弊也。謀稽乎誸，稽，遲也。誸，急也。急則反緩。知出乎爭，柴生乎守，郭注：「柴，塞也。」官事果乎衆宜。果，成也。

「官事果乎衆宜」，寓庸而足矣。衆無不宜之謂徹，有成心而不化之謂哽。成心塞其重閬，息不以踵而以喉，其氣必誸，其實枵也；如老疾者之喘，氣不盛而出愈促也。物一觸其成心，不與躊躇而坌涌以出，其爲名爲暴，皆其神之不善者所不能勝也。且必守其柴壘以與物爭，哽者跈而害生，所必至已。夫天本虛以受每。人之生也，日夜皆在天中，虛固未嘗離也。惟至人見天於心而乘之以遊，氣靜息深，衆皆可受，而隨成以宜。耳目口鼻與心交徹，於己無失，於人無逆，六合無處，萬歲無本剽，通體皆天，而奚其塞！

「春雨日時，草木怒生，銚鎒於是乎始修，因時之宜。草木之到植者過半而不知其然。因時則生自盛。靜然可以補病，眦𡟱可以休老，寧可以止遽。靜然，舊說：然當作默。𡟱音血。眦𡟱，舊解：目病也。目病無所見，雖病而可以休老。一說：作揃搣，音剪滅，摩捺也，養生家之術。

此言未能至於天遊者，澄神守氣之功，以寧靜爲治病之藥也。爭也，守也，皆誸之所致也。從事後而觀之，誸則未有不稽者，徒自勞而與物相忤耳。故引息於踵以止其遽，則春雨自爲我而植嘉穀。遽以誸，何爲者邪？志漸寧，息漸深，其去天也不遠矣。

「雖然，若是，勞者之務也，非佚者之所，未嘗過而問焉。聖人之所以駴天下，神人未嘗過而問焉。賢人所以駴世，聖人未嘗過而問焉。君子所以駴國，賢人未嘗過而問焉。小人所以合時，君子未嘗過而問焉。

純乎佚，則遊一天遊矣，不待止遽而息自深，應物自以躊躇，每皆不失，而隨無不成，神人之獨也。人之相去也，超其上，則知其不屑。故神人之視聖人賢人君子無益之勞，無殊於小人；苟有所爲，雖欲駴人，實亦乘一時之風會而求合耳。

「演門有親死者，以善毀，哀毀也。爵爲官師，其黨人毁而死者半。堯與許繇天下，許繇逃之；湯與務光，務光怒之。紀他聞之，帥弟子而踆于窾水，諸侯弔之；三年，申徒狄因以踣河。踣音赴，與仆同。

皆德溢乎名者也。始之者，非必徇忠孝之名以趨死地，而學之者徒以喪身。故德不欲溢也，遊于世而不僻，稱其德之可勝者而已。

「筌者所以在魚，得魚而忘筌；蹄者所以在兔，繫足機穽曰蹄。得兔而忘蹄；言者所以在意，得意而忘言。吾安得夫忘言之人而與之言哉！」

忘言則忘義，因彼以敎而不專其學，斯不以忠孝殺人。然則莊子之書，一筌蹄耳。執之不忘，則必淫于邪僻。故後世之爲莊學者，多冥行而成乎大惡。按此段文義，乃以起寓言篇之旨，與寓言篇「舍者與之爭席」、列禦寇之(齋)〔齊〕㊀段，意指脗合。蓋雜篇七篇次序相因，類如此者。昔人以此益證讓王四篇爲無知小人之攙入，信不誣也。

㊀ 按：「列禦寇之齊」爲列禦寇篇首段之第一句。

莊子解卷二十七

雜篇

寓言

此內外雜篇之序例也。莊子既以忘言爲宗，而又繁有稱說，則抑疑於矜知，而有成心之師。且道惟無體，故寓庸而不適於是非；則一落語言文字，而早已與道不相肖。故於此發明其終日言而未嘗言之旨，使人不泥其迹，而一以天均遇之，以此讀內篇，而得魚兔以忘筌蹄，勿驚其爲河漢也。此篇與天下篇乃全書之序例。古人文字，序例卽列篇中；漢人猶然，至唐乃成書外別爲一序於卷首，失詳說乃反約之精意。其列禦寇篇，夾於二篇之中，亦古人錯綜不滯之文體；不可以唐宋之局法例之。讓王以下四篇，不屑置釋，已詳簡端。

寓言十九，重言十七，篇內如此，其非寓者一而已，非重述古人之言者三而已。巵言日出，和以天倪。

凡寓言重言與九七之外，微言間出，辨言曲折，皆巵言也。和以天倪者，言而未嘗言，無所凝滯；無言而不妨於有言，無所隱藏；要以合於未始出之宗也。

寓言十九，藉外論之。親父不爲其子媒，親父譽之，不若非其父者也。

寓言所以十九也。蓋以爲寓，則無言而非寓也；以爲非寓，則寓固非寓也。堇也，桔梗也，雞廱也，豕零也，皆時爲帝者也；螻蟻也，稊稗也，瓦甓也，屎溺也，皆道之所在也；非寓也。曰道，曰德，曰性，曰心，曰神，曰天，可名言者皆寓也，斯須之循者也。而人徒見鯤鵬，鷽鳩，解牛，承蜩，以爲此寓耳。通萬有而休乎天均，則隨所寓而衆著之理皆成；就其人之心性神志而言之，則皆私也。人各怙其私而不相信從，衆著之，公而言之，則易以曉然。故寓言者，所以避親父之自媒，爲人所易信。寓固非寓，外固非外，論者所必藉也。

非吾罪也，人之罪也。與己同則應，不與己同則反；人情大抵然。同於己爲是之，異於己爲非之。重言十七，所以已言也，已言者，止人之爭辯也。是爲耆艾。猶言必折衷於老成。年先矣，而無經緯本末以期年耆者，是非先也。年老而無才德以副物望，即不得謂之長者。人而無以先人，無人道也。人而無人道，是之謂陳人。謂之陳人，何足爲耆艾乎？○見其所引之古，皆有經緯本末，非守一先生之說，徒爲陳腐而不可用。

重言所以十七也。人皆囿於樊中而神不王，神不王則氣矜。取一先生之言以師之爲成心，而怨異己者，亟從而與爭是非，則以吾言爲罪，謂其破古人而獨標異也。夫見獨者古今無耦，而不能以喻人。乃我所言者，亦重述古人而非己之自立一宗，則雖不喻者無可相譴矣。雖然，均之耆艾也，君子不與小人齒，以其無人道也，則但謂之陳人。故取一先生之言，發冢以竊其含珠，其所述者陳人而已。吾所重述者，舍儒墨之所稱述而必求諸道，則不與人爭是非，而固不以剿說雷同之陳言爲言也。

巵言日出，和以天倪，因以曼衍，所以窮年。不言則齊，齊與言不齊，言與齊不齊也，故曰無言。言無言：終身言，未嘗言；終身不言，未嘗不言。有自也而可，有自也而不可；有自也而然，有自也而不然。惡乎然？然于然。惡乎不然？不然于不然。惡乎可？可于可。惡乎不可？不可於不可。物固有所然，物固有所可。無物不然，無物不可。非卮言日出，和以天倪，孰得其久？萬物皆種也，以不同形相禪；評曰：各依其種而有變化。始卒若環，莫得其倫，是謂天均。天均者，天倪也。

寓言重言與非寓非重者，一也，皆卮言也，皆天倪也。故日出而不死人之心，則人道存焉。尊則有酒，卮未有也。酌於尊而旋飲之，相禪者故可以日出而不窮，本無而可有者也。本無則忘言，可有則日言而未嘗言。可有而終日言者，天均之不息，無不可爲倪也。至於天均而無不齊矣。則寓亦重也，重亦寓也。卽有非重非寓者，莫非重寓也。無不然，無不可，則參萬歲而通於一。不然而可然，不可而可可，則合於一倫，而不倚於其倫。不同者皆其禪者，合貫於一而隨時以生倪，均已移而倪不留，曼衍窮年，年盡而言乃止，奚有不和者哉！

莊子謂惠子曰：「孔子行年六十而六十化，始時所是，卒而非之；未知今之所謂是之非五十九非也。」惠子曰：「孔子勤志服知也。」莊子曰：「孔子謝之矣。不屑爲勤志服知。而其未之嘗言。孔子云：特未明言之，其意則云。『夫受才乎大本，復靈以生。』評曰：屈伸往復，靈明偶附于形體而生。鳴而當律，言而當法，利義陳於前，而好惡是非直服人之口而已矣。使人乃以心服，而不敢蘁立，蘁音諤，一音諤，逆也。蘁立猶孤立。定天下之定。評曰：直以折服人口，使不挾私爭鳴，而內服于心，不敢持獨是以強定天下。已乎！已乎！吾且不得及彼乎！評曰：若執一是以服人，則且不及彼鳴者。

有所是者則非矣。天均者無非也，則無是也。無是，故所是者見其皆非而化矣。而惠子以爲進昔之是以求今之是，則昔之是固非，而今之是尤非也。知惡足服乎！大本者，天均也。萬物皆從大本生。鳥之鳴，人之言，各如其分，而適以因一時之律法，卽足以服人之口，而事隨成，非可執爲必是也。執爲必是，而奪人之心以孤立，求定天下之不定，則求異於衆喙之鳴，而實不如其有當也。故無是也則無非，化聲之曼衍，非以言是非也。終身於非，終身於是，豈但六十之於五十九哉？

曾子再仕而心再化，曰：「吾及親仕，三釜而心樂；後仕三千鍾，不洎，不洎，不及養親也。吾心悲。」弟子問於仲尼曰：「若參者，可謂無所縣其罪乎？縣音懸，繫也。」曰：「既已縣矣。夫無所縣者，可以有哀乎？彼視三釜三千鍾，如鸛雀蚊虻相過乎前也。」

化昔之非，而未化今之是，則今昔皆蘧立也。生死得喪遷，而天均之環，運而不息，哀樂無留，則無繫。夫乃謂之化。以之曼衍，無不然，無不可矣。

顔成子游謂東郭子綦曰：「自吾聞子之言，一年而野，反樸而無文。二年而從，順物也。三年而通，己物合一。四年而物，己無非物矣。五年而來，天機自至。六年而鬼入，神來舍。七年而天成，無不可成。八年而不知死不知生，死亦不滯。九年而大妙。曼衍皆妙。

和以天倪，而發爲卮言，其足以移人之性情使與天游也，其效如此。

「生有爲，死也勸公。句疑有譌。以其死也有自也，而生陽也無自也。而果然乎？惡乎其所適？惡乎其所不適？天有歷數，地有人據，以人所據而分國邑。吾惡乎求之？莫知其所終，若之何其無命也？莫知其所始，若之何其有命也？有以相應也，若之何其無鬼邪？無以相應也，若之何其有鬼邪？」

此明論之不可定也。不可定，則定天下者不足以存；不可定，則無適而不定；而巵言日出，皆不悖乎天倪矣。謂死有自，而生非無自；謂生無自，則死亦無自。儒言命，墨言鬼，各有所通者各有所窮。言命者天而非鬼，言鬼者精而非命，皆不可而皆可，皆然而皆不然。一偏之說，猶以歷數測天，以人據之疆域畫地耳。天未嘗無歷數，故測之可也，而除夕之與元日，其異安在？地未嘗不從人據，而旦楚而暮秦，其畛安在？照之以天，則言歷數，言人據，可也。乃天之非有歷數，地之非人可據，自渾然于大均，兩詰之而兩窮，兩和之而兩行。言而忘言，定以不定，巵言日出，豈與儒墨爭定論哉？

衆罔兩問於景曰：「若向也俯而今也仰，向也括而今也被髮，向也坐而今也起，向也行而今也止，何也？」景曰：「叟叟也，（叟一作搜，或音蕭。）奚稍問也？予有而不知其所以。予蜩甲也，蛇蛻也，似之而非也。火與日吾屯也，（屯音豚，聚也。）陰與夜吾代也。彼吾所以有待邪？而況乎以有待者乎？（形亦有待。）彼來則我與之來，彼往則我與之往；（形，所待者。）彼強陽則我與之強陽。（郭注：「強陽，運動。」）強陽者，又何以有問乎？」（罔兩，強陽之屬也。）

言猶影也，語終則逝，非若蜩甲蛇蛻之尚有留迹也。言待所言者而出，所言者又有待而生。影之於心，形之與影，無以異；所言者之與言，亦無以異。故曼衍窮年，亦皆天籟耳。天籟者，統於天均，因所屯所代而爲天倪，天倪因任乎天吹。弗問其所以而爲特操，則言亦無言矣。

陽子居南之沛，（陽朱一名戎，字子居。）老聃西遊於秦，邀于郊，至于梁而遇老子。老子中道仰天而嘆曰：「始吾以女爲可教，今不可也。」陽子居不答，至舍，進盥漱巾櫛，脫屨戶外，膝行而前曰：「向者弟子欲請夫子，夫子行不閒，是以不敢。今閒矣，請問其故。」老子曰：「而睢睢盱盱，睢音灰，仰目也。盱音吁，張目也。而誰與居？大白若辱，盛德若不足。」陽子居蹵然變容曰：「敬聞命矣。」其往也，舍者迎將，其家公執席，妻執巾櫛，舍者避席，煬者避竈；其反也，舍者與之爭席矣。

有所與居，則不與居者衆矣。所與居者衆，則不可以逍遙矣。舍者爭席，無樂與居者，而後無不可與居也。於人無同異，於道無取舍，則於知無矜，而緣督之經，左右皆適矣。此段應在列禦寇篇首。

莊子解卷二十八

雜篇

讓王

贋編不置釋，說見篇首。

堯以天下讓許繇，許繇不受。又讓於子州支父，子州支父曰：「以我爲天子，猶之可也。雖然，我適有幽憂之病，方且治之，未暇治天下也。」夫天下至重也，而不以害其生，又況他物乎？唯無以天下爲者，可以託天下也。舜讓天下于子州支伯。子州支伯曰：「予適有幽憂之病，方且治之，未暇治天下也。」故天下大器也，而不以易生，此有道者之所以異乎俗者也。舜以天下讓善卷。善卷曰：「余立於宇宙之中，冬日衣皮毛，夏日衣葛絺；春耕種，形足以勞動；秋收斂，身足以休食；日出而作，日入而息，逍遙於天地之間而心意自得。吾何以天下爲哉？悲夫，子之不知余也！」遂不受。於是去而入深山，莫知其處。舜以天下讓其友石戶之農，石戶之農曰：「捲捲乎后之爲人，葆力之士也！」以舜之德爲未至也，於是夫負妻戴，攜子以入於海，終身不反也。高誘云：「幽憂，幽隱也。捲捲，用力貌。今武陵宜興有善卷

壇。」㊀

太王亶父居邠，狄人攻之；事之以皮帛而不受，事之以犬馬而不受，事之以珠玉而不受，狄人之所求者土地也。太王亶父曰：「與人之兄居而殺其弟，與人之父居而殺其子，吾不忍也。子皆勉居矣！爲吾臣與爲狄人臣奚以異？且吾聞之，不以所用養害所養。」因杖筴而去之。民相連而從之，遂成國於岐山之下。夫太王亶父可謂能尊生矣。能尊生者，雖富貴不以養傷身，雖貧賤不以利累形。今世之人居高官尊爵者，皆重失之，見利輕亡其身，豈不惑哉！

越人三世弒其君，王子搜患之，逃乎丹穴。而越國無君，求王子搜不得，從之丹穴。王子搜不肯出，越人薰之以艾。乘以王輿。王子搜援綏登車，仰天而呼曰：「君乎君乎！獨不可以舍我乎！」王子搜非惡爲君也，惡爲君之患也。若王子搜者，可謂不以國傷生矣，此固越人之所欲得爲君也。王子搜，淮南作翳。爾雅：「南戴日爲丹穴。」

韓魏相與爭侵地。子華子見昭僖侯，昭僖侯有憂色。子華子曰：「今使天下書銘於君之前，書之言曰：『左手攫之則右手廢，右手攫之則左手廢，然而攫之者必有天下』，君能攫之乎？」昭僖侯曰：「寡人不攫也。」子華子曰：「甚善。自是觀之，兩臂重於天下也，身亦重於兩臂。韓之輕於天下亦遠矣，今之所爭者，其輕於韓又遠。君固愁身傷生以憂戚不得也！」昭僖侯曰：「善哉！教寡人者衆矣，未嘗得聞此言也。」子華子可謂知輕重矣。子華子，魏人。

㊀ 原誤在下段末，今移正於此。

魯君聞顏闔得道之人也，使人以幣先焉。顏闔守陋閭，苴布之衣而自飯牛。魯君之使者至，顏闔自對之。使者曰：「此顏闔之家與？」顏闔對曰：「此闔之家也。」使者致幣，顏闔曰：「恐聽者謬而遺使者罪，不若審之。」使者還，反審之，復來求之，則不得已。故若顏闔者，眞惡富貴也。故曰，道之眞以治身，其緒餘以爲國家，其土苴（張位音蠹苴，山谷作蠹直。蠹，郎假反。苴音鮓。）以治天下。繇此觀之，帝王之功，聖人之餘事也，非所以完身養生也。今世俗之君子，多危身棄生以殉物，豈不悲哉？凡聖人之動作也，必察其所以之與其所以爲。今且有人於此，以隨侯之珠彈千仞之雀，世必笑之。是何也？則其所用者重而所要者輕也。夫生者，豈特隨侯之重哉？（苴，有子麻也。土苴，糞草也。）

子列子窮，容貌有饑色。客有言之於鄭子陽者曰：「列御寇，蓋有道之士也，居君之國而窮，君無乃爲不好士乎？」鄭子陽即令官遺之粟。子列子見使者，再拜而辭。使者去，子列子入，其妻望之而拊心曰：「妾聞爲有道者之妻子，皆得佚樂，今有饑色。君過而遺先生食，先生不受，豈不命耶？」子列子笑謂之曰：「君非自知我也，以人之言而遺我粟，至其罪我也又且以人之言，此吾所以不受也。」其卒，民果作難而殺子陽。（子陽，鄭相，爲人嚴酷，罪者無赦。舍人折弓，畏子陽怒責，因國人逐瘈狗而殺子陽。）

楚昭王失國，屠羊說（音悅）走而從於昭王。昭王反國，將賞從者，及屠羊說，屠羊說曰：「大王失國，說失屠羊；大王反國，說亦反屠羊。臣之爵祿已復矣，又何賞之有！」王曰：「強之！」（強，上聲。）屠羊說曰：「大王失國，非臣之罪，故不敢伏其誅。大王反國，非臣之功，故不敢當其賞。」王曰：「見之！」屠羊說曰：「楚國之法，必有重賞大功而後得見。今臣之知不足以存國，而勇不足以死寇。吳軍入郢，說畏難而避寇，非故隨大王也。今大王欲廢法毀約而見說，此非臣之所以聞天下也。」王謂司馬子綦曰：「屠羊說居處卑賤而陳義甚高，子其爲我延之以三旌之位。」屠羊說曰：「夫三旌之位，吾知其貴於屠羊之肆也；萬鍾之祿，吾知其富於屠羊之利也；然豈可以貪爵祿而使吾君有妄施之名乎？說不敢當，願復反吾屠羊之肆。」遂不受也。

原憲居魯，環堵之室，茨以生草；蓬戶不完，桑以爲樞，而甕牖二室，褐以爲塞；上漏下濕，匡坐而弦。子貢乘大馬，中紺而表素，軒車不容巷，往見原憲。原憲華冠縰履，杖藜而應門。子貢曰：「嘻！先生何病？」原憲應之曰：「憲聞之，無財謂之貧，學而不能行謂之病。今憲，貧也，非病也。」子貢逡巡而有愧色。原憲笑曰：「夫希世而行，比周而友，學以爲人，教以爲己，仁義之慝，輿馬之飾，憲不忍爲也。」

曾子居衞，縕袍無表，顏色腫噲，手足胼音駢。胝，音支。三日不舉火，十年不製衣，正冠而纓絕，捉衿而肘見，納履而踵決，曳縰而歌商頌，聲滿天地，若出金石。天子不得臣，諸侯不得友。故養志者忘形，養形者忘利，致道者忘心矣。孔子謂顏回曰：「回，來！家貧居卑，胡不仕乎？」顏回對曰：「不願仕。回有郭外之田五十畝，足以給飦粥；郭內之田十畝，足以爲絲麻；鼓琴足以自娛，所學夫子之道者足以自樂也。回不願仕。」孔子愀然變容曰：「善哉回之意！丘聞之：『知足者不以利自累也，審自得者失之而不懼，行修於內者無位而不怍。』丘誦之久矣，今於回而後見之，是丘之得也。」

中山公子牟謂瞻子曰：「身在江海之上，心居乎魏闕之下，奈何？」瞻子曰：「重生。重生則利輕。」中山公子牟曰：「雖知之，未能勝也。」瞻子曰：「不能自勝則從，神無惡乎？不能自勝而強不從者，此之謂重傷。重傷之人，無壽類矣。」魏牟，萬乘之公子也，其隱巖穴也，難爲於布衣之士；雖未至于道，可謂有其意矣。

孔子窮於陳蔡之間，七日不火食，藜羹不糝，素感切。顏色甚憊，而弦歌於室。顏回擇菜，子路子貢相與言曰：「夫子再逐于魯，削迹於衛，伐樹于宋，窮於商周，圍於陳蔡，殺夫子者無罪，藉夫子者無禁。弦歌鼓琴，未嘗絕音，君子之無恥也若此乎？」顏回無以應，入告孔子。孔子推琴喟然而嘆曰：「繇與賜，細人也。召而來，吾語之！」子路子貢入。子路曰：「如此者可謂窮矣！」孔子曰：「是何言也！君子通於道之謂通，窮於道之謂窮。今丘抱仁義之道以遭亂世之患，其何窮之爲？故內省而不窮於道，臨難而不失其德，天寒既至，霜雪既降，吾是以知松栢之茂也。陳蔡之隘，音厄。於丘其幸乎！」孔子削然反琴而弦歌。子路扢然執干而舞。子貢曰：「吾不知天之高也，地之下也。」古之得道者，窮亦樂，通亦樂。所樂非窮通也，道德於此，則窮通爲寒暑風雨之序矣。故許繇娛於潁陽，而共音恭。伯得乎邱首。削然或曰蕭然。扢然，奮武貌。共伯即共和。邱首，一作共首。

舜以天下讓其友北人無擇。北人無擇曰：「異哉后之爲人也，居於畎畝之中而遊堯之門！不若是而已，又欲以其辱行漫我。吾羞見之。」因自投淸泠之淵。湯將伐桀，因卞隨而謀。卞隨曰：「非吾事也。」湯曰：「孰可？」曰：「吾不知也。」湯又因瞀音務。光而謀。瞀光曰：「非吾事也。」湯曰：「孰可？」曰：「吾不知也。」湯曰：「伊尹何如？」曰：「强力忍垢，吾不知其他也。」湯遂與伊尹謀伐桀，克之，以讓卞隨。卞隨辭曰：「后之伐桀也謀乎我，必以我爲賊也；勝桀而讓我，必以我爲貪也。吾生乎亂世，而無道之人再來漫我以其辱行，吾不忍數聞也。」乃自投椆一作桐，音桶。水而死。湯又讓瞀光曰：「知者謀之，武者遂之，仁者居之，古之道也。吾子胡不立乎？」瞀光辭曰：「廢上，非義也；殺民，非仁也；人犯其難，我享其利，非廉也。吾聞之曰，非其義者，不受其祿，無道之世，不踐其土，況尊我乎！吾不忍久見也。」乃負石而自沉於廬一作盧。水。隴上曰畎，隴中曰畝。

昔周之興，有士二人處於孤竹，曰伯夷叔齊。二人相謂曰：「吾聞西方有人，似有道者，試往觀焉。」至於岐陽，武王聞之，使叔旦往見之，與之盟曰：「加富二等，就官一列。」血牲而埋之。二人相視而笑曰：「嘻！異哉！此非吾所謂道也。昔者神農之有天下也，時祀盡敬而不祈喜；其於人也，忠信盡治而無求焉。樂音洛。與政爲政，樂與治爲治，不以人之壞自成也，不以人之卑自高也，不以遭時自利也。今周見殷之亂而遽爲政，上謀而下行貨，阻兵而保威，割牲而盟以爲信，揚行以說音悅。衆，殺伐以要利，是推亂以易暴也。吾聞古之士，遭治世不避其任，遇亂世不爲苟存。今天下闇，周德衰，其並音傍，去聲。乎周以塗吾身也，不如避之以潔吾行。」二子北至於首陽之山，遂餓而死焉。若伯夷叔齊者，其於富貴也，苟可得已，則必不賴。高節戾行，獨樂其志，不事於世，此二士之節也。孤竹國在遼西令支縣，今永平有肥如塚。論語疏：姓墨胎，名智允。

莊子解卷二十九

雜篇

盜跖

贋編不置釋，說見篇首。

孔子與柳下季爲友。柳下季之弟，名曰盜跖。之石反。盜跖從卒九千人，橫行天下，侵暴諸侯，穴室樞戶，驅人牛馬，取人婦女，貪得忘親，不顧父母兄弟，不祭先祖。所過之邑，大國守城，小國入保，萬民苦之。孔子謂柳下季曰：「夫爲人父者，必能詔其子；爲人兄者，必能教其弟。若父不能詔其子，兄不能教其弟，則無貴父子兄弟之親矣。今先生，世之才士也，弟爲盜跖，爲天下害，而弗能教也，丘竊爲先生羞之。丘請爲先生往說之。」柳下季曰：「先生言爲人父者必能詔其子，爲人兄者必能教其弟，若子不聽父之詔，弟不受兄之教，雖今先生之辯，將奈之何哉？且跖之爲人也，心如涌泉，意如飄風，彊足以拒敵，辯足以飾非，順其心則喜，逆其心則怒，易辱人以言。先生必無往。」孔子不聽，顏回爲馭，子貢爲右，往見盜跖。盜跖乃方休卒徒太山之陽，膾人肝而餔之。孔子下車而前，見謁者曰：「魯人孔丘，聞將軍高義，敬再拜謁者。」謁者入通，盜跖聞之大怒，目如明星，髮上指冠，曰：「此夫魯國之巧僞人孔丘非耶？爲我告之：『爾作言造語，妄稱文武，冠枝木之冠，帶死牛之脅，多辭謬說，不耕而食，不織而衣，搖脣鼓舌，擅生是非，以迷天下之主，使天下學士不反其本，妄作孝弟，而儌倖於封侯富貴者也。子之罪大極重，疾走歸！不然，我將以子肝益晝餔之膳！』」孔子復通曰：「丘得幸于季，願望履幕下。」謁者復通，盜跖曰：「使來前！」孔子趨而進，避席反走，再拜盜跖。盜跖大怒，兩展其足，案劍瞋目，聲如乳虎，曰：「丘來前！若所言，順吾意則生，逆吾心則死。」孔子曰：「丘聞之，凡天下有三德：生而長大，美好無雙，少長貴賤見而皆說之，此上德也；知維天地，能辯諸物，此中德也；勇悍果敢，聚衆率兵，此下德也。凡人有此一德者，足以南面稱孤矣。今將軍兼此三者，身長八尺二寸，面目有光，脣如激丹，齒如齊貝，音中黃鐘，而名曰盜跖，丘竊爲將軍恥不取焉。將軍有意聽臣，臣請南使吳越，北使齊魯，東使宋衞，西使晉楚，使爲將軍造大城數百里，立數十萬戶之邑，尊將軍爲諸侯，與天下更始，罷兵休卒，收養昆弟，共祭先祖。此聖人才士之行，而天下之願也。」盜跖大怒曰：「丘來前！夫可規以利而可諫以言者，皆愚陋恆民之謂耳。今長大美好，人見而說之者，此吾父母之遺德也。丘雖不吾譽，吾獨不自知耶？且吾聞之：好面譽人者，亦好背而毀之。今告我以大城衆民，是規我以利而恆民畜我也，安可長久也！城之大者，莫大乎天下矣。堯舜有天下，子孫無置錐之地；湯武立爲天子，而後世絕滅；非以其利大故耶？且吾聞之：古者禽獸多而人民少，於是民皆巢居以避之，晝拾橡栗，暮棲木上，故命之曰有巢氏之民。古者民不知衣服，夏多積薪，冬則煬之，故命之曰知生之民。神農之世，臥則居居，起則于于，民知其母，不知其父，與麋鹿共處，耕而食，織而衣，無有相害之心，此至德之隆也。然而黃帝不能致德，與蚩尤戰於涿鹿之野，流血百里。堯舜作，立羣臣，湯放其主，武王殺紂。自是之後，以彊凌弱，以衆暴寡。湯武以來，皆亂人之徒也。今子修文武之道，掌天下之辯，以教後世，縫衣淺帶，矯言僞行，以迷惑天下之主，而欲求富貴焉，盜莫大於子。天下何故不謂子爲盜丘，而乃謂我爲盜跖？子以甘辭說子路而使從之，使子路去其危冠，解其長劍，而受教於子，天下皆曰孔丘能止暴禁非。其卒之也，子路欲殺衞君而事不成，身菹于衞東門之上，是子教之不至也。子自謂才士聖人耶？則再逐於魯，削迹於衞，窮於齊，圍於陳蔡，不容身於天下。子教子路菹此患，上無以爲身，下無以爲人，子之道豈足貴耶？世之所高，莫若黄帝，黄帝尚不能全德，而戰涿鹿之野，流血百里。堯不慈，舜不孝，禹偏枯，湯放其主，武王伐紂，文王拘羑里。此六子者，世之所高也，孰論之，皆以利惑其眞而强反其情性，其行乃甚可羞也。世之所謂賢士伯夷叔齊，辭孤竹之君而餓死於首陽之山，骨肉不葬。鮑焦飾行非世，抱木而死。申徒狄諫而不聽，負石自投於河，爲魚鱉所食。介子推至忠也，自割其股以食文公，文公後背之，子推怒而去，抱木而燔死。尾生與女子期於梁下，女子不來，水至不去，抱梁柱而死。此四者無異於磔犬流豕操瓢而乞者，皆離音罹。名輕死，不念本養壽命者也。世所謂忠臣者，莫若王子比干伍子胥。子胥沉江，比干剖心。此二子者，世謂忠臣也，然卒爲天下笑。自上觀之，至於子胥比干，皆不足貴也。丘之所以說我者，若告我以鬼事，則我不能知也；若告我以人事者，不過此矣，皆吾所聞知也。今吾告子以人之情，目欲視色，耳欲聽聲，口欲察味，志氣欲盈。人上壽百歲，中壽八十，下壽六十，除病瘦死喪憂患，其中開口而笑者，一月之中不過四五日而已矣。天與地無窮，人死者有時。操有時之具而托於無窮之間，忽然無異騏驥之馳過隙也。不能說其志意，養其壽命者，皆非通道者也。丘之所言，皆吾之所棄也。亟去走歸，無復言之！子之道，狂狂汲汲，詐巧虛僞事也，非可以全眞也，奚足論哉？」孔子再拜趨走，出門上車，執轡三失，目芒然無見，色若死灰，據軾低頭，不能出氣。歸到魯東門外，適遇柳下季。柳下季曰：「今者闕然數日不見，車馬有行色，得微往見跖耶？」孔子仰天而嘆曰：「然。」柳下季曰：「跖得無逆汝意若前乎？」孔子曰：「然。丘所謂無病而自炙也。疾走料虎頭，編虎鬚，幾不免虎口哉！」焦氏曰：「展禽，魯僖公時人，至孔子生，八十餘年；若至子路之死，百五六十歲，不得爲友，是寄言也。」

子張問於滿苟得曰：「盍不爲行？無行則不信，不信則不任，不任則不利。故觀之名，計之利，而義眞是也。若棄名利，反之于心，則夫士之爲行，不可一日不爲乎！」滿苟得曰：「無恥者富，多信者顯。夫名利之大者，幾在無恥而信。故觀之名，計之利，而信眞是也。若棄名利，反之于心，則夫士之爲行，抱其天乎！」子張曰：「昔者桀紂貴爲天子，富有天下，今謂臧聚曰，汝行如桀紂，則有怍色，有不服之心者，小人所賤也。仲尼墨翟窮爲匹夫，今謂宰相曰，子行如仲尼墨翟，則變容易色稱不足者，士誠貴也。故勢爲天子，未必貴也；窮爲匹夫，未必賤也。貴賤之分，在行之美惡。」滿苟得曰：「小盜者拘，大盜者爲諸侯，諸侯之門，義士存焉。昔者桓公小白殺兄入嫂，而管仲爲臣；田成子常殺君竊國，而孔子受幣。論則賤之，行則下之，則是言行之情悖戰于胸中也，不亦拂乎？故書曰：『孰惡孰美？成者爲首，不成者爲尾。』」子張曰：「子不爲行，卽將疏戚無倫，貴賤無義，長幼無序，五紀六位將何以爲別乎？」滿苟得曰：「堯殺長子，舜流母弟，疏戚有倫乎？湯放桀，武王殺紂，貴賤有義乎？王季爲適，音嫡。周公殺兄，長幼有序乎？儒者僞辭，墨者兼愛，五紀六位將有別乎？且子正爲名，我正爲利。名利之實，不順於理，不監於道。吾日與子訟於無約，曰：『小人殉財，君子殉名。其所以變其情，易其性，則異矣；乃至於棄其所爲而殉其所不爲，則一也。』故曰：無爲小人，反殉而天；無爲君子，從天之理。若枉若直，相而天極；面觀四方，與時消息。若是若非，執而圓機；獨成而意，與道徘徊。無轉而行，無成而義，將失而所爲。無赴而富，無殉而成，將棄而天。比干剖心，子胥抉音夬。眼，忠之禍也。直躬證父，尾生溺死，信之患也。鮑子立乾，音干。勝平聲。子不自理，廉之害也。孔子不見母，匡子不見父，義之失也。此上世之所傳，下世之所語，以爲士者正其言，必其行，故服其殃，離音罹。其患也。」臧聚，臧獲竊聚之人也。鮑子名焦，子貢諫之，遂棄其蔬而餓死。勝子，申生也。林鬳齋曰：「戰國時，未有稱宰相者，篇中今謂宰相，此爲後人私撰明甚。」

無足問于知和曰：「人卒未有不興名就利者。彼富則人歸之，歸則下之，下則貴之。夫見下貴者，所以長生安體樂意之道也。今子獨無意焉，知不足耶？意知而力不能行耶？故推正不忘耶？」知和曰：「今夫此人以爲與己同時而生，同鄉而處者，以爲夫絕俗過世之士焉；是專無主正，所以覽古今之時，是非之分也，與俗化。世去至重，棄至尊，以爲其所爲也；此其所以論長生安體樂意之道，不亦遠乎！慘怛之疾，恬愉之安，不監於體；怵惕之恐，欣歡之喜，不監於心；知爲爲而不知所以爲，是以貴爲天子，富有天下，而不免於患也。」無足曰：「夫富之於人，無所不利，窮美究勢，至人之所不得逮，聖人之所不能及，俠音協。人之勇力而以爲威彊，秉人之知謀以爲明察，因人之德以爲賢良，非享國而嚴若君父。且夫聲色滋味權勢之於人，心不待學而樂之，體不待象而安之。夫欲惡避就，固不待師，此人之性也。天下雖非我，孰能辭之？」知和曰：「知者之爲，故動以百姓，不違其度，是以足而不爭，無以爲故不求。不足故求之，爭四處而不自以爲貪；有餘故辭之，棄天下而不自以爲廉。廉貪之實，非以迫外也，反監之度。勢爲天子而不以貴驕人，富有天下而不以財戲人。計其患，慮其反，以爲害於性，故辭而不受也，非以要名譽也。堯舜爲帝而雍，非仁天下也，不以美害生也。善卷許繇得帝而不受，非虛辭讓也，不以事害己也。此皆就其利，辭其害，而天下稱賢焉，則可以有之，彼非以興名譽也。」無足曰：「必持其名，苦體絕甘，約養以持生，則亦久病長阨而不死者也。」知和曰：「平爲福，有餘爲害者，物莫不然，而財其甚者也。今富人，耳營鍾鼓筦籥之聲，口嗛於芻豢醪醴之味，以感其意，遺忘其業，可謂亂矣；侅音礙。溺于馮氣，若負重行而上也，可謂苦矣；貪財而取慰，貪權而取竭，靜居則溺，體澤則馮，可謂疾矣；爲欲富就利，故滿若堵耳而不知避，且馮而不舍，可謂辱矣；財積而無用，服膺而不舍，滿心戚醮，音焦。求益而不止，可謂憂矣；內則疑劫請之賊，外則畏寇盜之害，內周樓疏，外不敢獨行，可謂畏矣。此六者，天下之至害也，皆遺忘而不知察，及其患至，求盡性竭財，單以反一日之無故而不可得也。故觀之名則不見，求之利則不得，繚音了。意絕體而爭此，不亦惑乎？」侅溺於馮氣，舊注：飲食至咽爲侅，馮音憤，憤滿也。楊升菴音憑，言富人積貲，如負重上行也。靜居則溺，晏安鴆毒聲色所迷，無水自沉也。體澤則馮，言營營然如馮河徒涉陷身也。

莊子解卷三十

雜篇

說劍

贋編不置釋，說見篇首。

昔趙文王喜劍，劍士夾門而客三千餘人，日夜相擊於前，死傷者歲百餘人，好之不厭。如是三年，國衰，諸侯謀之。太子悝患之，募左右曰：「孰能說音悅。王之意，止劍士者，賜之千金。」左右曰：「莊子當能。」太子乃使人以千金奉莊子，莊子弗受，與使者俱，往見太子曰：「太子何以教周，賜周千金？」太子曰：「聞夫子明聖，謹奉千金以幣從者。夫子弗受，悝尚何敢言！」莊子曰：「聞太子所欲用周者，欲絕王之喜好也。使臣上說音悅大王而逆王意，下不當太子，則身刑而死，周尚安所事金乎？使臣上說大王，下當太子，趙國何求而不得也！」太子曰：「然。吾王所見，唯劍士也。」莊子曰：「諾。周善爲劍。」太子曰：「然。吾王所見劍士，皆蓬頭突鬢垂冠，曼莫干反。胡之纓，短後之衣，瞋目而語難，王乃說音悅。之。今夫子必儒服而見王，事必大逆。」莊子曰：「請治劍服。」治劍服三日，乃見太子。太子乃與見王，王脫白刃待之。莊子入殿門不趨，見王不拜。王曰：「子欲何以教寡人，使太子先？」曰：「臣聞大王喜劍，故以劍見王。」王曰：「子之劍何能禁制？」曰：「臣之劍，十步一人，千里不留行。」王大說之，曰：「天下無敵矣。」莊子曰：「夫爲劍者，示之以虛，開之以利，後之以發，先之以至，願得試之。」王曰：「夫子休就舍，待命令設戲請夫子。」王乃校劍士七日，死傷者六十餘人，得五六人，使奉劍於殿下，乃召莊子，曰：「今日試使士敦劍。」莊子曰：「望之久矣。」王曰：「夫子所御杖，長短何如？」曰：「臣之所奉皆可。然臣有三劍，唯王所用，請先言而後試。」王曰：「願聞三劍。」曰：「有天子劍，有諸侯劍，有庶人劍。」王曰：「天子之劍何如？」曰：「天子之劍，以燕谿石城爲鋒，齊岱爲鍔，晉魏爲脊，周宋爲鐔，音尋。韓魏爲夾；音鋏。包以四夷，裹以四時，繞以渤海，帶以常山；制以五行，論以刑德，開以陰陽，持以春夏，行以秋冬。此劍，直之無前，舉之無上，案之無下，運之無旁，上決浮雲，下絕地紀。此劍一用，匡諸侯，天下服矣。此天子之劍也。」文王芒然自失，曰：「諸侯之劍何如？」曰：「諸侯之劍，以知勇士爲鋒，以清廉士爲鍔，以賢良士爲脊，以忠聖士爲鐔，以豪傑士爲夾。此劍，直之亦無前，舉之亦無上，案之亦無下，運之亦無旁；上法圓天，以順三光；下法方地，以順四時；中和民意，以安四鄉。此劍一用，如雷霆之震也，四封之內，無不賓服而聽從君命者矣。此諸侯之劍也。」王曰：「庶人之劍何如？」曰：「庶人之劍，蓬頭突鬢垂冠，曼胡之纓，短後之衣，瞋目而語難，相擊于前，上斬頸領，下決肝肺。此庶人之劍，無異於鬭雞，一旦命已絕矣，無所用於國事。今大王有天子之位而好庶人之劍，臣竊爲大王薄之。」王乃牽而上殿，宰人上食，王三環之。莊子曰：「大王安坐定氣，劍事已畢奏矣。」於是文王不出宮三月，劍士皆服斃其處也。曼胡，粗纓無文理也。鍔，劍刃也。鐔，劍口也。鋏，把也。一云：鐔從稜向背，鋏從稜向刃也。三環，聞義而愧，繞饌三周，不能坐食也。服斃，謂忿不見禮，皆自殺也。脫，刀出鞘也。

莊子解卷三十一

雜篇

漁父

贗編不置釋，說見篇首。

孔子遊乎緇帷之林，休坐乎杏壇之上。弟子讀書，孔子絃歌鼓琴，奏曲未半。有漁父者，下船而來，鬚眉交白，披髮揄袂，行原以上，距陸而止，左手據膝，右手持頤以聽。曲終而招子貢子路，二人俱對。客指孔子曰：「彼何爲者也？」子路對曰：「魯之君子也。」客問其族。子路對曰：「族孔氏。」客曰：「孔氏者何治也？」子路未應，子貢對曰：「孔氏者，性服忠信，身行仁義，飾禮樂，選人倫，上以忠於世主，下以化於齊民，將以利天下。此孔氏之所治也。」又問曰：「有土之君與？」子貢曰：「非也。」「侯王之佐與？」子貢曰：「非也。」客乃笑而還，行言曰：「仁則仁矣，恐不免其身；苦心勞形以危其眞。嗚呼，遠哉其分於道也！」子貢還報孔子，孔子推吐雷反。琴而起曰：「其聖人與！」乃下求之，至於澤畔，方將杖拏而引其船，顧見孔子，還鄉而立。孔子反走，再拜而進。客曰：「子將何求？」孔子曰：「曩者先生有緒言而去，丘不肖，未知所謂。竊待於下風，幸聞咳唾之音，以卒相丘也！」客曰：「嘻！甚矣子之好學也！」孔子再拜而起曰：「丘少而修學，以至於今，六十九歲矣，無所得聞至教，敢不虛心？」客曰：「同類相從，同聲相應，固天之理也。吾請釋吾之所有，而經子之所以。子之所以者，人事也。天子諸侯大夫庶人，此四者自正，治之美也，四者離位而亂莫大焉。官治其職，人憂其事，乃無所陵。故田荒室露，衣食不足，徵賦不屬，音燭。妻妾不和，長少無序，庶人之憂也；能不勝任，官事不治，行不淸白，羣下荒怠，功美不有，爵祿不持，大夫之憂也；廷無忠臣，國家昏亂，工技不巧，貢賦不美，春秋後倫，不順天子，諸侯之憂也；陰陽不和，寒暑不時，以傷庶物，諸侯暴亂，擅相攘伐，以殘民人，禮樂不節，財用窮匱，人倫不飭，百姓淫亂，天子有司之憂也。今子既上無君侯有司之勢，而下無大臣職事之官，而擅飭禮樂，選人倫，以化齊民，不泰多事乎？且人有八疵，事有四患，不可不察也。非其事而事之，謂之總；莫之顧而進之，謂之佞；希意道言，謂之諂；不擇是非而言，謂之諛；好言人之惡，謂之讒；析交離親，謂之賊；稱譽詐僞以敗惡人，謂之慝；不擇善否，兩容頰或顔字。適，偷拔其所欲，謂之險。此八疵者，外以亂人，內以傷身，君子不友，明君不臣。所謂四患者：好經大事，變更易常，以挂功名，謂之叨；專知擅事，侵人自用，謂之貪；見過不更，聞諫愈甚，謂之很；人同於己則可，不同於己，雖善不善，謂之矜。此四患也。能去八疵，無行四患，而始可教已。」孔子愀然而歎，再拜而起曰：「丘再逐於魯，削迹於衞，伐樹於宋，圍於陳蔡，丘不知所失，而離音罹。此四謗者何也？」客悽然變容曰：「甚矣子之難悟也！人有畏影惡迹而去之走者，舉足愈數而迹愈多，走愈疾而影不離身，自以爲尙遲，疾走不休，絕力而死。不知處陰以休影，處靜以息迹，愚亦甚矣！子審仁義之閒，察同異之際，觀動靜之變，適受與之度，理好惡之情，和喜怒之節，而幾於不免矣。謹修而身，慎守其眞，還以物與人，則無所累矣。今不修之身而求之人，不亦外乎！」孔子愀然曰：「請問何謂眞？」客曰：「眞者，精誠之至也。不精不誠，不能動人。故強哭者雖悲不哀，強怒者雖嚴不威，強親者雖笑不和。眞悲無聲而哀，眞怒未發而威，眞親未笑而和。眞在內者，神動於外，是所以貴眞也。其用於人理也，事親則慈孝，事君則忠貞，飲酒則歡樂，處喪則悲哀。忠貞以功爲主，飲酒以樂爲主，處喪以哀爲主，事親以適爲主。功成之美，無一其迹矣。事親以適，不論所以矣；飲酒以樂，不選其具矣；處喪以哀，無問其禮矣。禮者，世俗之所爲也；眞者，所以受於天也，自然不可易也。故聖人法天貴眞，不拘於俗。愚者反此，不能法天而恤於人，不知貴眞，祿祿而受變於俗，故不足。惜哉，子之蚤湛於僞而晚聞大道也！」孔子又再拜而起曰：「今者丘得遇也，若天幸然。先生不羞而比之服役，而身敎之。敢問舍所在，請因受業而卒學大道。」客曰：「吾聞之：可與往者與之，至於妙道；不可與往者，不知其道，愼勿與之，身乃無咎。子勉之！吾去子矣！吾去子矣！」乃刺船而去，延緣葦閒。顏淵還車，子路授綏，孔子不顧，待水波定，不聞拏音而後敢乘。子路旁車而問曰：「由得爲役久矣，未嘗見夫子遇人如此其威也。萬乘之主，千乘之君，見夫子未嘗不分庭伉禮，夫子猶有倨傲之容。今漁父杖拏逆立，而夫子曲要磬折，再拜而應，得無太甚乎？門人皆怪夫子矣，漁父何以得此乎？」孔子伏軾而歎曰：「甚矣由之難化也！湛於禮義有閒矣，而樸鄙之心至今未去。進，吾語汝！夫遇長不敬，失禮也；見賢不尊，不仁也。彼非至仁，不能下人，下人不精，不得其眞，故長傷身。惜哉！不仁之於人也，禍莫大焉，而由獨擅之！且道者，萬物之所繇也，庶物失之者死，得之者生，爲事逆之則敗，順之則成。故道之所在，聖人尊之。今漁父之於道，可謂有矣，吾敢不敬乎！

揄袂，揮袂也。齊民猶言平民。春秋後倫，朝覲不及等也。

莊子解卷三十二

雜篇

列禦寇

此篇之旨，大率以內解爲主，以葆光不外炫爲實，以去明而養神爲要，蓋莊子之緒言也。所引雖駁雜，有精粗之異，而要可相通。唯人心險於山川一段，往往雜見他書，蓋申韓之流，苛察纖詭之說，既非夫子之言，抑與莊子照之以天之旨顯相牴牾，編錄者不審而附綴之耳。抑莊子之言，博大玄遠，與天同道，以齊天化，非區區以去知養神，守其玄默。而此篇但爲浮明外侈者發藥，未盡天均之大用，故曰莊子之緒言也。

列禦寇之齊，中道而反，遇伯昏瞀人。伯昏瞀人曰：「奚方而反？」曰：「吾驚焉。」曰：「惡乎驚？」曰：「吾嘗食於十𩟄，而五𩟄先饋。」𩟄、漿同。賣漿之家十，而五家不待買而先饋之，敬之也。伯昏瞀人曰：「若是，則女何爲驚已？」曰：「夫內誠不解，內實無所見。形諜成光，形習爲威儀而成光耀。以外鎮人心，壓也。使人輕乎貴老而䪡其所患。不論年齒，唯趨勢利，以求免於患。夫𩟄人特爲食羹之貨，多餘之贏，其爲利也薄，其爲權也輕，而猶若是，而況於萬乘之主乎？身勞於國而知盡於事，彼將任我以事而效我以功，吾是以驚。」伯昏瞀人曰：「善哉觀乎！善於觀世。女處已。處，止也。止於此矣。人將保女矣。」無幾何而往，則戶外之屨滿矣。伯昏瞀人北面而立，敦杖蹙之乎頤，立有閒，不言而出。賓者以告列子，列子提屨，跣而走，暨乎門，曰：「先生既來，曾不發藥乎？」曰：「已矣！吾固告女曰：『人將保女』，果保女矣。非女能使人保女，而女不能使人無保女也。而焉用之感豫出異也？感人之豫悅，將矜奇以自喜。必且有感搖而本性，性，一作才。又無謂也。與女遊者，又莫汝告也。告音穀。彼所小言，盡人毒也。莫覺莫悟，何相孰也？孰猶誥而問之之意。巧者勞而智者憂，無能者無所求，飽食而遨遊，泛若不繫之舟，虛而遨遊者也。」

使人無保己者，非有以使之也。若有以使之，則御寇知驚五饗之饋，而何不能止戶外之屨哉？虛而遨遊，則萬物無以窺其鏬隙矣。物之相感，禁之則愈相搖。不以感爲豫，不禁而自遠。稍有豫心，而形諜之光致天下有餘矣。

鄭人緩也，呻吟裘氏之地。裘氏，地名。祇三年，而緩爲儒，河潤九里，澤及三族；使其弟墨，儒墨相與辯。其父助翟，十年而緩自殺。其父夢之曰：「使而子爲墨者，予也。闔胡嘗視其良？良、埌通。既爲秋柏之實矣！」種柏結實矣。夫造物者之報人也，不報其人，而報其人之天。彼故使彼！緩之所以使弟者有故。夫人以己爲有以異於人，自恃其河潤澤族之異於人。以賤其親，己，親之子也；弟，己之弟也。而曰使而子，傲甚矣。齊人之井飲者相捽也。井養不窮，齊人尚爭，乃相捽。故曰：「今之世皆緩也。」不孝不友，致殺其身，不過見德而已。自是有德者以不知也，而況有道者乎？不自知其有德，乃爲有德。若有道者，則益不自知矣。古者謂之遁天之刑。

己有知之可炫，欲使人之亦有知以見德，見德而祇以召怨殺身，唯河潤之澤感其豫耳。無知無能，物不相求而已無憂，天刑乃免。何也？見德之情，已自滑其天，而入於相捽之地，則無往而非死地也。

聖人安其所安，不安其所不安；衆人安其所不安，不安其所安。

物無可安，無不可安；此與衆人相形，而見其有安、有不安耳。列御寇驚五饕之饋，而終爲人之所保，不安之情不足以勝物之搖。雖然，遠於豫矣，則不安其所不安，自異於衆人。

莊子曰：「知道易，勿言難。知而不言，所以之天也；知而言之，所以之人也。古之人，天而不人。」

之天，則可漸與天一矣。聖人懷之，終日言而未嘗言也。天無爲而非不爲，合喙鳴，天倪也，言亦不之於人也。

朱泙漫學屠龍於支離益，單千金之家，三年技成，而無所用其巧。

學而不用，其功乃全。外諜成光，則學適爲病。

聖人以必不必，故無兵。可必者而不必之。衆人以不必必之，故多兵。順於兵，故行有求。唯有兵可恃，故多求。兵，恃之則亡。

外物不可必，亦易知者。乃衆人必之者，知懸於心，憒盈以出，強人以從己而見德。緩以之死於弟，逄比以之死於君，宋襄公以之死於同盟，戈矛動於胸中，而必報其天。恃兵者非恃兵也，恃其知也。

小夫之知，不離苞苴竿牘，竿牘，竹簡爲書，相問遺也。斂精神乎蹇淺，而欲兼濟道物。道同導。太一形虛，若是者迷惑於宇宙，形累不知太初。故至人者，歸精神乎無始，而甘冥乎無何有之鄉。水流乎無形，發泄乎太清。悲哉乎！女爲知在毫毛，而不知太寧！雲行雨施，無形乃可濟物，因以相天而大寧。

恃知以與物相感，究其所豫者，苞苴竿牘而已。五鑿之饋，戶外之屨，河潤之澤，皆是物也。使自問而自省，豈非毫毛乎？然此毫毛者，人之所必不能忘情者也。非知太寧者，體無形之流，乘太清之泄，未有不爲所搖者。

宋人有曹商者，爲宋王使秦。其往也，得車數乘；王說之，益車百乘。反於宋，見莊子，曰：「夫處窮閭阨巷，困窘織屨，槁項黃馘者，項瘠如槁，耳黃如馘。商之所短也。一悟萬乘之主，而從車百乘者，商之所長也。」莊子曰：「秦王有病召醫，破癰潰痤者得車一乘，舐痔者得車五乘。所治愈下，得車愈多。子豈治其痔邪？何得車之多也！子行矣！」

此小夫之所以可悲也。豈特曹商哉？屑屑然爲天下補救，皆治痔耳。

魯哀公問於顏闔曰：「吾以仲尼爲貞幹，國其有瘳乎！」曰：「殆哉圾乎仲尼！圾、岌通。方且飾羽而畫，從事華辭，以支爲旨，支，分配也。以分配華辭爲宗旨。忍性以視民；視民猶示民。而不知不信，受乎心，宰乎神，夫何足以上民？彼宜女與？予頤與？誤而可矣。豈彼之宜於女歟？抑此之待養歟？誤而可，非誤則不可矣。今使民離實學僞，離誠心而爲僞學。非所以視民也。爲後世慮，不若休之難治也。過爲後世慮，不若聽其難治而休之。施於人而不忘，非天布也，天之所施，物莫不忘。商賈不齒。雖以事齒之，神者弗齒。與士君子神自不相接屬。爲外刑者，金與木也；爲內刑者，動與過也。宵人之離外刑者，金木訊之；離內刑者，陰陽食之。夫免乎外內之刑者，唯眞人能之。離音麗。

心可受而非有所受，受之者心之知也。神可宰而固不宰，宰之者神之知也。謂彼宜而謂我待以養，是緩之於弟也。忘其爲親而見德以自刑，商賈而已。其去天之無私以布澤者，至遼絕矣。要皆恃知也，皆感豫也，亦與苞苴竿牘之相施受也無以異。

孔子曰：「凡人心險於山川，難於知天。天猶有春秋冬夏旦暮之期，人者厚貌深情。故有貌愿而益，有長若不肖，有順懁而達，懁音狷。有堅而縵，有緩而釬。釬音悍。故其就義若渴者，其去義若熱。故君子遠使之而觀其忠，近使之而觀其敬，煩使之而觀其能，卒然問焉而觀其知，急與之期而觀其信，委之以財而觀其仁，告之以危而觀其節，醉之以酒而觀其則，雜之以處而觀其色。九徵至，不肖人得矣。」

人之不肖，何用察察以知之哉？引此，或以言外物之不可必與？

正考父一命而傴，再命而僂，三命而俯，循牆而走，孰敢不軌！如而夫者，一命而呂鉅，大貌。再命而車上儛，三命而名諸父，孰協唐許！郭註：「唐，唐堯；許，許繇。」賊莫大乎德有心而心有睫。恃德爲心，蔽心者也。及其有睫也而內視，內視而敗矣。有蔽則不自知。

德有心，心有德也。有心有德，則所有者塞其重闉，而氣哽於上以生驕。外哽者中枵，故敗。內視而知敗，尚有瘥乎！若緩者，死而不視其敗者也。

凶德有五，中德爲首。何謂中德？中德也者，有以自好也，而吡其所不爲者也。吡，匹爾反，訾通。

中德者，德有心而德塞其中之謂，則信是已。仁義禮知之爲心睫也淺，信之爲心睫也深。自信而保爲實然，因以自好而責於物，內外之刑交集之。

窮有八極，極窮。達有三必，必達。形有六府。美、髯、長、大、壯、麗、勇、敢，八者俱過人也，內有六府，外成來形。因是以窮。緣循、偃佒、佒音鞅。困畏不若人，三者俱通達。知慧外通，勇動多怨，仁義多責。達生之情者傀，傀猶偉也。達於知者肖；消通。達大命者隨，無不隨順也。達小命者遭。因其所遭。窮於人者，達於天。達於外者，則其內窮於所達。忘生則生達矣，忘知則知達矣。知出於無知，大命也。生均於無生，小命也。六府之形，美惡皆隨順而不自有，則八過人者，又惡足以窮之？不然，且以緣循、偃佒、困畏不若人爲衞生之經！

人有見宋王者，錫車十乘，以其十乘驕穉莊子。莊子曰：「河上有家貧恃緯蕭而食者，緯蕭，織蘆席者。其子沒于淵，得千金之珠。其父謂其子曰：『取石來鍛之！夫千金之珠，必在九重之淵而驪龍頷下。子能得珠者，必遭其睡也。使驪龍而寤，子尙奚微之有哉？』今宋國之深，非直九重之淵也；宋王之猛，非直驪龍也。子能得車者，必遭其睡也。使宋王而寤，子爲齏粉夫！」或聘於莊子，莊子應其使曰：「子見夫犧牛乎？衣以文繡，食以芻菽；及其牽而入於大廟，雖欲爲孤犢，其可得乎？」

苞苴竿牘，其禍至於若此。

莊子將死，弟子欲厚葬之。莊子曰：「吾以天地爲棺槨，日月爲連璧，星辰爲珠璣，萬物爲齎送。吾葬具豈不備邪？何以加此！」弟子曰：「吾恐烏鳶之食夫子也。」莊子曰：「在上爲烏鳶食，在下爲螻蟻食，奪彼與此，何其偏也？」

知小命者遭。

以不平平，其平也不平。以不徵徵，其徵也不徵。明者唯爲之使，神者徵之。夫明之不勝神也，久矣。

而愚者恃其所見入於人，其功外也，不亦悲乎！

一篇之義，於此而始抉其藏。莊子全書，亦於此而啓其逕。唯明與神，知其合離之幾，君臣之分而已。明者，神之所函也。神者雖發見於明，而本體自如，雖未明而固無所詘者也。繇明有知，神則非不知而固無知也。繇明有知，則見爲有徵，而欲以畫天下而平之，故曰「莫若以明」。而不知明隨外諜，則與神相離，徇耳目以外通，而不喪其耦；其流也，乃至爲苞苴竿牘，用以成兵刑之害。夫內以自葆其光者，神也。外以淩大火大浸，而不害其逍遙者，神也。使人之意消而化，以其神而通物者，神也。神葆其光而天光發，虛室之白，無不照也。如是以爲明，則固可使照物之天矣，故又曰「莫若以明」。神使明者，天光也；明役其神者，小夫之知也。故至人以神合天。神合天，則明亦天之所發矣。神與天均常運，合以成體，散以成始，參萬歲，周徧咸乎六宇，而明乘一時之感豫以發。其量之大小，體之誠僞，明之不勝神也明甚。而愚者恆使明勝其神，故以有涯隨無涯，疲役而不休，而不知其非旦暮之得此以生也。故休乎天均者，休乎神之常運者也。神斯均，均斯平，平斯無往而不徵。緣守督以懷諸獨，而葆其光，出入乎險阻而不傷，凝神其至矣。故曰，此莊生之學所循入之徑也。

莊子解卷三十三

雜篇

天下

系此於篇終者，與孟子七篇末舉狂獧鄉愿之異，而歷述先聖以來，至於己之淵源，及史遷序列九家之說，畧同；古人撰述之體然也。其不自標異，而雜處於一家之言者，雖其自命有籠罩羣言之意，而以爲既落言詮，則不足以盡無窮之理，故亦曰「古之道術有在於是者」。己之論亦同於物之論，無是則無彼，而凡爲籟者皆齊也。若其首引先聖六經之教，以爲大備之統宗，則尤不昧本原，使人莫得而擿焉。乃自墨至老，褒貶各殊，而以己說綴于其後，則亦表其獨見獨聞之眞，爲羣言之歸墟。至其篇末舉惠施以終之，則莊子之在當時，心知諸子之短長，而未與之辨，唯遊梁而遇惠子，與相辨論，故惠子之死，有「臣質已死」之歎，則或因惠子而有內七篇之作，因末述之以見其言之所繇興。或疑此篇非莊子之自作，然其浩博貫綜，而微言深至，固非莊子莫能爲也。

天下之治方術者多矣，皆以其有爲不可加矣。古之所謂道術者，果惡乎在？曰無乎不在。曰神何繇降，明何繇出？聖有所生，王有所成，皆原于一。

一者所謂天均也。原於一，則不可分而裂之。乃一以爲原，而其流不能不異，故治方術者，各以其悅者爲是，而必裂矣。然要歸其所自來，則無損益於其一也。一故備，能備者爲羣言之統宗，故下歸之於內聖外王之道。

不離於宗，謂之天人。宗則無非精也。不離於精，謂之神人。神者天之精。不離於眞，謂之至人。得精之眞。以天爲宗，以德爲本，以道爲門，因天啓化。兆於變化，謂之聖人。杖人曰：「如不稱孔子，誰能當此稱乎？」以仁爲恩，以義爲理，事物之當然。以禮爲行，返于天則。以樂爲和，薰然慈仁，謂之君子。以法爲分，約劑。以名爲表，率極。以操爲驗，所行。○操一作叅。以稽爲決，所知。其數一二三四是也，評曰：仁義禮樂之散見者，皆天均之所運也。○無可曰：「一二三四不言五，四邊不壞中何主？蒼蒼滾入兩撮土，下視磨盤一何苦！不墮諸數，太尊貴生，若無節拍，何能鼓舞？」百官以此相齒。以事爲常，以衣食爲主，蕃息畜藏，老弱孤寡爲意，皆有以養，民之理也。古之人其備乎！無非天，無非人。配神明，醇天地，育萬物，和天下，澤及百姓。明于本數，係於末度，評曰：不舍法象。○方以智曰：「節卦曰『制數度，議德行』。蓋數自有度，因而制之，秩序變化，盡于河圖洛書矣。故曰，數爲藏本末之端幾，而數中之度，乃統本末之適節也，道之籥也。」六通四闢，小大精粗，其運無乎不在。其明而在數度者，舊法世傳之史，尚多有之。其在於詩書禮樂者，鄒魯之士縉紳先生多能明之。詩以道志，書以道事，禮以道行，樂以道和，易以道陰陽，春秋以道名分。其數散於天下而設於中國者，百家之學時或稱而道之。皆有言之者矣，故莊子不言。天下大亂，賢聖不明，道德不一，天下多得一，得其一偏。察焉以自好。譬如耳目鼻口，皆有所明，不能相通。猶百家衆技也，皆有所長，時有所用。雖然，不該不徧，一曲之士也：判天地之美，析萬物之理，察古人之全，寡能備於天地之美，稱神明之容。是故內聖外王之道，闇而不明，鬱而不發，天下之人各爲其所欲焉以自爲方。悲夫！百家往而不反，必不合矣！後世之學者，不幸不見天地之純，古人之大體，道術將爲天下裂。

莊子於儒者之道，亦既屢誚之矣。而所誚者，執先聖之一言一行，以爲口中珠，而盜發之者也。夫羣言之興，多有與聖人之道相柢牾者。而泝其所自出，使在後世，猶爲狉狉榛榛之天下，則又何道之可言，何言之可破？唯有堯舜而後糠粃堯舜之言興，有仲尼而後醯雞仲尼之言出。入其室，操其戈；其所自詫爲卓絕者，皆承先聖之緒餘以旁流耳。且夫天均之一也，周徧咸而不出乎其宗，圜運而皆能至。能體而備之者，聖人盡之矣。故或遯言之，易言之，而所和于天倪者，則語不能顯，默不能藏，自周浹隱躍于其中，乃以盡天下之事事物物，人心之變變化化。志也，事也，行也，和也，陰陽也，名分也，時爲帝而無乎不在；六通四闢，小大精粗，宗皆不離，不必言天均，而自休乎天均矣。即如墨者（特）〔持〕㈠異說以相詰難，而未嘗不依聖道之仁與公，以爲其偏端之守，其又能舍內聖外王之大宗，以佚出而別創哉？蓋君子所希者聖，聖之熟者神，神固合於天均。則即顯即微，即體即用，下至名、法、操、稽、農、桑、畜、牧之敎，無不有天存焉。特以得迹而忘眞，則爲小儒之陋；鶩名而市利，則爲風波之民，而諸治方術者，競起而排之。故曰魯國之大，儒者一人而已，亦非誣也。乃循其顯者，或畧其微；察于微者，又遺其顯；捐體而狥用，則於用皆忘；立體以廢用，則其體不全；析體用而

㈠「特」當作「持」，形似而誤。

二之，則不知用者卽用其體；槩體用而一之，則不知體固有待而用始行。故莊子自以爲言微也，言體也，寓體于用而無體以爲體，象微于顯而通顯之皆微。蓋亦內聖外王之一端，而不昧其所從來，推崇先聖所修明之道以爲大宗，斯以異於天籟之狂吹，是其所是，非其所非也。特以其散見者，旣爲前人之所已言，未嘗統一于天均之環中，故小儒泥而不通，而畸人偏說承之，以井飲而相捽；乃自處于無體之體，以該羣言，而捐其是非之私，是以巵言日出之論興焉，所以救道于裂。則其非毀堯舜，抑揚仲尼者，亦後世浮屠訶佛駡祖之意。而駢拇諸篇之鼓浮氣以鳴驕，爲學莊者之稊稗；漁父盜跖之射天笞地，尤爲無藉之狂夫所贋作，於此益見矣。

不侈於後世，不靡於萬物，不暉于數度，不以文物爲光采。以繩墨自矯而備世之急；古之道術有在於是者，墨翟禽滑釐聞其風而說之：爲之大過，已之大循，已，止也。循猶循繩墨之循。作爲非樂，非人所樂。命之曰節用，以節用爲教。生不歌，死無服。墨子汎愛、兼利，而非鬬；以鬬爲非。其道不怒，又好學而博不異，多喜庸衆之言。不與先王同，毀古之禮樂。黃帝有咸池，堯有大章，舜有大韶，禹有大夏，湯有大濩，文王有辟廱之樂，武王周公作武。古之喪禮，貴賤有儀，上下有等，天子棺槨七重，諸侯五重，大夫三重，士再重。今墨子獨生不歌，死無服，桐棺三寸而無槨，以爲法式。以此教人，恐不愛人；以此自行，固不愛己。未敗墨子道；雖然，歌而非歌，哭而非哭，樂而非樂，是果類乎？雖強成一道，而不順人情。其生也勤，其死也薄，其道大觳。觳猶粗也。使人憂，使人悲，其行難爲也；恐其不可以爲聖人之道，反天下之心，天下不堪。墨子雖獨能任，奈天下何？離於天下，其去王也遠矣。郭注：「王者必合天下之歡心。」墨子稱道曰：「昔者禹之湮洪水，決江河，而通四夷九州也，名山三百，支川三千，小者無數。禹親自操橐耜，而九雜天下之川，九雜，糾合錯雜。腓無胈，音拔。脛無毛，沐甚風，櫛疾雨，置萬國。禹大聖也，而形勞天下也如此。使後世之墨者，多以裘褐爲衣，以跂蹻爲服，跂一作跋，跋蹻猶蹶趨也。服猶事也。日夜不休，以自苦爲極。曰：「不能如此，非禹之道也，不足謂墨。」相里勤之弟子、五侯之徒，南方之墨者、苦獲、已齒、舊注：以苦行而得之，沒齒而已，因以爲號。鄧陵子之屬，俱誦墨經，而倍譎不同，相謂別墨；別立一墨教。以堅白同異之辯相訾，以觭偶不仵之辭相應，觭偶卽奇偶。不仵，所荅非所問也。以巨子爲聖人，猶浮屠之法嗣。皆願爲之尸，冀得爲其後世，至今不決。決猶斷也。墨翟禽滑釐之意則是，其行則非也。將使後世之墨者，必自苦以腓無胈，脛無毛，相進而已矣。進而不休。亂之上也，治之下也。雖然，墨子眞天下之好也，人愛其惠。將求之不得也，雖枯槁不舍也。才士也夫！

無才不可以爲墨，今世爲天主教者近之。

不累於俗，不飾於物，不苟於人，不忮於衆，願天下之安寧，以活民命，人我之養，畢足而止，以此白心；白其心之無他。古之道術有在於是者，宋鈃尹文聞其風而說之。舊注：宋鈃卽宋牼。作爲華山之冠以自表，華山上下均平。接萬物以別宥爲始。別而不侵，宥而不爭。語心之容，命之曰心之行，心以有容爲主，所行一如其心，所謂寔能容之也。以聏合驩，聏音而，熟煮也。以調海內，合海內之驩，如烹調五味，令其融和。請欲，句。置之以爲主。請欲，謂人之有所請願欲者。置之爲主，賴之爲兩合之主也。見侮不辱，救民之鬭；禁攻寢兵，救世之戰。以此周行天下，上說下教，雖天下不取，強聒而不舍者也。郭注：「所謂聏調。」故曰：「上下見厭而強見也。」郭注：「所謂不辱。」

雖然，其爲人大多，其自爲大少，曰「請欲固置五升之飯足矣」。人之有請欲而置之爲主者，其食報止受五升之飯。先生恐不得飽，弟子雖饑，不忘天下，日夜不休，曰「我必得活哉！」勞而死，亦甘之。圖傲乎救世之士哉！使圖傲逸，何得爲救世之士？曰：「君子不爲苛察，不以身假物」，不假物之力以安其身。以爲無益於天下者，明之不如已也。知之不如不知。以禁攻寢兵爲外，以情欲寡淺爲內，其小大精麤，其行適至是而止。適如事之小大精麤而止，不於小見大，於麤求精也。

此亦近墨，而不爲苦難之行，如俗所云安分無求者。無求則不爭，其不避厭惡而強聒人，亦有忍力焉。適至是而止者，亦其尤陋也。蓋鄉愿之狡者。

公而不黨，易而無私，決然無主，趣物而不兩，決然矣而無主，趣物矣而不兩。不顧於慮，不謀於知，於物無擇，與之俱往；古之道術有在於是者，彭蒙田駢愼到聞其風而悅之：齊萬物以爲首，曰：「天能覆之而不能載之，地能載之而不能覆之，大道能包之而不能辯之。」所謂決然無主。知萬物皆有所可，有所不可，所謂趣物而不兩。故曰：「選則不徧，教則不至，道則無遺者矣。」是故愼到棄智去己，而緣不得已；泠汰於物，泠音零。汰謂蕭然而汰棄之。以爲道理。曰：「知不知，將薄知而後鄰傷之者也。」郭注：「謂知力淺，不知任其自然，故薄之而又鄰傷焉。」謑髁無任，謑髁音奚火，不正貌。無任，不受事也。而笑天下之尚賢也；縱脫無行，而非天下之大聖。椎拍輐斷，椎拍如椎之拍物。輐音緩，刓去圭角也。輐斷取圓而不粘之意。與物宛轉，舍是與非，苟可以免。不師知慮，不知前後，魏然而已矣。魏猶象魏之魏。推而後行，曳而後往，若飄風之還，若羽之旋，若磨石之隧。隧，磨齒，旋而自通。全而無非，動靜無過，未嘗有罪。是何故？夫無知之物，無建己之患，無用知之累，動靜不離於理，是以終身無譽。故曰：「至於若無知之物而已；無用賢聖，夫塊不失道。」豪傑相與笑之曰：「愼到之道，非生人之行，而至死人之理，適得怪焉。」田駢亦然，學於彭蒙，得不敎焉。彭蒙之師曰：「古之道人，至於莫之是莫之非而已矣。其風窢然，窢，或、旭二音，逆風聲也。惡可而言？」常反人，不喜許可，而所言常與人相反。不聚觀，而不免於魭斷。不與衆逐隊，而所尚者圓脫。其所謂道非道，而所言之韙，不免於非。雖是而亦非。彭蒙、田駢、愼到不知道。雖然，槩乎皆嘗有聞者也。

此亦畧似莊子，而無所懷，無所照；葢浮屠之所謂枯木禪者。此逆人之心，而絕其生理；謂之嘗有聞者，其不立是非之說，亦是。

以本爲精，以物爲麤，以有積爲不足，澹然獨與神明居；古之道術有在於是者，關尹老聃聞其風而悅之：建之以常無有，主之以太一；以濡弱謙下爲表，以空虛不毀萬物爲實。關尹曰：「在己無居，不居一是。形物自著；物自效動。其動若水，其靜若鏡，其應若響；芴乎若亡，芴音物，與惚通。寂乎若淸；同焉者和，得焉者失；未嘗先人，而常隨人。」老聃曰：「知其雄，守其雌，爲天下谿；知其白，守其辱，爲天下谷。」人皆取先，己獨取後，曰「受天下之垢」；人皆取實，己獨取虛，無藏也故有餘，巋然而有餘。其行身也徐而不費，徐所謂後其身也。不費所謂善利物而不爭也。無爲也而笑巧。笑人之巧，所謂若愚若不足。人皆求福，己獨曲全，曰「苟免於咎」。以深爲根，以約爲紀，曰「堅則毀矣，銳則挫矣」。常寬容於物，不削於人，不侵削人。可謂至極。關尹老聃乎！古之博大眞人哉！

謂之博大者，以其爲谿谷而受天下之歸也。眞人者，謂得其眞也。空虛則自不毀物，而於天均之運，有未逮也。故贊之曰眞人，意其未至於天。

寂寞無形，變化無常：死與！生與！天地並與！神明往與！芒乎何之？忽乎何適？萬物畢羅，莫足以歸！古之道術有在於是者，莊周聞其風而悅之，以謬悠之說，荒唐之言，無端崖之辭，時恣縱而不儻，不以觭見之也：以天下爲沈濁，不可與莊語，以巵言爲曼衍，以重言爲眞，以寓言爲廣，獨與天地精神往來，而不敖倪於萬物；不譴是非，以與世俗處；其書雖瓌瑋而連犿，犿音翻，宛轉相從貌。無傷也；其辭雖參差而諔詭，諔音觸，亦詭意。可觀。彼其充實，不可以已，所見者充實，故言不容已。上與造物者遊，而下與外死生無終始者爲友；其於本也，弘大而辟，辟，一作闢。深閎而肆；其於宗也，可謂調適而上達矣。調一作稠。調適於物，上達于天。雖然，其應於化而解於物也，以之應帝王。其理不竭，其來不蛻；遊人間而皆可不遺形迹。芒乎昧乎，未之盡者。萬歲無窮，道皆成純而與之無竟。

莊子之學，初亦沿于老子，而「朝徹」「見獨」以後，寂寞變化，皆通於一，而兩行無礙：其妙可懷也，而不可與衆論論是非也；畢羅萬物，而無不可逍遙；故又自立一宗，而與老子有異焉。老子知雄而守雌，知白而守黑。知者博大而守者卑弱，其意以空虛爲物之所不能距，故宅於虛以待陰陽人事之挾實而來者，窮而自服；是以機而制天人者也。陰符經之說，蓋出於此。以忘機爲機，機尤險矣！若莊子之兩行，則進不見有雄白，退不屈爲雌黑；知止於其所不知，而以不持持者無所守。雖虛也，而非以致物；喪我而於物無攖者，與天下而休乎天均，非姑以示槁木死灰之心形，以待物之自服也。嘗探得其所自悟，蓋得之於渾天；蓋容成氏所言「除日無歲，無內無外」者，乃其所師之天；是以不離於宗之天人自命，而謂內聖外王之道，皆自此出；而先聖之道百家之說〔言其〕㊀散見之用，而我言其全體，其實一也。則關尹之「形物自著」，老子之「以深爲根，以物爲紀」，皆其所不事；故曼衍連犿，無擇于溟海枋榆，而皆無待以遊，以成內七篇之瑋詞：博也而不僅博，大也而不可名爲大，眞也而審乎假以無假。其高過於老氏，而不啓天下險〔惻〕〔側〕㊁之機，故申、韓、孫、吳皆不得竊，不至如老氏之流害於後世，於此殿諸家，而爲物論之歸墟，而猶自以爲未盡，望解人於後世，遇其言外之旨焉。

惠施多方，其書五車；其道舛駁，其言也不中。厤物之意厤同歷，經涉也。曰：「至大無外，謂之大一；至小無內，謂之小一；無厚不可積也，其大千里；天與地卑，山與澤平；日方中、方睨，物方生、方死；大同而與小同異，此之謂小同異；萬物畢同畢異，此之謂大同異；南方無窮而有窮；今日適越而昔來；連環可解也；我知天下之中央，燕之北、越之南是也；汎愛萬物，天地一體也。」惠施以此爲大觀於天下，而曉辯者。曉猶開也。天下之辯者，相與樂之：「卵有毛；雞三足；郢有天下；犬可以爲羊；馬有卵；丁子有尾；丁子，舊注：蝦蟇。火不熱；山出口；輪不蹍地；目不見；指不至，至不絕；龜長於蛇；矩不方，規不可以爲圓；鑿不圍枘；枘，鑿枘。飛鳥之景，未嘗動也；鏃矢之疾，而有不行不止之時；狗非犬；黃馬、驪牛三；白狗黑；孤駒未嘗有母；一尺之棰，日取其半，萬世不竭。」辯者以此與惠施相應，終身無窮。桓團公孫龍辯者之徒，飾人之心，易人之意；能勝人之口，不能服人之心，辯者之囿也。惠施日以其知與人之辯，特與天下之辯者爲怪，此其柢也。然惠施之口談，自以爲最賢，曰「天地其壯

㊀依湘西草堂本增「言其」二字。　㊁「惻」當依湘西草堂本作「側」。

乎！」施存雄而無術。存雄與守雌異。南方有倚人焉，曰黃繚，問天地所以不墜不陷，風雨雷霆之故。惠施不辭而應，不慮而對，徧爲萬物說；說而不休，多而無已；猶以爲寡，益之以怪，以反人爲實，而欲以勝人爲名，是以與衆不適也。弱於德，強於物，其塗隩矣！繇天地之道觀惠施之能，其猶一蚉一寅之勞者也。其於物也何庸？夫充一尙可曰愈，充其一端，尙可較勝。貴道幾矣！幾，殆也。以語於道，則殆矣。惠施不能以此自寧，散於萬物而不厭，卒以善辯爲名。惜乎惠施之才，駘蕩而不得，逐萬物而不反，是窮響以聲，形與影競走也。悲夫！

惠施之說，亦與莊子兩行之說相近。然其兩行也，無本而但循其末，以才辨之有餘，轂轉而屢遷；人之所然者可不然之，人之所不然者可然之，物之無者可使有，有者可使無。湯義仍閱釋氏傳燈錄，謂止一翻字法門，葢與此畧同。故自謂持一尺之棰，旦取此半而用之，夕取彼半而用之，止此然不然、可不可、有與無之兩端，互相換而可以不窮；凡可言者卽言，可行者卽行，訶莊子之爲大瓠而無用，乃不自知其於物尤無庸也。此則道術之所不出，而不容不辯之以使勿惑天下者也。今其書旣亡，其言無本之可循，故多不可解。